国家社会科学基金一般项目研究成果（项目编号：13BWW046）

美国当代科学散文的生态批评

张建国　著

科学出版社
北京

内容简介

本书采用较为宽泛意义上的生态批评方法，审视了蕾切尔·卡森、洛伦·艾斯利、刘易斯·托马斯、爱德华·O. 威尔逊、卡尔·萨根、斯蒂芬·杰·古尔德、乔纳森·韦纳、丹·费金8位美国当代著名科学散文作家的28部主要作品，既探讨这些作品的生态意蕴，又分析其生态美学特征或艺术特色。

本书可供美国散文和生态批评研究者、科普工作者参阅，也可供对科学散文、科普知识感兴趣的读者阅读。

图书在版编目（CIP）数据

美国当代科学散文的生态批评/张建国著. —北京：科学出版社，2019.11
ISBN 978-7-03-062976-0

Ⅰ. ①美… Ⅱ. ①张… Ⅲ. ①散文评论-美国-现代 Ⅳ. ①I712.076

中国版本图书馆CIP数据核字（2019）第250936号

责任编辑：杨 英 宋 丽/责任校对：贾伟娟
责任印制：徐晓晨/封面设计：铭轩堂

科学出版社出版
北京东黄城根北街16号
邮政编码：100717
http://www.sciencep.com

北京中科印刷有限公司 印刷
科学出版社发行 各地新华书店经销
*
2019年11月第 一 版 开本：720×1000 B5
2021年 4 月第三次印刷 印张：14 1/2
字数：288 000

定价：98.00元

（如有印装质量问题，我社负责调换）

前　言

本书是 2013 年国家社会科学基金一般项目“美国当代科学散文的生态批评”的研究成果。

在英美两国，科学散文（science writing，一译为“科学书写”）是 20 世纪以来兴盛的一种文学体裁。1957 年，美国数学家和科学散文作家马丁·加德纳（Martin Gardner，1914—2010）编选出版了《科学散文精品》（*Great Essays in Science*）[①]；1994 年，该作品集的增补版出版。进入 21 世纪以来，科学散文这种文学体裁受到广大读者的青睐，其标志有二：第一，从 2000 年起，美国著名的休敦-米夫林出版公司（Houghton Mifflin Company，2007 年改名为 Houghton Mifflin Harcourt）和哈泼-科林斯出版公司（Harper-Collins Publishers）不约而同开始编辑出版年度最佳文选——《美国最佳科学散文和自然散文》（*The Best American Science and Nature Writing*）及《美国最佳科学散文》（*The Best American Science Writing*），这已形成传统并延续至今。第二，2008 年，牛津大学出版社出版了由英国皇家学会（Royal Society）会士兼英国皇家文学会（Royal Society of Literature）会士理查德·道金斯（Richard Dawkins，1941—）编选的《牛津现代科学散文集》（*The Oxford Book of Modern Science Writing*）。

当代美国是世界头号科技强国，美国的不少科学家不仅在相关研究领域中的成就属世界一流，而且在科学散文创作方面亦取得了突出成就。在《科学散文精品》和《牛津现代科学散文集》选录的科学散文中，来自美国的作者的文章占很大比例——前者包括 16 位美国作家的作品，后者包括 34 位美国作家的作品。其中一位著名作者——蕾切尔·卡森（Rachel Carson，1907—1964）是公认的生态文学大家，洛伦·艾斯利（Loren Eiseley，1907—1977）与刘易斯·托马斯（Lewis Thomas，1913—1993）都出版过诗集，爱德华·O. 威尔逊（Edward O. Wilson，1929—）和卡尔·萨根（Carl Sagan，1934—1996）都出版过长篇小说。他们的科

① 本书中的外文引文和著作名称的翻译，如无明确说明，均为笔者遵照原作进行的汉译。

学散文的文学性大都很强，获得过不少大奖。卡森的《我们周围的海洋》（*The Sea Around Us*）曾获美国国家图书奖；托马斯的随笔集《细胞中的生命：一个生物学观察者的手记》（*The Lives of the Cell: Notes of a Biology Watcher*）与《水母与蜗牛：一个生物学观察者的手记续集》（*The Medusa and the Snail: More Notes of a Biology Watcher*）先后获美国国家图书奖；威尔逊的著述《论人性》（*On Human Nature*）和《蚂蚁》（*The Ants*）（与伯特·赫勒多布尔合著）先后获普利策奖；萨根的《伊甸园里的龙》（*The Dragons of the Eden*）获普利策奖；斯蒂芬·杰·古尔德（Stephen J. Gould，1941—2002）的《熊猫的拇指》（*The Panda's Thumb*）获美国国家图书奖。此外，科学新闻记者乔纳森·韦纳（Jonathan Weiner，1953—）的《雀鸟之喙：我们时代的进化故事》（*The Beaks of the Finch: A Story of Evolution in Our Time*，后文简称"《雀鸟之喙》"）于 1995 年获普利策奖；环境科学记者丹·费金（Dan Fagin，1963—）的《汤姆斯河：科学与救赎的故事》（*Toms River: A Story of Science and Salvation*，后文简称"《汤姆斯河》"）在 2014 年获普利策奖。

美国当代的科学散文不仅成就斐然，而且蕴含着丰富而深刻的生态理念。然而，迄今为止，美国很少有人从生态批评的视角研究除卡森和艾斯利之外的其他科学散文作家及其作品，且没有人从这一视角较为系统、全面地研究美国当代科学散文；国内也尚未有学者从生态批评角度系统、深入地研究美国当代科学散文。鉴于此，本书从广义的生态批评角度，兼顾自然科学的多门学科，集中研究了卡森、艾斯利、托马斯、威尔逊、萨根、古尔德、韦纳、费金 8 位有代表性的科学散文作家的 28 部代表性作品。

具体地说，本书主要包含九章，外加"结语"。

第一章"引论"分为三节。第一节通过比较美国和中国的科学散文、英国和美国的科学散文，探讨了科学散文的内涵，指出了它与自然散文（nature writing，有译为"自然写作"或"自然文学"）的区别，梳理了美国科学散文的源流。第二节审视了英美两国生态批评方法的源流，进而提出了本书要采纳的生态批评观。第三节综述了美国当代科学散文生态批评的现状，然后指出了本书拟研究的具体对象，以及本研究的理论意义和实践意义。

笔者认为，生态批评主要是从生态的世界观出发所进行的文学、艺术、文化批评。生态世界观主要包括生态整体观、生态伦理观、生态发展观、生态消费观、生态存在观（诗意栖居观）、生态正义观、生态审美观等。具体地说，大自然（即地球生物圈）是一个整体或生态共同体，其中，包括人类在内的所有物种、所有因素休戚相关，不可或缺；人类不是高高在上的大自然的主宰，而是大自然整体的一部分和普通一员，应顺应自然规律，与其他自然万物和谐相处，善待大自然，保护自然生态的稳定和完整。每一物种都有生存的权利，人类不应肆意消灭任何一个物种，同时，人类有发展权，但人类应限制物质欲望，限制发展，合理消费，其发展和改造大自然的实践不能破坏生态平衡，不能超过大自然自我调节所能承受的限度，不能破坏自然环境。自然生态、社会生态以及人的精神生态密切相关。人的存在应有最基本的物质基础，但更重要的是，要有高雅的精神追求和健康的精神生态——如果没有健康的生活环境和最基本的物质基础，人就很难有健康的精神生态；同时，人类精神生态的健康与否，对自然生态乃至社会生态都有重大影响；生态存在即是安贫乐道（物质生活简单，精神生活丰富）地生活。一个国家或地区的发展不应以牺牲另一个国家或地区的健康生存和未来发展为代价，当代人的发展也不应以牺牲后代人的健康生存和未来发展为代价。生态文学作品既是生态的——具有生态意蕴，又是文学的——具有文学性；生态主义强调多元、平等原则，生态批评不应排斥其他批评方法，尤其不应排斥对作品的美学价值和艺术特色的探讨；对文学作品的生态批评不应成为单一的思想内涵研究；一般来说，作品的思想内涵与其美学特色和艺术风格存在着有机联系。生态文学批评的重点要放在推动精神生态、社会生态与自然生态的良性互动，以及推动国民健康的生态观和有利于生态环境改善的消费观、人生观的建设上面。

第二章至第九章以辩证唯物主义、历史唯物主义和习近平生态文明思想为指导原则，以生态的世界观为依托，分别从美国当代 8 位科学散文作家卡森、艾斯利、托马斯、威尔逊、萨根、古尔德、韦纳、费金进行创作的社会文化背景和学科背景出发，逐本细读、分析他们的 28 部科学散文英语原作的生态意蕴，并兼顾文本的艺术特色，对以上 8 位作家及其作品进行探讨。在系统、深入研究的基础上，本书分别梳理了各位作家创作的科学散文的独特生态意蕴和艺术（或生态审美）特色。在生态意蕴方面，我们既审视了这些作品所体现的生态自然观和生态实践观，又审视了它们所体现的生态社会观、生态科技观等。其中，由于国内外对卡森科学散文作品的生态意蕴的探讨已较为充分，因此第二章第一节采用了 2010 年以来新兴的物质生态批评的视角进行探讨；鉴于托马斯科学随笔具有蒙田（Michel de Montaigne）随笔的絮语化艺术特色，第四章第二节采用了巴赫金生态文艺学的视角加以解读。

“结语”部分归纳了美国当代科学散文上述 8 位名家的 28 部代表作的生态意蕴和艺术风格的总体特征，并探索了其对我国当下科学散文创作的启示意义。该部分强调，本书所探讨的 8 位科学散文作家的代表性作品，都是以相关科学知识为基础，具有“真”的特点；蕴含着关爱非人类存在物、关爱他人、合理运用科学技术等高深的生态哲学意蕴，具有“善”的特点；具有文学性和审美价值，达到了很高的艺术水准，具有“美”的特点——也就是说，它们兼具了真、善、美的优点，因而堪称优秀的生态散文作品。科学是把双刃剑，既可以成为人类破坏自己赖以生存的生物圈的“高效帮凶”，又可以帮助人类正确而清醒地认识自身在生物圈中的位置，以及与其他存在物的生死与共的关系，从而使人类能够呵护地球，实践一种可持续的生态生活（存在）方式。美国当代科学散文是科学与人文、科学与文学的成功联姻，上述八大家的代表性作品是其典范。这些优秀科学散文作品的丰富、深刻的生态意蕴对我国当下的生态文明建设无疑具有启迪意义，其审美特色或艺术风格对我国方兴未艾的科学散文创作无疑具有借鉴意义。

本书的创新之处有三点。第一，本书在国内率先用广义生态批评的视角研究美国当代科学散文 8 位名家及其有代表性的作品，具有前沿性。第二，本书的论述点面结合，既有对科学散文的概述，又有针对著名作家的代表性作品的具体研究，并有总结，具有系统性、深入性、综合性。第三，本书对相关作品的研究力求做到生态意蕴探讨和艺术分析并重，并使这两方面能有机地结合起来，具有辩证性和完整性。

张建国

2019 年 4 月

目　录

第一章 引 论

美国科学散文是源于17世纪初，形成于20世纪上半叶，繁盛于第二次世界大战之后的文学流派，既包含较短的科学随笔（小品），又包含较长的大部头的科学散文和科学报告文学。其创作主体主要包括有文学才华的科学家，以及文学素养和科学素养俱佳的新闻记者。美国科学散文作家受到英国科学散文作家的积极影响，加上自身的不懈努力，到20世纪，尤其是第二次世界大战后，创作出了一系列蔚为壮观的经典作品。这些科学散文作品语言通俗易懂，样式和风格均不拘一格，达到了较高的文学水准；既向大众展演了科学多个领域的知识和科学思维方式，又给人以种种启迪和智慧，体现了真、善、美的完美融合。

第一节 科学散文及美国科学散文概观

1934年，美国十余位科学新闻记者（science journalist）在纽约开会，创立全国科学散文作家协会（The National Association of Science Writers），旨在创建一个“论坛，以便协力提高写作技艺，为促进优良科学散文创作创造条件”①。1955年，该协会改组为公司形式，正式制定了《全国科学散文作家协会章程及附则》（Constitution and Bylaws of the National Association of Science Writers），明文规定要“促进所有致力于启蒙大众的媒体传播准确的科学技术信息，促进相关作家按照新闻写作的最高标准，向社会阐释科学及其意义”②。

1957年，美国数学家和科学散文作家马丁·加德纳出版了他编选的《科学散

① NASW. 2015. About the National Association of Science Writers Inc. https://www.nasw.org/about-national-association-science-writers-inc/ [2017-10-20].

② NASW. 2015. Constitution and Bylaws of the National Association of Science Writers, Inc. https://www.nasw.org/constitution-and-bylaws-national-association-science-writers-inc/[2017-10-20].

文精品》。1994 年，他在该作品集增补版的“前言”中，道出了他用 essay 一词的遗憾：

> 作为一种文学形式，essay 的界限总是很模糊，在这部文集中，其定义也很不确定。其中一些 essay 是某些书的一章或一章的一部分……另一些是演讲稿……有些短得堪称小品（sketch），另一些长得堪称论著（treatises）……在其中的一两篇作品里，甚至连随笔精品必须文笔优美这一首要原则也被违背了。①

由此不难看出两点：第一，加德纳在此用 essay 一词意指“散文”，尽管该词一般指篇幅较短的“随笔”或“小品文”；第二，“文笔优美”应该是散文的基本特征，因为这部科学散文集中的绝大多数作品都文笔优美。该文集所选的作品包括了刘易斯·托马斯、卡尔·萨根、斯蒂芬·杰·古尔德的随笔，以及蕾切尔·卡森的《我们周围的海洋》中的第 4 章“阳光隔绝的深海”（The Sunless Sea）。

2002 年，美国学者迈克尔·A. 布赖森（Michael A. Bryson）出版了专著《观照大地：从勘探时代到生态时代的科学、文学及美国环境》（*Visions of the Land: Science, Literature and the American Environment from the Era of Exploration to the Age of Ecology*），其中第三部分“自然认同和对科学的批判”（Nature's Identity and the Critique of Science）的第二节论及卡森和洛伦·艾斯利对科学和自然的重新认识。在这一节开头，布赖森阐述了科学散文 20 世纪在西方兴盛的原因，并区分了科学散文的两大创作群体。他指出，进入 20 世纪，科学不仅迅猛发展，而且分类愈发精细，因而，不仅大众很难理解科学成果，不同领域的科学家也很难理解彼此的成果。他说：

> 这种境况让能够使普通读者和非专业人士理解复杂科学理念的科学家备受青睐，因为这些科学家不仅能得到大众的持续支持从而获得科研基金，而且能启蒙大众，使大众了解科学史以及他们自己目前所从事的研究的重要意义。20 世纪，欧美许多书面表达能力出众的科学家作家（scientist-writers），诸如阿尔伯特·爱因斯坦、朱利安·赫胥黎、雅克·莫诺、简·古多尔、斯蒂芬·杰·古尔德、理查德·道金斯、卡尔·萨根、路易斯·杨等人，开始承担启蒙大众的任务。此外，越来越多的新闻工作者也加入了这一队伍。他们创作了大部头作品、随笔、报纸专栏文章，述说科学各个研究领域的内容，描绘研究过程中的科学家的光辉形象。②

---

① Gardner, Martin. 1994. *Great Essays in Science*. New York: Prometheus Books: xiv.（第一版于 1957 年出版）。

② Bryson, Michael A. 2002. *Visions of the Land: Science, Literature and the American Environment from the Era of Exploration to the Age of Ecology*. Charlottesville: University of Virginia Press: 134-135.

这就是说，科学散文的两大特征是普及科学知识和文笔不凡，正如有论者在阐述科学新闻记者的目标时所说的：他们所用的语言形式不仅能准确地传递非常详细、具体的科学信息，而且使“非科研人士能够理解和欣赏”[①]。这意味着，科学散文作家的语言既通俗易懂，又颇具文采。迄今为止，美国科学散文有两大创作群体：一类是有文学才华的科学家，另一类是科学新闻记者，或科学报告文学作家。以上提及的蕾切尔·卡森、洛伦·艾斯利、刘易斯·托马斯、卡尔·萨根、斯蒂芬·杰·古尔德等，就是前一类科学散文作家的杰出代表；而乔纳森·韦纳与丹·费金，则是后一类科学散文作家的杰出代表，他们的代表作分别是《雀鸟之喙》和《汤姆斯河》，这两部作品先后于1994年和2014年荣获普利策奖的非虚构作品奖。

2008年，英国皇家学会会士兼英国皇家文学会会士、著名科学散文作家理查德·道金斯编选出版了《牛津现代科学散文集》，所选的作品既包括洛伦·艾斯利、刘易斯·托马斯、斯蒂芬·杰·古尔德等人的科学随笔，也包括一些大部头作品的其中一章，如卡森的《我们周围的海洋》的第7章“季节变换”（The Changing Year）、爱德华·O. 威尔逊的《缤纷的生命》（*The Diversity of Life*）的第1章“暴风雨席卷亚马孙平原”（Storm over the Amazon），以及卡尔·萨根的《淡蓝光点》（*Pale Blue Dot*）的第1章“你在这儿”（You Are Here）中的选段和《魔鬼出没的世界》（*The Demon-Haunted World*）的第2章“科学与希望”（Science and Hope）中的选段。

非常巧合的是，虽然在1934年我国就有了“科学小品”这一名称[②]，但该名称仅指篇幅较短的作品，不能涵盖篇幅较长或很长的科学散文作品。1992年6月，著名散文理论家傅德岷（1937—）在《外国散文的品类》一文中，较早地运用了“科学散文”这个术语[③]。

1999年，赵之和赵雪选编的《中国科学文艺大系·科学散文小品卷》的书名用了“科学散文小品”这一术语，作者在该书的序“科学小品的脚步”的题目中，用的是“科学小品”这一术语，在该序文中又用了“科学小品”和“散文小品”等术语；该作品集选编的都是短篇散文——科学小品。在这篇序中，赵之和赵雪精辟地阐述了“科学小品”和“科普短文”的区别，以及科学小品的基本特征：

> 作为科学知识的载体，特别是作为科技新动态的载体，无论发表的速度、数量，科学小品的重要性都不如并不注重文学表现的科普短文。科普短文的长处，是直截了当；直截了当和随之而来的快捷，是大众传

---

① SJ. 2015. Science Journalism. https://en.wikipedia.org/wiki/Science_journalism/ [2017-10-20].

② 赵雪和赵之. 1999. 科学小品的脚步(序)//宗介华主编，赵之和赵雪选编. 中国科学文艺大系·科学散文小品卷. 长沙：湖南教育出版社: 1-6.

③ 傅德岷. 1992. 外国散文的品类. 云南师范大学学报(哲学社会科学版), (3): 70-71.

> 媒需要的两种重要品质。虽然如此，科学小品仍有它不可替代的价值。科学小品和科普短文的主题都是科学，但科学小品是美文。科学的思维形式，特征是抽象，是逻辑思维；文学的思维形式，特征是形象，是艺术思维。……要而言之，科学与文学结合的“科学小品”的文学功能，一在窥视科学的素质和科学内含的趣味，二在发现科学与社会、生活、文化、人生的联系。作家的意脉所注，意境便生，于是它也就更能拨动读者的心弦，与作者共鸣，与科学共鸣，它的意义也就不仅在于促进物质文明。……换言之，科学与文学的结合是自然与人的结合，真与美的结合，理性与情感的结合。①

他们虽然表面谈的是篇幅较短的“科学小品”和“科普短文”的区别，以及科学小品的本质特征，实际上谈的是既包含篇幅较短的作品又包含篇幅较长或很长的文学作品的“科学散文”和“科普著述”（包括科普文章）之间的区别，以及科学散文的本质特征：科学小品和科学散文形象生动，包含情感，有趣味性，具有传递科学信息功能之外的人文内涵或精神意义——审美价值和哲理意义，它体现了较为高深的意境，是科学和文学的成功联姻，属于文学作品，是真、善、美的完美融合。

2002 年 10 月 8 日，《光明日报》刊发了余传诗的短文《科学散文受到读者青睐》，该文简要评述了美籍华人沈致远先生的一部科学散文《科学是美丽的——科学艺术与人文思维》的出版，并着重指出，沈先生提倡科学散文创作，其散文“视野宽阔、目光犀利、文思奔放，被誉为：‘在整个文坛的散文创作上开了新生面。’”② 2008 年，杨文丰教授在《科学散文刍论》一文中，用随笔的形式，说明了科学散文体现的科学美及其生存的土壤和其蕴含的科学知识等问题。③

2013 年，由林非主编，李晓虹、王兆胜和古耜编选出版的《中国最美的科学散文》一书，也用了“科学散文”这一名称，但其中选的都是短篇散文。尽管如此，“科学散文”的含义实际上较为宽泛，可以涵盖或长或短的散文作品。在这部作品集的序言中，编者形象地阐明了科学散文的基本特征：“科学散文，离科学最近，却闪烁着文学之光。科学和散文，本来是逻辑思维和形象思维两条道上的车，一个向左，一个在右。但是，科学散文却使两者相得益彰。诗性地讲述科学现象，让读者获得知识和文学的双重力量。”④

---

① 赵雪和赵之. 1999. 科学小品的脚步(序)//赵之和赵雪选编. 中国科学文艺大系·科学散文小品卷. 长沙：湖南教育出版社: 1-6.

② 余传诗. 2002-10-8. 科学散文受到读者青睐. 光明日报.

③ 杨文丰. 2008. 科学散文刍论. 海燕, (3): 60-64.

④ 李晓虹, 王兆胜和古耜. 2013. 序言. //林非主编, 李晓虹, 王兆胜和古耜编选. 中国最美的科学散文. 长沙：湖南人民出版社: 003.

审视相似体裁在美国、中国两国的形成过程及其指称对象，笔者更倾向于把science writing译为“科学散文”[①]（一译为“科学写作”）。这种体裁是科普著述（popular science，不一定具有文学性）的精华，不仅具有文学性，而且可长可短，既包含篇幅较短的科学随笔（science essay，我国学界常称之为“科学小品”），又包含篇幅较长或很长、具有文学性的科学新闻作品（science journalism，或称科学报告文学）；但它不包含科幻小说（science fiction），也不同于有严格格式规范、学术腔非常浓厚的科研著述（scientific writing或treatises）。简而言之，科学散文是包含科学内容的非虚构性文学作品。

需要指出的是，科学散文经常与自然散文相提并论，但两者既有交叉之处，又有着明显区别。自2000年起，美国著名的休敦-米夫林出版公司，开始编辑出版年度最佳文选《美国最佳科学散文和自然散文》，延续至今。《科学散文精品》和《这一举世无双的土地：美国自然散文集》（*This Incomparable Lande: A Book of American Nature Writing*）都选有约瑟夫·伍德·克鲁奇（Joseph Wood Crutch，1893—1970）和卡森的作品；《牛津现代科学散文集》和《诺顿自然散文集》（*The Norton Book of Nature Writing*，1990）的新版本《自然散文的英语传统》（*Nature Writing: The Tradition in English*，2002）中都选有卡森、艾斯利、托马斯、威尔逊等作家的作品。但相比之下，科学散文的题材更广，涉及数学、物理、化学、生物、医学、天文、地质等各门科学知识，脱胎于科学著述和科普文章；自然散文主要描述自然环境和动植物，以及作者自己在自然中的体验[②]，缘起于自然志（natural history，一译为“博物学”或“博物志”）著述。博物学是生物学的先驱，两者是科学的一部分。这样我们就不难理解，《自然散文的英语传统》中所选的科学散文作家的作品——卡森的作品描写海洋生物，艾斯利的作品描写鸟类，托马斯的作品描述细胞生物学，威尔逊的作品也是描写鸟类——都和生物学有关。实际上，卡森作为海洋生物学家还著有影响更大的科学散文经典《寂静的春天》（*Silent Spring*）；艾斯利作为人类学家，托马斯作为医学专家，威尔逊作为社会生物学家和博物学家，其作品涉及的范围都很广。科学散文和自然散文的选集只是偶有部分重合——在涉及生物学内容方面有所重合，二者的绝大部分内容是不同的。总之，科学散文的含义要广得多，可以涵盖自然散文。

美国科学散文缘起于何时？发展历程如何？

---

① writing一词预示着writer——“有一定文学才华的作家”，而“散文”一词（与英语中意指“与诗歌相对的散行文体——包括小说”的prose一词有所不同）在现代汉语中意指与小说、诗歌、剧本等并列一种文学体裁，两者的意思比较契合。

② 程虹教授最早向我国读者介绍美国自然散文，她把nature writing译为“自然文学”，并指出：“到目前为止，自然文学最典型、最富有特色的文体，仍是作者以第一人称，用非小说的散文体，来描述自己与自然的体验。”参阅：程虹. 2011. 寻归荒野（增订版）. 北京：生活·读书·新知三联书店：311.

由于英美两国都通用英语，美国文学脱胎于英国文学，因此让我们先简要回顾英国科学散文的缘起和发展。

英国科学散文的缘起与英国近现代科学的兴起同步。按王佐良先生的说法，16 世纪及 17 世纪上半叶，英国散文创作界存在着两种古典散文风格之争：一种是讲究修辞术、句子较长、追求富丽堂皇的西塞罗风格，另一种是注重论点鲜明和表达力、句子较短、接近口语的色尼加风格。不过，后者也有太突兀和太散漫的缺点。在此情况下，当时的科学家开始倡导一种空前革命性的新文风，他们在 1660 年成立英国皇家学会时共同约定："要求全体会员用一种紧凑、朴素、自然的说话方式，正面表达，意思清楚，自然流利，一切尽量接近数学般的清楚，宁用工匠、乡下人、商贩的语言，不用才子、学者的语言。"受此影响，英国散文向"于平易中见思想，见艺术"的主导方向发展[①]。就是说，17 世纪后半叶的英国科学家开始运用通俗明晰的语言来表述相关研究成果，这一实践引领了当时英国散文的发展方向，使这些科学家的文章在英国散文史上占有一席之地。

1788 年，乡村牧师、业余博物学家吉尔伯特·怀特（Gilbert White，1720—1793）的"科学名著"《塞尔彭自然志》（*On the Natural History and Antiquities of Selborne, in the County of Southampton*）出版，"其中有对于大自然和野生物的细致观察，是达尔文少年时期爱读的书"[②]。该书实际上是本书信集，它不仅堪称英国科学散文名作，而且被自然散文学者尊为英美自然散文的鼻祖[③]。

19 世纪，在浪漫主义文学时期之后，英国散文界出现了"更多的第一流作家，活动在更广阔的写作领域"，其中就包括"科学家达尔文、赫胥黎"[④]。《科学散文精品》中选取了达尔文的《物种起源》（*On the Origin of Species*）的最后一章"综述和结论"（Recapitulation and Conclusion），以及赫胥黎（Thomas Henry Huxley，1825—1895）的名篇《科学与文化》（*Science and Culture*，1881）[⑤]。达尔文的其他主要作品包括《乘"小鹰号"旅行记》（*The Voyage of H. M. S. Beagle*，1839）和《人类的由来及性选择》（*The Descent of Man, and Selection in Relation to Sex*，1871）。王佐良先生在评述《人类的由来及性选择》时说，达尔文"一心要表达的只是人的理智所能发现的真理，但是他也说得很有感情"[⑥]。就是说，这本书也是上乘的科学散文作品。《自然散文的英语传统》也从达尔文这三部名著中各选一部分，并在选段之前的简介中指出，达尔文乘"小鹰号"旅行时，随身携带了

① 王佐良. 1994. 英国散文的流变. 北京：商务印书馆：47.

② 王佐良. 1994. 英国散文的流变. 北京：商务印书馆：85.

③ Finch, Robert and John Elder. 2002. *Nature Writing: The Tradition in English*. New York & London: W. W. Norton & Company, Inc.: 15.

④ 王佐良. 1994. 英国散文的流变. 北京：商务印书馆：133.

⑤ Gardner, Martin. 1994. *Great Essays in Science*. New York: Prometheus Books: 5-17; 130-148.

⑥ 王佐良. 1994. 英国散文的流变. 北京：商务印书馆：161.

查尔斯·莱尔(Charles Lyell, 1797—1875)的《地质学原理》(*Principles of Geology*)和吉尔伯特·怀特的《塞尔彭自然志》,“前者使他驰骋想象,意识到科学新的恢宏的时间维度,后者使他的情感和风格深深扎根于英国自然志的业余传统”①。T. H. 赫胥黎的其他主要作品包括《人类在自然界中的位置》(*Man's Place in Nature*)和《进化论与伦理学》(*Evolution and Ethics and Other Essays*)。我国的英国散文研究学者陈新教授也论及 T. H. 赫胥黎的《科学与文化》一文,并指出,T. H. 赫胥黎的“文风最显著的特点是用词朴实通俗,举例明白中肯,象征生动醒目,节奏协调和谐”②。美国当代著名的科学散文作家斯蒂芬·杰·古尔德,对达尔文和 T. H. 赫胥黎的作品给予高度评价,认为他们是伽利略开启的面向大众的欧洲科学散文优良传统在 19 世纪的英国代表人物③,并说 T. H. 赫胥黎“像许多维多利亚时代的伟大长篇小说作家一样,是一位优秀的文学文体家”④,并坦承自己是这一传统“极其热诚、无怨无悔的”传承者⑤。

进入 20 世纪,科学技术飞速发展,又由于包括科学界在内的英国“各界人士中多能文之士”⑥,英国科学散文界出现了更多名家,其中包括天体物理学家埃丁顿(Sir Arthur S. Eddington,1882—1944)、遗传学家和进化生物学家霍尔丹(J. B. S. Haldane,1892—1964),以及数学家和播音员布朗诺斯基(Jacob Bronowski,1908—1974)。20 世纪 70 年代初,布朗诺斯基在英国广播公司(British Broadcasting Corporation,BBC)电视上做了一系列西方科学史的演讲,后来,讲稿以《人的上升》(*The Ascent of Man*,1973)为题出版,赢得了数百万观众和读者。王佐良先生指出,在电视屏幕上,“语言仍是重要的,只不过要更口语化,更亲切,但又要更精炼,更突出要点”⑦。布朗诺斯基的文章表明,“不止是有文才的科学家能写出一部好的普及性的科学史,不止这样的科学史能够写得既生动又有思想深度,而且还告诉我们一点:科学当中有人和人的想象力,因此科学又须连同哲学、文学、艺术一起放在全盘文化中来考虑,第一流科学家往往既是极专的专家,又是广博的通才”⑧。这里,王先生认识到了科学和人文融合、文学蕴含高深哲思的

---

① Finch, Robert and John Elder. 2002. *Nature Writing: The Tradition in English*. New York & London: W. W. Norton & Company, Inc.: 152.

② 陈新. 2008. 英国散文史. 南京: 南京师范大学出版社: 274.

③ 参阅:Gould, Stephen Jay. 1985. *The Flamingo's Smile*. New York & London: W. W. Norton & Company: 16; Gould, Stephen Jay. 2011. *Dinosaur in a Haystack*. Cambridge & London: The Belknap Press of Harvard University Press, 2011: xiv.

④ Gould, Stephen Jay. 1985. *The Flamingo's Smile*. New York & London: W. W. Norton & Company: 16.

⑤ Gould, Stephen Jay. 1991. *Bully for Brontosaurus*. New York & London: W. W. Norton & Company: 12.

⑥ 王佐良. 1994. 英国散文的流变. 北京: 商务印书馆: 260.

⑦ 王佐良. 1994. 英国散文的流变. 北京: 商务印书馆: 280.

⑧ 王佐良. 1994. 英国散文的流变. 北京: 商务印书馆: 286.

重要意义。美国当代著名的科学散文作家卡尔·萨根正是受到布朗诺斯基的启发，才写出荣获1978年普利策奖的《伊甸园里的龙》，并制作了同样影响极广的讲述宇宙故事的电视系列节目，其解说词以《宇宙》（*Cosmos*，1980）为题出版，连续70周雄踞《纽约时报》畅销书排行榜之首，在80多个国家发行了500多万册，并荣获1981年度的雨果奖[①]。

美国科学散文的源头也可追溯到17世纪，那是英国刚到北美殖民的时期，当时的主要作家都是业余博物学家。其中，最具代表性的作家威廉·伍德（William Wood，生卒年不详）大约1627年抵达新英格兰，1634年在伦敦出版了《新英格兰概观》（*New England's Prospect*）；这部作品共分两大部分，第一部分含12章，描写新英格兰地区的自然地理、季节气候、土壤水文、植物矿产、飞禽走兽，以及当时已经建立的殖民点。第二部分含20章，详细介绍了当地的印第安人部落。伍德"以自然科学家的眼光审视着当地的山水草木和飞禽走兽，用文学家的笔调将它们如数记录在自己的这部作品中"，"算得上是一位极有文学才能的自然科学家"[②]。

在美国独立战争前不久的1773年，威廉·巴特拉姆（William Bartram，1739—1823）在有关人士的资助下，前往北美东南部殖民地采集树种和花草标本，1777年回到费城。经过多方周折，1791年，作为这次为期4年的考察成果的《巴特拉姆游记》（*Travels Through North and South Carolina, Georgia, East and West Florida*）得以出版。这部作品的特点是，作者"始终以科学家的眼光注视自然，以宗教哲学家的心灵思考问题，以文学家的笔调表述所见所想"[③]。这部作品出版后在欧洲大受欢迎，尤其是受到华兹华斯（William Wordsworth）、柯勒律治（Samuel Taylor Coleridge）、夏布多里昂（François-René de Chateaubriand）等著名浪漫主义作家的称赞。

19世纪，美国科学散文取得很大发展，作家作品均趋于多样化。《19世纪美国科学散文集》（*An Anthology of Nineteenth-Century American Science Writing*，2012）收录了 30 位作家的作品。这部作品集共分三大部分。第一部分的标题是"1800—1846年 自然万物和博物学家"（1800-1846 Naturals and Naturalists），包含11位作者的作品。首篇是《独立宣言》（The Declaration of Independence）的

---

① 雨果奖（Hugo Award）的正式名称为"科幻成就奖"（The Science Fiction Achievement Award），为纪念"科幻之父"雨果·根斯巴克（Hugo Gernsback），命名为雨果奖。它是"世界科幻小说协会"（World Science Fiction Society，WSFS）所颁发的奖项，堪称科幻艺术界的诺贝尔奖。在世界科幻艺术界，雨果奖和星云奖（Nebula Award）被公认为是最具权威与影响力的两项世界性科幻大奖。

② 张冲. 2000. 新编美国文学史(第一卷). 上海: 上海外语教育出版社: 63.

③ 张冲. 2000. 新编美国文学史(第一卷.) 上海: 上海外语教育出版社: 152.

起草者、“美国古生物学先驱之一”[①]托马斯·杰斐逊（Thomas Jefferson, 1743—1826）发现四足动物骨骼的回忆录；第二篇是美国鸟类学之父亚历山大·威尔逊（Alexander Wilson）描述羽冠啄木鸟的选段；第三篇是美国近现代航海学的创建者纳撒尼尔·鲍迪奇（Nathaniel Bowditch）《美国新务实航海家》（*The New American Practical Navigator*）中的选段，该选段体现了“其散文的明晰、传世性特征”[②]。该文集所选的第五位作家是美国描述性昆虫学和美国甲壳学之父托马斯·塞伊（Thomas Say），他描述昆虫的三个选段被收录其中。入选的其他作品包括美国著名物理学家约瑟夫·亨利（Joseph Henry）对电流和电火花的描述，内科医生、“美国 19 世纪最著名的作家、诗人、随笔作家和长篇小说作家之一”[③]奥利弗·温德尔·霍姆斯（Oliver Wendell Holmes Sr.）对产褥热感染的描述。

该文集第二部分的标题是“1846—1876 年 斗士”（1846-1876 Warriors），这部分收录了 10 位作家的作品，其中包括著名生物学家和地质学家路易斯·阿加西兹（Louis Agassiz）关于动物分布范围和物种起源的两个选段，美国“19 世纪最重要的植物学家”[④]阿萨·格雷（Asa Gray）评述达尔文物种起源以及描述红杉树及其历史的两个选段，以及美国地质学家、矿物学家、火山学家和动物学家詹姆斯·D. 达纳（James D. Dana）描述甲壳纲动物地理分布、动物头部形成、山岳形成原理的三个选段。

该文集第三部分的标题是“1876—1900 年 科学家”（1876-1900 Scientists），选取了 9 位作家的作品。其中包括“威廉·詹姆斯和约翰·杜威代表的实用主义的创始人和源头”[⑤]，即美国数学家、天文学家、化学家、哲学家查尔斯·S. 皮尔斯（Charles S. Peirce）有关信念和理念表达的两个选段，天文学家、物理学家、飞行器先驱塞缪尔·P. 兰利（Samuel P. Langley）描述油气灯光频谱和太阳黑子的两个选段，美国昆虫学家、“水域生态学的创立者、生态科学的主要奠基人之一”[⑥]斯蒂芬·A. 福布斯（Stephen A. Forbes）的作品《作为微生态的湖泊》（“The lake as a microcosm”，1887）的一个选段，以及美国“动态植物生态学先驱之一”

① Resetarits, C. R. 2013. *An Anthology of Nineteenth-Century American Science Writing*. London & New York & Delhi: Anthem Press: 13.

② Resetarits, C. R. 2013. *An Anthology of Nineteenth-Century American Science Writing*. London & New York & Delhi: Anthem Press: 27.

③ Resetarits, C. R. 2013. *An Anthology of Nineteenth-Century American Science Writing*. London & New York & Delhi: Anthem Press: 67.

④ Resetarits, C. R. 2013. *An Anthology of Nineteenth-Century American Science Writing*. London & New York & Delhi: Anthem Press: 125.

⑤ Resetarits, C. R. 2013. *An Anthology of Nineteenth-Century American Science Writing*. London & New York & Delhi: Anthem Press: 210.

⑥ Resetarits, C. R. 2013. *An Anthology of Nineteenth-Century American Science Writing*. London & New York & Delhi: Anthem Press: 255. 福布斯主张，生态知识对人类的福祉至关重要。参阅同页中的相关内容。

及“美国生态学学会的共同缔造者”[①]亨利·C. 考尔斯（Henry C. Cowles）的名作《密歇根湖中沙丘上的植被的生态关系》（“The ecological relations of the vegetation on the sand dunes of lake Michigan”，1899）中的一个选段。由此可见，到 19 世纪后期，生态学理念已进入美国科学散文界。

进入 20 世纪，尤其是第二次世界大战之后，美国科学散文呈现出繁荣局面。《科学散文精品》精选的 32 篇作品中，16 篇是美国作家的作品，其中 12 篇发表于第二次世界大战后。《牛津现代科学散文集》选取了 79 位作家的作品，其中有 34 位美国作家，他们的被选作品绝大多数发表于第二次世界大战后。

在这些美国作家于第二次世界大战后创作的作品当中，海洋生物学家蕾切尔·卡森的《我们周围的海洋》（1950）于 1951 年荣获美国国家图书奖的非虚构作品奖；她的另一部作品《寂静的春天》（1962）引发了世界范围内的当代生态思潮和环境保护运动。《科学散文精品》的编者加德纳评价说，卡森“集科学家与诗人于一身”[②]。

与卡森同年出生的人类学家洛伦·艾斯利是另一位“具有抒情性写作天赋的美国科学家。其写作风格的特征是，从科学本身以及从自己基于渊博科学知识的想象中写出诗意”[③]。他的科学随笔集《没有尽头的旅程》（*The Immense Journey*，1957）“其中多篇随笔为其他文集选录，一代代美国大中学生通过效仿这些随笔的风格学习写作”[④]。他的另一部散文集《时间苍穹》（The *Firmament of Time*，1960）获美国自然文学的最高奖项——约翰·巴勒斯奖章。

医学科学家、内科医生刘易斯·托马斯的科学随笔集《细胞中的生命：一个生物学观察者的手记》（1974），1975 年同时荣获美国国家图书奖的艺术类散文奖和科学类散文奖两个奖项；另一部随笔集《水母与蜗牛：一个生物学观察者的手记续集》（1979）1980 年亦获美国国家图书奖的科学类散文奖。《牛津现代科学散文集》的编者道金斯把托马斯誉为“杰出的风格大师”，说他“传承了从契诃夫到萨默塞特·毛姆这一医生文学家的悠久、光荣传统”[⑤]。

博物学家爱德华·O. 威尔逊的社会生物学著作《论人性》（1978）和昆虫学著作《蚂蚁》（1990，与他人合著），先后于 1979 年和 1991 年荣获普利策奖的非虚构作品奖。他闻名遐迩的作品还有《关注生命天性》（*Biophilia: The Human Bond with Other Species*，1984）、《缤纷的生命》（1992）、《生命的未来》（*The Future of Life*，

---

① Resetarits, C. R. 2013. *An Anthology of Nineteenth-Century American Science Writing*. London & New York & Delhi: Anthem Press: 277.

② Gardner, Martin. 1994. *Great Essays in Science*. New York: Prometheus Books: 286.

③ Dawkins, Richard. 2008. *The Oxford Book of Modern Science Writing*. Oxford: Oxford University Press: 138.

④ Slovic, Scott. 2008. *Introduction. Raz, Hilda. Loren Eiseley: Commentary, Biography, and Remembrance*. Lincoln & London: University of Nebraska Press: xvi.

⑤ Dawkins, Richard. 2008. *The Oxford Book of Modern Science Writing*. Oxford: Oxford University Press: 220.

2002)、《造物：拯救地球生灵的呼吁》(*Creation: An Appeal to Save Life on Earth*，2006)等。道金斯把他誉为“最卓著的在世博物学家”和“非常卓越的作家”[①]。

天文学家卡尔·萨根的《伊甸园里的龙》(1977)获1978年度普利策奖的非虚构作品奖；《宇宙》(1980)[②] 连续70周雄踞《纽约时报》畅销书排行榜之首，在80多个国家发行了500多万册，荣获1981年度的雨果奖；《宇宙》的姊妹篇《淡蓝光点》(1994)被《纽约时报》评为1995年最值得关注的书籍之一；另一部《纽约时报》评选的畅销书《魔鬼出没的世界》(1995)亦获1997年度的雨果奖。道金斯评价说，萨根“启发了整整一代年青科学家，尤其是在美国”[③]；萨根的传记作家凯伊·戴维森将其誉为“20世纪最伟大的科学普及家”[④]。

1980年，认知科学家、哲学家道格拉斯·理查德·霍弗施塔特(Douglas Richard Hofstadter，1945—)的《哥德尔、埃舍尔、巴赫——集异璧之大成》(*Godel, Escher, Bach:An Eternal Golden Braid*，1979)获普利策奖的非虚构作品奖和美国国家图书奖。

古生物学家和进化生物学家斯蒂芬·杰·古尔德的科学随笔集《自达尔文以来》(*Ever Since Darwin*，1977)的读者数量在美国就逾百万，另一部科学随笔集《熊猫的拇指》(1980)1981年荣获美国国家图书奖的非虚构作品奖。此外，古尔德的科学随笔集还有8部。道金斯指出，古尔德是“我们这一代人中科学短篇故事创作最出色的倡导者”[⑤]。

1995年，医学与科学新闻教授乔纳森·韦纳的作品《雀鸟之喙》(1994)获普利策奖的非虚构作品奖。

1998年，进化生物学家、生物地理学家贾里德·戴蒙德(Jared Diamond，1937—)的《枪炮、病菌与钢铁：人类社会的命运》(*Guns, Germs, and Steel: The Fates of Human Societies*，1997)获美国普利策奖的非虚构作品奖和英国科普图书奖。

进入21世纪以来，美国科学散文继续保持繁荣局面。2011年，印度裔美国生物学家、内科医生悉达多·穆克吉(Siddhartha Mukherjee，1970—)的《众病之王：癌症大传》(*The Emperor of All Maladies: A Biography of Cancer*，2010)获普利策奖的非虚构作品奖。

2014年，环境科学新闻记者丹·费金的《汤姆斯河》(2013)获普利策奖的非虚构作品奖。

2015年，科学新闻记者伊丽莎白·科尔伯特(Elizabeth Kolbert，1961—)的

---

① Dawkins, Richard. 2008. *The Oxford Book of Modern Science Writing*. Oxford: Oxford University Press: 143.

② 萨根参与制作了名扬全球的13集科普电视片《宇宙：个人旅行》，该片在60多个国家播出，观众数量达6亿，亦获得1981年度的雨果奖；《宇宙》是萨根随后独著的相应科学散文，包含13章。

③ Dawkins, Richard. 2008. *The Oxford Book of Modern Science Writing*. Oxford: Oxford University Press: 239.

④ Davidson, Keay. 1999. *Carl Sagan: A Life*. New York: John Wiley & Sons, Inc: xiv.

⑤ Dawkins, Richard. 2008. *The Oxford Book of Modern Science Writing*. Oxford: Oxford University Press: 200.

《第六次大灭绝：一部反常的自然志》（*The Sixth Extinction: An Unnatural History*，2014）亦获普利策奖的非虚构作品奖。

综上所述，科学散文既不同于自然散文，又不同于科普文章和科学著述，它是科学和文学的成功联姻，包含自然散文，是科普文的精华。从形式上看，它属于非虚构的散体文学，语言平易明晰、不乏诗意、颇有趣味；从内容上看，它主要述说科学各个领域的知识、科学家做科研的故事，以及与科技运用有关的故事，包含较为深刻的哲理。美国科学散文是源于17世纪初、形成于20世纪上半叶、繁盛于第二次世界大战之后的文学流派，既包含较短的科学随笔（小品），又包含较长的大部头科学散文和科学报告文学。其创作主体主要包括有文学才华的科学家，以及文学素养和科学素养俱佳的新闻记者。美国科学散文作家受到英国科学散文作家的积极影响，加上自身的不懈努力，到20世纪，尤其是第二次世界大战后，创作出了一系列蔚为壮观的经典性作品。这些科学散文作品语言通俗易懂，样式和风格均不拘一格，达到了较高的文学水准；既向大众展演科学多个领域的知识和科学思维方式，又给人以种种启迪和智慧，体现了真、善、美的完美融合。

第二节　生态批评再认识

马克思主义认为，社会存在决定社会意识。生态批评是当代工业社会面临严重生态危机的社会状况催生的一种文学文化批评方法。

第二次世界大战后期，美国经济已走出20世纪30年代的大萧条，转入迅速发展的轨道，与此同时，它的一些地区的环境却急剧恶化，其中的典型例子包括洛杉矶光化学烟雾事件和宾夕法尼亚州的多诺拉烟雾事件。

1943年，洛杉矶市已拥有250万辆汽车，每天燃烧的汽油高达1100吨；此外，炼油厂等企业也在向空中排放大量废气。汽油燃烧后产生的碳氢化合物等物质在太阳紫外线的作用下发生化学反应，形成浅蓝色烟雾，导致该市大多数市民患了红眼病并出现头痛症状。此后，人们把这类污染称作光化学烟雾。在1952年12月发生的另一次光化学烟雾事件中，该市65岁以上的老人中有400多人丧命。1955年9月，由于光化学烟雾和高温，短短两天之内，又有400多位65岁以上的老人丧命。1970年，类似事件再次出现，致使该市3/4的市民患病。而且，光化学烟雾还使距洛杉矶市100公里以外、海拔2000米的高山上的大片松林枯死，柑橘减产。直到20世纪70年代，洛杉矶市还被称为“美国烟雾城”①。

多诺拉是宾夕法尼亚州的一个小镇，位于匹兹堡市的南面，距该市30公里，居民有1.4万多人。它是硫酸厂、钢铁厂、炼锌厂的集中地。1948年10月26日

① 参阅：“洛杉矶光化学烟雾事件”。https://baike.so.com/doc/154952-163712.html.[2017-10-17].

至31日，该镇的空气中弥漫着刺鼻的二氧化硫气味，使人恶心欲吐；空气能见度相当低，除了烟囱之外，厂房等建筑物均消失在烟雾中。当时，小镇上有 6000 人突然发病，症状包括头痛、眼睛痛、流鼻涕、咽喉痛、咳嗽、四肢无力、胸闷、呕吐、腹泻等，其中有20人迅速死亡[①]。

1958年1月，蕾切尔·卡森的一位朋友——马萨诸塞州鸟类保护区的一位管理员写信说，前一年夏天，州政府为了消灭蚊子，租用了一架飞机，喷洒了“滴滴涕”[②]，该飞机返回时，飞过位于达克斯伯里的鸟类保护区的上空，次日，保护区里的许多禽鸟都死了。她感到十分震惊，就给《波士顿先驱报》（*The Boston Herald*）写了一封长信，同时又给卡森写了这封短信，并附上长信的复印件，请卡森这位在当时已颇有名气的作家在首都华盛顿找相关负责人解决这个问题，希望不要再发生此类喷洒“滴滴涕”的事件。由此，卡森不顾自己的病体，多方调查，耗时4年，于1962年写成并出版了《寂静的春天》。该书包含许多相关的科学知识，语言平易，抒情色彩浓厚，且不时援引一些文学名著的名句，颇能扣动广大读者的心弦，出版后连续31周入围《纽约时报》的畅销书排行榜，引起社会各界的注意和讨论，触发了美国乃至世界的生态思潮和环保运动。1970年4月22日，美国发起了首个“地球日”活动。1972年6月5日，联合国在瑞典首都斯德哥尔摩召开第一次人类环境会议，通过了著名的《人类环境宣言》（Declaration of the United Nations Conference on the Human Environment）及保护全球环境的行动计划，提出“为了当代人和未来世代保护和改善环境”的口号；同年 10 月，第27届联合国大会通过了联合国人类环境会议的提议，并把每年的6月5日确定为“世界环境日”。

几乎与此同时，英美文学与文化批评学者也开始以自己的方式为生态思潮和环保事业增砖添瓦。1964年，美国文学批评家利奥·马克斯（Leo Marx，1919—）出版了专著《花园里的机器：美国的技术与田园理想》（*The Machine in the Garden: Technology and the Pastoral Ideal in America*），审视从赫尔曼·麦尔威尔、霍桑、梭罗、马克·吐温到F. 斯科特·菲茨杰拉德等一系列作家的作品中所描写的文化和技术的关系，揭露机械技术的运用对理想田园景观的破坏。1967年，美国历史学家林恩·怀特（Lynn White Jr.，1907—1987）发表《我们生态危机的历史根源》（“The historical roots of our ecological crisis”）一文，强调指出，《圣经》的“创世纪”篇中描述道，上帝把人类置于非人类自然万物之上，这是人类征服自然进而导致生态危机的根源。

1973年，英国批评家雷蒙·威廉姆斯（Raymond Williams，1921—1988）出

---

① 参阅：“多诺拉烟雾事件”。https://baike.so.com/doc/154212-162941.html.[2017-10-17].

② “滴滴涕”是 DDT 的谐音而成。DDT 即 Dichlorodiphenyltrichloroethane，双对氯苯基三氯乙烷，是一种杀虫剂。

版了专著《乡村与城市》（*The Country and the City*），分析了16世纪以来英国文学中描写的乡村和城市意象，强调指出：无论是历史事实，还是部分作家的作品，都显示出，昔日的英国农村充满苦难，相对于城市而言，农村既不等同于落后和愚昧，也不是充满欢乐的故园；同理，城市虽然是在新的生产方式确立后兴盛起来的，但城市并非必然代表进步，城市也面临太多问题；总之，城市与乡村的这种矛盾与张力，反映了资本主义发展模式遇到了全面而深重的危机，要化解这场不断加深的危机，人类必须抵抗资本主义。可以说，这是社会生态学的先声。1974年，美国学者约瑟夫·W. 米克（Joseph W. Meeker）出版了《生存喜剧：文学生态学研究》（*The Comedy of Survival: Studies in Literary Ecology*）一书，研究了出现在文学作品中的生物主题。1978年，另一美国学者威廉·鲁克尔（William Rueckerr）在《艾奥瓦评论》（*The Iowa Review*）第9期上发表《文学与生态学：一次生态批评实验》（"Literature and ecology: An experiment in ecocriticism"）一文，首次使用 ecocriticism 一词，强调批评家必须具有生态学视野。1983年，保罗·布鲁克斯（Paul Brooks）出版了专著《为自然代言：从亨利·梭罗到蕾切尔·卡森的文学博物学家如何影响美国》（*Speaking for Nature: How Literary Naturalists from Henry Thoreau to Rachel Carson Have Shaped America*）。

1990年，美国学者罗伯特·芬奇（Robert Finch）和约翰·埃尔德（John Elder）出版了厚厚的《诺顿自然散文集》（*The Norton Book of Nature Writing*），其中收录的全是非虚构性的自然散文。1991年，英国利物浦大学教授乔纳森·贝特（Jonathan Bate）出版了专著《浪漫主义生态学：华兹华斯与环境传统》（*Romantic Ecology: Wordsworth and Environmental Tradition*）。1992年，美国西部文学协会（Western Literature Association）的年会在内华达大学召开，在这次会议上，文学与环境研究协会（Association for the Study of Literature and Environment，ASLE）成立，斯科特·斯洛维克（Scott Slovic）任第一任会长，该协会后来成为生态批评的国际性组织，在英国、日本、韩国、印度等国设有分会。1993年，ASLE 的学术刊物《文学与环境跨学科研究》（*Interdisciplinary Studies in Literature and Environment*，ISLE）出版发行，首任主编是帕特里克·墨菲（Patrick Murphy），不久以后，斯科特·斯洛维克接任，并一直担任至今。1995年6月，科罗拉多大学主办了 ASLE 的首次学术研讨会，此后，ASLE 的研讨会每两年举办一次。1995年，哈佛大学教授劳伦斯·布伊尔（Lawrence Buell）的专著《环境的想象：梭罗、自然散文与美国文化的建构》（*The Environmental Imagination: Thoreau, Nature Writing, and the Formation of American Culture*）出版。1996年，第一部生态批评论文集《生态批评读本：文学生态学的里程碑》（*The Ecocriticism Reader: Landmarks in Literary Ecology*）由美国学者格洛特费尔蒂（Cheryll Glotfelty）和哈罗德·弗罗姆（Harold Fromm）编辑出版；格洛特费尔蒂在该论文集前言中给"生态批评"

所下的定义被广泛引用："简单地说，生态批评研究文学与物理环境的关系……生态批评从地球中心的视野研究文学。"[①]显然，截至 20 世纪 90 年代中期，生态批评作为一种批评方法在英美两国已正式走上文学理论舞台。有论者指出："由于贝特、布伊尔等学者的努力，生态批评在大学成了受人尊重的文学分析方法。"[②]截至当时，生态批评的主要特征是：主要研究对象是非虚构类自然散文（non-fiction nature writing），关注的重点是非人类自然生态或荒野（non-human nature, or wilderness），研究者主要来自美国和英国，出现了"话语"生态女性主义流派[③]。

2001 年，布伊尔出版了第二部生态批评专著《为濒危的世界写作：文学、文化与美国等国的环境》（*Writing for the Endangered World: Literature, Culture, and Environment in the U.S. and Beyond*），该书荣获美国文化研究领域的最佳图书奖——流行文化与美国文化协会(Popular Culture and·American Culture Association)的"卡威尔迪图书奖"（Cawelti Award）。在这部专著中，布伊尔把环境文学的研究范围从描写荒野的自然散文，拓展到描写包括城市环境、被污染破坏的环境在内的所有环境的作品。2005 年，他又出版一部专著《环境批评的未来》（*The Future of Environmental Criticism*），在其中区分了环境批评的两次浪潮；他把自己的《环境的想象：梭罗、自然散文与美国文化的建构》归入第一次浪潮，把自己的《为濒危的世界写作：文学、文化与美国等国的环境》归为第二次浪潮。这一划分得到了许多生态批评学者的认同。如果说第一次浪潮主要关注的是偏远的荒野环境或浪漫的田园环境，其主要理念是回归大自然，回归前工业时代，第二次浪潮则主要关注人们周边受到威胁的环境，以及人与人之间在环境权益方面的矛盾。按此划分，罗伯特·D. 布拉德（Robert D. Bullard）2000 年出版的专著《废物倾倒于美国南部各州：种族、阶级与环境质量》（*Dumping in Dixie: Race, Class and Environmental Quality*）应归入第二次浪潮。布拉德在该书中指出，在贫困社区，尤其是在美国南部黑人居住的贫困社区，空气污染和水污染都更为严重。可以归入此次浪潮的著述还有劳伦斯·库普（Laurence Coupe）2000 年编辑出版的论文集《绿色研究读物：从浪漫主义到生态批评》（*The Green Studies Reader: From Romanticism to Ecocriticism*）、卡尔拉·安布鲁斯特（Karla Armbruster）和凯瑟琳·华莱士（Kathleen Wallace）2001 年编辑出版的《超越自然散文：拓展生态批评的疆域》（*Beyond Nature Writing: Expanding the Boundaries of Ecocriticism*）、

① Glotfelty, Cheryll and Harold Fromm. 1996. *The Ecocriticism Reader: Landmarks in Literary Ecology*. Athens: The University of Georgia Press: xviii.

② Hiltner, Ken. 2015. *Ecocriticism: The Essential Reader*. London & New York: Taylor & Francis Group: 2.

③ 受后现代主义思潮影响，这一生态女性主义流派认为，"自然-文化、女性-男性、感性-理性"等具有等级性特征的现代性二元对立话语体系是剥削大自然和压迫女性的共同理据，破除这一话语或观念是女性的解放与大自然的解放的共同任务；其代表作是澳大利亚的法尔·普拉伍德(Val Plumwood)的专著《女性主义与自然的控制》(*Feminism and the Mastery of Nature*，1993)。

乔尼·亚当森（Joni Adamson）等学者2002年编辑出版的《环境正义读物：政治、诗学及教学法》（*The Environmental Justice Reader: Politics, Poetics, and Pedagogy*）。生态批评第二次浪潮的主要特征包括研究对象从自然散文拓展到多种文学体裁，且研究世界各地域不同文化群体的环境体验的艺术表达（如墨西哥裔美国作家的自然散文、日本的环境文学等）；关注包括城市、城郊、乡村在内的所有有形环境的状况，探讨的核心是环境正义问题①；研究者的国籍范围超出英美两国；兴起了超越文学界限的"绿色文化研究"。

此后，除了欧美主要国家，亚洲、非洲和拉丁美洲国家的生态批评学者也开始发出自己的声音，从不同角度进一步拓展生态批评的疆域。2009年，乔尼·亚当森和斯科特·斯洛维克（Scott Slovic）作为《多民族美国文学》（*Multi-Ethnic Literature of the U.S.*）夏季特刊的特约编辑，在为该学术期刊合写的序言中，首次使用了"生态批评的第三次浪潮"这一表述，并指出，这次浪潮"在认同民族和国家差异的同时，超越了民族和国家的界限，从环境视域探索人类经验的各个方面"②。后来，斯洛维克教授2010年在发表于《欧洲文学、文化与环境学刊》（*Ecozon@*）上的文章《生态批评的第三次浪潮：北美学者的思考》（"The third wave of ecocriticism: North American reflections on the current phase of the discipline"）中，先用非常简略的语言归纳了生态批评第一、二次浪潮的主要特征，然后通过引用21世纪出版的一些生态批评著述中的独特论断，简要阐述了提出"生态批评第三次浪潮"的缘由，以及该次浪潮所包含的6种主要动向。斯洛维克认为，至少在美国，生态批评的第一次浪潮兴起于1980年左右；第二次浪潮于1995年左右出现；第三次浪潮在2000年出现，其标志是帕特里克·墨菲教授在这一年出版的专著《自然文学更为广阔的视域》（*Farther Afield in the Study of Nature-Oriented Literature*）中的"重新定义我们的情感：作为国际和多元文化运动的自然文学"（"Refining through Redefining Our Sensibilities: Nature-Oriented Literature as an International and Multicultural Movement"）一章，倡导跨越种族、民族文化的界限，把生态批评置于全球化比较研究的框架中。斯洛维克同时指出：生态批评的三次浪潮之间是共现关系——下一次浪潮绽现、汹涌之际，原有浪潮仍在澎湃；时至今日，生态批评的第三次浪潮已在汹涌，然而，不必说第二次浪潮，即使第一次浪潮也尚未消退；而且，这三次浪潮只是在一些方面有所不同，而无优劣之分。斯洛维克把第三次浪潮归纳为6个方面：全球视野的生态批评，比较式生态批评（comparatist ecocriticism），在生态性属研究领域物质生态女权主义、生态

---

① 生态批评第二次浪潮主要探讨性别之间、阶层之间、种族之间、国家之间的代内环境正义问题，以及当代人与后代之间的代际环境正义问题。

② Adamson, Joni and Scott Slovic. 2009. The shoulder we stand on: An introduction to ethnicity and ecocriticism. *Multi-Ethnic Literature of the U.S.*, 34(2): 5-24.

男性研究、绿色同性恋理论等新动向的出现，对动物性（animality）的深入探讨，来自生态批评阵营内部的理论反思，以及多态行动主义（polymorphously activism）[①]。这6个方面的代表性著述分别是：厄休拉·海斯（Ursula Heise）的专著《地方意识与地球意识》（*Sense of Place and Sense of Planet*，2008）、伊丽莎白·M. 德劳雷等学者（Elizabeth M. Deloughrey et al.）合编的《加勒比海文学与环境》（*Caribbean Literature and Environment*，2005）、斯泰西·阿莱莫（Stacy Alaimo）与苏珊·赫克曼（Susan Hekman）合编的《物质女性主义》（*Material Feminism*，2008）、凯里·沃尔夫（Cary Wolfe）的专著《动物仪式：美国文化、物种话语、后人文主义理论》（*Animal Rites: American Culture, the Discourse of Species, and Posthumanist Theory*，2003）、蒂莫西·莫顿（Timothy Morton）的《没有自然的生态学：重新思考环境审美》（*Ecology without Nature: Rethinking Environmental Aesthetics*，2007）、约翰·费斯蒂纳（John Festiner）的《诗歌能拯救地球吗？》（*Can Poetry Save the Earth? A Field Guide to Nature Poems*，2009）。

21世纪进入第二个十年后，在生态批评的理论建构方面，生态批评的物质研究得到迅速发展。2012年，斯洛维克首次把"生态批评的物质转向"这一动向称为生态批评的第四次浪潮；2015年，他在为《生态批评的国际新声》（*New International Voices in Ecocriticism*）作的序言中指出，最近涌现的生态批评第四次浪潮特点鲜明，"将新物质主义的术语和思维用于环境美学，并在人类挑战全球变暖力求生存的背景下，致力于推动环境人文学的发展"[②]。在致力于生态批评物质转向的学者中，意大利都灵大学的教授塞瑞纳拉·伊奥凡诺（Serenella Iovino）和土耳其哈希坦普大学的教授瑟皮尔·奥伯曼（Serpil Oppermann）做出了较大贡献。2010年以来，他们发表了一系列论文，从包括物质女权主义在内的新物质主义和生态后现代主义两处汲取灵感，进行物质生态批评（material ecocriticism）的理论建构。伊奥凡诺的相关论文是2012年发表的《走向物质生态批评：有关"新物质主义"的近期文献及其对生态批评理论的启示》（"Steps to a material ecocriticism: The recent literature about the 'New Materialism' and its implications for ecocritical theory"），他和奥伯曼合作发表的论文包括《物质生态批评的理论建构：一幅双帖画》（"Theorizing material ecocriticism: A diptych"，2012）、《物质生态批评：物质性、能动性和叙述模式》（"Material ecocriticism: Materiality, agency, and models of narrativity"，2012）。2015年，二人又合作编辑出版了论文集《物质生态批评》（*Material Ecocriticism*）。物质生态批评的核心概念包括物质（matter）、能动性（agency）、现实、意义、文本、叙事能力（narrative agency/power）。

① Slovic, Scott. 2010. The third wave of ecocriticism: North American reflections on the current phase of the discipline. *Ecozon@*, 1(1): 4-10.

② Slovic, Scott. 2015. *New International Voices in Ecocriticism*. Lanhan: Lexington Books: vii-viii.

其主要观点是：包括人类和非人类自然万物在内的所有物质都具有能动性；所有语言都有物质现实基础，物质现实是物质和意义不断生成的过程（the process of becoming）；所有物质都具有叙事能力，物质即是文本，文本即是物质。需要强调的是，所有物质都具有能动性，能产生意义且有叙事能力，这三个属性密不可分，是三位一体的。

总而言之，兴起于英美两国的生态批评，从研究对象来看，范围不断拓宽，从自然散文扩大到各种文学文本，乃至电影、绘画等各种文化现象；从地域上来看，蔓延到世界上几乎所有的主要国家；同时，生态批评也开始了对自身的反思和理论建构，尤其是强调该批评要具有理论性和系统性，并更加注重批评自身的实践意义。

1999 年，斯洛维克教授曾给生态批评下了一个较为宽泛的定义：生态批评“或是用任何学术方法研究具有明显环境意识的文本，或审视任何文学文本中的生态蕴含或人与自然的关系，即使这些文本乍一看似乎与非人类世界无关”①。这就是说，生态批评既可用任何学术视角研究生态文学作品，又可研究任何文学作品中的生态蕴含或人和自然的关系，即使这些作品乍一看似乎与大自然无关。2007 年，“当今生态批评领域最有影响力的理论家”②蒂莫西·莫顿在其专著《没有自然的生态学：重新思考环境审美》的第一章“环境语言的艺术：‘我不相信这不是自然！’”（The art of environmental language: “I can’t believe it isn’t nature!”）中，审视了自然散文、浪漫主义诗歌等艺术作品如何表征环境这一艺术形式问题。莫顿指出，“传统的生态批评主要涉及作品主题”，“要搞生态批判，我们必须考虑审美维度”，在这本书中，“我不是探讨作品内容——软件和湿件，而是探讨作品形式方面的问题”③。我们认为，斯洛维克给生态批评下的宽泛的定义，以及莫顿倡导的从作品的审美或艺术形式维度进行生态批评，对生态批评的健康发展大有裨益。因此，本书采用宽泛意义上（广义）的生态批评方法，从生态内涵和艺术形式两个方面研究美国当代科学散文。

在我们看来，生态批评主要是从生态的世界观出发所进行的文学、艺术、文化批评。生态世界观主要包括生态整体观、生态伦理观、生态发展观、生态消费观、生态存在观（诗意栖居观）、生态正义观、生态社会观、生态科技观、生态审美观等。具体地说，大自然（即地球生物圈）是一个生态共同体，其中，包括人类在内的所有物种、所有因素都休戚相关，彼此不可或缺；人类不是高高在上

① Slovic, Scott. 2000. Ecocriticism: Containing multiples, practicing doctrine. In Laurence Coupe (Ed.), *The Green Studies Reader: From Romanticism to Ecocriticism* (p. 161). London & New York: Routledge.

② Garrard, Greg. 2014. *The Oxford Handbook of Ecocriticism*. Oxford & New York: Oxford University Press: 14.

③ Morton, Timothy. 2007. *Ecology Without Nature: Rethinking Environmental Aesthetics*. Cambridge & London: Harvard University Press: 2, 24, 28.

的大自然的主宰，而是大自然整体的一部分和普通一员，应顺应自然规律，与其他自然万物和谐相处，善待大自然，保护自然生态的稳定和完整。所有物种都拥有生存权，人类不应肆意消灭任何一物种；同时，人类拥有发展权，但人类应该限制自己的物质欲望，适度发展，合理消费，其发展和改造自然的行为不能破坏生态平衡，不能超过自然自我调节所能承受的限度，不能破坏生态环境。自然生态、社会生态以及人的精神生态密切相关。人的存在应有最基本的物质基础，但更重要的是，要有高雅的精神追求和健康的精神生态——没有健康的生活环境和最基本的物质基础，人很难有健康的精神生态，同时，人类精神生态的健康与否，对自然生态乃至社会生态都有重大影响；生态存在即是安贫乐道（物质生活简单、精神生活丰富）地生活。一个国家或地区的发展，不能以牺牲另一国或地区的人民的健康生存和长远发展为代价，当代人的发展也不能以牺牲后代人的健康生存和长远发展为代价。自然生态危机与社会生态危机（严重的社会问题）既有共同的思想文化根源，又有社会制度的原因，因而应努力转变观念，改变或完善社会制度，建设生态文明。科学技术是双刃剑，人类应恰当地运用科技，使其既能确保自然生态共同体的健康，又能增进人与人（包括国与国）的和谐。生态文学作品既是生态的——具有生态意蕴，又是文学的——具有文学性；生态主义强调多元、平等原则，生态批评不应排斥其他批评方法，尤其不应排斥对作品的美学价值和艺术特色的探讨①；对文学作品的生态批评不应成为单一的生态思想内涵研究；一般来说，具体作品的思想内涵与其美学特色或艺术风格有着有机联系。生态文学批评的重点应放在推动精神生态、社会生态和自然生态的良性互动，以及推动公众生态的人生观和有利于生态环境改善的发展观、生产观、分配观、消费观等的建设上面。

第三节 美国当代科学散文的生态批评：现状与展望

美国当代科学散文的发展历程几乎与美国当代生态思潮的兴起和壮大同步。

---

① 《牛津生态批评指南》(*The Oxford Handbook of Ecocriticism*)标题为“体裁”的第三部分包含 9 篇论文，其中 5 篇——《文学形式与体裁的生态批评探讨：紧迫性、深度、暂时性和短暂性》（“Ecocritical approaches to literary form and genre:Urgency, depth, provisionality and temporality”）、《你严肃吗？斗胆建议多一些环境幽默》（“Are you serious? A modest proposal for environmental humor”）、《当代英语小说及其对生态批评的挑战》（“Contemporary English novel and its challenges to ecocriticism”）、《“多维音乐空间”：认知的环境与抒情诗建构的空间》（“‘A music numerous as space’: Cognitive environment and the house that lyric builds）和《谈谈气候变化：生态危机与叙述形式》（“Talking about climate change: The ecological crisis and narrative form”），从不同角度论及有关生态文学作品的艺术形式。例如，迈克尔 · P. 布兰奇（Michael P. Branch）在上述提倡“环境幽默”（意即“生态幽默”）的论文中，审视了梭罗和爱德华 · 艾比等著名作家的生态散文中的幽默及其特征。参阅：Garrard, Greg. 2014. *The Oxford Handbook of Ecocriticism*. Oxford, New York, etc.: Oxford University Press: 377-390.

美国当代科学散文的奠基者是蕾切尔·卡森和洛伦·艾斯利，前者被公认为美国当代生态思潮和环保运动的奠基人，后者被誉为“生态主义者”[①]。随后的科学散文作家身处生态时代，耳闻目睹生态危机的现实，又受到时代精神的影响，他们的大多数作品或多或少蕴含着生态意识。

然而，进入 21 世纪之前，科学散文在国内外要么被视为科普（popular science）文章的一部分，要么被视为自然散文的一部分。一方面，科普文章的功能主要被认为是传播信息——普及科学知识或激发青少年对科学的兴趣，通常被认为文学价值不高[②]，因而没有得到生态文学批评界的重视；在英语中，科普作家的称谓是 science popularizer（科学普及者）。正因为如此，科普作品评介者关注的一般是其所普及的科学知识和观念，以及作者的生平。另一方面，科学散文一直被视为自然散文的一部分，而实际上科学散文的题材更广，涉及各门自然科学知识，这明显不是注重自然环境、动植物或自然景观描写的自然散文所能涵盖的，因而，科学散文在自然散文中一直处于边缘位置——入选主要自然散文集的科学散文作品，只包括博物学家[③]和研究生物及相关学科的科学家描写生物及其生存环境的作品，而不涵盖研究其他学科的科学家或科学新闻记者（科学报告文学作家）涉及其他学科的科学散文作品。虽然美国自然散文是 20 世纪七八十年代在美国兴起的生态批评的第一次浪潮的主要研究对象，但美国科学散文很少被选入该国的主要自然散文集，在生态批评的相关著述中也很少被涉及。

具体地说，在美国，很少有人从生态批评的视角研究除卡森和艾斯利之外的其他科学散文作家及其作品。1992 年，著名生态批评家斯科特·斯洛维克发表了《边缘性、午夜乐观与自然密码：梭罗与艾斯利探讨》（“Marginality, midnight optimism, and the natural cipher: An approach to Thoreau and Eiseley”）的论文，比较了梭罗与艾斯利在对人类的存在处境的认识、人类与自然环境的关系以及人类的精神探索等方面的异同。2000 年，克雷格·沃德尔（Craig Waddell）编选出版了论文集《不再有鸟儿歌唱：蕾切尔·卡森〈寂静的春天〉的修辞学解析》（*And No Birds Sing: Rhetorical Analyses of Rachel Carson's Silent Spring*）。该论文集包含 9 篇论文，其中的第 5 篇论文《与〈寂静的春天〉之进步观相应的生态概念》

---

① Dawkins, Richard. 2008. *The Oxford Book of Modern Science Writing*. Oxford: Oxford University Press: xii.

② 美国著名科学散文作家斯蒂芬·杰·古尔德对此深有感触，他指出，在欧洲的大部分地区，科普一直被视为人文主义的一部分和受到敬重的知识传统，而“在美国，人们把这一可敬的活动与报刊文章最低劣的写作特征混为一谈，‘普及’（popularization）在某些意义上成了差、过分简单化、微不足道、廉价、低劣等词的同义词”。参阅：Gould, Stephen Jay. 1985. *The Flamingo's Smile*. New York & London: W. W. Norton & Company: 16.

③ “博物学家”的英文是 naturalist；博物学（natural history）又称博物志、自然志，是描述动物、植物和矿物的种类、分布、性质和生态等的古老学科。由于统一研究生命现象的概念不断加强，生物学及其新的分支学科不断发展，19 世纪后半期以来，博物学的综合性意义逐渐减弱，到 20 世纪，博物学作为一门学科的名称已很少使用。自然志散文（natural history essays）是自然散文（nature writing）的一部分和先驱。

（“Ecology according to *Silent Spring*'s vision of progress”）审视了《寂静的春天》和当代的生态学和环境科学教科书的联系，强调指出，“《寂静的春天》中的许多词汇已经被纳入主流的环境科学教育”[①]。该论文集中的其他论文从语言风格、战争隐喻、与科幻小说叙述模式的异同等角度探讨了该部作品。2002年，迈克尔 ·A. 布赖森出版了专著《观照大地：从勘探时代到生态时代的科学、文学及美国环境》，其中第三部分“自然认同和对科学的批判”（Nature's Identity and the Critique of Science）的最后一小节，论及卡森和艾斯利具有博物学家特色，运用了生态隐喻，超越了以女性比喻大自然的想象和征服控制思维，倡导环境保护，并批判科学的不恰当运用。这些著述只论及个别美国当代科学散文作家，而且只审视了其作品的一些方面，没有从生态批评角度较为系统、全面地研究美国当代科学散文。

在我国，2002年，王诺发表了《雷切尔 · 卡森的生态文学成就和生态哲学思想》一文，强调指出，卡森以一系列把艺术与科学有机地结合起来的作品，表现了大自然的美丽和神奇，揭示了重大的环境问题，表达了深刻的生态哲学思想，掀起了世界范围内的生态意识浪潮[②]。国内报刊发表有少许涉及卡尔 · 萨根的文章，但大都是从科学普及的角度简要评介萨根及其作品的。2002年8月，吕吉尔在《世界科学》杂志上发表了题为《斯蒂芬 ·杰伊 ·古尔德（1941—2002）》[“Stephen Jay Gould（1941-2002）”]的译文，该译文的原文最初刊登在当年5月21日的《纽约时报》上，缅怀当时刚刚去世的古尔德，简要介绍其生平和科研成就，并提及其科学散文创作，把他誉为“一位使人愉悦并拯救濒危科学散文艺术形式的作家”[③]。2003年，凯伊 · 戴维森撰写的卡尔 · 萨根的传记的中译本《展演科学的艺术家：萨根传》（*Carl Sagan: A Life*，1999）出版。2006年，爱德华 · O. 威尔逊的自传的中译本《大自然的猎人：生物学家威尔逊自传》（*Naturalist*，1994，——笔者译为《博物学家》）出版。迄今为止，国内尚未有人从生态批评角度，系统、深入地研究美国当代科学散文。

鉴于以上原因，本书拟从广义的生态批评视角研究美国当代科学散文。美国当代的优秀科学散文作家较多，本书尽量兼顾科学的多个分支，同时考虑科学散文作家在相关领域里的地位，以及其作品蕴含生态意识的情况，对下述8位有代表性的科学散文作家的28部代表性作品，进行较为系统、深入的研究。

（1）海洋生物学家蕾切尔 · 卡森的4部科学散文代表作：《海风下》（*Under the Sea Wind*，1941）、《我们周围的海洋》（1951）、《海之滨》（*The Edge of the Sea*，1955）、《寂静的春天》（1962）。

---

① Waddell, Craig. 2000. *And No Birds Sing: Rhetorical Analyses of Rachel Carson's Silent Spring*. Carbondale & Edwardsville: Southern Illinois University Press: 73.

② 王诺. 2002. 雷切尔 · 卡森的生态文学成就和生态哲学思想. 国外文学，(2)：94-100.

③ Yoon, Carol K. 2002. 斯蒂芬 · 杰伊 · 古尔德（1941—2002）. 吕吉尔，译. 世界科学，(8)：44-45.

（2）人类学家洛伦·艾斯利的 4 部科学散文代表作：《没有尽头的旅程》（1957）、《时间苍穹》（1960）、《意想不到的宇宙》（*The Unexpected Universe*，1969）、《无形金字塔》（*The Invisible Pyramid*，1971）。

（3）医学科学家和内科医生刘易斯·托马斯的 5 部科学散文代表作：《细胞中的生命：一个生物学观察者的手记》（1974）、《水母与蜗牛：一个生物学观察者的手记续集》（1979）、《最年轻的科学：一个医学观察者的手记》（*The Youngest Science: Notes of a Medicine Watcher*，1983）、《聆乐夜思》（*Late Night Thoughts on Listening to Mahler's Ninth Symphony*，1983）、《脆弱的物种》（*The Fragile Species*，1992）。

（4）生物学家和博物学家爱德华·O. 威尔逊的 4 部科学散文代表作：《关注生命天性》（1984）、《缤纷的生命》（1992）、《生命的未来》（2002）、《造物：拯救地球生灵的呼吁》（2006）。

（5）天文学家、天体物理学家和宇宙学家卡尔·萨根的 4 部科学散文代表作：《伊甸园里的龙》（1978）、《宇宙》（1980）、《淡蓝光点》（1994）、《魔鬼出没的世界》（1995）。

（6）古生物学家、进化生物学家和科学史学家斯蒂芬·杰·古尔德的 5 部科学随笔代表作：《自达尔文以来》（1977）、《熊猫的拇指》（1980）、《火烈鸟的微笑》（*The Flamingo's Smile*，1985）、《八头小猪》（*Eight Little Piggies*，1993）、《鼎盛时期的恐龙》（*Dinosaur in a Haystack*，1995）。

（7）科学新闻记者乔纳森·韦纳 1995 年荣获美国国家图书奖的科学报告文学作品《雀鸟之喙》（1994）。

（8）环境科学记者丹·费金 2014 年荣获美国国家图书奖的科学报告文学作品《汤姆斯河》（2013）。

具体来说，本研究将以辩证唯物主义、历史唯物主义和习近平生态文明思想为指导原则，以生态的世界观为依托，从美国当代科学散文这 8 位名家从事创作的社会文化背景和学科背景出发，逐本细读、分析上述 28 部科学散文英语原作的生态意蕴，并兼顾文本的美学、艺术之维的探讨。在系统、深入研究的基础上，我们将分别梳理 8 位名家的科学散文各自独特的生态意蕴以及美学价值或艺术特色，然后概括出其在生态意蕴、艺术风格方面的总体特征，并审视这些作品独特的美学价值、艺术风格及其与相关思想内涵的内在联系。最后，我们将探索其对我国当下科学散文创作的启示意义。

本研究的创新之处有三点：第一，在国内率先用生态批评的视角，研究美国当代科学散文 8 位名家有代表性的作品，具有前卫性；第二，点面结合，既有概述，又有著名作家的代表性作品研究，并有总结，具有系统性、深入性、综合性的特点；第三，研究作品做到生态意蕴探讨和艺术分析并重，并使这两方面有机地结合起来，具有完整性。

从生态批评角度研究美国当代科学散文8位名家的28部代表性作品具有重要意义。从学理意义上看，这样的研究不仅可以弥补国内外在美国当代科学散文的生态批评方面的严重不足，推动我国比较薄弱的美国散文研究，而且将有助于洞察美国当代科学散文在生态蕴含和艺术风格方面的主要特征，为我国方兴未艾的科学散文的创作和欣赏提供些许借鉴。从实践意义上看，这一研究既可以对我国目前的生态文明建设有所启发，又可以使美国当代科学散文著名作家的代表性作品早日走进我国大学的课堂，为推广辩证的科学观，普及生态意识，实现人类与非人类自然万物、人与人以及人与自我的和谐做一些贡献。

总而言之，我们认为，美国当代科学散文上述8位名家的28部代表作，不仅包含着相关领域新颖的科学知识和辩证的科学观，而且具有很强的文学性，并蕴含着丰富的生态理念，是优秀的生态文学作品。科学技术是把双刃剑，既可以成为人类破坏自己赖以生存的生物圈的“高效帮凶”，又可以帮助人类正确而清醒地认识自身在生物圈中的位置，以及与其他存在物生死与共的联系，从而使人类能够呵护地球，实践一种可持续的生态生活（存在）方式。美国当代科学散文是科学与人文、科学与文学的成功联姻，上述8位名家的代表性作品是其典范；对美国当代科学散文进行生态批评，将为促进我国方兴未艾的科学散文的创作和欣赏、弘扬辩证的科学观和科学创新精神、建设生态文明做出贡献。

第二章 海洋生物学家对自然万物的关爱

蕾切尔·卡森（1907—1964）是美国海洋生物学家，美国艺术与科学院（American Academy of Arts and Sciences）院士，杰出的科学散文作家，世界当代生态思潮和环保运动的引发者。1907 年 5 月 27 日，她出生在宾夕法尼亚州匹兹堡市泉溪镇的一户农家，家里的房子紧邻一条小河；她的母亲热爱生命和大自然，并把这种爱传给了她。这种爱与卡森的文学天赋一道在她上小学和中学时就显露出来。她 1929 年毕业于宾夕法尼亚女子学院，1932 年在约翰·霍普金斯大学获动物学硕士学位。毕业后，她先后在约翰·霍普金斯大学和马里兰大学任教，此后在马萨诸塞州的伍德豪海洋生物实验室攻读博士学位，然而，1932 年，她父亲去世，母亲需要赡养，其家庭经济条件不允许她再继续攻读博士学位，于是，她只好在渔业管理局找到一份兼职工作——为其电台专有频道广播撰写科技文章。1936 年，她通过了严格的考试，战胜了当时对妇女在行政部门工作的歧视，作为水生生物学家，成为美国渔业管理局聘用的第二位女性。

后来，渔业管理局改名为渔业和野生动物管理署。卡森在此工作期间，撰写了许多涉及环境保护方面的文章，并编辑了大量科学文献。有一次，她的部门主管认为，她写的一篇文章文学性太强，不宜在广播中使用，建议她向文学杂志投稿。卡森照办了，结果，这篇文章最终发表在 1937 年的《大西洋月刊》（*The Atlantic Monthly*）上，题目是《海洋下面》（“Undersea”）。随后，她又写了一些散文作品，出版社建议她将这些文章整理出书。1941 年，她出版了第一部散文作品《海风下》。该作品受到科学家和文学评论家的好评。论者指出，卡森“在书中对生物的生命循环和生存斗争所做的新颖的构思和精确的科学描述，使这本书在某种程度上成为她最成功的作品。她的作品是一位热爱和探究大自然的科学家和诗人的产物”[①]。然而，因为美国此后不久参加了第二次世界大战，大众的注意力转移，

① 林达·利尔. 1999. 自然的见证人：蕾切尔·卡逊传. 贺天同，译. 北京：光明日报出版社：96.

该部作品的销量很少。

1949 年，卡森在渔业和野生动物管理署晋升为署办出版物的主编，这时，她开始撰写第二部作品，写就的大多数文稿 1951 年被《纽约人》（*New Yorker*）杂志以"纵观海洋"为标题连载。不久，这些文稿以《我们周围的海洋》为题出版，结果连续 86 周荣登《纽约时报》畅销书榜，引起轰动。该作品被译成 32 种文字在世界多国出版发行，并于 1952 年荣获美国国家图书奖、伯洛兹自然科学图书奖，以及约翰·巴勒斯奖章，而且使卡森获得两个荣誉博士学位。论者指出，该作品"是 20 世纪散文的最佳典范之一……确立了卡森主流科学散文作家的地位"[①]。

该部作品的巨大成功使卡森经济上有了保障，1952 年，她辞去公职开始专心创作。1955 年，她出版了第三部作品《海之滨》，该书也成了一本畅销书，并获得美国国家图书奖的提名。论者指出："很少有自然历史方面的书在描述生物及其相应环境、把科学事实同个人热情相结合等方面，获得像《海边》那样的成功。"[②]该部作品给卡森带来另外两项荣誉——"美国高校妇女协会成就奖"，以及来自美国国家妇女委员会的"年度最佳作品奖"。

1958 年，卡森的好友——马萨诸塞州鸟类保护区的一位管理员给她写信说，DDT 造成保护区内鸟类濒临灭绝，希望她能利用其威望影响政府官员去调查杀虫剂的使用问题。卡森觉得，最有效的方法是在杂志上提醒公众。她与《纽约人》杂志签约，准备为这本杂志撰写系列文章，并完成一本关于杀虫剂危害生态环境的书。在以后的 4 年中，卡森陆续发现了随意喷洒 DDT 等杀虫剂和除草剂危害各种生物及人类的大量证据。她还在研究中发现，一些证据表明，人类的癌症也与一些杀虫剂有关。1960 年，就在她完成了癌症与杀虫剂关系的资料收集之后，她不幸被发现患了乳腺癌。在乳房切除手术后不久，她的体内又出现另外一个肿瘤。为了环保事业她奋不顾身，与时间赛跑，完成了相关研究和作品创作。

1962 年，其作品《寂静的春天》出版，而且连续 31 周稳居《纽约时报》的畅销书榜单中，杀虫剂开始引起全社会的广泛关注。1963 年，在哥伦比亚广播公司（Columbia Broadcasting System，CBS）的电视节目中，卡森和化工公司的发言人进行了一场辩论，这时，她的病情已经很严重，但她尽量克制。年底，她被选为美国艺术与科学院院士，并获得许多奖项，包括奥杜邦学会（National Audubon Society）颁发的奥杜邦奖章和美国国家地理学会（National Geographic Society）颁发的库兰奖章。最重要的是，她的努力引起美国政府的重视，她最后一次在公众面前露面就是在参议院调查委员会上作证，这导致 1972 年在美国全面禁止 DDT

① Bryson, Michael A. 2002. *Visions of the Land: Science, Literature and the American Environment from the Era of Exploration to the Age of Ecology*. Charlottesville: University of Virginia Press: 137.

② 保罗·布鲁克斯. 1999. 生命之家：蕾切尔·卡逊传. 叶凡，译. 南昌：江西教育出版社：162. 引文中的《海边》在本书中译为《海之滨》。

的生产和使用；美国厂家开始向国外转移，但此后世界各国纷纷效法禁用DDT。目前，全世界几乎已经没有生产DDT的工厂了。毫无疑问，《寂静的春天》成为促使环境保护事业在美国和全世界迅速发展的导火索。有论者指出，该部作品"促使当时还不为人们熟悉的词语生态成为我们时代最伟大的公共事业之一"①，"影响了法律、农业、经济、教育等诸多领域及政府政策，改变了人们对自然界的看法"②。

作为卡森的第一部科学散文作品，《海风下》以优美、细腻的笔触，通过海洋生物的视角，分三部分依次描写了海滨、浅海和深海里的海洋生物。第一部分"海之滨"（Edge of the Sea）分5章，主要描绘剪嘴鸥在海滨飞翔捕食、三趾鹬随季节变换在南美与北极之间往返迁徙等故事。第二部分"鸥鸟迁徙路"（The Gull's Way）分7章，主要描写鲭鱼从受精鱼卵、幼鱼到成鱼的生长过程中躲避了数不清的危险，在浅海里洄游生存的故事。第三部分"河流与海洋"（River and Sea）分3章，主要描述幼体雌鳗鱼遵循内心冲动，从海水中游到淡水河流或湖泊中，成年后又会奋不顾身返回海洋，产卵孵化，完成生命轮回的故事。

《我们周围的海洋》充分利用中世纪以来海上探险、航海和第二次世界大战后一系列海洋调查与深潜取得的成果，用富有诗意的语言，分三部分生动地描绘了环绕人类居所——陆地的海洋。第一部分"海洋母亲"（Mother Sea）包含8章，描述了海洋的产生、不同时段和季节在海洋表层出没的种种海洋生物、绚丽多彩的海岸和海面、深海中千万年来雪花般飘落的生物残骸、消失了的古海洋和冰河时期成为生物通道的大陆桥，以及海岛的产生。第二部分"大海汹涌"（The Restless Sea）包含3章，描绘了时而温柔时而发怒的海浪、洋流、潮汐。第三部分"人类与周围的海洋"（Man and the Sea About Him）亦包含3章，从全球气候、海底矿藏和海洋开发史三个方面描写了人类对海洋秘密和神奇的不断探索。

《海之滨》包含6章，主要描绘了美国东海岸具有代表性的3种海滨——岩石海滨、沙质海滨、珊瑚礁海滨的独特环境，与这些环境相适应的种种动植物的生存状况，影响海滨动植物的海浪、洋流、潮汐和海水，以及作者置身其中的情感和思绪。

《寂静的春天》包含17章，运用"明晰、富有诗意、令人感动的散文语言"③，援引许多文学作品典故，通过大量触目惊心的实例和科学论证，表明不加区分、

---

① Brooks, Paul. 2002. Forward. In Craig Waddell (Ed.), *And No Birds Sing: Rhetorical Analyses of Rachel Carson's Silent Spring* (p. xvii). Carbondale & Edwardsville: Southern Illinois Press.

② Briggs, Shirley A. 1987. Rachel Carson: Her vision and her legacy. In Gino J. Marco, Robert M. Hollingworth and William Durham (Eds.), *Silent Spring Revisited* (p. 8). Washington, DC: American Chemical Society.

③ Shabecoff, Philip. 1993. *A Fierce Green Fire: The American Environmental Movement*. New York: Hill and Wang: 109-110. Qtd. in Netzley, Patricia D. 1999. *Environmental Literature: An Encyclopedia of Works, Authors, and Themes*. Santa Barbara: ABC-CLIO: 33.

大规模地喷洒以 DDT 为代表的杀虫剂和除草剂，破坏了从浮游生物、鱼类、鸟类直到人类的生物链，导致自然生态失衡，致使一些人患上慢性白细胞增多症和种种癌症，并使昆虫产生抗药性，进而使人们不断研制毒性越来越大的化学农药。卡森呼吁通过引进昆虫的天敌等办法来代替用农药来控制昆虫。

国内外研究卡森上述 4 部作品的著述较多，其主要观点包括这些把文学和科学进行完美结合的作品表现了大自然的神奇和美丽，促使大众关注和热爱大自然；倡导生态整体观，力主人类必须为整个生物圈和所有生物的生存负起责任；揭批人类对大自然的掠夺以及对生态平衡的破坏，唤醒了美国乃至全球公众的环境保护意识；揭示了大自然遭受破坏的根源在于源于西方社会的二元论和等级制，启发人们对非人类自然万物主体性的认识，从而践行敬畏大自然的伦理原则，以便与非人类自然万物共存共荣；批判过度信奉理性和使用科学技术的观念和行为，倡导生态的科技观——不反对科技本身，但力倡合理地运用科技，提倡科学和文学的结合；引导个人和政府选择正确的生存方式和可持续的发展道路。

本章拟从物质生态批评和生态审美两个视角重新解读卡森上述 4 部科学散文作品。

第一节 物质生态批评视域中的蕾切尔·卡森科学散文

2010 年以来，一些生态批评学者通过借鉴和改造相关理论，尤其是新物质主义和生态后现代主义的观点，取得了非凡业绩，这一动向被称为生态批评的物质转向，或物质生态批评。在这些学者中，意大利都灵大学的教授塞瑞纳拉·伊奥凡诺和土耳其哈希坦普大学的教授瑟皮尔·奥伯曼做出了较大贡献。物质生态批评的核心概念包括物质、能动性、现实、意义、文本、叙事能力。其主要观点是：包括人类和非人类自然万物在内的所有物质都具有能动性；所有语言都有物质现实基础，物质现实是物质和意义不断生成的过程；所有物质都具有叙事能力，物质即是文本，文本即是物质。这些观点“有利于颠覆西方思想中人类优于自然的传统理念”，“展示了语言与现实之间的紧密联系，反驳了后现代主义与后结构主义中社会话语主导一切的观点”，“肯定了人类与非人类自然物质通过内在互动生成故事的能力，从而否定了传统思想中叙事能力为人类专利的论断”[①]。需要强调的是，所有物质都具有能动性，能产生意义且有叙事能力，这三个属性不可分割，是三位一体的。

伊奥凡诺和奥伯曼指出：“物质生态批评提出了两种阐释物质能动性的方式，第一种关注物质（或自然）的能动性在文学、文化、视觉叙事文本中的描绘和再

① 唐建南. 2016. 物质生态批评：生态批评的物质转向. 当代外国文学，(2)：114-121.

现；第二种关注物质创生兼具意义和载体的现象（configuration）的‘叙事’能力（power），这些现象可与人类产生共现（co-emerging）或互动。”[①]简而言之，物质生态批评“审视文本中的物质和作为文本的物质”[②]。迄今为止，国内尚未有人从物质生态批评的角度解读卡森上述4部科学散文作品，因而，本节拟从以下两个方面做一些尝试。

一、文本中的物质：所有物质均具有能动性

自文艺复兴以来，西方形成了二元论的人文主义自然观，这种自然观认为，人类是主体，具有智能、意向性、理性和改变世界的能力，这些特征是人类具有能动性的体现；非人类存在物是客体，类似机器，是惰性的和被动的，其运动和变化由外力推动，严格遵循机械决定论的因果关系，是被影响和被改变的对象。物质生态批评认同新物质主义的观点：世界是由物质组成的，人类也是一种物质，所有物质都不是惰性的和被动的，而是不断生成的过程，这一过程是物质具有能动性的具体表现形态。生成意味着变动不居，变得有所不同，以固有的方式在自由自在地存在和运作着，并在发挥着这样或那样的作用。简言之，所有物质都具有不断生成的能动性。而且，物质的不断生成过程不是由外力推动的，而是由物质之间固有的内部互动（intra-action）引发的必然结果。这些观点通过重新定义能动性，肯定了万物平等、相互联系的生态整体观：它强调意向性和理性不是能动性的标志，人类不能以此为由，认为自己优于非人类物质，而应明白，人类与其他物质形式处于同一个相互联系的生态网（共同体或整体）中，人类的任何作为及其效果都要与其他物质发生互动才能实现，人类若破坏生态环境——非人类物质，最终也将危及自身——受到具有能动性的非人类物质的惩罚。

在卡森笔下，非人类自然万物与人类都具有能动性，都是不断生成的过程，没有高下之分。《海风下》整部作品用拟人化（anthropomorphism）手法，以海滨、浅海区、深海区的生物为主要描述对象，并分别给一些海鸟和鱼起了名字：一只剪嘴鸥名叫灵巧（Rynchops），两只三趾鹬分别叫黑脚（Blackfoot）和银巴（Silverbar），一只鱼鹰叫潘迪恩（Pandion）；一只鲭鱼名叫思康博（Scomber），一条鳗鱼名叫安奎拉（Anguilla），一条鳟鱼叫塞诺赛恩（Cynoscion）。该部作品描绘了众多海洋动物的种种生活经历乃至情感体验。这些动物像人一样具有决断能力，都是勇敢、主动地去追求生存，其中一些动物还体现了惊人的智慧。沙滩雌龟产下卵后“仔细用沙子盖好卵穴，前前后后爬来爬去，掩藏卵穴的确切位

---

① Iovino, Serenella and Serpil Oppermann. 2012. Material ecocriticism: Materiality, agency, and models of narrativity. *Ecozone:* (3.1): 75-91.

② Iovino, Serenella and Serpil Oppermann. 2014. *Material Ecocriticism*. Bloomington: Indiana University Press: 6.

置”[①]，以此来迷惑捕食者；三趾鹬雏鸟都学会“听到妈妈示警的叫声后匍匐在地，纹丝不动，让敌人看不出它们就在石头间趴着”[②]。显然，沙滩雌龟和三趾鹬雏鸟的生存过程就是主动的、不断生成的过程。卡森偶尔描写人，却是从相关海洋动物的视角描写的，而这些动物是故事的主角。她没有给所描写的人取名，而且，这些人的能动性表现为对自然生物产生负面作用。渔夫们激烈争斗，在海岸边河流入海口附近布下刺网和待袋网（pound nets），大量捕捉游向河流上游产卵的鲱鱼[③]。迁徙的鸻鸟飞过时，“猎鸟人由着自己的癖好，罔顾法令，活生生枪杀一个个勇往直前的热血生命”[④]。这些渔夫和猎人的能动性必将导致生态失衡。

《我们周围的海洋》以整个海洋为主角，描述海洋的形成和地球上生命的产生，海洋不同时段、季节、深度的生物，海岛的生成及其生态，古今海洋的变迁，以及风浪、洋流、潮汐的成因及其对海洋生物的影响。海洋与气候、海洋资源、海洋勘探史等方面，显示了宇宙、太阳、地球、月亮、海岛、海洋生物等与海洋相关的自然物质的能动性：它们都是不断生成的过程，而非一直如此、亘古不变；海洋会对人类造成（生成）影响。这部作品对人类能动性的描写可谓毁誉参半。一方面，人类是由海洋里产生的动物扩散到陆地上之后逐渐演化而来的，他们锲而不舍地探索着海洋，增进了对海洋规律的认识；另一方面，人类肆无忌惮地向海洋里倾倒废物乃至核废料，严重破坏了海洋生态系统，他们有意无意造成了脆弱的海岛生态的恶化。

《海之滨》主要描写美国东海岸具有代表性的三种不同海滨的独特地貌的形成，及其对不同海滨生物的产生和生存模式的影响。其中，不同区域的海滨在不同自然力的作用下不断生成变化，形成了岩石海滨、沙质海滨和珊瑚礁海滨。这三种海滨演化出适应其特殊环境的海滨生物，这些形形色色的海滨生物又在不断繁殖，并在海浪、洋流、潮汐等自然力的影响下，有条不紊地谋生存。总而言之，相关自然物质都展现了不断生成的特征，也就是说，都体现了能动性。在该作品中，卡森还描述了海滨种种景观对自己的影响——生成作用，触动她产生美感，使她在第一章“表达了其心中海滨极其美丽、独具魅力等思绪”[⑤]。

《寂静的春天》不仅描述了当代一些美国人破坏性的能动性，而且描写了非人类物质的能动性。这些人的能动性体现在不加选择地大规模喷洒杀虫剂和除草剂，导致了严重生态失衡的后果（第 1 章至第 11 章）。非人类物质的能动性表现在，面对一些人肆无忌惮的行为，相关非人类物质（自然存在物）不是逆来顺受，而

---

① Carson, Rachel. 2007. *Under the Sea-Wind*. New York: Penguin Books: 13.

② Carson, Rachel. 2007. *Under the Sea-Wind*. New York: Penguin Books: 45.

③ Carson, Rachel. 2007. *Under the Sea-Wind*. New York: Penguin Books: 17-18.

④ Carson, Rachel. 2007. *Under the Sea-Wind*. New York: Penguin Books: 49.

⑤ Carson, Rachel. 1998. *The Edge of the Sea*. Boston & New York: Mariner Books / Houghton Mifflin Company: xiv.

是在反抗（第 15 章），使不少人付出了惨痛代价（第 12 章），并危及更多人的健康乃至生存。一方面，杀虫剂和除草剂污染了整个环境，逐渐在一些人的体内积累，或使他们因慢性中毒致残或毙命，或通过影响遗传基因进而伤及后代，或产生致癌作用，不一而足。另一方面，人们不加选择地喷洒农药，在毒死目标昆虫的同时也杀死了这些昆虫的天敌，"削弱了环境本身所固有的、阻止昆虫蔓延的天然防线"①，破坏了生态平衡，不仅使一大批昆虫涌现出来，而且促使要消灭的昆虫产生抗药性，使农药的毒性不断升级，最终使任何农药都不起作用。总之，在人类的压迫下，非人类物质的各个层面都在发生变化，产生了众多出乎意料的后果，它们以此来反抗人类的妄为，显示其能动性。卡森得出的结论是大自然不可控制：

> "控制自然"这个词是妄自尊大的产物，是生物学和哲学还处于低级幼稚阶段时的产物，当时人们设想出"控制自然"，就是要大自然为人们的便利而存在。应用昆虫学上的这些概念和做法在很大程度上归咎于科学上的蒙昧。②

就是说，生物科学和生态哲学（包括新物质主义）在当代的发展成就表明，包括人类在内的各种物质组成了一个相互联系的生态共同体，非人类物质与人类物质一样也具有能动性，人类应该与非人类物质协同共存；人类能动性的发挥，不应只顾自己的利益，压制非人类物质固有的生成进程，破坏非人类物质的生存和生态共同体的稳定，而应该充分认识和顺应非人类物质的能动性的运行规律，否则就属于愚昧的肆意妄为，最终会导致非人类物质展示出其能动性，对人类进行惩罚。

需要强调的是，在上述 4 部作品中，人类和非人类物质都是通过生态整体的内部互动展示其能动性——不断生成的过程的。在《海风下》中，海洋动物主要通过觅食、逃避天敌以及繁衍等行为，来发挥能动性。这些行为都需与其他物质互动才能实现。即使是大海这一无生命的物质，也是在与其他物质的互动中才能显示出能动性。卡森写道：

> 那年三月，当鳗鱼在外海守候，等待进入陆地的适当时机时，大海也在熙熙攘攘，等着再次入侵海岸平原，循河谷往高处攀爬，舔舐连绵群山的脚跟。在鳗鱼一变再变的一生中，湾口外的等待不过是一段小小插曲；海、海岸和群山的关系也是如此：在悠久漫长的地质岁月中，目前的状态不过是暂时的。海水的不断侵蚀终究会把山峦化为尘泥，倾入

---

① Carson, Rachel. 2000. *Silent Spring*. New York: Penguin Books: 214.

② Carson, Rachel. 2000. *Silent Spring*. New York: Penguin Books: 257.

海中；海岸终将被海水淹没，岸边的城市村镇终将沉没于海洋。[①]

大海威力无比，其长期的侵蚀将使海岸、山峦乃至岸边的城市、乡村消失，没入大海。大海与海岸线的长期互动将产生沧海桑田的结果，而大海力量的源泉也是其他物质的作用：海浪、洋流、潮汐主要是因风、地球自转、月球吸引而产生的；而风起源于冷暖气流的运动，地球自转源于太阳与地球之间的相互引力，月球的引力源于月球与地球之间的相互吸引。

《我们周围的海洋》描述了海洋各个层面上创造性的生成过程，这些过程产生并持续影响着各种海洋生物，以及陆地上包括人类在内的其他生物。在卡森看来，整个宇宙万物是一个整体，大海的种种变化生成过程都是与整体内部其他物质的互动过程，比如受地球自转、地球公转、地球内部岩浆运动、风、阳光、月球公转、大陆板块的分布等因素的影响。她写道：

流动的海水响应月球和更远处太阳的吸引力，潮汐因此而生。理论上，每一滴海水与宇宙甚至最远的天体间，都有些许万有引力在起作用，但实际上，远处天体的引力影响极小，与海洋受到月球和太阳吸引所产生的大规模潮汐现象相比，可谓微不足道。住在海边见过潮水的人，都知道月球控制潮汐的力量比太阳大得多。[②]

这里，海洋表面的变化和潮汐的生成，主要是由地球与宇宙整体内部其他成员如月亮、太阳之间的互动——相互吸引所致。

《海之滨》向读者昭示，岩石海岸、沙质海岸、珊瑚礁海岸等地貌，与海水的长期冲刷和侵蚀，以及气温变化和阳光照射引起风化作用等因素有关；而与这三种地貌相应的海洋生物的不断生成过程，与其各自的无生命自然环境以及食物链上的其他生物都密切关联。卡森写道："在海岸上，生物和环境之间的关系绝非仅由单一因果关系造成；每一个生物都由许多网线和外界的世界链接，编制出复杂的生命结构。"[③]在海滨大环境的每个层次上，其他因素或"外界"因素实际上是生物圈整体或宇宙整体的组成部分，它们对海滨地貌和相关生物的影响，是整体内部组成部分的一些互动的体现。

《寂静的春天》警示公众，包括人类在内的自然万物通过相互联系构成了一个生态共同体，人是这个共同体的一部分，人类对自然环境的污染或破坏，将会殃及自身。卡森写道：

水、土壤以及由植物构成的绿色斗篷，共同组成了地球上的动物赖

---

① Carson, Rachel. 2007. *Under the Sea-Wind*. New York: Penguin Books: 162.

② Carson, Rachel. 1989. *The Sea Around Us*. New York & Oxford: Oxford University Press: 150.

③ Carson, Rachel. 1998. *The Edge of the Sea*. Boston & New York: Mariner Books / Houghton Mifflin Company: 14.

以生存的世界；纵然现代人很少记起这个事实，假若能够利用太阳能生产出人类生存所必需的基本食物的植物不复存在，人类便无法生存……地球植物是生命之网的一部分，在这个网中，植物和大地之间，一些植物与另一些植物之间，以及植物和动物之间存在着密切、重要的联系。①

在这部作品中，卡森向读者表明，人类破坏性的能动性特征，是通过严重污染自然生存环境、打破生态平衡显示出来的，而被消灭的昆虫、杂草的能动性，是通过把毒物输入食物链，最终殃及人类，或通过增强其自身的抗药性，使人类控制害虫或杂草的企图难以得逞。就是说，人类及其要控制的物质的能动性，都是通过所处的生态共同体（整体）内部相关物质之间的相互影响（互动）实现的。

从卡森的 4 部作品不难看出，海洋、海洋生物、陆地、陆地生物，乃至所有非人类物质都具有能动性，包括人类在内的物质的能动性的发挥，都是通过物质之间的内部互动而实现的，所有物质构成了一个密切联系的生态整体，所有非人类物质通过发挥各自的能动性，对生态整体的平衡、稳定和健康起着不可替代的作用；在现当代，人类的能动性往往体现在对非人类物质乃至整个生态整体的破坏上面。因此，人类应该肯定并重视各个层面的非人类物质的能动性，限制自己的能动性，否则，一旦破坏了非人类物质乃至生态整体，人类自己将会受到惩罚，或不能在地球上健康、持久地生存下去。

二、物质作为文本：所有物质都有叙事能力

新物质主义认为，物质在不断变化生成的过程中显现的种种迹象就是文本，这些文本包含着意义，因而是叙事场所（narrative site）。也就是说，物质具有表达能力，在书写着自己的文本，讲述着自己的故事，物质是故事物质（storied matter）。这与生态符号学的塔尔图-莫斯科学派的一个主要概念有异曲同工之处，这个概念“是把原先界定为书面形式或先行结构的 text（文本）的意义扩展到生态学研究中，指自然环境中的某些情景”②。物质生态批评认为，世界是由各种具有叙事能力的物质组成的集合体，这一批评流派把审视物质的叙事能力，或作为文本的物质，当作其另一主要任务。

卡森的 4 部作品表明，非人类物质（非人类自然万物）和人类一样，也具有叙事能力。在《海风下》中，相关海洋生物和无生命存在物也在创作着自己的文本，显示了叙事能力，这些文本的意义可以被相关动植物领会。在该作品中，卡森如此描写那只名叫“灵巧”的剪嘴鸥：

---

① Carson, Rachel. 2000. *Silent Spring*. New York: Penguin Books: 69.

② 胡壮麟. 2014. 自然与文化的对立统一：谈生态符号学研究的理论核心. 外语研究, (4): 1-5.

> 灵巧的喙在海峡波澜不惊的水面上犁出一小道沟壑，激起一层层涟漪。振动波穿透水体，传到沙质海床后，又反射回来，形成的信号波被碰巧在浅滩区巡游的鲇鱼和鳉鱼收到。鱼类世界中有许多讯息都是通过声波传递的。有时，声波震动预示着头顶上方有成群小虾米或桡脚甲壳类“美食”出没。因而灵巧泅水飞过后，饥饿的小鱼便好奇起来，纷纷跃出水面。而灵巧盘旋一阵后，立即沿原路飞回，只需快速张合几下短小上喙，三只小鱼就到口了。①

这里，灵巧用自己的喙创作了文本——在海面上“激起一层层涟漪”，不过，这一文本的意义是诱骗鲇鱼、鳉鱼上当——这些涟漪传递的信号波使这些小鱼误认为接近海水表面，并且其“头顶上方有成群小虾米或桡脚甲壳类‘美食’出没”，从而“纷纷跃出水面”前来觅食，结果却成为灵巧的美餐。

通常，物质在时空中的“无为”存在过程就是在“创作文本”的过程，它呈现的形态、颜色、气味就是文本，这些文本可以被其他动物阅读、领会，进而为它们带来有利或不利的结果。卡森写道：“大西洋油鲱排成紧密的鱼阵成群游过，在阳光下反射出古铜色和银色光泽。对密切留意鱼群动向的海鸟而言，油鲱好似一片从深蓝海面快速翻滚而过的乌云。”②浮游在海面下的油鲱所呈现的光泽就是它们创作的文本，而密切留意鲱鱼群动向的海鸟在阅读着这一文本，理解其意义后，便开始行动——向海面俯冲，捕捉鲱鱼。正在追逐名为“思康博”的鲭鱼的鳀鱼散发出一种味道，该味道就是其创作的文本，该文本被一群幼年蓝鱼读到，蓝鱼开始追捕鳀鱼，思康博才得以脱险③。9 月末，天气这一无生命的物质也在创作文本——北风凛冽，寒气阵阵，通过触觉领略这一文本意义的鲻鱼开始迁往深海：

> 第二天一早，北风凛冽得几乎把浪尖掀飞。一波波海浪扑到海湾沙洲上，每一浪都激起滔天水花。风向突变，鲻鱼开始变得不安，在海峡间来回跳跃。在河口浅滩区和海峡周边的沙洲群岛一带生活的这些海鱼，察觉到一丝突如其来的寒意，那是从海风渗入海水的冰冷。鲻鱼开始迁向深海，那儿尚锁着太阳余温。④

三月，冰雪消融，大量淡水流入大海，鳗鱼通过味觉阅读了海中的淡水这一文本，领会了其意义，便开始沿河流返航：

> 三月，大海是灰色的。此时此刻，鳗鱼这一来自深海的生物在等待，

① Carson, Rachel. 2007. *Under the Sea-Wind*. New York: Penguin Books: 11.

② Carson, Rachel. 2007. *Under the Sea-Wind*. New York: Penguin Books: 80.

③ Carson, Rachel. 2007. *Under the Sea-Wind*. New York: Penguin Books: 81-82.

④ Carson, Rachel. 2007. *Under the Sea-Wind*. New York: Penguin Books: 59.

时刻准备向陆地进军。它们在沼泽、支流，还有墨西哥湾沿岸的野稻田里等待，准备向海峡与河口边的绿沼泽地进发。它们等待着北部冻河倾泻而下的河水与迅猛上涨的朔望潮交汇，等待大量被倒入海中的淡水到来；这些鳗鱼尝到陌生的淡水味后，便会兴奋地逆流而上。①

在《我们周围的海洋》中，宇宙的变迁生成了地球，地球的变迁生成了大海，地球是宇宙创作的文本之一，大海是地球等自然物质创作的文本，地球及大海这些文本包含的故事可以被人类阅读和理解。可以说，这部作品主要展现了大海创作的文本及其包含的种种故事。地球陆地表面、太平洋及其海盆、其他大洋及其海盆，以及月球的岩石结构，就是地球及其他自然物质共同创作的文本。科学家通过阅读这些文本，揣摩出了太平洋及月球形成的故事。卡森写道：

某些地球物理学家表示，太平洋海床由玄武岩组成，而玄武岩却是属于地球中层的物质，至于其他海洋的海床则都是一层薄薄的花岗岩，和地球外壳的主要组成物质相同。因此，我们不禁要问，覆盖在太平洋海床上的花岗岩到哪里去了？最简单的假设是，这层花岗岩表面已在月球形成时脱离地表。这个假设是有根据的：月球的平均密度比地球低得多（月球为 $3.3g/cm^3$，地球则为 $5.5g/cm^3$），这显示，月球并未取得地球上密度较高的铁矿，而仅仅由花岗岩和地球外层少量的玄武岩组成。②

这就是说，月球曾经是地球的一部分，是从太平洋所处的位置摔出去的一大块儿。地球岩石扉页中包含的生物化石，可谓远古海洋创作的文本，现当代的科学家凭此可以判断远古海洋中生存过的古生物，以及当时地球陆地上的环境状况：

过去 5 亿年来，岩石中保留了化石记录。进入寒武纪后，生物史开始铭刻在岩石扉页上，当时的海中生物已大幅进化，主要的无脊椎动物族群均已出现。不过，地球上尚无脊椎动物、昆虫或蜘蛛，也没有任何动植物发展出足够的能力，以便登上险恶的陆地生存。所以，大约 3/4 以上的地质时间里，大陆都是一片荒芜，杳无生物踪迹，而海洋则培育着生命，让这些生物做好准备进入大陆，并把大陆改造为适居环境。③

在卡森看来，海底沉积物是地球在过去创作的一种文本，直到当代，科学家才得以读懂这一文本：

海底沉积物是地球的史诗，如果人类足够聪明，或许就能从这些物

① Carson, Rachel. 2007. *Under the Sea-Wind*. New York: Penguin Books: 160.
② Carson, Rachel. 1989. *The Sea Around Us*. New York & Oxford: Oxford University Press: 6.
③ Carson, Rachel. 1989. *The Sea Around Us*. New York & Oxford: Oxford University Press: 9-12.

质中了解历史，一切都已经书写在其中。沉积物成分的性质以及沉积层的排列顺序，都反映出上层水域以及四周陆地所发生的一切事情。地球史上所发生过的种种剧烈激变，如火山爆发、冰河进退、荒漠酷热干旱、洪水肆虐破坏，都在沉积物中留下痕迹。

1945 年之后，科学家在样本的采集与解读上有了长足进步，海底沉积物这本厚书到现在才由当代科学家打开。①

“史诗”“书写”“厚书”“打开”这些隐喻式用词，明显和文本有关。海浪则是大海与海风等非人类物质共同创作的文本，古人就能从海浪中读出相关信息。近现代以来，人类解读这一文本的能力随着科学的发展得到了很大提高：

波浪涌向英格兰西端的兰兹角，捎来大西洋远方的讯息……海浪接近兰兹角岩岸时，会经过海床上某个怪异的仪器，这个仪器能感测洋流升降时不断变动的压力，借此了解大西洋远方（也就是波浪来处）的许多信息，然后把它们转译成人类能够了解的符号。②

过去数百万年里，海浪一直先于风暴抵达岸边，不断发出警告，但人类直到最近才开始研究海浪语言。或者至少到现在，我们才懂得从科学角度来了解海浪传递的讯息。现代人在波浪研究方面的成就其实能在民俗中找到根据。对太平洋岛屿世世代代的原住民来说，某种涌浪的出现暗示台风即将来袭。而几百年前，爱尔兰沿海偏远地区的农夫，只要看到预示风暴即将来袭的长涌浪冲击海岸，就会哆哆嗦嗦地谈起致死巨浪的消息。③

“海浪语言”是一种意义丰富的文本，自古以来，海边的居民实际上都在阅读和理解着这种文本。同样，鸟类的迁徙路线可以说是变化的气候与候鸟等非人类物质共同创作的文本，人类可以从中读出意义，指导自己的海上航行：

研究古代航海术的学者认为，鸟类迁徙对波利尼西亚人来说具有重要意义，他们观察到，每年春秋时节，鸟儿聚集成群，越洋跨海飞向远方，一段时间之后，又从先前身影消失之处飞回，可能由此获得很多启发。格迪（Harold Gatty）认为，夏威夷人是在金斑鸻春天返回北美大陆时，跟着它们的迁徙路径，从塔希提岛来到夏威夷群岛。此外，他们推测，从所罗门群岛移居新西兰的殖民者，可能是依循亮丽的杜鹃鸟的迁

① Carson, Rachel. 1989. *The Sea Around Us*. New York & Oxford: Oxford University Press: 76.
② Carson, Rachel. 1989. *The Sea Around Us*. New York & Oxford: Oxford University Press: 111.
③ Carson, Rachel. 1989. *The Sea Around Us*. New York & Oxford: Oxford University Press: 112-113.

徙路线航行的。[①]

在《海之滨》中，诸如海藻等海洋生物是岩石海岸、海浪等非人类物质创作的文本，显示了后者的叙事能力：

> 就像这段海岸的动物生命一样，海藻也在静静地诉说着大浪的故事。由岬到湾到小峡湾，墨角藻可能长到七尺高；在这开阔海岸，长到七尺的植物就已经算是高大了。在缓慢而发育不全的生长中，侵入岩石上层的海藻显露出波浪重重拍击的艰困生活状况，在中低层区域，有些强健的海藻能大量群聚生长。这些海藻和较平静岸边的海藻大不相同，这使得它们成为波涛汹涌海岸的象征。[②]

这里，海藻述说着大浪的故事：也就是说，海藻这一文本的不同形态，昭示了海浪冲击岩石海岸的不同高度和强度。

沙质海滨的小小沙粒是海水和大风等非人类物质创作的文本，人类凭沙粒独特的形体和光泽可以读懂其漫长的历史：

> 虽然沙粒极其微小，却仍可以由一粒沙的形状和质地看出其历史。风吹来的沙比水送来的沙更圆，它们的表面也因与空气中所夹带的其他粒子摩擦，而失去光泽……古代的沙粒，其表面的蚀刻，也许能够给我们些微过去气候的线索。在欧洲，"更新世"的沙粒沉淀物表面缺乏光泽，就是冰河时代的强风吹袭而造成的。[③]

珊瑚礁海岸本身就是一种文本，其形态和质地是热带海域在述说着其形成史，这一历史可以被人类所理解：

> 这段海岸的构成和意义，显示的不只是水陆间不稳定的平衡，它在滔滔不绝地诉说着眼前正在发生的变化，由生物的生命过程所带来的变化。也许站在各岛礁之间的桥上，远眺方圆数里的水域，偶见水平线那端覆盖着红树林岛屿的人，才是最了解这种海岸意义的人。[④]

在《寂静的春天》中，非人类物质的叙事能力的主要体现是，人类在肆无忌惮地使用杀虫剂、除草剂等化学农药后，并没有得到自己期望的效果；相反，化学农药毒化了整个环境，杀死了一些不该被杀死的昆虫、鸟儿以及相关生物，直接危

---

① Carson, Rachel. 1989. *The Sea Around Us*. New York & Oxford: Oxford University Press: 207-208.

② Carson, Rachel. 1998. *The Edge of the Sea*. Boston & New York: Mariner Books / Houghton Mifflin Company: 61.

③ Carson, Rachel. 1998. *The Edge of the Sea*. Boston & New York: Mariner Books / Houghton Mifflin Company: 130.

④ Carson, Rachel. 1998. *The Edge of the Sea*. Boston & New York: Mariner Books / Houghton Mifflin Company: 194.

及人类的健康和生存；而被期望消灭的昆虫及杂草，因为逐渐产生抗药性，又由于其天敌已被杀死，因而不久之后，又卷土重来——大自然相关层面的这些变化就是文本，是非人类物质在向人类的肆意行为说“不”。例如，美国的西部大平原上生长着鼠尾草，以及以此为生的羚羊和松鸡。土地管理局以发展为名，准许放牧者开发更多草场。这样，开发者就策划着培育出没有鼠尾草的草场，而喷洒化学药剂则成了清除鼠尾草的新手段。卡森写道：

> 看来很少有人去问，这片草场在这一区域是不是一个稳定的和人们所期望的结局。当然，大自然的回答并非如此……[①]
>
> ……结果，整个紧密相连的生命结构显然被撕裂了。羚羊和松鸡将与鼠尾草一起消失，鹿儿也将受到伤害；由于依赖土地生存的野生生物灭绝，土地将会变得更为贫瘠。甚至企图牧养的牲畜也将遭难：夏天的青草不够多，绵羊在缺少鼠尾草、耐寒灌木和其他野生植物的平原上，冬季只能挨饿。[②]

喷药同时毁坏了目标之外的大量植物及相关动物。喷洒化学药剂引起的种种负面现象是西部平原创作的向人类说“不”的文本，这是其拥有叙事能力的体现。此外，受到毒化的地表水、地下河、土壤、河流，乃至被直接毒杀的“害虫”，都在以各自的方式向喷洒农药的人说“不”——毒化的地下河、河流、土壤不能再向人类产出其赖以生存的产品，“害虫”数年之后以更大的规模卷土重来。

在描述了具有叙事能力的昆虫、其他生物，乃至无生命的非人类物质创作的旨在向人类说“不”的种种文本后，卡森指出：“我们必须与其他生物共同分享我们的地球……只有认真地对待生命这种力量，并小心翼翼地设法将这种力量引导到对人类有益的轨道上来，我们才能有希望在昆虫群落和我们自己之间形成一种合理的协调。”[③]她希望人类充分领会其他生物创作的文本所传递的信息，及时调整自己的行为，与其他生物协同共存。

需要指出的是，生态批评前三次浪潮中的一些学者指责生态文学作品中的拟人化描写[④]，认为它是人类中心主义的表现。与此相反，物质生态批评学者赞同拟人化描写，认为这种描写手法“不一定是人类中心主义和等级制的表现，而可能成为凸显物质非凡的能动性以及物质组成因素的共性的叙述手段”[⑤]。可以说，卡

① Carson, Rachel. 2000. *Silent Spring*. New York: Penguin Books: 71.

② Carson, Rachel. 2000. *Silent Spring*. New York: Penguin Books: 72.

③ Carson, Rachel. 2000. *Silent Spring*. New York: Penguin Books: 256.

④ 拟人化描写指把人类的属性、感情和意向等赋予动物或非人类实体。

⑤ Iovino, Serenella and Serpil Oppermann. 2012. Material ecocriticism: Materiality, agency, and models of narrativity. *Ecozone*, (3.1): 75-91.

森的“海洋三部曲”是物质生态批评这一观点的良好注脚。上文中的一些例子实际上包含着拟人化手法，只是我们没有专门分析阐述，下面让我们在这方面做一些尝试。

《海风下》通部作品均用拟人化手法描写鱼类和海鸟等海洋动物，此外，它还用该手法描写无生命的物质。卡森这样描写那只名字为“银巴”的三趾鹬在沙滩捕食鼹蝉蟹的景象：

> 银巴步子紧跟着退去的浪花，看到两个亮闪闪的气泡正要顶开沙土，知道下面有蟹。尽管它盯着气泡看，但余光已经扫到了远处即将成形的浪花。眼看着浪花澎湃着向沙滩扑来，它急忙估摸浪花的行进速度。低沉的浪花声中，它听见了轻柔的嘶嘶声，浪尖就要冲上沙滩了。此刻，沙滩上露出鼹蝉蟹的触须，上面覆着绒毛。银巴在绿色水丘浪尖的正下方兴致勃勃地奔跑着，边跑边在湿沙滩上刺探，它张着喙，一口叼出鼹蝉蟹。赶在海水还没沾湿双腿前，它急忙转身冲向沙滩高处。①

在卡森笔下，银巴这只三趾鹬与人无异：它不仅有名字，能眼观六路，耳听八方，行动迅疾，而且有感情，有心理活动，有认知能力，思维敏捷，判断精准，在自己的世界里完美地完成各项动作，以自己独特的方式惬意地生存着。

该部作品第二部分共七章都是以一条名叫“思康博”的鲭鱼为线索描写的。其中一个情节如下：

> 思康博沿着堤坝继续往上游，游到一片幽暗静谧海域，海面上拖着渔船码头长长的阴影。一大群鲱鱼苗从黑暗中冲出，猛地向它奔来……它们正忙着逃命，躲避天敌追赶。追赶它们的是条幼年青鳕，在海湾一带很活跃，靠恫吓捕食其他小鱼为生。在鲱鱼苗的团团包围中，思康博体内悄然萌生出一股新冲动。它调转身体，拐了个大弯，咬到一条小鲱鱼。鲱鱼身躯横在思康博的嘴两侧，它尖利的牙齿嵌入鲱鱼柔软的肉身中。它衔着鲱鱼游入深水，停在摇曳的海藻丛上方。它把鲱鱼身躯撕成数片，三两口便悉数吞下。
>
> 思康博刚刚游离鲱鱼群，青鳕就掉头继续寻觅，以期捕获仍在这片水域活动的鲱鱼苗。一瞥见思康博，青鳕便转身向它俯冲过去，可惜对它而言，如今的思康博个头又大，游得又快，它根本不可能奇袭成功。②

这两个段落完全是从幼年鲭鱼思康博的视角——第三“人称”视角描写的：思康

① Carson, Rachel. 2007. *Under the Sea-Wind*. New York: Penguin Books: 23.

② Carson, Rachel. 2007. *Under the Sea-Wind*. New York: Penguin Books: 88-89.

博感到一片海域幽暗静谧，还看到码头的阴影，却突然发现被小青鳕追赶而突然向它冲来的一大群小鲱鱼，然后捕捉到并衔着一条小鲱鱼游向安全场所吃掉；尤其值得称道的是，作者写出了思康博的心理活动（“体内悄然萌生出一股新冲动”）、感性体验（感到向它奔来的一大群小鲱鱼动作之“猛”，牙齿感到所咬的鲱鱼肉“柔软”）、准确的判断力和一系列恰到好处的动作。这些拟人化描写使这条幼年的鲭鱼显得如人一样机灵、一样可爱，凸显了其如人一般的能动性。

卡森这样描写海风和大海：“除了水流声和海鸟叫声外，那小岛上几乎没有什么声响。海风睡着了。水湾边传来浪花拍打沿岸沙滩的声音，而远处大海的声音却很微弱，力度几乎与叹息声差不多，仿佛大海也在声音之门外睡着了，发出均匀的呼吸声。”[①]海风如人，在小岛一带睡着了，小岛周围的大海亦如此。她如此描写涨潮时海湾里的海水：“一进入湾口，大海就化为扇形在海湾展开，迅疾冲过码头东面的老海堤，拍打着码头的木桩，拉拽着锚在岸边的渔船。海水蔓延到码头西面后，海面上顿时映出橡木丛和雪松丛悬垂的枝条，海湾边的鹅卵石受激开始窃窃私语。”[②]大海如狂人一般，在奔跑着、拍打着、拉拽着；鹅卵石如饶舌之人，在窃窃私语。她这样描写从山上吹向大海的风：

> 黄昏时分，起风了。一开始只是柔和的微风，轻拂池塘而过，把水面拂成了平整的天鹅绒。到了午夜，柔风几乎变为狂风，刮得灯芯草狂摇乱摆，吹得干枯草穗嘎嘎作响，还在池塘水面上犁出深深沟壑。暴风从山上呼啸而下，穿透橡树、山毛榉、山核桃树、松树林立的山林，向东刮去，一直奔袭到两百英里[③]以外的海上。[④]

风如人，由轻柔变为狂暴，会轻拂、会挠、会犁、会呼啸、会奔袭；它变动不居，在自由挥洒着自己的个性，展现了不可抑制的生成能力和能动性。

《我们周围的海洋》和《海之滨》这两部作品，只是部分句子运用了拟人化描写。《我们周围的海洋》如此描写植物和浪潮：

> 单凭动物本身是否能成功移居陆地，这一点仍让人十分怀疑。因为只有植物才能率先改善陆地恶劣的环境——植物把岩石粉碎成土壤，并能保持水土，防止土壤受雨水冲刷而流失；在植物的开垦下，荒凉空寂的岩石地表逐渐软化。我们对于陆上的第一批植物所知甚少，但这些植物必定与某些较大型海草关系密切；这些海草适应了沿岸浅滩的环境，

① Carson, Rachel. 2007. *Under the Sea-Wind*. New York: Penguin Books: 15.

② Carson, Rachel. 2007. *Under the Sea-Wind*. New York: Penguin Books: 87.

③ 1 英里≈1.609 千米。

④ Carson, Rachel. 2007. *Under the Sea-Wind*. New York: Penguin Books: 130.

> 发展出强韧茎部和类似根部的攀附结构，抵抗浪潮的拉扯。在某些沿海低地，海水会周期性涨退，有些植物或许就是在这里顽强活下来，即使脱离海水依然能生存。这项演化发展似乎发生在志留纪。①

这里，植物像人一样，可以“粉碎”岩石，“开垦”地表，在顽强地谋生存的同时，也在改造着陆地表面的环境；浪潮也像人，在周期性地进退，而且会“拉扯”植物。海洋中新海岛形成后，动植物逐渐出现，卡森是这样写的：

> 但渐渐地，动植物乘着风、逐着波、搭着流木，随着漂流灌木和树木，从遥远大陆移居岛上。
>
> 大自然的方式是如此从容不迫、不急不忙、不屈不挠，将生物带到海岛上的工作，可能要耗时数万年甚至数百万年……如果你等得不耐烦，疑惑为什么人类无法经常看到生物登陆岛屿，那么你就是看不透这个过程庄重谨慎的步调。②

“乘着”“逐着”“搭着”“移居”“从容不迫、不急不忙、不屈不挠”“庄重谨慎的步调”等词语通常用以描述人的特征，这儿被用来描述动植物和大自然的能动性。她是这样描述海洋的侵蚀及碎浪的声音的：

> 海洋侵蚀岩岸时，会碾磨岩石，凿挖并带走岩石碎片，此后，这些碎片就成了冲蚀悬崖的工具。随着岩石下半部遭到冲刷破坏，一整块的岩石会崩塌落入海中，随波浪翻滚而被磨成碎石，为海洋提供更多攻击武器。这种碾磨岩石、制造碎石的作用在岩岸不断进行着，只要侧耳倾听就能听见。碎浪在拍击岩岸时产生的声音，与拍击沙岸时不同，那是种深沉浑厚的低语声，一旦听过就难以忘怀，即使只是偶然沿着这种海岸漫步一会儿，这种声音也会深深刻入脑海中。③

“碾磨”“凿挖并带走”“攻击武器”“拍击”“深沉浑厚的低语声”等词语的运用，使海洋和碎浪具备了人的行为特征，并使其强大的能动性深深地蚀刻在读者脑海之中。

在《海之滨》中，卡森这样描写被潮水冲到岸边的海月水母和海鸟：

> 仲夏的许多日子里，涌入的潮水带来海月水母半透明的圆形形体，其中大部分都处于生命周期已完成的虚弱状态。其身体组织很容易被水流扯下，潮水把它们留在那里。就像压皱的玻璃纸一般，它们很难活过

① Carson, Rachel. 1989. *The Sea Around Us*. New York & Oxford: Oxford University Press: 12-13.

② Carson, Rachel. 1989. *The Sea Around Us*. New York & Oxford: Oxford University Press: 89-90.

③ Carson, Rachel. 1989. *The Sea Around Us*. New York & Oxford: Oxford University Press: 123.

下一波潮水。

每年它们都会来报到，有时候一次只有一些，有时则多到不可胜数。它们静悄悄地向海边飘去，就连海鸟也不会鸣叫，报告它们来到的讯息。海鸟对水母毫无兴趣，因为水母身体组织的大部分由水构成。①

“带来”“扯下”“把它们留在那里”“报到”“报告”“毫无兴趣”等常用来修饰人的词语，被用以描述潮水、水流、海月水母和海鸟，使这些非人类物质显得活灵活现，异常生动。她如此描写沙质海滨积存的来自海洋的漂流物：

然而，沙地上也记录了其他生物的遗迹。海滩上散布着薄薄一网废物，是由潮流送到岸上的海中漂流物。这是构造奇特的织品，由海风、海浪和潮流不眠不休的力量编造而成。材料供应源源不断，陷在已经干枯的滨海草类和海草之间的，有螃蟹的螯和海绵的碎屑，有破碎而伤痕累累的软体动物，有覆满海洋生物的老旧木柱、鱼骨和海鸟的羽毛。编制者使用现成材料，而网子的图样由北至南逐渐变化。②

“记录”“送到”“编造”“材料供应”等词语，彰显了沙地、潮流、海风、海浪等物质如人一般的能动性特征，而珊瑚海岸上的红树林则是这样的：

红树林是植物王国的遥远移民，永远把幼代往外送，在离母株数十、数百或数千里外的地域，建立先锋殖民地。同样品种生于美洲热带海岸和非洲西岸。也许在无限久远的年代之前，美洲红树林乘着赤道洋流横跨非洲，也许这样的移栖不声不响地持续了很长时间。③

“移民”“把幼代往外送”“建立先锋殖民地”“乘着赤道洋流横跨非洲”等词语，通常也是用于描述人类，作者用以描写红树林，不仅使自己的语言生动，而且昭示红树林像人一样，具有变动不居、积极开拓的能动性特征。

通过以上分析我们可以看出，海洋、海洋生物、陆地、陆生生物，乃至所有物质都具有叙事能力，都在创作形形色色的、蕴含着一定意义的“文本”，传递着种种信息，各种自然生物实际上都是通过有意无意地发出或捕获相关信息，从而与生物圈之内其他的物质，甚至太阳、月球等物质进行互动，实现物质循环和能量循环，进而持续地、健康地生存着。在这一方面，各种自然生物体显示了丰富的生态智慧。相反，许多现当代人没有认识到或不相信非人类物质具有叙事能力，忽视或漠视其他物质发出的信息，肆无忌惮地掠夺海陆物质，破坏海陆生态

① Carson, Rachel. 1998. *The Edge of the Sea*. Boston & New York: Mariner Books / Houghton Mifflin Company: 86.

② Carson, Rachel. 1998. *The Edge of the Sea*. Boston & New York: Mariner Books / Houghton Mifflin Company: 164.

③ Carson, Rachel. 1998. *The Edge of the Sea*. Boston & New York: Mariner Books / Houghton Mifflin Company: 240.

乃至整个自然生态，结果使自己的生存条件恶化，变得不可持续。此外，卡森在充分尊重自然事实和确保准确性的前提下，通过运用拟人化的描写手法，不仅使非人类自然物质的形象和变化过程异常鲜明生动，颇具感染力，而且凸显了其固有的能动性和叙事能力。因此，人类要限制自己的能动性，就要时时刻刻谦逊地关注非人类物质不断显示的信息，及时调节自己的行动。有志于成功描写大自然或述说科技知识的作者，可以学习卡森对拟人化手法这种有前提的运用。

第二节　卡森科学散文的生态审美特色

生态美学是我国学者在结合西方当代环境美学和我国传统生态审美智慧的基础上，提出的生态审美观，它以人与自然、人与环境之间的生态审美关系为研究对象。曾繁仁教授强调指出，生态美学是一种生态存在论美学观，其着力点不是传统美学所倚重的形式或实体，而是“一种生存与生命之美，是一种栖居之美”。在自然美方面，生态美学否定“传统的自然美的实体性、人化特性与静观性，强调了自然美的关系性、共生性与参与性”①。也就是说，生态审美的对象是万物的存在状况，自然审美的对象是包括人在内的生态整体中的各个部分的关系，自然美是人类与非人类自然物共生共存、有在家中一样的感觉的“诗意栖居”之美，是人的所有感官都介入的“参与之美”。作为曾教授指导的博士研究生，王诺教授把生态审美引入生态批评，提出了生态审美的四个原则：自然性原则、整体性原则、交融性原则、主体间性原则。②本节拟以这四个原则为指导，审视卡森前述4部科学散文作品的生态审美特色。

第一，生态审美的自然性原则的内涵是：“生态审美的目的首先是审美自然”，这种审美“突出的是自然审美对象，而不是审美者”，“旨在具体地感受和表现自然本身的美”③。这就是说，生态审美主要是对包括人在内的大自然的审美，关注的是大自然的存在状况，而不是审美者自身的生存状况，其前提是大自然的完好和自然生态系统的稳定，目的是感受和表现大自然固有的美，而不是以其为背景或工具，先入为主地抒发审美者的感情，表述其思想或象征其人格追求。卡森的《海风下》《我们周围的海洋》《海之滨》主要描述大海及相关生物本真的存在状况，以及她融入这类原生态的海洋环境中的真切感受，表现大海固有的魅力和壮丽。

《海风下》尽管用了拟人化手法，给所描写的一些海鸟和鱼起了名字，并描写

---

① 曾繁仁. 2015. 生态美学基本问题研究. 北京：人民出版社: 2.

② 王诺. 2007. 欧美生态批评研究. 济南：山东大学博士学位论文.

③ 王诺. 2013. 生态批评与生态思想. 北京：人民出版社: 231.

了这些动物的心理和感受，但这些描写基本上都符合客观事实，而没有出现寓言或动物小说式的违背生物学事实的虚构。创作这部作品时，卡森决定“回避大多数有关海洋的通俗读本所具有的‘人类的偏见’”，她把自己“作为‘大海中的某种生物’来讲述故事。‘鱼和其它海洋生物必须是书中主角，它们的世界必须用它们的眼光和感觉来描绘，叙述者不要进入故事或者跑出来发表意见。故事中也不出现任何其他人物，除非是鱼类眼中的掠食者（指天敌——译注）和毁灭者’”①。这就是说，卡森力求准确地描写相关动物在特定环境中的固有行为和感受，而不是想当然地把人的主观想象和希冀附会到动物身上。她是海洋生物学硕士，但为了确保描写内容的精确性，她要求好友亨德里克·威廉·房龙（Hendrik Willem van Loon，1882—1944）把自己“介绍给他的朋友——著名的海洋学家和鸟类学家、纽约动物学会热带动物研究所主任毕比”。卡森解释说：“她要在深入写书之前亲自到‘海底’去。潜水可以使她‘感受到水下世界，这是别的方法所无法替代的’，她梦想到巴哈马的百慕大去旅行，去‘探索海底世界’，毕比可以给予她必要的指导。”②结果，《海风下》成了科学散文的典范，它的描写不仅想象力丰富、生动形象，而且具有科学严谨性，赢得相关科学家的好评。“科技书籍审查协会奠定了对该书的评论基调：该书有关海洋生物的资料翔实。既充满诗意又无矫揉造作的多情善感。对大自然的残酷无情和美丽多姿均有描述。《纽约时报》每日评论认为：《海风之下》笔法老练读来胜似小说，实际却是关于海洋和海岸生命的具有科学精确性的阐述。其它各大报刊也异口同声的赞扬卡逊的风格和她对海洋的科学理解。”③这就是说，这部作品描绘的是大海本身的美。

《我们周围的海洋》也是如此。1952 年的美国国家图书奖非虚构作品奖的颁奖辞，对这部作品做出了这样的评价：“该作品以充满诗意的想象和严谨的科学精确性以及朴实清晰的文风、崭新的创意赢得了广大读者长期的关注。”④卡森在领奖时发表了演讲，其中包含这样的字句：

> 我的目标是用理解和忠诚为大海画像……风、大海、运动的潮水，那是它们的本来面目。如果美、神奇、雄伟蕴含其中，科学会发现这些特点。如果它们本身没有，科学也无法凭空创造。如果我书中有关于大海的诗意的语言，那也不是我的精心创造，因为只要作者诚实，他就会发现大海本身就是一首诗。⑤

---

① 林达·利尔. 1999. 自然的见证人：蕾切尔·卡逊传. 贺天同，译. 北京：光明日报出版社：83.

② 林达·利尔. 1999. 自然的见证人：蕾切尔·卡逊传. 贺天同，译. 北京：光明日报出版社：84.

③ 林达·利尔. 1999. 自然的见证人：蕾切尔·卡逊传. 贺天同，译. 北京：光明日报出版社：96. 引文中，《海风之下》即本书中的《海风下》，卡逊即指本书中的卡森。

④ 林达·利尔. 1999. 自然的见证人：蕾切尔·卡逊传. 贺天同，译. 北京：光明日报出版社：193.

⑤ 保罗·布鲁克斯. 1999. 生命之家：蕾切尔·卡逊传. 叶凡，译. 南昌：江西教育出版社：117.

也就是说，她虽然用的是生动形象、饱含感情的文学（诗意）语言，但却是以相关科学知识和科学思维为基础，忠实地从多个角度展现了大海本身所具有的美丽、神奇和雄伟，以及诗情画意。

《海之滨》是《我们周围的海洋》的续篇或姊妹篇，二者虽然内容不同，风格却相似——用充满诗意的语言，描绘出了不同特征的海滨及相应的生命固有的美。针对这部作品，几乎所有的评论家都赞赏卡森“用诗意的想象作为其科学理解的附属物的写作手法”[①]。有论者指出：“很少有自然历史方面的书在描述生物及其相应环境、把科学事实同个人热情相结合等方面获得像《海边》那样的成功。”[②]这意味着，该部作品描绘出的美也具有科学的精确性，也是大自然本身具有的美。

《寂静的春天》从相反的角度涉及自然美——揭批当代人对自然固有的美的破坏。该作品讲述了许多不加区分地大量使用DDT等化学农药而造成严重后果的故事。例如，DDT等杀虫剂毒死昆虫，继而毒死以虫为食的鸟类，使春天没了欢唱的鸟儿，成为寂静（或死寂）的春天；用除草剂清除鼠尾草，使依赖该植物生存的松鸡和羚羊濒于灭绝。没有昆虫和欢唱的鸟儿，以及没有鼠尾草及相关动物，既危及生态平衡，最终危及人类自身的生存，又损毁自然景象，毁掉人类诗意栖居之地——精神存在的场所。

第二，生态审美的整体性原则的内涵是：“生态审美不仅仅观照单个审美对象，还要将它放到自然系统中考察它对生态系统整体的影响。有利于生态系统和谐稳定的才是美的，干扰破坏了生态整体和谐稳定的就是丑的。”[③]这样一来，“生态美学的审美评价，既包含正面的、欣赏赞美的；亦包含负面的、批评批判的”[④]。卡森在《海风下》《我们周围的海洋》《海之滨》中，主要从正面描述了处于生态稳定状态下的海洋、海滨以及相关生物的美丽和神奇。此外，这三部作品也用较小的篇幅批判了一些人对海滨、海岛、海洋生态的破坏。《海风下》描述了一些渔夫争相在河流入海口附近布下刺网和待袋网，阻断鲱鱼洄游到河流上游产卵。在《我们周围的海洋》1961年版的“序言”中，卡森谴责个别国家向海洋里倾倒核废料；在该作品第7章“海岛诞生”（The Birth of an Island）中，卡森揭批人类的恣意妄为给海岛生态带来的灾难。她写道：“人类在岛上滥砍滥伐，任意焚林，大肆破坏环境，还可能带来鼠患，而且必定会把整艘诺亚方舟上的动物都放到岛上来，包括羊、猪、牛、犬、猫和其他非本岛土生动植物。而岛上原有的各种各样的生物也终将面临黑暗末日，从此灭绝。”[⑤]《海之滨》披露，全球气候变

① 林达·利尔. 1999. 自然的见证人：蕾切尔·卡逊传. 贺天同，译. 北京：光明日报出版社: 235.

② 保罗·布鲁克斯. 1999. 生命之家：蕾切尔·卡逊传. 叶凡，译. 南昌：江西教育出版社: 162.

③ 王诺. 2013. 生态批评与生态思想. 北京：人民出版社: 243.

④ 王诺. 2013. 生态批评与生态思想. 北京：人民出版社: 245.

⑤ Carson, Rachel. 1989. *The Sea Around Us*. New York & Oxford: Oxford University Press: 93.

暖，海水温度升高，“使得鲱鱼不再现身缅因州”①；在佛罗里达基斯岛礁，因为过度捕捞，女王凤凰螺“已经非常罕见”②。《寂静的春天》中几乎所有的文字都在揭露当代一些人滥用化学农药，对生态系统整体的破坏，并警示人们：包括人类在内的所有生物与其生存的环境是一个整体，人类肆无忌惮地毒害其他生物、毒化自然环境，必将殃及人类自身，这不仅是丑陋行为，而且使整个环境不再美丽，不适合人类生存。可以说，《寂静的春天》是一部生态审丑作品。

第三，生态审美的交融性原则的含义是：“生态审美不是站在高处远远地观望，而是全身心地投入自然，有时候，特别是在审美的初期，甚至需要忘掉自我，与自然融为一体。”③这也就是曾繁仁教授所说的“参与之美”。卡森“海洋三部曲”的绝大部分篇幅，描绘了她与海洋、海滨等自然生态整体全身心地融为一体的体验。《海风下》通过“拟人化”手法，想象并描绘海鸟、鱼类等动物在大自然中的行为和感受，由此，卡森完全融入了大自然，甚至与这些海洋生物融为一体。正如著名的传记作者林达·利尔评介《海风下》时所指出的：“卡逊作品中最显眼的特色还不在于她对大自然的客观描述，而是她对生物个体的深切同情以及她感觉自己和它们在精神和肉体上的相通性。”④

《我们周围的海洋》从时间和空间两个维度，比较全面地讲述了有关海洋的各种知识和故事，包括海洋和生命的起源、一天不同时间和一年不同季节中海洋的景象、上千年的航海史、世界不同区域内海洋的状况及生物，以及海洋不同深度的环境和生物等，内容较为庞杂，但由于卡森娓娓而谈，想象力丰富，又在叙述中注入了她对大海的爱慕之情，因此她的描述栩栩如生，使读者如临其境，仿佛跟着一位好友穿越时空，上天入海，目睹耳闻，全身心地体验着古往今来海洋的壮观、活力，及其哺育的形形色色的生命的大合唱。作者描写了其融入式体验，读者读起来仿佛也融入了作者描写的时空。卡森这样描绘洋流：

> 在某些地方，流向相反的洋流激烈冲撞，可能成为当地最壮丽的海景。海上浪潮唏嘘叹息，海面泛起一道道饰有白沫的波纹，波涛起伏不定，海水翻腾滚动，甚至有宛若远方碎浪的声音响起，这些都是深海海水上升置换海洋表面海水时产生的现象。有些住在深海的动物可能随着水流到达海面，这就是深层海水上升运动显而易见的证据，它们来到海

---

① Carson, Rachel. 1998. *The Edge of the Sea*. Boston & New York: Mariner Books / Houghton Mifflin Company: 23-24.

② Carson, Rachel. 1998. *The Edge of the Sea*. Boston & New York: Mariner Books / Houghton Mifflin Company: 231-232.

③ 王诺. 2013. 生态批评与生态思想. 北京：人民出版社: 245.

④ 林达·利尔. 1999. 自然的见证人：蕾切尔·卡逊传. 贺天同，译. 北京：光明日报出版社: 95.

面后，大肆捕食，但同时也成为其他生物的猎物。[①]

卡森通过想象，描绘出她仿佛置身其中的浪涛及其发出的声响，以及这一特殊生境中动物相互关联的自然生态；此类虽隐去了作者却融入了作者多种体验的对大海固有状态的描写，体现了审美者与完好无损的自然生态整体交融的生态审美特征。

《海之滨》从更细微的层面描写了三类海滨及相关生物，卡森在该作品的“序言”中，明确指出融入式体验的重要性：

> 要了解海滨，仅仅对海滨生物进行分类，还远远不够。只有当我们站在一片海滩上，感受到地球和大海的漫长节奏雕刻了大地的形态，产生了组成它的岩石和沙子，只有当我们用心灵的眼睛和耳朵来感知相关生灵，我们才能理解海滨；汹涌的生灵，总是在海滨激荡，它们盲目地、无情地逼近，寻求立足之地。[②]

也就是说，卡森重视对海滨生物的准确认识，但更重视描写身临其境地对海滨生态的全身心体验。结果，该作品精彩纷呈之处迭出，这里仅举一例——她这样描绘在岩石海岸一个小水池旁体验到的生态美：

> 晶莹清澈的池水，未必非要大才美。记得一处位于洼地最浅处的水池，我躺在它旁边的岩石上伸展四肢，张臂就能碰到池子对岸。这个小水池大致位于高低潮水线中间，目力所及，只看到两种生物。其底部铺满贻贝，外壳色泽淡柔，如遥远山峦的雾岚。其存在使人产生深度幻觉。池水晶莹剔透，几乎看不见，唯有指尖触及的冰凉，让我感觉空气与水间界面的存在。清澄池水满溢阳光，光线相互融合萃炼，向下伸展，灿烂光芒笼罩了这些耀眼的小壳贝类动物。[③]

这里，卡森描写了自己融入海滨环境后在视觉、触觉、联觉（所联想到的意象）、幻觉等方面的真切感受，以及心灵上的愉悦体验。

第四，生态审美的主体间性原则的含义是：在与具体的自然物发生审美关系时，人有时“仍然要坚持自己的主体性，但却不是把自然物当作客体，当作审美主体特征的客观对应物，而是当作另一个主体，与之进行交互主体性的沟通，并在这种平等的沟通中体验自然物的美”[④]。可以说，这里所说的“主体”（subject）和“主体性”（subjectivity）与前文论述的物质生态批评所说“能动体”（agent）

---

① Carson, Rachel. 1989. *The Sea Around Us*. New York & Oxford: Oxford University Press: 142.

② Carson, Rachel. 1998. *The Edge of the Sea*. Boston & New York: Mariner Books / Houghton Mifflin Company: xiii.

③ Carson, Rachel. 1998. *The Edge of the Sea*. Boston & New York: Mariner Books / Houghton Mifflin Company: 115.

④ 王诺. 2013. 生态批评与生态思想. 北京：人民出版社: 249.

和“能动性”（agency)有异曲同工之处；不同的是，能动体和能动性两个概念明确抛弃了主体与客体的概念，进而消解了二者之间的二元对立，主体间性概念实际上也抛弃了客体，从而消解了主客体之间的二元对立。卡森的 4 部科学散文把绝大部分自然物都当成像人一样的主体或能动体来看待、描写，前文对此已有阐述。需要补充的是，卡森并没否认人的主体性，她渴望的是人与自然物的平等与和谐，但并不主张消除人的主体性，让人完全匍匐在自然物脚下；她谴责的是一些人对大自然的肆无忌惮的行为，但并不反对作为具有主体性的人类理性地和适度地利用和改造大自然。在《我们周围的海洋》中，她在标题为“无穷的宝藏”（Wealth from the Salt Seas）的第 13 章，以莎士比亚的名言“海水幻化成丰富奇妙的资源”做引子，描述了海洋可以为人类提供各种矿物质、海盐、石油等资源。即使是以揭露和谴责为主要内容的《寂静的春天》，也没有要求人类完全放弃使用化学农药——她反对的是一些人滥用农药；而且，她力倡人们用“生物控制”法，即利用相关天敌控制只占昆虫极少部分的害虫。这就是说，卡森无论是在生态审美还是在生态审丑时，实际上都在实践着主体间性原则。

小　　结

从一个新的角度——物质生态批评的视角，重新审视卡森的 4 部科学散文作品，我们充分认识到：海洋、海洋生物、陆地、陆生生物乃至所有非人类物质（非人类自然万物）都具有能动性，能产生效果和生成意义，在不断释放着种种信息；包括人类在内的所有物质都在不断地互动，构成了一个生态共同体；作为生态共同体的一种普通物质，人类应高度重视其他物质的能动性，尊重非人类物质，谦逊地阅读它们创生的种种文本，认真辨识其中包含的意义或传递的信息，及时调整自己的行为，限制自己的能动性，以确保生态共同体的持续健康和人类的持续、健康存在；有前提地运用拟人化描写法是尊重非人类物质、把其当作人类的朋友在创作上的具体表现，实为创作出生动形象、富有趣味和诗意的生态科学散文作品的真谛。

从生态美学的视角探讨卡森这 4 部作品之后，我们更深入地认识了这些作品成为经典科学散文的原因——它们在正反两个方面基本上都契合了生态审美自然性、整体性、交融性和主体间性四个原则特征。首先，卡森描写的自然美，是她体验到的没有人类破坏的海洋及相关自然物固有的美，她揭批的是人类对自然固有的美的破坏，这些文字基于海洋生物学和相关科学知识，是诗意语言和客观事实的完美结合，没有动物寓言式的虚构和歪曲。其次，她描写的自然美，是她所感受到的海洋生态系统（整体或共同体）处于平衡和稳定情况下的状态，她所揭批的丑行，是一些人破坏海洋或陆地生态整体的行为。再次，她描述的自然美是她以种种方式融入生态整体后全身心的愉悦体验，她揭批人类丑行的文字，是她作为生态整体一部分感到极度不适和愤恨的鸣不平之言。最后，她在描写过程中把自然万物当作具有能动性的主体，将其写得活力四射、栩栩如生，但她同时又不否认人的主体性，不否认自己作为审美者和审丑（批丑行）者的能动性，不否认人类有适度地利用自然资源的权利。可以说，她的“海洋三部曲”主要表现了生态美，《寂静的春天》大体上体现了生态审丑（实际上是生态审美的特殊形式）；这些作品以科学为基础，体现了“真”；同时，这些作品蕴含着生态整体观、尊重大自然、关爱生命等生态意识，体现了“善”。因而，这 4 部作品是真、善、美（审美）的完美融合。这些特征对我国的科学散文创作具有重要启示意义。

第三章 人类学家不仅仅关爱人类

洛伦·艾斯利（1907—1977）是美国人类学家、博物学家、科学史学家、著名的科学散文作家，曾长期担任宾夕法尼亚大学人类学系主任，生前任该校的“本杰明·富兰克林人类学暨科学史教授”。此外，他还是美国许多知名机构的成员：美国科学促进会（American Association for the Advancement of Science）会员、国家科学院（National Academy of Sciences）院士、国家文学艺术院（National Institute of Arts and Letters）院士、美国哲学协会（American Philosophical Society）会员。他文学造诣颇高，出版过三部诗集和十余部散文集，但其文学声誉主要是由随笔带来的。美国当代著名自然散文作家、普利策奖得主安妮·迪拉德（Annie Dillard）这样评价艾斯利在美国散文史上的地位：“在20世纪，是科学家艾斯利恢复了随笔在想象文学中的地位，并拓展了其象征表现力。”[①]美国生态批评家汤姆·林奇（Tom Lynch）指出，艾斯利的随笔“堪称影响卓著的科学散文和自然散文典范”[②]。《出版人周刊》（*Publishers Weekly*）把艾斯利誉为“现代梭罗”[③]。《环境文学大全》（*Environmental Literature: An Encyclopedia of Works, Authors, and Themes*）的编者内茨利（Patricia D. Netzley）称，艾斯利是“第一批为普通读者写作的现代美国科学家之一”，其“作品使进化论得以走进大众”[④]。在去世之前，他荣获了两个奖项，一个是来自波士顿科学博物馆的“布拉德福德·沃什伯恩奖”（Bradford Washburn Award），获奖理由是，他为公众理解科学做出了杰出贡献；另一个是

---

① Dillard, Annie. 1988. *The Best American Essays 1988*. New York: Ticknor & Fields: xv.

② Lynch, Tom. 2012. “The borders between us”: Loren Eiseley’s ecopoetics. In Tom Lynch & Susan N. Maher (Eds.), *Artifacts & Illuminations: Critical Essays on Loren Eiseley* (pp.123-142). Lincoln and London: University of Nebraska Press, 2012.

③ Anonymous. 2015. Loren Eiseley. https://en.wikipedia.org/wiki/Loren_Eiseley/[2017-10-20].

④ Netzley, Patricia D. 1999. *Environmental Literature: An Encyclopedia of Works, Authors, and Themes*. Santa Barbara: ABC-CLIO: 192, 74.

来自美国人道协会（The Humane Society of the United States）的“约瑟夫·伍德·克鲁奇奖章”（Joseph Wood Krutch Medal），获奖理由是，他为改善美国的生命和环境做出了重大贡献。

1907年9月3日，艾斯利出生在内布拉斯加州（Nebraska）首府林肯市的郊区，父亲是个勤劳的五金器具销售员，也是个业余的莎士比亚戏剧演员，这使小艾斯利喜爱优美语言和写作。他的母亲耳聋，是位自学成才的草原景观艺术家，但耳聋经常使其产生不理智和消极的行为，使小艾斯利感到难以亲近母亲，也使其母亲与父亲感情不和。在家感受不到温暖时，由于家住在市郊，小艾斯利就常常转向大自然寻求慰藉——他常到附近的洞穴中和溪岸边玩耍。此外，他酷爱读书，由于家境拮据，他想方设法进入公共图书馆借书阅读。后来，他进入林肯市的公立学校上学。上中学时，由于父亲病逝，家境困难，艾斯利被迫辍学打工。幸运的是，艾斯利考上了内布拉斯加大学。在此期间，他曾向刚创办的文学杂志《草原大篷车》（*Prairie Schooner*）投稿，并为学校的自然志博物馆做考古挖掘工作。

1927年，不幸又一次降临到艾斯利头上——他被查出患上了肺结核病。于是，他离开大学校园，到西部沙漠地区云游，相信那里的干燥空气可以改善自己的身体状况，但他在该地区时心情并不舒畅，于是就搭乘货运列车周游全国。后来，他又回到内布拉斯加大学学习，在此期间，他出任《草原大篷车》的编辑，并发表了一些诗歌和短篇小说。这些早期作品的灵感，大都来自于他上大学时到内布拉斯加西部和美国西南部探寻种种化石和人类遗留的工艺品的那些征程。他1933年大学毕业时获得了两个学士学位，一个是英语文学学士学位，另一个是地质暨人类学理学学士学位。此后，他前往宾夕法尼亚大学攻读硕士和博士学位，1937年获得博士学位。此后，他先后在堪萨斯大学和欧柏林学院任教。1947年，他回到宾夕法尼亚大学担任人类学系主任；1959年至1961年，他出任该大学的教务长。他在20年间获得了36个荣誉学位，是宾夕法尼亚大学自本杰明·富兰克林之后最受尊崇的名人。

在发表学术著述的同时，艾斯利自20世纪40年代中期就开始发表一些随笔，这使他成为广大读者熟知的名人。他的随笔想象力丰富，富有诗意，笔调亲切，极具个性。美国作家迈克尔·林德（Michael Lind）在国家公共电台的访谈节目中说：“艾斯利尽管满腹科学知识，却不乏诗意的，甚至是电影艺术般的想象力。”[①]理查德·E. 温茨（Richard E. Wentz）博士指出：“艾斯利有一种非凡的能力，他通过讲述故事，运用寓言式的和说明性的文字，使读者感到，他们在和他一起遨游宇

---

① Lind, Michael. 2006. Seening flowers in a new way, through Loren Eiseley. http://www.npr.Org/templates/story/story.php?storyId=5634196&live=1/[2017-10-27].

宙的中心。不论是阐释历史，还是评述哲学家、科学家或神学家的理念，他好像私下带领读者在参访一些圣殿。”①

艾斯利散文中蕴含着明显的生态意识。有论者指出，艾斯利与美国当代生态思潮的引发者蕾切尔·卡森齐名，称他们是“两位重要的科学家作家，其作品广为读者阅读，是 20 世纪中期最优秀的通俗科学作品的典范，雄辩地表达了那一时代环境运动的精神理念”②。迄今为止，国内尚未有人从生态批评视角研究艾斯利的散文。因而，本章拟以艾斯利的 4 部有代表性的散文集《没有尽头的旅程》（1957）、《时间苍穹》（1960）、《意想不到的宇宙》（1969）、《无形金字塔》（1971）为例，探讨其散文中蕴含的生态意识，以及这些作品的生态审美特色。

《没有尽头的旅程》1946 年首次出版，1957 年重版，收录了 13 篇随笔，是艾斯利“唯一广为人知的书”，“其中多篇随笔为其他文集选录，一代代美国大中学生通过效仿这些随笔的风格学习写作”③。这集随笔的销售量超过 100 万册，并被译为 16 种语言出版。它是艾斯利作为人类学家和博物学家，在野外考察苦旅中以及在城市生活中，对包括人类在内的生命的产生、本质、进化，人类与非人类自然万物的关系，以及人类未来的命运等话题的想象与遐思。它表达了艾斯利对绵延无尽的时间和广阔无垠的宇宙的惊奇之感，展现了艾斯利以富有诗意的方式把科学和文学结合起来的非凡能力，确立了他作为著名作家的地位。

《时间苍穹》收录了 6 篇较长的演讲稿，荣获美国自然散文的最高奖项——约翰·巴勒斯奖。这些演讲稿审视了西方近代以来科学发展对人类思想解放的正面影响，以及对自然环境的负面作用。该部作品 1960 年出版后，受到了尚未出版《寂静的春天》的蕾切尔·卡森的称赞。卡森指出，《时间苍穹》的一些篇章与使她感动的英语散文作家 H. M. 汤姆林森（H. M. Tomlinson）的作品“具有许多同样的奇特韵味”④。

《意想不到的宇宙》包含 10 篇随笔，从内容和风格上来看，堪称《没有尽头的旅程》的姊妹篇。在该作品中，艾斯利对宇宙意想不到的和具象征意义的方面给予描述和冥想，不过他所说的宇宙是广义的，意指古往今来的宇宙万象，包括种子、龟甲上的神秘图形、人体内的微观组织、生命本质、冰河时代、消失的古墓、西尔斯（Circe）女神、城郊垃圾场，尼安德特人（Neanderthal）等。有论者

---

① Wentz, Richard E. 1984. The Amerian spirituality of Loren Eiseley. http://www.Religion-online.Org/article/the-american-spirituality-of-loren-eiseley/[2017-10-27].

② Bryson, Michael A. 2002. *Visions of the Land: Science, Literature and the American Environment from the Era of Exploration to the Age of Ecology*. Charlottesville: University of Virginia Press: 135-136.

③ Slovic, Scott. 2008. *Introduction. Raz, Hilda. Loren Eiseley: Commentary, Biography, and Remembrance.* Lincoln & London: University of Nebraska Press: xvi.

④ Christianson, Gale E. 1990. *Fox at the Wood's Edge: A Biology of Loren Eiseley*. Lincoln & London: University of Nebraska Press: 343.

对该随笔集给予高度评价，并把艾斯利与法国的小说大师普鲁斯特（Marcel Proust，1871—1922）相媲美："诗与科学似乎像油和水一样互不相溶。但一些非凡的科学家却成功地把诗和科学融合得天衣无缝。洛伦·艾斯利就是如此的非凡者之一……该作品显示，普鲁斯特奇迹般地变成了进化人类学家……"①该作品出版于当代生态思潮兴起后的1969年，其中的环境意识更为强烈。

《无形金字塔》收集了7篇较长的随笔，发表于美国登月之后，表达了对当代人在自然环境问题上的自大认识的忧思，尤其批判了过分热衷外星探索乃至移民，而轻视地球生态环境的观念及行为。《纽约时报》的书评者指出："《无形金字塔》的妙处在于，它没用一句尖刻语言，却把我们环境危机的可怕景象展现了出来……"②

第一节　洛伦·艾斯利科学散文代表作的生态意蕴

一、人类在大自然中的位置

第二次世界大战之后，美国工业产值几乎占资本主义世界的2/3，黄金储备占世界的3/4。③进入20世纪50年代，美国经济稳步增长，绝大多数美国人过着富足的生活。从50年代中后期起，作为有人类学背景的作家，艾斯利想象和思索的，是人类的由来及人类在自然中的位置等问题。他服膺达尔文进化论，坚信人类是自然长期进化的产物，反对人类中心主义的神创论（Creationism）——人类是上帝特创的自然万物高高在上的主人和所有者，万物都为人类的利益服务。一年冬天，在普拉特河一条冰封的支流边漫步时，艾斯利从冰层中凿出一条冻僵的鲶鱼，将其带回家放入鱼缸后，这条鱼竟奇迹般地苏醒过来，在艾斯利家度过冬天。最终，为了"保持他顽强、独立的品格"④，该鲶鱼展示本性，一天夜里竟从鱼缸里跳了出来，结果落在地板上干涸而死。痛惜之余，艾斯利这样写道："对我来说，他拥有来自水域这一我已失去的那种远古的、我们兄弟式的共同生存地的那种荣耀。我们双方都是水域经过漫长酝酿而出现的产物，被锁在我们之外无法预料的更大统一体中。通过许多鱼鳍和爬行动物的脚，我看到我自己身体的一些部分曾经历过的形态，就是说，从我目前短暂的存在形体，已经无法辨认出的、与古时

---

① Eiseley, Loren. 1969. *The Unexpected Universe*. New York & London: A Harvest / HBJ Book Harcourt Brace Jovanovich: Back cover.

② Eiseley, Loren. 1998. *The Invisible Pyramid*. Lincoln: University of Nebraska Press: Back cover.

③ 参阅：王守仁. 2000. 新编美国文学史（第四卷）. 上海：上海外语教育出版社：8.

④ Eiseley, Loren. 1957. *The Immense Journey*. New York: Vintage Books: 23.

对应的那些部分。”[①]艾斯利用形象的语言昭示读者，所有生命都起源于海洋，海生动物通过生存竞争依次进化为两栖动物、爬行动物、哺乳动物，最后才产生了人类。鱼类远祖和人类远祖曾是兄弟，鱼类与人类无论是在远古，还是在当代，都生存在同一宏大的生态共同体中——在古代生存于同一水圈中，在当代生存于同一生物圈中。这样，艾斯利就消解了人类中心主义的版本之一“神创论”——人类是上帝特创的自然万物高高在上的主宰，同时，他在倡导生态整体观：人类与其他生物在生态系统中是平等的，人类只不过是由相互关联、不断变化的自然万物组成的巨大生态整体的一部分。

艾斯利在出版物上展示出他的生态整体观后，一些人不时给他写措辞严厉的信，指责他对人类缺乏尊重。对这类顽固坚持人类中心论的人，艾斯利批判说：“除了他们自己的形体和见解，他们似乎鄙视其他任何形体和思维。”[②]这里，艾斯利揭示了人类中心论者的高傲自大：他们认为人类是万物的灵长与尺度，人的形体是最完美的，人的见解是最合理的。在他看来，这种自大是自封的，是人类囿于自己的感官与活动范围而产生的一管之见。他认为，即便是蜘蛛也有思想。在寻找化石的野外考察途中，在一个旱谷，他看到一只球形蜘蛛在结蛛网。出于好奇，他用铅笔触动蛛网，发现蜘蛛做出惯常性反应：剧烈抖动蛛网，试图把侵入者缠住，并做好战斗准备。就此，艾斯利写道：“蜘蛛的行为囿于蜘蛛思想，其宇宙是蜘蛛的宇宙。对蜘蛛来说，所有外在的东西都是不合理的、多余的，充其量只是原材料……在蜘蛛的世界里，我是不存在的。”[③]就是说，蜘蛛有自己的感知范围和逻辑，它也把自己的认识当成唯一合理的，把外在的东西都当作服务于自己生存的原材料；在其眼里，人类绝非世界的主宰或中心。

由于古生物学及当代最新技术证明了进化论的正确性，一些人又抛出了新的“目的论”，认为人类是漫长生存竞争过程中幸存下来的最优“适者”，是进化过程的顶点，其他生物的长期进化和生存就是为了产生人类这样的灵长类动物，就是为人类服务。用艾斯利的话说就是：“我们把自己视为顶点和目的；如果我们想到自己在变化，我们就会认为，日月会为我们升落。我们就是目的。大陆为我们升降，水域和空气为我们所掌控，巨大的生命网为我们变动，并更趋复杂和精致。”[④]这一新“目的论”是人类中心论的另一版本，用以维护人类在大自然中唯我独尊的特权。对此，艾斯利反复强调，人类犹如河流的一部分，只是漫长而无尽头的进化旅程中的一站，进化仍在进行，人类不是生物进化的终点和顶点，将

---

① Eiseley, Loren. 1957. *The Immense Journey*. New York: Vintage Books: 24.

② Eiseley, Loren. 1957. *The Immense Journey*. New York: Vintage Books: 25.

③ Eiseley, Loren. 1969. *The Unexpected Universe*. New York & London: A Harvest / HBJ Book Harcourt Brace Jovanovich: 50.

④ Eiseley, Loren. 1957. *The Immense Journey*. New York: Vintage Books: 57.

来会产生什么样的生物形态，仍是不确定的。他说：“永恒形式——我们把自己想象成如此——是不可理喻的……我们是被称作生命的事物中的众多形体之一；我们不是生命最完美的典范，因为生命根本不存在典范，它在时间长河中是多样化的，且具偶发性。”[①]这就是说，人类绝非大自然高高在上的宠儿、中心或主宰，人类的好恶或判断不是非人类自然万物的普适标准。因为生物与环境是一体的，过去 90%以上的兴盛时间超过人类的生物，都因其生存环境发生巨大改变而不能适应导致灭绝了；但有人却认为，300 万年来，好像只有人类成功适应了不断变化的环境而兴盛起来。对此，艾斯利指出：“说出人类这个词时，我们应小声点儿，因为人的故事前景如何，还很难说。”[②]就是说，如果人类不关爱自己和其他生物赖以生存的自然环境，将难逃自毁命运。

艾斯利不仅以进化论为武器，消除各种形式的人类中心论，而且批判人们误读进化论，只重视自然万物的对立及其间的生存斗争；他强调万物间的统一性，以及万物间合作的重要性。他说：“人们谈论物质与能量，谈论生命形体间的生存竞争。这些东西的确存在，但比水中的鱼鳍更为微妙、更难以捉摸、更有效的，是被称为‘组织’的这一神秘原则，相比之下，其他与生命有关的秘密都显得了无新意、无足轻重。因为，没有组织性，生命显然不能长久。”[③]他所说的“组织”就是生物之间的统一与协作。在他看来，生命与非生命存在物之间，以及人类与其他生物之间，都没有绝对的界限。他认为万物本是一体，并希望它们和谐相处。在一处荒凉高地进行野外考察时，他把正在搏斗的一只鸟和一条蛇分开，并这样陈述其理由：“简单地说，我包含着蛇与鸟。我一直包含着它们。我不再是相争的幻影之一；我自己的构成物质中容纳着它们，而且以某种非物质的方式调和它们，正如我此前寻求与岸边的麝香鼠和解一样。我已超越了羽毛与鳞，进入到另一现实领域。”[④]在他看来，人类与蛇、鸟等其他动物都是从原生动物进化来的，它们和人类之间有亲缘关系，没有绝对界限。野外考察途中，在夕阳下的峡谷中，他目睹一群盘旋而飞的鸣禽，于是想到，脚下的土地包含着过去 5000 万年在此地活动的动物身体中的碳、铁、钙、磷等各种化学元素及化石，如今，这些化学元素又在驱动着眼前的空中飞鸟，包括他自己，而且不久之后，当下的动物又将回归大地。他说：“过去种种动物生命存在的短短瞬息，都从这些元素的奇异复合体中流逝了，这样的瞬息也将从我们的活体中，流向未来时间的渗水道和河流。”[⑤]

---

① Eiseley, Loren. 1957. *The Immense Journey*. New York: Vintage Books: 59.

② Eiseley, Loren. 1969. *The Unexpected Universe*. New York & London: A Harvest / HBJ Book Harcourt Brace Jovanovich: 52.

③ Eiseley, Loren. 1957. *The Immense Journey*. New York: Vintage Books: 26.

④ Eiseley, Loren. 1971. *The Firmament of Time*. New York: Atheneum Publishers: 178.

⑤ Eiseley, Loren. 1957. *The Immense Journey*. New York: Vintage Books: 172.

二、人类应如何对待大自然?

在艾斯利看来，动物是人类的远亲，植物及其他非生命自然万物是人类生存休戚与共的环境。他批判机械的自然观，谴责人类残害动物、破坏自然环境的行为，倡导人类以平等态度对待动物，以伦理道德指导自己与非人类自然万物的关系。

艾斯利认为，人类与非人类自然万物之间不友好的原因之一，是人类机械的自然观。他指出："在伟大科学家暨内科医生的回忆录里，世界被想象成各种各样的机器。自笛卡儿时代以来，十七、十八世纪法国的动物实验者就受到类似启迪，他们认为，动物是完全没有灵魂的自动机，结果它们被用来做许多残忍无情的实验。"①在艾斯利看来，动物绝非机器，一些动物是有感情的，在逆境中甚至表现出"英雄主义"精神②。他描写道：深秋的一个夜晚，天空飘着小雪，蜘蛛等昆虫本应躲起来，但在市郊一个街灯的灯杆下，一只蜘蛛却不顾严寒，把路灯当成了"小太阳"，在顽强不屈地织网③。他还回忆起年轻时，他在另一夜晚为国外一个机构捕鸟，一只雄性雀鹰通过拼死搏斗，分散其注意力，"拯救了配偶"④，以至自己被捉。此后，该雄鸟常常仰望天空，思念伴侣。他放了该鸟，听到在高空盘旋良久的雌鸟的呼叫，以及被放生的雄鸟疾驰升空与其重逢时欣喜至极的鸣叫。回首往事，他反讽道："机器不会流血，不会感到疼痛，不会在空旷天空盘旋数个小时，痛切地关心着另一机器的命运，也不会以小鸟那强烈的激情在高空欢欣地载歌载舞。"⑤另一次，在考察途中穿越一片松林时，他在一块石头上看到一条绿色蜥蜴，鉴于爬行动物在进化史上早于包括人类在内的哺乳动物，出于尊老情结，他放慢脚步，远远地看着蜥蜴，一刹那间，欲称呼其为"父亲"⑥。由此，艾斯利对鸟与虫的尊重和关爱可见一斑。

除了鸟和虫，艾斯利还尊重和关爱兽、鱼等其他动物，以及植物。在新英格兰一个载人摩托艇穿梭、喧嚣的湖区，他找到一处摩托艇难以到达的、较安静的浅水湖畔坐下休憩，无意中看到湖中唯一的生物——一只幼麝香鼠向他脚边游过来。他盼它赶快离开，以免被伤；他抱怨它太天真了，还以为"动物与人类仍然生活在伊甸园呢……实际上，在这舒适的湖畔，一场战争早已展开，并将继续下去，直到只剩下了人"⑦。另一次野外考察途中，凌晨时分，艾斯利在海滩一艘废弃船旁，遇到以破木板为窝的一只孤单幼狐。他屈尊匍匐在地，"不再以直立人

① Eiseley, Loren. 1971. *The Firmament of Time*. New York: Atheneum Publishers: 28.
② Eiseley, Loren. 1957. *The Immense Journey*. New York: Vintage Books: 177.
③ Eiseley, Loren. 1957. *The Immense Journey*. New York: Vintage Books: 176.
④ Eiseley, Loren. 1957. *The Immense Journey*. New York: Vintage Books: 189.
⑤ Eiseley, Loren. 1957. *The Immense Journey*. New York: Vintage Books: 193.
⑥ Eiseley, Loren. 1971. *The Firmament of Time*. New York: Atheneum Publishers: 163.
⑦ Eiseley, Loren. 1971. *The Firmament of Time*. New York: Atheneum Publishers: 155.

的傲慢凝视世界的事物”[①]，与幼狐进行了一系列友好互动。幼狐以一根鸡骨头招待他，然后邀其与它嬉戏。这实际上是一个隐喻，它启示人们：只要人类摈弃傲慢，恢复童心，尊重其他动物，平等地与其交流，就能重建一个伊甸园般的“孩子式的天地宇宙，一个微小的、充满笑声的宇宙”[②]。艾斯利谴责退潮时在海滩上贪婪地捡拾搁浅海星（鱼）的人，而把一位竭力救助搁浅海星，并将其扔回大海的老者，象征性地描写成耶稣般的人物，并身体力行，前往海滩向海星救助者学习。他对海星救助者说：“把我也算作一个救助者。”仅到那时，他才想到，“海星救助者不再孤单。在我们之后，还会出现其他救助者”[③]。这又是一个隐喻，暗示他对出现更多自然保护者的期盼，以及他对人们生态意识会提高的信心。在都市中心遇上飘零、无处生根的马利筋植物种子时，艾斯利给以关爱，“将它带到郊区，找一块田地把它种下”[④]。

艾斯利不仅关爱生物，而且关心整个大自然。近现代以来，人类与大自然渐行渐远，贪求物质利益，破坏大自然；艾斯利批判人类对大自然的这种僭越，并揭示其严重后果。他引述《奥德赛》（*Odyssey*）中奥迪修斯历尽艰辛归家，受其复活的爱犬阿格斯迎接的故事，并借此评论说：“这是大自然对无家可归、流浪远方、贪得无厌的人类的呼喊——切莫忘记你的兄弟，也切莫忘记你所起源的绿林，否则就是在招灾。”[⑤]在艾斯利看来，动物是人类的兄弟，大自然是人类的家园，不关怀大自然、向大自然超限地索取将招致灾难。他明确指出：

> 我们知道，生命的潜力并非是无限的，首先高级有机体是如此……从微小纤毛虫到最大动物鲸鱼这些长长的食物链，在维持和供养着形形色色的动植物。人类不能超越这些食物链，尽管人类对自然环境越来越多地去乱加实验，有时甚至不惜冒毁灭自己的风险，结果招致培根所警告的猛烈回报。[⑥]

他认识到，人类作为生命网之一环，有必要获得自然资源，维持自己的生存，但关键是不应超过一定的限度，否则就会遭受大自然的惩罚。

---

① Eiseley, Loren. 1969. *The Unexpected Universe*. New York & London: A Harvest / HBJ Book Harcourt Brace Jovanovich: 209.

② Eiseley, Loren. 1969. *The Unexpected Universe*. New York & London: A Harvest / HBJ Book Harcourt Brace Jovanovich: 210.

③ Eiseley, Loren. 1969. *The Unexpected Universe*. New York &London: A Harvest / HBJ Book Harcourt Brace Jovanovich: 89.

④ Eiseley, Loren. 1998. *The Invisible Pyramid*. Lincoln: University of Nebraska Press: 56.

⑤ Eiseley, Loren. 1969. *The Unexpected Universe*. New York & London: A Harvest / HBJ Book Harcourt Brace Jovanovich: 23.

⑥ Eiseley, Loren. 1969. *The Unexpected Universe*. New York & London: A Harvest / HBJ Book Harcourt Brace Jovanovich: 156.

艾斯利揭露城市生活方式使城里人过度消费，恶化城市本身的环境，破坏城郊环境，并疏离非人类自然万物，产生精神创伤。一天黄昏，他所乘的火车在郊区湿地抛锚，透过车窗，他看到烟火弥漫、地狱般的大型城郊垃圾场，“工人把包括废纸、旧电线、旧玩具、圣诞树、儿童小床等各种废弃物，挑进大火，从而为城市浑浊的天空送去了毒气和令人窒息的雾霭”①。他精确地指出：“当前，美国人口约占世界人口的 6%，其能源消费占世界消费量的 34%以上，其钢铁消费占世界消费量的 29%。每一年，超过 10 亿磅的垃圾被大量倾倒于乡村地区。”②而且，城市规模仍在扩大，从他所在的城市边缘的居所的书房望出去，他失望地看到，“郊区的住房建设一直在无情地向四周进发”，数年间，他“从窗户望见的尽是预示他所爱的东西死亡的结果”。“最后一只陆龟惨死在高速公路上的车轮下……由于随超市而来的众老鼠的胁迫，花园排水道里的花栗鼠逃之夭夭……一个停车场占据了窗外景象的大部分。”结果，他“陷入绝望，感到现代人才会有的那种完全失望的恐惧——再也不能看到任何奇观了”③。艾斯利向读者展示了城市的一次性消费和无节制消费的危害，彰显了城市过度膨胀对生态平衡的破坏、对城里人接近大自然这一精神需求的剥夺。

鉴于 300 年来西方人大规模地掠夺与挥霍地球资源，使其储存量锐减，他把西方工业人称为“世界吞噬者”④。由于越来越多的国家追求西方的生活水准，他把人类称为“世界病毒”⑤。他指出，造成环境危机的根源在于西方人缺乏生态伦理：“西方人的伦理没有指向对生养人类的地球的保护。”⑥他警告人们，当前人类正处于危亡之秋，如果不采取措施，人类（城市）文明将会如过去一些城市的消亡一样，进入彻底毁灭的冬天，地球将回到人类产生之前的冰河时代那样的冷寂状态：“当哈雷彗星再次回归，其长长尾巴将会像幽灵般的火柴火焰一样，掠过无人看守的城市坟墓，无论它们是湮没在沙丘下，或是泯灭在雪原中。”⑦

研究古生物和史前人类的艾斯利尽管留恋人类与自然万物和谐共处的时期，却不主张回归原始时代。他力主调和土著人的原始自然观和西方的现代自然观。世界偏远地区的土著人以整体视野，把自然万物看成是神圣的，注重其宗教精神价值，尊崇祖先传统，漠视变动；现代西方人把自然看成是原材料，注重自然的

① Eiseley, Loren. 1969. *The Unexpected Universe*. New York & London: A Harvest / HBJ Book Harcourt Brace Jovanovich: 27.

② Eiseley, Loren. 1998. *The Invisible Pyramid*. Lincoln: University of Nebraska Press: 64.

③ Eiseley, Loren. 1969. *The Unexpected Universe*. New York & London: A Harvest / HBJ Book Harcourt Brace Jovanovich: 196-197.

④ Eiseley, Loren. 1998. *The Invisible Pyramid*. Lincoln: University of Nebraska Press: 64.

⑤ Eiseley, Loren. 1998. *The Invisible Pyramid*. Lincoln: University of Nebraska Press: 65.

⑥ Eiseley, Loren. 1998. *The Invisible Pyramid*. Lincoln: University of Nebraska Press: 69.

⑦ Eiseley, Loren. 1998. *The Invisible Pyramid*. Lincoln: University of Nebraska Press: 71.

经济价值，看重变化，把变化当成进步。艾斯利主张，“如果人类要生存下去，调和这两种观念似乎是必要的”①。

艾斯利认为，人类必须有意识地重新进入并保护古老的第一世界——自然世界，同时也不能完全放弃自己创造的第二世界——文化世界，更不能仅仅躲进文化世界，因为文化世界不能使人类脱离自然世界这一物质基础。他主张，当代人要汲取“轴心时代”的思想（或宗教）观念，既要关爱普天下人，又要关爱非人类自然万物。这些观念包括儒家学说、佛教思想、古希腊思想及早期基督教思想。他说：

> 人类现在必须从轴心时代思想家的智慧里汲取这样一种伦理——它不仅仅适用于其人类同胞，而且扩展至其周围的生命世界。人类必须通过其创造的文化世界，真正地、有意识地进入向日葵林（指自然世界——笔者注），这一森林人类过去只想着利用了就抛弃。人类只有重新进入才能生存。如果成功，人类可能会创造出融合原有两个世界的一些因素的第三个世界，这个世界应该让轴心时代思想家所设想的责任心与高尚人格离我们更近，这些思想家被誉为创造者——如果不是人类的创造者，也是其灵魂的创造者。②

就是说，人类不能放弃自己有别于其他动物的文化特殊性，但要融入自然——向日葵林，保护自然，在不超过自然承载力的前提下改造和利用自然，既保证人类的特殊存在方式，又保证自然的持久活力，创建一个能使人类和非人类自然万物共存共荣的新世界。

三、怎样看待科技文明？

作为科学史学家，艾斯利非常清楚科技的双刃性。用他的话说，科学“能解决问题，但也能以实在令人不解的比例产生问题”③。一方面，他充分肯定科学的正面作用。他说：

> 科学带来了治疗身体疼痛与疾病的方法；它使人类了解宇宙的浩瀚。在科学开启之下，粗鄙的迷信和狭隘的教条风光不再。它使我们享用大自然无形的恩赐，若假以机会，如果我们能挣脱仍束缚着我们的种种古老偏见，它还奇迹般地给我们呈现那可能属于我们的天堂。④

科学不仅增进了人类的健康，提高了人类的生活质量，而且改变了人类的错误观

① Eiseley, Loren. 1998. *The Invisible Pyramid*. Lincoln: University of Nebraska Press: 60.

② Eiseley, Loren. 1998. *The Invisible Pyramid*. Lincoln: University of Nebraska Press: 155.

③ Eiseley, Loren. 1998. *The Invisible Pyramid*. Lincoln: University of Nebraska Press: 92.

④ Eiseley, Loren. 1971. *The Firmament of Time*. New York: Atheneum Publishers: 139.

念。他认为，科学的成就是实实在在、否定不了的：

> 在脑海中，在暴露于地层的夹缝中，我看到，而且多次看到，过去悠久的地质史，这一历史的还原是现代科学的伟大业绩之一。我也想象得到早期海洋里漂浮的细胞，包括我们自己的所有生命的源头都是这些细胞。①

以上是地质学和古生物学的功效。天文学则使我们认识到："哈雷彗星可以准确测算出的椭圆轨道，不再预示世界灾难。"②

另一方面，艾斯利清醒地认识到了科学的种种负面作用。他说："问题的解决方案又产生问题，后者的解决反过来产生更多问题，这些问题就像毒虫一样逃脱科学之手的控制，进入社会肌体的每一处缝隙。"③他举例说，显微镜的发明与使用发现了病菌，"产生了卫生工程这一业绩，控制了瘟疫，但也从被控制的自然进程中创生了我们称之为人口爆炸的巨浪"④；而"一直在攀升的人口给人类的自然环境造成日益严重的威胁，而自然环境是食物和可呼吸空气的源泉……任何潜在的危险在某一节点上都变得致命，而不明朗、视而不见的问题都可成为灾难"⑤。

艾斯利通过审视西方现代科技的功过，认为科学的负面作用之根源在于人类观念的误区。他说：

> 在世界史上，科技文明充其量是畸形的……只有一种文化，那就是西方文化，通过技术，削弱了长久以来与农业密不可分的那种宗教性神秘感。此前，从来没有如此众多的人，如此彻底地脱离大地，或放弃生产自己的食物。
>
> 这一现象无疑是人类疏离大自然的原因，因为越来越多的土地变成了覆以混凝土的停车场、购物中心、高速公路。⑥

在他看来，现当代西方人疏离大自然，乃至漠视并破坏大自然，其根源是崇尚唯我独尊的极端个人主义、不断向外扩张、征服自然、唯物质主义等西方近现代主

---

① Eiseley, Loren. 1969. *The Unexpected Universe*. New York & London: A Harvest / HBJ Book Harcourt Brace Jovanovich: 51.

② Eiseley, Loren. 1969. *The Unexpected Universe*. New York & London: A Harvest / HBJ Book Harcourt Brace Jovanovich: 74.

③ Eiseley, Loren. 1969. *The Unexpected Universe*. New York & London: A Harvest / HBJ Book Harcourt Brace Jovanovich: 43.

④ Eiseley, Loren. 1969. *The Unexpected Universe*. New York & London: A Harvest / HBJ Book Harcourt Brace Jovanovich: 42.

⑤ Eiseley, Loren. 1998. *The Invisible Pyramid*. Lincoln: University of Nebraska Press: 82.

⑥ Eiseley, Loren. 1998. *The Invisible Pyramid*. Lincoln: University of Nebraska Press: 82.

流文化观念。他明确指出："西方的科学成就尽管大，却没有足够关注提升人的境界，也没有足够关注自我约束。它注重的是物质，并认为，有了物质，好生活就会随之而来。因而它渴求无限。"[①]就是说，西方现代科技文明的失误在于，它只注重促进人的物质生活水平的不断提高，而忽视了人类道德境界的提升，忽视了自然资源的限度。结果，人们追求的天堂般的美好生活不但没有到来，相反，因为无限制地追求经济发展和谋求世界霸权，反而造成社会危机和全球化的生态危机。他这样写道："随着工业科学兴起，进步成了时代口号，但只是物质进步。努力方向向外、力求控制物质的自然，肯定会带来越来越多的货物、大炮、尸体、扭曲的灵魂。"[②]而且，"曾一度包围我们美国人、可以给我们提供避风港的绿色大森林，已被消费掉了"[③]。

艾斯利指出，科学技术在过去之所以造成像第二次世界大战那样的灾难，是因为，人类把科技进步等同于道德水准的提高，因而在追求科技进步的同时，忽视了道德境界的提升。他说："我们错误地把科技进步完全等同于道德提升。这样，随着社会物质条件的改善，我们就以为个人道德水准也在提高，这样，我们就对代表 20 世纪前半部分特征的大规模恐怖运动感到无比震惊。"[④]在艾斯利看来，科技只是一种工具，它发挥何种作用，取决于使用科技的人类，因而他指出："我不是说科学有责任，我的意思是，人有责任，但人越来越成为他们自己所创造的东西的受害者。"[⑤]就是说，科学的负面作用不在于科学本身，而在于运用科学的人—— 一些人对他人、对大自然缺乏爱心，滥用科学，致使自己遭受包括战争和生态灾难在内的各种人为灾害。

艾斯利认为，欲使科技为人类造福，就应从提高人类个人的道德水准做起，进而建立一个道德高尚的社会。他主张：

> 课堂不是，也不应该是人类仅仅学习科学技能的地方。课堂是自我——那被称作"知识的最高功能"的东西——产生的地方。只有这样的深刻内部知识才能真正拓展境界，使技术不被用于谋求威权，而被用于谋求人类幸福。[⑥]

就是说，学校不仅要教授学生科技知识，而且要培养学生高尚的人格，提高他们的道德境界，使未来的公民能够恰当地运用科技。他进一步指出，要克服片面崇

① Eiseley, Loren. 1971. *The Firmament of Time*. New York: Atheneum Publishers: 130.
② Eiseley, Loren. 1971. *The Firmament of Time*. New York: Atheneum Publishers: 138.
③ Eiseley, Loren. 1971. *The Firmament of Time*. New York: Atheneum Publishers: 139.
④ Eiseley, Loren. 1971. *The Firmament of Time*. New York: Atheneum Publishers: 160.
⑤ Eiseley, Loren. 1971. *The Firmament of Time*. New York: Atheneum Publishers: 131.
⑥ Eiseley, Loren. 1971. *The Firmament of Time*. New York: Atheneum Publishers: 146-147.

尚现代科技给大自然和人类社会带来的众多严重威胁，唯一的办法是建立一个

> 有深刻自我意识的人类社会……一个比以前任何社会更有文化、更崇尚人类价值的社会。这是唯一的良方，不是为生存——只求生存毫无意义——而是为了建立一个值得生存的社会。最终建成的社会应该对培养高尚的人心更感兴趣，而不是对纯粹的变化更感兴趣。[①]

在他看来，如果人类只追求科技进步而不重视社会的价值观和个人的内心道德建设，恰如不重视道德的罗马帝国，虽然不断向外扩张，终究还是归于灭亡。他说："我对促使罗马帝国灭亡的那似乎是无休止的政治扩张及道德沦丧的确有所了解。"[②]

第二节　艾斯利科学散文的生态审美特色

我国生态美学研究的领军学者曾繁仁教授强调，生态美学是一种生态存在论审美观，其"'核心命题'主要就是'自然之美'问题"；自然美是"关系之美"，是"诗意栖居之美"，是"参与之美"[③]。王诺教授把生态审美引入生态批评，提出了生态审美的四个原则：自然性原则、整体性原则、交融性原则、主体间性原则。本节以曾繁仁的"关系之美""诗意栖居之美""参与之美"和王诺的"主体间性原则"为指导，审视艾斯利前述4部科学散文作品的生态审美特色。

第一，"关系之美"的含义是："自然之美不是实体之美，而是生态系统中的关系之美。"[④]具体地说，现实中不存在"独立于人之外的物质世界之美"，"只存在人与自然紧密相连的自然系统，也只存在人与自然世界融为一体的生态系统之美。那就是奥尔多·利奥波德（Aldo Leopold，1887—1948）在《沙乡年鉴》（*Sand County Almanac*）中所说的'生态共同体的和谐、稳定和美丽'"。[⑤]这就是说，生态美学所说的自然之美，是人类存在于大自然之中、人类与非人类自然万物共生共存的"关系之美"。艾斯利的4部散文主要描写的不是自然美景，它们主要关注人和自然的关系。《时间苍穹》和《无形金字塔》两本文集中收录的都是议论性随笔。《时间苍穹》主要表述的主题是：随着近现代科学的发展，尤其是达尔文进化论的提出，人们对世界、死亡、生命、人类、人性、自然性（natural）的看法发生了改变——世界、死亡、生命、人类不再是由上帝创造或定夺的，而

---

① Eiseley, Loren. 1971. *The Firmament of Time*. New York: Atheneum Publishers: 147.

② Eiseley, Loren. 1998. *The Invisible Pyramid*. Lincoln: University of Nebraska Press: 93.

③ 曾繁仁. 2015. 生态美学基本问题研究. 北京：人民出版社: 92.

④ 曾繁仁. 2015. 生态美学基本问题研究. 北京：人民出版社: 93.

⑤ 曾繁仁. 2015. 生态美学基本问题研究. 北京：人民出版社: 93.

是自然而然的过程；非人类自然万物不是为人类而创造的，人类也不是进化进程的顶点；人类应该用道德约束科技的运用；人类应关爱非人类存在物。《无形金字塔》主要表达了作者对许多当代人秉持人类中心主义、盲目自大、只顾小圈子的利益和眼前利益、超限地利用自然资源、破坏自己赖以生存的生态共同体的诸种错误认识和行为的忧思。

随笔集《没有尽头的旅程》中收录的《罅隙》（“The slit”）、《河水流淌》（“The flow of the river”）、《评判鸟类》（“The judgement of the birds”）、《鸟与机器》（“The bird and the machine”），以及随笔集《意想不到的宇宙》中收录的《意想不到的宇宙》（“The unexpected universe”）、《隐身老师》（“The hidden teacher”）、《海星鱼救助者》（“The star thrower”）、《无邪幼狐》（“The innocent fox”）等随笔，包含了不少描述性内容，但描述的不是自然美景，而是作者在野外考察中或在城镇中漫游时在目睹了看似平常的景象的基础上，对人类与非人类自然万物的关系的联想、体悟或忧思。《罅隙》描述作者在考古之旅中钻进地面下一狭长罅隙里，看到一个动物头盖骨后，对动物进化过程的联想，向读者展示了人类与其他动物的亲缘关系和人类在进化历程中的后来者地位及在大自然中普通一员的地位。《河水流淌》描述作者躺在浅而宽的普拉特河上漂流时，对动物起源于海洋并不断进化从而产生人类的联想，以及对人类在时空两个维度上都是大自然生态整体的一部分的体验。《评判鸟类》和《鸟与机器》通过讲述一些鸟类和蜘蛛的故事，向读者表明，动物绝非机器，而是像人一样具有能动性，有一种顽强精神，甚至有友爱精神。《意想不到的宇宙》以描述城郊垃圾场焚烧现代生活废弃物引发的严重污染景象为起因，使读者联想到人类运用科学技术造成了许多意想不到的后果，包括人口爆炸式增长、环境破坏、更残忍的高科技战争等。《隐身老师》描述了作者野外考察途中用铅笔尖儿触动蛛网，并观察蜘蛛反应而引发的遐思：蜘蛛眼中的宇宙是以自我感知为基础的环境，同样，人类对周围万物的认识也是基于自我感知和理解，因而是有局限的；人类应多体察自然万物，以其为师，从而感悟生存智慧。《海星鱼救助者》描述了科斯塔贝尔（Costabel）海滩的一位老者，在其他人争相捡拾搁浅的海星以食用的情况下，捡起搁浅的海星扔回大海，使其重生；然后，作者联想到人类自产生以来对待其他生命的两种截然不同的态度的种种表现，并指出，关爱其他生命将会得到大自然的回报；最后，作者自己也加入了救助搁浅海星的行列。《无邪幼狐》的最后一节——第 3 节，包含了作者放下身段、匍匐在沙滩上与一只幼狐平等互动的故事。

由此可见，艾斯利的 4 部科学散文无论是以议论为主，还是以描述为主，体现的都是对人和自然关系的关切——要么描绘人和自然的和谐画面，倡导人和自然的共存观，要么揭露人类破坏大自然生态整体的丑行，谴责人类至上观。也就是说，这些作品体现了生态美学所说的关系之美。

第二，“诗意栖居之美”的含义是：自然之美既不是主客二分认识论所主张的以人为中心的“自然的人化”之美，也不是生态中心论所主张的“自然全美”，而是生态存在论所主张的人在自然之中、与自然须臾不可分离、与自然共存共荣的“‘诗意栖居’的‘家园之美’”[①]。“自然的人化”是“工业革命时代主体性的理性栖居”，“是一种凭借人的意志和工具对自然的开发甚至是滥发，必然导致人类家园的破坏，最后是无家可归，是一种非美的生活”；“自然全美”是一种“纯自然的栖居”，“实际上是一种前现代对自然膜拜的状态，也是对工业革命的否弃，实际上是一种乌托邦，是行不通的”；而“‘诗意的栖居’与‘家园之美’是保留了理性栖居现代生活的长处，而否定其破坏自然的缺陷。它是一种新的生态文明的生活方式”[②]。“诗意栖居”意即美好地生存，意味着要爱护自然，拯救大地，“摆脱对大地的征服与控制，使之回归其本己特性，从而使人类美好地生存在大地之上、世界之中”[③]；而“‘家园’意指这样一个空间，它赋予人一个处所，人唯有在其中才能有‘在家’之感，因而才能在其命运的本己要素中存在”[④]。这就是说，人类是大自然的一部分，大自然是人类须臾不可分离、休戚与共的居所，是包含人类在内的生态共同体，人类只有保护好这一共同体，使其处于生态平衡的美好状态，令其能恒久地、健康地存在，人类在物质上和精神上才都能持续地、美好地生存，才能有在家之感，从而体验到家园之美。简言之，“诗意栖居的家园之美”是人与自然共存共荣之美，爱护自然是其重要前提。

可以说，艾斯利的 4 部科学散文也在倡导“诗意栖居之美”。其中的大多数作品一方面主要从时间维度驰骋想象，向普通读者展演人类与大自然之间的本己关系，以便使大众改变人类高于自然、可以对自然为所欲为的观念；另一方面揭露和谴责现当代人破坏自然的行为——这两者都旨在使大众把自然当作家园，爱护自然，与自然友好相处。艾斯利反复强调，人类是地球自然环境长期演化以及生物进化的产物，与其他自然物有密切联系。他在《花儿如何改变了世界》（“How flowers changed the world”）一文中写道：

> 花儿改变了地球的面貌。要不是出现了花儿，我们所了解的世界——甚至是人类自己——永远也不会出现。英国诗人弗兰西斯·汤姆普森曾经写道，摘一朵花也会给地球制造麻烦。他犹如博物学家，凭直觉体验到生命极其复杂，相互之间休戚与共。现在我们了解到，随着花儿的出现，人类的产生才有了可能，这两个过程都很神奇。[⑤]

---

① 曾繁仁. 2015. 生态美学基本问题研究. 北京：人民出版社：98.

③ 曾繁仁. 2010. 生态美学导论. 北京：商务印书馆：318.

④ 马丁·海德格尔. 2000. 荷尔德林诗的阐释. 孙周兴，译. 北京：商务印书馆：15.

⑤ Eiseley, Loren. 1957. *The Immense Journey*. New York: Vintage Books: 63-64.

然后，他述说了这样的历程：地球上开花的被子植物的出现，使地球上进化出鸟类和哺乳动物，哺乳动物的进一步进化导致人类的出现。在他看来，生物进化之旅还在持续，人类并非进化的顶点。他从历时和共时两个角度向普通读者表明，大自然是人类与其他生物成长和生存的共同家园，人类只是这一大家庭中的普通一员，而且是后到的年青成员。他在《愤怒的冬季》（“The angry winter”）一文中警告说：“我们人类成了地球的改变者和生命的大屠杀者，包括我们自己的生命。”[①]就是说，当代人类以自己超常的能力损害众生物的共同家园，残害家里不可或缺的其他成员，实际上是在戕害自己、自毁前程。

前文已经指出，艾斯利尽管留恋人类与自然万物和谐共处的远古时期，却不主张回归原始时代。他力主调和土著人的原始自然观和西方的现代自然观——他主张，人类必须有意识地重新进入并保护古老的第一世界——自然世界，同时也不能完全放弃自己创造的第二世界——文化世界。他的一些随笔描绘了自己和其他一些人把其他自然物视为共同家园里的亲人、呵护自然物、与其平等友好相处的情节，形象地展现了人和自然的共存共荣之美。前文所举的不少例子实际上已体现出这一点，诸如一次野外考察途中，一刹那间，他欲称呼其所遇到的一只蜥蜴为“父亲”；在新英格兰一个喧嚣的湖畔，他无意中看到一只幼年麝香鼠向他脚边游过来，他盼它赶快离开，以免为人所伤；在海滩一艘废弃船旁，他匍匐在地，与一只幼狐平等地进行友好互动；他高度评价把搁浅在海滩上的海星扔回大海的老者，并向这一老者学习，自己也开始救助搁浅的海星；在都市中心遇上飘零、无处生根的马利筋植物种子后，他将它带到郊区，找一块田地把它种下；他引述《奥德赛》中奥迪修斯历尽艰辛归家，受到其复活的爱犬阿格斯迎接的故事。不难看出，艾斯利心中的美是人和其他自然物共存共荣的“诗意栖居的家园之美”。

第三，“参与之美”的含义是：“自然之美不是传统的凭借视听的静观的无功利之美，而是以人的所有感官介入的‘参与美学’。”[②]具体地说，自然审美的对象是三维的、活生生的自然，自然美是审美者融入自然之中、有全部感官参与的愉悦或敬畏等体验。在这里，自然意指包括人类在内的整个生态共同体。艾斯利的许多随笔都具有自传性特征，描述了他自己在野外考察之旅中或在城镇中的目睹耳闻、体验、联想、认识及反思。这些描述体现了“参与之美”（融入之美或交融之美）的特征。前文提到，初冬之夜看到在路灯杆上顽强织网的蜘蛛，艾斯利产生了一种深深的敬畏之情。此情此景涉及视觉、寒冷的知觉以及心灵震撼，这种经历和体验体现了参与式的生态审美过程。又如，在《罅隙》一文开头，艾斯利先描写了他骑马到野外考察时看到的景象：

---

① Eiseley, Loren. 1969. *The Unexpected Universe*. New York & London: A Harvest / HBJ Book Harcourt Brace Jovanovich: 99.

② 曾繁仁. 2015. 生态美学基本问题研究. 北京：人民出版社: 101.

……有些地方地势平坦，绿草茂盛，相当安详地朝着太阳微笑，似乎永远充满青春活力，从未遭到人类的破坏，也从未经历时间的蚀刻。有些地方崎岖不平，罅隙坑洼酷似累累伤痕，让人想到猥琐老朽的面孔……我就是骑行前往这样一片土地的，但我先是穿过一片阳光普照、超越了时间的草原，途中偶见羚羊走过或小鸟飞过。[①]

然后，他描述说，他下马跳进地面下一个刚好能通过人体的沙石罅隙，触及冰凉的石壁，看到远古时期一个哺乳动物的头盖骨，与其对视时，他不由自主地开始联想和思索生物进化的漫长历程，以及生物未来的命运。这样的描述表明，艾斯利主要通过眼睛、身体等感官以及想象力，从空间和时间维度全身心地融入自然环境乃至古往今来的整个世界，他所用的语言蕴含着他身处不同时空中的独特体验和浓郁情感。

在《内心光芒》（“The inner galaxy”）一文的第 3 小节，他描述自己经常去一处海岬的沙滩上漫游，“坐在一个半埋于沙滩里的破旧板条箱上，一坐就是数个小时”，凝视翻腾的海水，聆听幽灵般的海鸥在海面上空发出尖叫声或喵喵声，瞥见螃蟹挥舞双螯在水边急行。他觉得，“海水翻滚激荡、喜怒无常，偶尔会冒出一些意想不到、古怪离奇的东西，凝视这样的海水犹如凝望未来”[②]。有一天，他偶然发现离自己不远处滞留着一只不能高飞的老海鸥，总是和他保持特定的一段距离。他和这只海鸥和平相处了数日后，再也没能看到这只海鸥（显然是死后被海浪卷走）。他惆怅了好长时间，深切地感到他对这只海鸥，以及对这处海滩上的野狗和寄居蟹，都有着难以割舍的爱恋：“在那一孤寂地方坐在那个板条箱上，我感受到一种真切的爱，尽管这种爱很微妙，几乎是隐隐约约的。这种爱的对象包括一只老海鸥、在拍岸浪花中嬉戏的野狗、在废弃贝壳中栖身的寄居蟹。”[③]这里，艾斯利主要描写了自己整个身心融入海岬沙滩，眼睛、耳朵、身体等感官以及想象力全面“参与”而产生的生态审美体验——闲适，忘我，融入，依恋自然，关爱自然。

第四，生态审美的“主体间性原则”的含义是：在与具体的自然物发生审美关系时，人有时仍然要坚持自己的主体性，但不把自然物当作客体，或当作审美主体特征的客观对应物（“比德”手法），而是当作另一个主体，与之进行交互主体性的沟通，并在这种平等的沟通中体验自然美或生态美。需要指出的是，“关系之美”“诗意栖居之美”“参与之美”“主体间性原则”是生态审美这同一个

---

① Eiseley, Loren. 1957. *The Immense Journey*. New York: Vintage Books: 3.

② Eiseley, Loren. 1969. *The Unexpected Universe*. New York & London: A Harvest / HBJ Book Harcourt Brace Jovanovich: 189.

③ Eiseley, Loren. 1969. *The Unexpected Universe*. New York & London: A Harvest / HBJ Book Harcourt Brace Jovanovich: 191.

过程的不同方面，笔者只是为了论述方便起见才分开审视，因而前文涉及的一些例子实际上也体现了生态审美的主体间性特征。比如，艾斯利在《罅隙》中写道，他与在地表下的罅隙中发现的远古哺乳动物头盖骨“相互对视”时，这一头盖骨激发了他对生物进化历程及其未来命运的想象与冥思——这里，头盖骨俨然成了主体。在《鸟与机器》一文中，艾斯利描写的自己年轻时捕捉的雄性雀鹰，是像人一样有情有义、有勇有智的主体：它通过拼死搏斗，分散艾斯利的注意力，拯救了配偶，以至自己被捉；此后，该雄鸟常常仰望天空，思念伴侣；若有所悟的艾斯利放了该鸟，然后他听到在高空盘旋良久的雌鸟的呼叫，以及被放生雄鸟疾驰升空与其重逢时欣喜至极的鸣叫。不难看出，雌雀鹰也是像人一样有情有义。在《内心光芒》一文中，艾斯利描写了自己与一只老海鸥的互动：在他眼里，老海鸥是一位行动不便的老人，他许多天都与其保持一定距离，尊重它所栖身的领地及其垂死时期的生活方式；后来，老海鸥消失了，他如失去一位老友一样对其久久不能忘怀。在《无邪幼狐》一文中，艾斯利描述了自己在另一处沙滩上屈尊匍匐在地，像对待小朋友一样，与一只幼狐进行了一系列友好互动。正是因为艾斯利把大自然以及具体的自然物都当成了像人一样有能动性的平等主体，他才乐此不疲地经常独自走进大自然，与大自然进行全身心的互动，体验并陶醉于生态美，并把自己醉人的经历——生态审美经历写出来，奉献给读者，使读者也为之陶醉。

小　结

从基本的生态视角审视艾斯利的《没有尽头的旅程》《时间苍穹》《意想不到的宇宙》《无形金字塔》，笔者发现，这 4 部随笔集主要体现了艾斯利的生态自然观和生态科技观。具体地说，他从自己人类学、博物学和科学史等专业背景出发，消解了形形色色的人类中心论，倡导生态整体观，强调人类是生态共同体的普通一员；同时，他批判机械的自然观，谴责人类残害野生动物，揭批人类近现代以来对大自然的僭越行为，倡导人类以平等态度尊重和关爱野生生物，主张融合各民族古今合理的自然观，以生态伦理指导人类与非人类自然万物的关系；而且，他揭示了科技的双刃性以及科技文明的误区，倡导通过提高人的道德水平来约束科技的运用。艾斯利的这些生态意识在美国当代生态思潮兴起的 1962 年之前就开始出现，此后变得愈加强烈、愈加充实。奥尔多·利奥波德在其自然散文《沙乡年鉴》的最后部分，首倡生态伦理，艾斯利是此后较早地在散文作品中主张用生态伦理指导和约束人类与非人类自然万物关系的人。他的理想是，培养人的精神境界，拓展人的道德胸怀，尊重与关爱所有人乃至非人类自然万物，使包括科技文明在内的人类文化不仅能造福所有人，而且能确保大自然永葆生机。

从生态美学的角度审视艾斯利的 4 部随笔集，我们可以管窥艾斯利的随笔创作取得非凡成就的奥秘：他以生态审美的眼光看待和表述他作为人类学家所目睹耳闻的平凡现象，以及所了解的相关信息。他通过描述平凡想象、漫议相关信息，表达了他对包含人类在内的生态共同体的各个部分的密切关系的深刻领悟；他没有表现纯粹的自然美景，更没有颂扬人化的景观，而是通过想象复原人类自产生以来就与自然须臾不可分离的共生画面，描绘现实生活中人与自然和谐共处的诗意栖居之美，揭批人类破坏自然的丑行；他描写了自己在野外乃至在城镇等立体空间中，由身体感官以及想象力参与而产生的真切体验和情感；他把一些动物及其他自然物当作像人一样具有能动性的主体来描写，使其描写显得异常生动形象、摄人心魄。

可以说，艾斯利科学散文代表作中的生态意识不仅具有前卫性，而且具有建设性，这些作品所体现的生态审美特色是其获得成功的重要因素。艾斯利堪称美国当代生态思潮的先驱之一，其作品中的生态意识及生态审美特色对我国当前的生态文明建设具有重要启示意义。所有这些也向我们昭示，在看待自然和人的关系及科技的作用等方面，我们应采取辩证的态度，既要保护非人类自然万物，给非人类自然万物以道德关怀，又要肯定人类的利益和作为，人类不应，也不可能回到原始时代。这里的关键是，人类的作为不能超出大自然的承载能力。科技是双刃剑，我们不应像以卢梭为代表的一些浪漫主义者那样，彻底否认科学技术，而应清醒地认识到科技巨大的正负两面的作用，要增强科技伦理意识，给科技套上缰绳，使其沿着正确的道路前进，以便既能长期造福全人类，又不损害人类赖以生存的大自然。兼具生态意识和生态审美能力的科学家通过创作发人深省、令人陶醉的生态文学作品，可以为生态文明建设做出贡献。英国著名科学散文作家、《牛津现代科学散文集》的编者理查德·道金斯在介绍艾斯利的生平时，不仅把他称为人类学家和作家，而且把他称为“生态主义者”①。我们认为，艾斯利不否认一定限度内的人类利益的合理性，也不完全否认包括科技在内的人类文明，他既关爱大自然，又关心人类的长远利益，而且具备非凡的生态审美能力，因而更准确地说，他是一位生态人文主义者和生态散文大家。

---

① Dawkins, Richard. 2008. *The Oxford Book of Modern Science Writing*. Oxford: Oxford University Press: vii.

第四章 医学科学家力倡共生共荣

刘易斯·托马斯（1913—1993）是美国著名的科学散文作家，美国国家科学院院士，担任过儿科、内科、病理学和生物学等多个专业领域的教授职位，曾先后任纽约大学贝尔维尤医疗中心病理学系和内科学系主任、耶鲁大学医学院病理学系主任。他颇具文学才华，写过诗，但在文学上的主要成就是随笔散文。其随笔集《细胞中的生命：一个生物学观察者的手记》（1974）于 1975 年同时荣获美国国家图书奖的艺术类散文奖和科学类散文奖两个奖项，另一部随笔集《水母与蜗牛：一个生物学观察者的手记续集》（1979）于 1980 年亦获美国国家图书奖的科学类散文奖。此外，他的散文作品还有自传性质的文集《最年轻的科学：一个医学观察者的手记》（1983）、随笔集《聆乐夜思》（1983），以及随笔和讲演稿集《脆弱的物种》（1992）。洛克菲勒大学设有以他的名字命名的年度奖项“刘易斯·托马斯奖”，以奖励取得艺术成就的科学家。

1913 年 11 月 25 日，托马斯出生于纽约市皇后区法拉盛社区，父亲是名家庭医生，母亲是名护士。他对父亲的职业很感兴趣，这使他对 20 世纪医学的伟大变革认识深刻。他 15 岁考入普林斯顿大学，在校时成绩一般，却热衷于作诗，不时地给《普林斯顿泰格尔》（*The Princeton Tiger*）杂志写一些幽默诗。1933 年，他进入哈佛医学院学习。在波士顿城市医院当实习医生时，他在《大西洋月刊》《周六晚邮报》（*Saturday Evening Post*）等报刊上发表了十余首诗歌，内容涉及医疗体验、死亡和战争等。他的医学生涯始于在桑代克纪念实验室做神经学方面的研究。1942 年，他应征加入美国海军预备队，作为医疗研究者被派往南太平洋地区。第二次世界大战后，他进入约翰·霍普金斯大学医院当儿科医生，同时研究风湿热。1954 年，他出任纽约大学医学院病理学系主任，后来出任该大学医学院院长一职。1971 年，他到耶鲁大学医学院担任病理学系主任，1972 年任该医学院院长。1973 年，他出任纽约市的斯隆–凯特林癌症研究中心主任，把该中心建成了国际一流的癌症研究、治疗和教育机构。1982 年，在以他的名义召开的研讨会上，他被誉为“现代免疫学和实验病理学之父”。他因医学研究和创作获得了许多荣誉，其中包括 1961 年他被评选为美国艺术与科学院院士，1972 年他被评为美国国家科学院院士，1986 年刘易斯·托马斯实验室在普林斯顿大学挂牌。

1970 年，在一次有关炎症的学术研讨会上，主办方请声望卓著的托马斯率先致辞，给研讨会确定个基调。他不清楚其他参会者将发表什么看法，只管尽情表述自己的想法，他讲得很风趣，但又有些偏颇，以便使研讨会不像以往此类会议那样沉重。没料到主办者印出了他讲的内容，分发给参会者，并给《新英格兰医学杂志》（*The New England Journal of Medicine*）寄了一份。当时的一位杂志编辑是托马斯的校友，比他高一个年级，他很赏识托马斯那篇致辞的风格，于是就在该杂志上给托马斯开辟了一个专栏，请他写一些风格类似的文章，每月一篇，每篇 1000 词左右，内容自定，虽无稿费，但编辑不做修改，栏目的题目是“一个生物学观察者的手记”。托马斯不便拒绝，就用业余时间写起了随笔。由于这类文章非常受读者欢迎，他为该杂志持续写了 10 年。1974 年，维京出版社（Viking Press）没做任何修改，结集出版了托马斯发表在该杂志上的 29 篇随笔，以首篇题目作为集子的总题目，这就是他的第一本随笔集《细胞中的生命：一个生物学观察者的手记》。这本随笔集确立了托马斯的随笔风格：题材多样，信息准确，书后附有针对一些篇目的参考性注释，同时也“具有文学性，一些地方诉诸隐喻和臆想，且不乏诗意”[①]。这本随笔集受到广泛好评，出版后 5 年内就被译为 11 种语言，销量 25 万册，迄今已印刷多次。

托马斯的第二本随笔集《水母与蜗牛：一个生物学观察者的手记续集》出版于 1979 年，收集了他随后在《新英格兰医学杂志》上发表的另外 29 篇随笔。由于第一集随笔的巨大成功，托马斯在第二集随笔中显得更为自信，讲述了更多个人轶事，个人风格显现得更为突出，聊及更为广泛的公众关心的话题。他的语言幽默，用词简练，行文结构不拘一格。在这个集子中，他公开承认了蒙田随笔对他的影响。

1983 年，托马斯的第三部作品——自传性文集《最年轻的科学：一个医学观察者的手记》出版，这是他对西方现代医学的发展历程最直接的观察：他观看父亲行医，聊自己学医、做实习医生、从军、进行研究、领导科研和教学、参与城市卫生管理与规划、服务于总统科学顾问委员会、体察护士的工作，以及从事随笔写作的前因后果。他讲述的这些经历展现了 20 世纪医学的重大转变、进展以及存在的问题。

同年，托马斯还出版了第四部作品《聆乐夜思》，这本集子收录了 24 篇随笔，

① Woodlief, Ann. 2003. “Lewis Thomas”. http://archive.vcu.edu/english/engweb/LewisThomas.htm/ [2017-5-17].

这些随笔 20 世纪 80 年代初曾发表于《发现》（*Discover*）、《纽约书评》（*The New York Review of Books*）和《新英格兰医学杂志》等刊物上。由于美苏冷战升级，核大战威胁日益严重，美国大批资金被投入了“星球大战”计划研究，托马斯写的这些随笔的笔调变得比较冷峻，内容更具政治性。在这部作品中，托马斯还强调基础研究，谈及人类的无知、科学教育以及科学与人文的结合。

《脆弱的物种》是托马斯出版的最后一部作品，包括 4 个部分，收录了 1984 年至 1992 年他所写的随笔和讲演稿的精品。这些文字以前均未发表过，内容涉及医学的局限、语言的起源、意识的奥秘、死亡的恐惧、环保问题，以及他反复谈到的合作、交流、联系等话题。有论者指出：“在这部振奋、动人的作品中，托马斯医生聚焦多种物种的自然现象，发挥了他奇特的科学想象力和杰出的语言天赋……其文风澄明，使进化生物学和现代科学为大众所喜闻乐见，也使他成为我们这个时代的一个卓绝的科学散文作家。”[①]

简而言之，托马斯上述 5 部散文集是其作为医学专家和生物学家，对生命、人生、社会、科研、地球、宇宙、人类生存状况、人与自然的关系等问题的遐思，内涵丰富深刻，语言清新清晰，酣畅淋漓，富有诗意。美国《时代》杂志称赞说，托马斯是位“有才华的作家，有非凡的智慧和想象力，对人和自然均有大胆、令人振奋的洞察”[②]。美国另一位著名科学散文作家爱德华·O. 威尔逊指出：“如果蒙田拥有 20 世纪生物学家的渊博知识，他就是当代的刘易斯·托马斯。”[③]《时代》杂志也用类似口气赞誉道：“如果华兹华斯上过医科大学，他也许会写出酷似托马斯随笔那样的作品。”[④]美国有学者把托马斯随笔作为文章典范及“风格典范”来讲授[⑤]，并把托马斯与法国的蒙田、英国的赫兹里特（William Hazlitt）、美国的 E. B. 怀特（Elwyn Brooks White）这些随笔大师相媲美[⑥]。在我国，从 1998 年至 2011 年，山东大学的李绍明教授先后翻译出版了托马斯这 5 部散文集。他在《细胞生命的礼赞：一个生物学观察者的手记》（即《细胞中的生命：一个生物学观察者的手记》——笔者注）的“译者序”中指出，托马斯在该书中“以生态系

① Thomas, Lewis. 1996. *The Fragile Species*. New York: Touchstone Books: Back cover.

② Thomas, Lewis. 1975. *The Lives of a Cell: Notes of a Biology Watcher*. Toronto, New York, London & Sydney: Bantam Books: Back cover.

③ Thomas, Lewis. 1995. *The Medusa and the Snail: More Notes of a Biology Watcher*. New York: Penguin Books: Back cover.

④ Thomas, Lewis. 1995. *Late Night Thoughts on Listening to Mahler's Ninth Symphony*. New York: Penguin Books: Back cover.

⑤ Anderson, Chris. 1989. *Literary Nonfiction: Theory, Criticism, Pedagogy*. Carbondale & Edwardsville: Southern Illinois University Press: 315.

⑥ Anderson, Chris. 1989. *Literary Nonfiction: Theory, Criticism, Pedagogy*. Carbondale & Edwardsville: Southern Illinois University Press: 319.

统的整体论为我们指示了理解物种多样性的新的途径”，“批判和嘲讽着人类的傲慢或人类沙文主义”[①]。托马斯的5部科学散文蕴含着明显的生态意识，但迄今为止，国内尚未有人，国外也很少有人明确地从生态批评视角对此进行较为系统的研究，因而，本章拟做一些初步探讨。

第一节　刘易斯·托马斯科学散文的生态意蕴

一、强调协作共生，倡导生态整体观

达尔文提出进化论以来，西方主流思想界强调人与自然之间及万物之间的对立和竞争。20世纪60年代，蕾切尔·卡森《寂静的春天》的出版引发了当代生态思潮的兴起，但也遭遇许多阻力。在此生态思潮方兴未艾之际，自1970年起，托马斯就在陆续发表的随笔中，从自己的专业领域出发，援引分子生物学和医学的新近研究成果，批判人类与自然之间及万物之间相互分离和对立的观念，消解人类中心论；同时，他强调共生合作现象，力倡生态整体观。实际上，批判人类中心论与倡导生态整体观（西方学者称为“生态中心论”）是一个问题的两个方面。诚如美国著名生态批评家布伊尔所指出的，人类中心论“经常作生物中心论和生态中心论的反义词”[②]。

在人类中心论者看来，人类与自然是分离和对立的存在物，人类高于自然，享有主宰自然的特权，人类的利益高于自然的利益。托马斯则不以为然。在其散文成名作《细胞中的生命：一个生物学观察者的手记》同名的首篇文章开头，他先描绘了现代人“使自己与自然分离”的一种高高在上的形象，然后指出，近年来生物科学的新发现使“人类享有主宰万物的特权的想法，正在从根本上动摇”[③]。他在5部随笔集中枚举的例子是，生存于包括人类在内的动物的细胞中的线粒体，与细胞本身有着不同的DNA和RNA，严格地说，与动物细胞是不同的共生生命体，线粒体依存于动物细胞，同时又通过氧化方式为细胞提供能量，使细胞存活；与此相似，植物细胞与其中的叶绿体，也是相互依存的两种共生生命体。就是说，人体与其他自然物之间、自然万物之间均相互依存，密不可分；人是自然极为普通的一部分，绝非其高高在上的主宰。

---

① 刘易斯·托玛斯. 1997. 细胞生命的礼赞：一个生物学观察者的手记. 李绍明，译. 长沙：湖南科学技术出版社：译者序，3.

② Buell, Lawrence. 2005. *The Future of Environmental Criticism: Environmental Crisis and Literary Imagination*. Malden, Oxford & Carlton: Blackwell Publishing: 134.

③ Thomas, Lewis. 1975. *The Lives of a Cell: Notes of a Biology Watcher*. Toronto, New York, London & Sydney: Bantam Books: 1-2.

针对人类自认为“成了大地的主人，上帝的影像，有自我意识，能记得前生，能预想来世……真的是万物皆备于我呢”[①]这一典型的人类中心论的说法，他严正指出：

> 这样说话让人不好意思，很像小孩子不懂事说的大话……我属于一个脆弱的物种，是地球上的后来者，是大小物种中最年轻的生物，用进化时间来衡量，来到这儿不过才短短几个瞬间……我们只是尝试性地给安置在位，易犯错误，有个到处捣弄的毛病，很可能还没等积存下多厚的一层放射性化石，整个儿就灭绝了。[②]

就是说，人类是像上帝一样君临万物的主宰，万物都是为人类利益服务的，这类观念纯属狂妄无知。即使从“适者生存”的视角来看，人类在地球生命漫长的进化史中的短短存在期，还不能证明人类是地球生物圈的“适者”——恰巧相反，如果人类不摒弃人类中心论，以及由此而来的肆无忌惮的生活方式，在不远的将来，就会作为“不适者”从地球上灭绝。

托马斯通过讲述地球生命的源头及进化过程，向读者昭示，人来自自然界，与其他生物同源，自然万物相互依存，形成了一个共生的有机整体。他指出，人类与所有的动植物乃至微生物，都是从37亿年前地球上产生的类似细菌的原核细胞进化而来的；10亿年前，原核细胞通过特化的共生作用结合到一起，进化为包含有核细胞的真核生物，产生了植物的远祖蓝绿藻，由此出现光合作用，利用太阳能造出大气中的氧气。他说：“今天的绿色植物里，利用太阳能，制造着我们大气中的氧气的叶绿体，乃是古老蓝绿藻的直系后裔。我们身上的所有细胞中，利用氧气从植物性食物中获取能量的线粒体，乃是古老氧化细菌的后代。”[③]含有叶绿体的植物细胞协同组合形成植物，含有线粒体的动物细胞协同组合为动物；植物、动物相互依存，与无生命自然物一起，形成一个庞大有机整体——“一个所有有生命的部分可爱地联系在一起的生物圈，一个硕大的胚胎，一个封闭的生态系统，我们乃是其中的运作部件”[④]。这无疑是生态整体观的一种贴切的形象表述。在托马斯看来，整个地球“最像一个细胞”[⑤]，而其大气层犹如细胞膜，是“世

---

① Thomas, Lewis. 1996. The Fragile Species. New York: Touchstone Books: 24-25.

② Thomas, Lewis. 1996. *The Fragile Species*. New York: Touchstone Books: 24-25.

③ Thomas, Lewis. 1995. *Late Night Thoughts on Listening to Mahler's Ninth Symphony*. New York: Penguin Books: 74.

④ Thomas, Lewis. 1995. *Late Night Thoughts on Listening to Mahler's Ninth Symphony*. New York: Penguin Books: 74.

⑤ Thomas, Lewis. 1975. *The Lives of a Cell: Notes of a Biology Watcher*. Toronto, New York, London & Sydney: Bantam Books: 4.

界上最大的膜"[①]。需要指出，1972 年，英国科学家詹姆斯·洛夫洛克（James Lovelock）提出了"盖亚假说"，其核心思想就是，地球是一个生命有机体。托马斯几乎同时在其发表的随笔（后结集出版）中表达了类似的理念，其生态整体观的前沿性由此可见一斑。

托马斯特别强调包括人类在内的自然存在物之间的共生合作关系，可以说，这是其生态整体观乃至所有生态理念的支点。在他看来，人类与自然万物是一个共生体，共生现象是"当今生物圈主导性的生活模式"[②]。他说：

> 我的观点是，管它是相对罕见或到处都是，共生现象的成功和持续存在，暗示着有一个潜在的一般倾向，那就是自然界垂青合作行为……伟大的生态学家伊夫林·哈钦斯几年前指出，复杂的自然社群并不遵循"适者生存"中应该包含的数学定律。假如那个术语果真意味着"赢者通吃"，那么，某一物种，某一身体生长快、幸存子孙多的掠食者，就应该永远凌驾于众生之上，高出一等，支配一切。到野地里去看，这种事并没发生。相反，倒是有数百不同物种组成的稳定生态系统，倾向于持续稳定和处于平衡。只有在罕见情况下，一个单一物种才会排斥所有其他物种，一旦发生这样的事情，那一个物种当然也就崩溃了。[③]

托马斯并不否认自然界的生存竞争，但他认识到，不同物种是本能地相互合作、相互依存的共生体：即使是强大的掠食者，也不会把被食者赶尽杀绝。他在启迪大众，人类虽然有较强的能力，但仍是生物圈共生体中的一部分——若超限而为，彻底毁坏这一共生体，人类自己也将灭绝。

二、力促环境保护行动

托马斯不仅关注当代人的自然观，而且关注其行为。从生态视角去审视人的行为，同样是生态思想的体现。托马斯力倡生态整体观，主要目的就是促使当代人认识到并改变自己对大自然的僭越行为，转而尊重大自然、保护大自然，与自然万物共生共荣。正如美国生态批评家莫顿在自问自答时所昭示的："生态思想是有关生态的思维吗？既是，又不是。生态思想是生态的思维，也是行动的思索。重构我们的世界、我们的问题以及我们自己，也是生态工程的一部分。"[④]

在其散文中，托马斯无情揭露当代人毫无节制的发展对自然生态的破坏，以

---

① Thomas, Lewis. 1975. *The Lives of a Cell: Notes of a Biology Watcher*. Toronto, New York, London & Sydney: Bantam Books: 170.

② Thomas, Lewis. 1996. *The Fragile Species*. New York: Touchstone Books: 104.

③ Thomas, Lewis. 1996. *The Fragile Species*. New York: Touchstone Books: 152.

④ Morton, Timothy. 2012. *The Ecological Thought*. Cambridge & London: Harvard University Press: 8-9.

及由此造成的对人的精神生态的负面影响。他说：

> 如果你飞绕地球并一直往下看，你会看到我们人类已无处不在，到处插足安家。所有土地都已耕耘，所有山峰都已爬遍，而且正在被覆以钢筋水泥和塑料；有些山，像阿巴拉契亚山脉，干脆像树一样被伐倒了。鱼类全部用网圈起来，加以驯养，被养殖在水中围起的渔场中。至于走兽，我们永远不会有足够的塑料袋装它们的尸体；不久，仅剩的幸存者将是用以喂养我们自己的牛羊，屋子里的阿猫阿狗……还有耗子和蟑螂，外加数种爬虫。
>
> …… ……
>
> 我们会将一切都置于控制、管辖之下。然后我们能做什么呢？在那些漫长的周六下午，除了我们自己再也没有对话者，那我们还能做什么？①

当代人破坏了自然环境、生态平衡和生物多样性，恶化了自己的生存环境，失去了大自然这一可以交流、感到惊奇的对象，以致感到孤独、乏味、空虚，精神生态严重恶化。

托马斯还揭示了即将危及人类的生态灾难及其起因。他警告说：

> 人类正在使自己，连同世界的其余部分陷入越来越深的麻烦……热核战争是最令人不敢想的情形，仅此一项，就足以造成人类这一物种的灭绝。可还有其他因素在威胁我们的长治久安：我们可能因人口过剩而灭绝，因森林砍光而灭绝，因污染而灭绝……多少噩梦将会成真。②

他清醒地认识到，生态灾难的起因在于人类自身：在当代，人的智力及科技使其对地球的影响达到了无比巨大而又深刻的程度，人类的过度作为，尤其是对全球生态环境的破坏，以及核武器的研发与部署，严重威胁着包括人类在内的整个生物圈的命运。

托马斯揭批当代人引发的环境问题，旨在唤起全球性的生态保护和生态责任意识。正如一些生态哲学研究者所昭示的，除了生态整体观的 5 条相关理念，生态的世界观也包含着这一理念：“人类对地球造成了严重的负面影响（污染、人为造成的灭绝），这就使环境伦理成为必然。”③托马斯认为，作为地球生态系统的

---

① Thomas, Lewis. 1995. *The Medusa and the Snail: More Notes of a Biology Watcher*. New York: Penguin Books: 108-109.

② Thomas, Lewis. 1995. *The Youngest Science: Notes of a Medicine Watcher*. New York: Penguin Books: 247-248.

③ Keller, David R. and Frank B. Golley. 2009. *The Philosophy of Ecology: From Science to Synthesis*. Athens and London: The University of Georgia Press: 2-3.

一部分，人类应该保护生物圈。他指出，海生动物巨蛤，因吞食大量海藻，严重依赖海藻，成了半植物、半动物的共生体；与此相似，人类对地球生态环境的严重依赖，使人类与地球成了命运攸关的共生体。他说，“在地球形态存在的某一阶段，需要我们这样的生物，至少有一段时间，需要我们获取并输送能量，照看新的共生系统”，人类对整个大自然的态度“应来一番相当根本的改变”[①]。他认为，人类是大自然中脆弱的物种——即使全面的核战争把地球炸毁至远古的荒凉形态，也会有些许微生物幸存；所以，当代人应从使自己不至于绝灭开始，保护整个大自然。他说：“我们最忧心的是我们自己……说不定，我们甚至会承认，我们有着所有高度分化的生物所固有的脆弱性，于是会开展一场运动，把我们自己作为濒危物种加以保护。”[②]显然，托马斯虽然力倡生态整体观，但并没否认人类最基本的生存权，他倡导的是人和大自然的共生共荣。在他看来，在现阶段，人类肩负着保护地球的使命，这一使命与确保人类的持续生存是一致的。

托马斯认为，人体细胞内的线粒体表明，人与其他生物都是从原核细胞进化来的，其他生物是人类的亲属，人类作为生物大家庭中最年轻、能力最强的成员，应该承担起关爱其他成员乃至整个大自然的伦理责任。他说：

> 我们有好大一个家庭需要照料；或许这样说有些奢求，听起来好像我们是这个星球的钦定园丁和动物管理员，而我们或许还没有足够成熟，负不起那么大的责任……但是，我们至少应该承认那些家族关系，以及随之而来的责任。我们一旦做错，去散布污染物，往大气里排放过量二氧化碳，破坏薄薄的臭氧层，烧山林，扔炸弹，到处践踏大自然，好像她是你的财产，那么，欠债总是要还的，就怕到头来没东西去还。[③]

就是说，人类若忽视自己作为生物圈大家庭和地球共同体一员的责任，导致地球生态系统彻底崩溃，人类也会随之灭绝，到那时，人类即使想改过自新，致力于生态恢复，恐怕也为时已晚。

三、倡导国与国、人与人协同共荣

托马斯认识到，生态环境问题与社会问题是有关联的。他认为，要避免生态灾难，不仅要改善人与自然的关系，还需要改造社会关系：所有人、所有国家之

① Thomas, Lewis.1975. *The Lives of a Cell: Notes of a Biology Watcher*. Toronto, New York, London & Sydney: Bantam Books: 124-125.

② Thomas, Lewis.1975. *The Lives of a Cell: Notes of a Biology Watcher*. Toronto, New York, London & Sydney: Bantam Books: 125.

③ Thomas, Lewis. 1995. *Late Night Thoughts on Listening to Mahler's Ninth Symphony*. New York: Penguin Books: 106-107.

间也应协同合作。可以说，托马斯同时在倡导一种生态的社会观。这一社会观与其生态整体观是一脉相承的，都以强调万物共生的重要性为基础。正如英国著名生态社会主义专家戴维·佩珀（David Pepper）所言："如果我们要'与自然和谐相处'，那么，在社会行为和个人道德上就应遵守生态法则。的确，我们身外之自然的组成方式，理应成为人类社会组织结构的模范。"[①]

托马斯谴责国与国之间的对立，反对以强凌弱的社会达尔文主义，认为这是引发核大战，摧毁人类乃至地球生态系统的最主要的社会根由。他说："当今管理着各国事务的人们，通常是一些讲究实际的人，他们接受的教导是，世界分成了敌对的系统，拳头大的就是老大，侵略是驱动我们的核心力量，只有适者才能生存，只有强大才能更强大。"于是，大国纷纷生产并部署足够的核弹，"如果我们一下子发射足够数量，甚至可以把海洋中单细胞绿色植物烧个干净，从而断绝氧气供应"[②]。托马斯认为，人们无视共生合作是自然万物生存的主导模式，却轻信自然界里的生存规律是弱肉强食，并把这一规律应用到人类社会，引起了各国之间的严重对立及军备竞赛，从而危及整个人类乃至整个生物圈的生存。

托马斯还认识到，无论是个人之间，还是国际之间的冷漠与对立，都是当代生态问题的根源。在他看来，城市生态与整个地球生态的恶化是这一问题的典型体现。他借评议一本描写伊克人的书，深刻揭示城市人际关系与城市生态问题的关联，以及国际关系与全球生态问题的关联。伊克人是乌干达北部山谷的游牧部落，由于原居地被开辟为国家公园，他们被迫搬迁到山岭薄地从事农耕。摈弃了传统文化后，他们变得极端自私，互不交往，孤僻仇他。托马斯评述道：

> 城市具有伊克人的所有特征：在他人门阶上排便，在自己和别人的河湖里排便，到处倾倒垃圾。它们甚至设立机构来遗弃老人，把他们弄到看不到的地方。
>
> 国家是最像伊克人的机构了，难怪伊克人看上去这样眼熟。在极端贪婪、强取豪夺、无情和不负责任等方面，没有什么能比得上一个国家了。国家在本质上是孤独的，以自我为中心，离群索居，国家与国家之间是没有感情这东西的。真的，没有哪个国家爱过另一国家。它们在各自的门阶上叫骂，往整个大洋里排便，抢夺所有食物，靠仇恨生活，对他人幸灾乐祸，为他人的死亡而庆贺，靠他人的死亡而生存。[③]

---

① 戴维·佩珀. 2011. 现代环境主义导论. 宋玉波等，译. 上海：格致出版社，上海人民出版社：7.

② Thomas, Lewis. 1975. *The Lives of a Cell: Notes of a Biology Watcher*. Toronto, New York, London & Sydney: Bantam Books: 30.

③ Thomas, Lewis. 1975. *The Lives of a Cell: Notes of a Biology Watcher*. Toronto, New York, London & Sydney: Bantam Books: 129.

他认为，当代城市与全球的生态问题产生的根源，在于城市居民与各个国家均以自我为中心，只关注自己或自己的小圈子，漠视整体利益，相互间缺乏关爱与合作意识，没把整个城市或地球当作大家的共同家园。

尽管如此，托马斯对人类又不失信心。他倡导所有人之间的合作与关爱。他认为，在历史上，正因为人类是最善于群居的社会性动物，最善于合作，“才创造了种种文化，创造出各种文明中的文学”①。他主张，今后，美国应把搞核武器研究所投入的巨额资金，用于其他有益的研究，以便达到这样的目标：“我们能让我们自己、我们的动物和我们所有的植物摆脱疾病……我们能开始关爱所有孩子，星球上每一个孩子，以及未来的孩子。我们甚至能够彼此了解，以便作为一个物种成长起来，彼此喜欢，彼此相爱。”②

托马斯认为，解决富国与穷国之间的不平衡问题，实现国与国之间的共存共荣，对全球环境与人类幸福都是有益的。他清醒地认识到，疾病、贫穷、营养不良与人口过剩是互为因果的，而人口过剩与环境问题直接相关。他意识到，富国面对穷国的现状若无动于衷，最终将殃及自身：“成千上万的难民就会竞相离开现住地，越过边境，涌入他们觉察到有食物和生存希望的任何地方。剩下的人会继续毁坏热带雨林，灭绝其他物种赖以生存的巨大生态系统，造成难以预见的全球气候变化，危及这个星球本身的生存。”③他憧憬各国平等、繁荣安康的世界，期望富国至少能在医疗技术上帮助穷国。他说，“我们有责任在人的健康上确保一种类似公平和平等的东西。我们别无选择，除非我们不打算再做人……‘四海之内皆兄弟’乃是一条生物学律令，是最硬的道理”④。

总之，托马斯认为，在当代，尽管人与人之间、国与国之间仍存在许多问题，甚至是很严重的问题，但人类是生物共同体中最年轻的物种，犯错误又是人类的特性，进步是人类历史的主流。他希望人类能尽快成熟起来，改正自己的错误，在精神境界和智慧上能不断提高，在各个层次都能相互合作，相互关爱，共同建造环境友好型、人类和谐型的幸福、安康世界，这样，人类才能成为真正具有人性的物种。

四、提倡科学技术的生态转向以及与人文的结合

由于工业文明和科学技术对环境的负面作用日益显现，在西方文学史上，从近代的一些浪漫主义作家，到美国当代不少自然文学作家，倡导回归自然、批判

① Thomas, Lewis. 1995. *The Medusa and the Snail: More Notes of a Biology Watcher*. New York: Penguin Books: 17.

② Thomas, Lewis. 1995. *Late Night Thoughts on Listening to Mahler's Ninth Symphony*. New York: Penguin Books: 83.

③ Thomas, Lewis. 1996. *The Fragile Species*. New York: Touchstone Books: 83.

④ Thomas, Lewis. 1996. *The Fragile Species*. New York: Touchstone Books: 95.

科学技术的呼声从未间断。针对一些当代人对科学技术的质疑和责难，托马斯主张，应区别对待科学与技术：一方面，应毫无保留地弘扬科学精神；另一方面，应严格管束技术，严禁有害技术的研发和应用。他主要从两个因素出发，力主科学无禁区。首先，科学研究的结果不可预测。他说："假如是一门进展顺利的学科，那就不可能做出预言。这是由科学这一行当的本性所决定的。如果将要发现的东西真是新的，按定义讲那就是事先不知道的。"[①]其次，科学成果本身只会增进人类的智慧，不会造成破坏。在他看来，科学活动"像一种原始的逐猎，但到头来并没有伤害什么"[②]。他认为，人们对他人、其他物种及自然环境所犯的错误，其中一个原因，就是在科学上无知。因而，人类不能不发展科学，不能回到前工业社会乃至原始社会。他说："我们不能待在原地，止步于目前水平的知识，也不能开倒车……我们需要科学，更多、更好的科学，不是为了它的技术，不是为了玩乐，甚至也不是为了健康和长寿，而是为了有望获得智慧。"[③]

托马斯认为，科学的应用，或研究结果的应用，导致技术产生，而技术是把双刃剑，须严加管制。他毫无保留地大力倡导科学（或基础）研究，对技术（或应用）研究则持高度警戒态度。他明确指出："对技术要严加警戒、监控、批评，甚至由全体选民投票表决，但对科学本身却要它自由行动，如果我们想要它管事儿。"[④]他反复谴责把核技术应用于制造核武器，把物理技术应用于生产导弹，把基因技术应用于"无性造人"（克隆人）。他说："科学的中心任务，是一步一步地达到对自然的理解，但这并不是说，科学就是为了谋求驾驭自然。总有一天，科学会让我们更好地理解我们自身，但是，我希望，永远不要希望通过某一套技术，做这做那去改善我们自己。"[⑤]

我国生态文明专家卢风指出："由追求日益强大的征服力的科技转向以人为本、保障生态安全、维护生态健康的科技，就是科技的生态学转向。"[⑥]由此来看，托马斯的科技观实现了生态学转向。

更为可贵的是，作为美国国家科学院院士，以及作为一位医学专家，托马斯力倡人文社会科学研究。他认识到，社会科学家所从事的是"最要急的科学事业"；他认为，我们人类"对待彼此的行为，是最奇怪、最不可测的东西……在整个自

---

① Thomas, Lewis. 1995. *The Medusa and the Snail: More Notes of a Biology Watcher*. New York: Penguin Books: 73.

② Thomas, Lewis. 1975. *The Lives of a Cell: Notes of a Biology Watcher*. Toronto, New York, London & Sydney: Bantam Books: 120.

③ Thomas, Lewis. 1995. *The Medusa and the Snail: More Notes of a Biology Watcher*. New York: Penguin Books: 175.

④ Thomas, Lewis. 1995. *Late Night Thoughts on Listening to Mahler's Ninth Symphony*. New York: Penguin Books: 28.

⑤ Thomas, Lewis. 1995. *Late Night Thoughts on Listening to Mahler's Ninth Symphony*. New York: Penguin Books: 153.

⑥ 卢风, 等. 2013. 生态文明新论. 北京: 中国科学技术出版社: 101.

然界中，对人类的最大威胁，乃是人类自己。为解开这一最让人头疼的谜，我们需要最聪明、最灵活、最年轻的头脑，他们能够冥想出从未想过的主意，能够驰骋想象于巨大的深度”[①]。他批判物理、化学、生物医学等领域的学者对社会科学学者的“轻视甚至轻蔑”，他相信，研究人类行为或“人心的基本的、根本的统一性”的学者，将会催生一个关于人类的坚实学科，“像量子力学一样坚实，充满着深刻的洞见，虽然也像物理学迄今那样，困惑于各种模糊不清，但将有新规则、新方式把事做成，比如，摆脱爱国辞藻，摆脱民族主义，一下子全摆脱”[②]。显然，他意识到，社会科学可探索人类之间、人与自然之间的冷漠、不合作的根由，这对消除由此引发的环境问题具有重要意义。

同样可贵的是，托马斯积极倡导科学与人文的结合。他说：

> 我们需要科学，但不只是科学。科学到时候会产生数据，还将弄清这些数据的部分意义，但永远不会是全部意义。要获得全面把握，要在意义到手时窥知真正的意义，我们需要科学以外各种各样的头脑通力合作，最重要的当然是诗人的头脑，但也需要艺术家、音乐家、哲学家、历史学家，还有广义上的作家。[③]

在他看来，人文学科使人洞察更高层次的意义——比如，人怎样生活才能体现出真正的人性——因而科学离不了人文；同时，人文也离不了科学。他指出：“若非对科学各个分支的现状有相当程度的理解，特别像我所说的，对我们的未知领域有深度的了解，人文教育将是不完全的、不充分的。”[④]他主张，应该把科学入门知识教给科学界以外的每一个人。

我国著名生态哲学家余谋昌指出：“生态文明的科学技术发展模式提倡人与自然、自然科学与社会科学、科学精神与人文精神、事实与价值、科学与道德统一；提倡有人文关怀的科学技术，有科学精神的人文科学，实现两者的结合……”[⑤]托马斯的科技观既实现了生态转向，又与生态文明的科技发展模式相吻合，显然是生态的科技观。

---

① Thomas, Lewis. 1995. *Late Night Thoughts on Listening to Mahler's Ninth Symphony*. New York: Penguin Books: 23.

② Thomas, Lewis. 1995. *Late Night Thoughts on Listening to Mahler's Ninth Symphony*. New York: Penguin Books: 34.

③ Thomas, Lewis. 1995. *Late Night Thoughts on Listening to Mahler's Ninth Symphony*. New York: Penguin Books: 150.

④ Thomas, Lewis. 1995. *Late Night Thoughts on Listening to Mahler's Ninth Symphony*. New York: Penguin Books: 153.

⑤ 余谋昌. 2010. 生态文明论. 北京：中央编译出版社: 213.

第二节　托马斯随笔艺术风格之巴赫金生态文艺学解读

美国生态批评学者迈克尔·J. 麦克道尔（Michael J. Mcdowell）指出，苏联文艺理论家和批评家巴赫金的理论汲取了系统思维和关联思维，“可以被视为研究关联的科学生态学在文学研究领域的对应物”①。也就是说，巴赫金理论是一种生态文艺学理论。本节拟以巴赫金的对话理论和狂欢理论为指导，审视托马斯科学随笔的艺术风格。

巴赫金对话理论的核心是话语的对话性。我国巴赫金研究学者凌建侯教授指出：

> 对话性指人的意识和行为对别人、周围世界的开放性，与别人平等交流的积极性，对别人行为的回应性以及善于使别人对他的行为做出反应的主动性……话语有具有内在对话性和外在对话性的话语之分。外在对话性在对话言语形式的话语中表现得最为直观……不过，最受巴赫金关注，同时也是他研究得最多的，是具有内在对话性的话语，它指某个人说的一席话或写的文字因包容他人声音、他人话语而在自身内部产生了对话关系的话语，这时作者声音可以与他人声音发生或借花献佛或同意或赞扬或反驳或批判或讽刺或诙谐等等的对话关系。②

由此可以说，托马斯的科学随笔体现了话语的对话性，尤其是内在对话性的特征。

托马斯随笔的对话性体现在作者对别人和周围世界的开放性，以及与别人平等交流的积极性上。托马斯虽然是美国国家科学院院士和著名医学专家，但却没有把自己封闭在狭小的学术圈内，仅仅用学术论文、以独白式的论文格式和专业词汇表述他的研究成果。相反，他师法蒙田，把读者当作平等的朋友，把自己当作平常人，以随笔的形式，以平易的语言，以好友的口气，诚实率直地向他们讲述他对医学、生物学、生态学、宇宙学、语源学、科研、社会等诸多问题的看法，即使有些看法略显偏颇也不在意。他在《常读常新话蒙田》（“Why Montaigne is not a bore”）这篇随笔中强调，蒙田随笔成功的奥秘在于：“蒙田在书的开头几页就跟读者交上了朋友，如果你继续读那一篇篇随笔，他就成了你的朋友里和你最要好、最亲密的那位……而且，他从不装腔作势”③；“他在每一页里都让你相

---

① Mcdowell, Michael J. 1995. The bakhtinian road to ecological insight. In Cheryll Glotfelty and Harold Fromm (Eds.), *The Ecocriticism Reader: Landmarks in Literary Ecology* (p. 372). Athens: The University of Georgia.

② 凌建侯. 2007. 巴赫金哲学思想与文本分析法. 北京：北京大学出版社: 123-124.

③ Thomas, Lewis. 1995. *The Medusa and the Snail: More Notes of a Biology Watcher*. New York: Penguin Books: 147-148.

信他是平常的人……而其作品的魅力正在于此：你不能自已地充满期望——如果蒙田是一个平常人，那么，一个平常人到底是怎么地令人鼓舞，到底是怎么样的呢？”[①]这里，托马斯所说的既是蒙田，又是他自己。不同的是，蒙田在随笔中主要坦露的是自己的性情、嗜好以及对日常生活话题的遐思，托马斯则把随笔的题材拓展到了医学、生物学等科学领域。难怪有学者指出，“托马斯在写作方面展现了对短篇随笔形式的非凡精通，他按照自己的目的影响和重塑了这一题材”，“很大程度上由于他的成功，医学记叙文、医学随笔、医学报告文学开始在美国当代散文中占据日益重要的地位……托马斯向世人表明，就复杂的医学问题为普通读者写作是可行的”[②]，“把他的随笔和蒙田媲美不全是夸张”[③]。

托马斯写随笔时心中装着普通读者，假设或想象着读者像一位地位平等的好友一样，就坐在他的身旁，他不是在写，或以专家的身份居高临下地教诲，而是在耐心地畅谈相关内容，因而，他用的词语和句式不是正式的书面语，而是熟练的口头语。而且，他在随笔中用了不少疑问句，有时直问读者，以唤起其注意力，有时用设问等修辞手法，似与读者商榷相关问题。《对外激素的恐惧》（“A fear of pheromones”）一文（收录于随笔集《细胞中的生命：一个生物学观察者的手记》）的首段共有 5 个句子，其中 4 个都是疑问句，随后各段主要就是对这些问句的回答。长达 7 页的《活的语言》（“Living language”）一文，从语源学角度讲述了一些常用词的词意的有趣流变，在结尾段的最后，他问读者：“喂，你在听着吗？”[④]在《医学的历史教训》（“Medical lessons from history”）一文中，他乐观地预言，人类有朝一日将能摆脱所有疾病，然后说：“半个世纪前，这一想法当然是不可思议的。而很奇怪的是，这一想法有点儿像预言世界末日——假如出现这样的事情，我们拿死亡怎么办？我们拿如此庞大的人口怎么办？不死于疾病，我们还能死于什么原因？”[⑤]随后一段，他开始讲自己的看法。在《基础科学与五角大楼》（“Basic sciencc and the Pentagon”）一文中，他如此陈述把核武器使用问题研究归入基础研究的首要理由：“首先，它没有可用的产品。当然有那些导弹，塞在发射井里，或游弋在大洋深处，但是，谁会把它们称作产品？无论出于何种目的，谁曾真的打算过去用它？美国人没有，我们说。俄国人没有，他们说。欧洲人没有，那当然。”[⑥]

---

① Thomas, Lewis. 1995. *The Medusa and the Snail: More Notes of a Biology Watcher*. New York: Penguin Books: 150.

② Angyal, Andrew J. 1989. *Lewis Thomas*. Boston: Twayne Publishers: 104.

③ Angyal, Andrew J. 1989. *Lewis Thomas*. Boston: Twayne Publishers: 106.

④ Thomas, Lewis. 1975. *The Lives of a Cell: Notes of a Biology Watcher*. Toronto, New York, London & Sydney: Bantam Books: 164.

⑤ Thomas, Lewis. 1995. *The Medusa and the Snail: More Notes of a Biology Watcher*. New York: Penguin Books: 169.

⑥ Thomas, Lewis. 1995. *Late Night Thoughts on Listening to Mahler's Ninth Symphony*. New York: Penguin Books: 84.

托马斯随笔的内在对话性表现在，作者包容他人话语，要么批判或反驳时下流行的相关错误观念，要么同意或赞扬他人观点，并做进一步的阐发。《细胞中的生命：一个生物学观察者的手记》一文是同名随笔集的首篇，这篇随笔就是以反驳一些人的错误观念开头并不断展开的。此文的首句是："有人告诉我们说，现代人的麻烦，是他一直试图使自己与自然分离。"接着，他描述了现代人高高在上、傲视其他生命的形象，以及认为自己强大无比而地球生命脆弱的看法，然后，他笔锋一转：

> 但是，任何认为地球生命脆弱的想法，都是人的幻觉……
>
> 近年来的生物科学，一直在使人植根于自然之中这一点上成了必须赶紧正视的事实……我们大多数人过去牢牢抱有的旧观念，认为我们享有主宰万物的特权的想法，正在从根本上动摇。①

此后，他较为详尽地告诉读者，包括人在内的所有动物的细胞内部的线粒体，以及所有植物内部的叶绿体，都与相关动物和植物有着不同的 DNA 和 RNA，这些线粒体和叶绿体实际上与这些动植物是截然不同却相互依存的共生体；线粒体和叶绿体是原始病毒的后裔，因而大多数病毒不是"一心一意制造疾病和死亡的主儿"②。他想阐明的是，包括人在内的所有自然存在物互相依存，密不可分，且无高下之分。他在反驳或批判他人的观念或行为的同时畅谈自己的看法的随笔还有很多，诸如随笔集《细胞中的生命：一个生物学观察者的手记》中的《可以作为倒数计时的一些想法》（"Thoughts for a countdown"）、《如同生物体的社会》（"On societies as organisms"）、《对外激素的恐惧》、《一个诚恳建议》（"An earnest proposal"）、《医疗技术》（"The technology of medicine"）、《一个长期习惯》（"The long habit"）、《作为生物体的细胞器》（"Organelles as organisms"）、《细菌》（"Germs"）、《我们的健康》（"Your very good health"）、《社会谈》（"Social talk"）、《暴尸野外》（"Death in the open"）、《自然的人》（"Natural man"）、《伊克人》（"The Iks"）、《科学的规划》（"The planning of science"）、《生物神话种种》（"Some biomy thology"），随笔集《水母与蜗牛：一个生物学观察者的手记续集》中同名的首篇《水母与蜗牛》，以及《图森动物园》（"The Tucson Zoo"）、《论医学中的巫术》（"On magic in medicine"）、《犯错误的是人》（"To error is human"）、《自我》（"The selves"）、《保健制度》（"The healthy-care system"）、《论无性造人》（"On cloning a human

---

① Thomas, Lewis. 1975. *The Lives of a Cell: Notes of a Biology Watcher*. Toronto, New York, London & Sydney: Bantam Books: 1-2.

② Thomas, Lewis. 1975. *The Lives of a Cell: Notes of a Biology Watcher*. Toronto, New York, London & Sydney: Bantam Books: 3.

being”)、《科学的危险》(“The hazards of science”)、《论玄愁》(“On transcendental metaworry”)、《对不起》(“An apology”)、《论疾病》(“On disease”)、《论自然死亡》(“On natural death”)、《远游》(“A trip abroad”)、《医学预科的课程设置》(“How to fix the premedical curriculum”)、《医学的历史教训》,以及随笔集《聆乐夜思》中的《让科学管事》(“Make science work”)、《炼金术》(“Alchemy”)、《痴呆问题》(“The problem of dementia”)、《人文与科学》(“Humanities and science”)、《论可疑事物》(“On matters of doubt”)等。

托马斯同意、赞扬或阐发他人观点的随笔为数也不少，随笔集《细胞中的生命：一个生物学观察者的手记》中就有《这个世界的音乐》(“The music of this sphere”)、《信息》(“Information”)、《语汇种种》(“On various words”)、《活的语言》、《世上最大的膜》(“The world’s biggest membrane”)；随笔集《水母与蜗牛：一个生物学观察者的手记续集》中有《论瞎鼓捣》(“On meddling”)、《论委员会》(“On committees”)、《教区长的杰作》(“The deacon’s masterpieces”)、《常读常新话蒙田》;随笔集《聆乐夜思》中有《无边风光处处新》(“Things unflattened by science”)、《利他行为》(“Altruism”)、《测谎机》(“The lie detector”),以及同名的最后一篇《聆乐夜思》等。在《论委员会》一文中，托马斯说，由于人们总是本能地、不能自已地展示自己的独特性。委员会开会时，其成员竭力表达自己的看法，喋喋不休，不能静心聆听他人见解，致使许多委员会长达 10 年也一事无成。因而，他认为，解决这一问题的方法是借鉴兰德公司 20 世纪 60 年代发明的“德尔菲技巧”(Delphi Technique)。他这样描述这一技巧：

> 这一方法不是召开会议，而是向小组成员散发问题单，让每个成员写出自己的答案，不声不响地寄回。然后，把这些答案分发给所有成员，要他们知悉别人的不同意见后再做考虑，并重新在问题单上写出自己的答案。依此进行下去。一般填写三次答案就可以了。到那时，相关成员会给出相似的答案，据说第三次的答案基本可靠，而且通常比第一次的答案更有趣。在这种方法的某些变体中，参与者提供答案的同时，也引入新的问题。①

他称赞“德尔菲技巧”“既能保留个人看法及全部自我，又能把大家的智慧汇聚起来，使小组能进行集体思维”，是“两全其美的办法”，他接着详细地阐释说：

> 德尔菲技巧的实质，是真正静心而多思地对话，每个成员从其中都能获得聆听机会。面谈时的背景噪音，一再出现的、虚荣的夸夸其谈，

① Thomas, Lewis. 1995. *The Medusa and the Snail: More Notes of a Biology Watcher*. New York: Penguin Books: 117-118.

> 从一开始就被杜绝了。有了思考时间，没了话音，因此也就没了提高嗓门的叫喊。这样来看，它就是一个伟大发明。德尔菲之前，委员会开会时，几乎不可能有真正的聆听。每个成员的功能都是只管自己讲。其他人讲话时，每个成员都在忙着思考轮到他时，该如何讲以论证自己原来的立场。委员会开会真正做的是争辩，而不是思索。把力争得分、引导讨论、保全面子、博得喝彩、压制反对者的叫喊、吓退反对者等行为都杜绝，一批聪明人才能坐下来静心思索。这个主意不错，我很高兴它挺有效。[①]

在这篇随笔中，托马斯赞扬他人的观点——“德菲尔技巧”，并力倡这种技巧，这体现了巴赫金所主张的话语的内在对话性。而且，托马斯的上述阐释表明，“德菲尔技巧”本身就充分体现了巴赫金内在对话性的真谛：不是形式上的对话——委员会成员开会时面对面的争吵，而是真正的对话——认真地“聆听”其他成员的话语，心平气和、平等地交流思想，凝聚集体智慧。

狂欢化理论是巴赫金学说的另一重要组成部分，狂欢化的渊源是欧洲的狂欢节（Carnival，一译为“嘉年华”）。我国学者张杰教授指出，狂欢节的主要特性有四个：无等级性——每个人无论属于何种社会等级，都可以平等身份参与；宣泄性——人们会发出各种各样的笑声，但无论是纵情欢悦之笑、尖刻讽刺之笑，还是自我解嘲之笑，都表现了摆脱现实重负后的心理宣泄；颠覆性——参与者可以无拘无束地颠覆现存的一切，重构和实现自己的理想；大众性——狂欢活动是民间的整体活动，笑文化是与宫廷文化相对立的通俗文化[②]。而且，张杰教授还总结出了狂欢化理论的六点主要内容，其中包括“提倡平等对待一切文学体裁、语言和风格等，否定或动摇文学艺术创作形式中的一切权威性，反对传统诗学理论重‘高雅’文学（如史诗等）、轻‘低俗’文学（如小说等）的美学立场”；“消除诗学研究的封闭性，加大文学内容和形式的开放性，寻求各种纷繁复杂的文学因素的融合，如各类文体、各种语言（口语、俚语、行话、方言等）、各种手法（反讽、夸张、讽刺、幽默、调侃等）的相互联系”；“发掘人类的创造性思维潜力，把人们的思想从现实的压抑中解放出来，用狂欢化的享乐哲学来重新审视世界，反对永恒不变的绝对精神，主张世界的可变、价值的相对。”[③]综合这两方面的内容，可以说，托马斯的科学随笔在很大程度上体现了狂欢化特征，原因有以下三点。

---

① Thomas, Lewis. 1995. *The Medusa and the Snail: More Notes of a Biology Watcher*. New York: Penguin Books: 118-119.

② 参阅：朱立元. 2005. 当代西方文艺理论. 2 版(增补版). 上海: 华东师范大学出版社: 264.

③ 参阅：朱立元. 2005. 当代西方文艺理论. 2 版(增补版). 上海: 华东师范大学出版社: 265-266.

首先，这些随笔表现出了无等级性和大众性的特色。正如前文所述，托马斯在其随笔中，没有医学专家的架子，把广大读者当作完全平等的好友，以通俗的语言、亲切的语气，向他们述说自己对自己熟悉和关切的医学、生物学等领域的相关问题的看法。而且，尽管托马斯早年写过诗，但他更喜欢写随笔，这表明，他能平等地对待西方文学主流体裁诗歌、小说、戏剧之外的体裁——随笔散文。其科学随笔创作的成功，巩固并增强了随笔乃至散文在美国当代文学中的地位。

其次，托马斯的随笔具有颠覆性和开放性（或未完成性）的特色。这些随笔融科学与文学于一体，用开阖自如、具有谈话风格的随笔形式，表述医学、生物学、宇宙学等科学内容，消除了科学论文文体与文学随笔文体之间的壁垒，颠覆了科学论文的一般框架和学术规范。他写随笔时常常随兴所至，信手拈来。他接受采访时坦言，“他不是先想出一个论题或提纲，然后才开始写，而是有所感悟迅疾写下来，并且凭直觉去写，作品形式取决于所涉及的话题，没有固定套路”[①]。他的一些随笔的内容如前文所述是批评或赞同他人的观点，除此之外，他的许多随笔都是在畅谈他所熟悉而又对大众有所启发的一些话题，诸如医疗技术、气味、鲸鱼座、曼哈顿博物馆里死亡的蚁群、海洋生物实验站、内脏器官的自主运作、基础研究、人工智能的缺陷、概率和可能性、基因变异的意义、大脑里的扰频器、医学经济学、语源学、大脑感受器、蒙田随笔、胚胎学、核战争、从眼角斜视、聪慧动物、心脏起搏器、语言变迁、生物奇观、人工心脏、收容所、科研造假、科学建言、遗忘的意义等，不一而足。

托马斯的随笔不仅“常行于所当行”，而且“常止于不可不止”，结尾处通常不作出明确的结论。相反，他在一些随笔的结尾还凸显出相关知识的不确定性或未完成性。其随笔《说味》（“Vibes”）的最后一段写道：“如果能把一个个计算机做得足够大，大到能装得下附近的星系的话，它们可用来解释清楚作为内激素的化学信号这一有趣问题。想到还有这么多未解问题等待生物学去解决，这倒是令人愉快的，虽然不知道我们到底能不能找到足够的研究生去研究它们。”[②]《说胚胎学》（“On embryology”）一文的最后一段是这样写的：

> 关于这件事是如何运作的，大家谁也说不清楚。人生没有其他东西能这样费解。如果什么人能在我有生之年成功地解释它，我就会安排一架空中书写飞机，或者安排一群，把它们放飞高空，去放烟飞行，书写

① Angyal, Andrew J. 1989. *Lewis Thomas*. Boston: Twayne Publishers: 74.

② Thomas, Lewis. 1975. *The Lives of a Cell: Notes of a Biology Watcher*. Toronto, New York, London & Sydney: Bantam Books: 48.

一个个大大的惊叹号，写满天空，直到花完我所有的钱。①

在这篇随笔中，托马斯讲述了生理学尚未搞清楚的问题：为何人类胚胎早期的不同细胞后来发育成了不同器官。在最后一段，他不仅坦承这一问题自己解释不清，而且以幽默的方式强调，在相当长的时间内，没有人能给出确定的答案。他还强调，即使是科学结论也不是终极真理，科学就是一大堆困惑，就是承认无知。他在随笔《人文与科学》中明确指出："科学的结论，仔细审视，一向都远比人文学科同行们做出的大多数设想更加临时、暂时，更具尝试性"②；"科学，尤其是20世纪的科学，让我们一瞥以前不知道的事物，恰巧昭示了人类的无知……我们正面临着奥秘的旷野，还需要探索行进几百年"③。

最后，托马斯科学随笔综合运用比喻、拟人、夸张、反讽、调侃等手法，语言生动、俏皮，笔调轻松、幽默，体现了摆脱了科学论文规范束缚，以及繁忙的科研及管理等工作的压力后的心理宣泄。幽默在他的随笔中俯拾皆是，前文中举的一些例子实际上就很幽默，以下再举几例。他用拟人、比喻、调侃等手法这样描写蚂蚁：

> 蚂蚁真的太像人了，像得让人觉得尴尬。它们培养真菌，把蚜虫视为家畜养，使兵蚁投入战争，用化学喷雾剂来惊扰并迷惑敌方，捕自己的奴隶。织巢蚁使用童工，抱着幼蚁像梭子一样来回奔波，纺出线来把树叶缝合到一起，为真菌园产出原材料。它们不断地交流信息。它们什么都干，就差看电视了。④

他运用一系列常用来描述人的词，把蚂蚁酷似人的正反两方面的特征写得惟妙惟肖。"像梭子一样来回奔波"是比喻，"就差看电视了"是调侃。他用夸张手法述说治理污染环境所需的开支："我们环境的改造本身也成了一个巨大产业，为了让它有利于健康，我们投入的费用比登上月亮还要昂贵。"⑤他用比喻和反讽揭示过分的保健宣传的荒谬和危害："我们远非组装不当的伪劣货，而是坚固耐用的生物体，坚韧得惊人，显得很健康，时刻准备着应对大多数事变。假如我们继

---

① Thomas, Lewis. 1995. *The Medusa and the Snail: More Notes of a Biology Watcher*. New York: Penguin Books: 157.

② Thomas, Lewis. 1995. *Late Night Thoughts on Listening to Mahler's Ninth Symphony*. New York: Penguin Books: 149.

③ Thomas, Lewis. 1995. *Late Night Thoughts on Listening to Mahler's Ninth Symphony*. New York: Penguin Books: 150.

④ Thomas, Lewis. 1975. *The Lives of a Cell: Notes of a Biology Watcher*. Toronto, New York, London & Sydney: Bantam Books: 12.

⑤ Thomas, Lewis. 1995. *The Medusa and the Snail: More Notes of a Biology Watcher*. New York: Penguin Books: 46-47.

续听从那些保健说教的话，对我们福祉的新威胁，就是全民都成了健康臆想狂，活得战战兢兢，光愁就愁个半死。”[①]随笔《测谎机》长达数页，但由于谈及了各种各样的谎言，作者就在最后一小段调侃道：“我刚才写的什么我不想再看了。我没写过上面的话。”[②]这些写作方法无不蕴含着幽默，令人发笑，尽管有时发出的是苦笑。

小　结

从生态视角审视刘易斯·托马斯的 5 部科学散文，我们发现，这些作品不仅传递了前沿性的生物学、医学、环境知识及其他相关知识，而且蕴含着丰富且较为辩证的生态理念。托马斯运用自己的专业知识及相关知识，批判人与自然之间及自然万物之间分离和对立的观念，消解人类中心论，强调万物的共生与统一性，力倡生态整体观。他揭批当代人的僭越行为所引发的严重环境问题，倡导培养生态保护和生态责任等环境伦理意识。但他并未否定人类正当的生存权与发展权——他力倡的是人和自然的共存共荣。而且，他揭示了社会问题与环境问题的关联，力主人与人、国与国之间的合作共荣，力倡生态社会观；他主张区别对待科学与技术，既大力弘扬科学研究，又严格管束技术应用，同时重视人文社会科学研究，提倡自然科学与人文社会科学相结合，倡导生态科技观。需要强调的是，这些理念的基础，是托马斯对自然万物共生意义的高度重视。

从巴赫金生态文艺学的视角审视托马斯的科学随笔，我们可以发现，这些随笔具有对话性，尤其是内在对话性，以及狂欢化特色。其对话性体现在：托马斯没有医学专家的架子，超越了医学小圈子，关注大众的思想动态及大千世界的风云变幻，能就医学、生物学及其他广泛话题，积极地与广大读者进行平等交流。其内在对话性表现在：托马斯包容他人话语，要么批判或反驳时下流行的相关错误观念，要么同意或赞扬他人的观点，并做进一步的阐发。托马斯随笔的狂欢化特色体现在：这些随笔能平等地与大众进行交流，表现出了无等级性和大众性特征；消除了科学论文和文学随笔之间的界限，颠覆了科学论文的行文格式和学术规范，坦诚地表露出作者在一些问题上的困惑和不确定立场，体现了颠覆性和未完成性特征；综合运用多种写作手法，笔调轻松、幽默，体现了摆脱科学论文规范束缚，以及繁忙的科研及管理等工作的压力后的心理宣泄特征。简言之，托马斯随笔的主要艺术特色是平等交流（对话性）、广泛联系（内在对话性）、自由

---

① Thomas, Lewis. 1995. *The Medusa and the Snail: More Notes of a Biology Watcher*. New York: Penguin Books: 49.

② Thomas, Lewis. 1995. *Late Night Thoughts on Listening to Mahler's Ninth Symphony*. New York: Penguin Books: 132.

而自然地表达（狂欢化），这些特色与其倡导平等合作、共存共荣的生态意蕴是一致的，堪称生态艺术特色。

需要指出的是，由于托马斯是以随笔这一带有强烈个性色彩的形式写就的，涉及的话题又比较庞杂，他所表述的一些具体看法，有时似乎有失偏颇，有时在不同的篇章似乎不尽一致，有时只是点到为止，有不够深入、不够全面之嫌。比如，为了突出共生现象，他坚持认为，细菌和病毒通常是无害的，与其生物寄主一般是和平共处的共生体，寄主生病主要是因为其自身免疫系统出了莫名其妙的问题，对细菌和病毒反应过度。对微生物、人体、地球等有机体，人们最好不要干预，而应随其自然。但他又强调，抗生素的发现是现代医学里程碑式的成就。他不反对用抗生素等药物治病，不反对人们利用技术适度改造自然。他对城市生活方式颇有微词，但却没有提出解决城市化问题的具体良方等。然而，在托马斯看来，共生共荣应是包括人在内的大自然的主流，而且，他也没完全否定生物之间的对立与竞争。总的来看，托马斯的自然观、社会观和科技观既是生态的，又是比较辩证的。因而可以说，托马斯科学散文是绿色的散文佳作，辩证的生态意蕴是其获得成功的关键因素。而且不难看出，有了辩证生态观的武装，有文学才华的科学家才可以创作出优秀的生态文学作品，科学技术才可以促进生态文学的繁荣，乃至整个生态文明建设。

第五章 博物学家的博大胸怀

爱德华·O. 威尔逊（1929—）是美国著名生物学家和科学散文作家，“社会生物学”理论奠基人，也是最早倡导和宣传“生物多样性”概念的人之一。他是哈佛大学的资深教授，1969 年当选美国国家科学院院士，曾担任美国政府的科学顾问。《环境文学大全》的编者内茨利把他称为“达尔文以来最重要的进化理论家之一”[①]。不过，他喜欢把自己称为博物学家[②]。他擅长著述，在科学和文学领域赢得 100 多项奖励，其中包括全世界环境生物学最高奖项瑞典皇家科学院颁发的克拉福德奖（Craford Prize）、诺尼国际文学奖，以及美国的国家科学奖章；他的社会生物学著作《论人性》（1978）和昆虫学著作《蚂蚁》（1990，与人合著）先后荣获普利策奖。他是世界自然基金会、美国自然保护协会等组织的会员。1996 年，他被《时代》杂志评为对当代美国影响最大的 25 位美国人之一。

1929 年 6 月 10 日，威尔逊出生于美国南部亚拉巴马州的伯明翰，幼年时，他每天早晨吃过早饭就走出家门，沿着海滩漫游，搜寻能见到的每种动物。7 岁时，其父母离婚，他开始跟着父亲和继母辗转于数个城镇。也就在这一年，另一不幸降临到他头上——他有一次钓鱼时出了事故，其右眼失明，左眼失去立体视力。这促使他对观察蝴蝶和蚂蚁等小动物发生兴趣。9 岁时，他第一次到华盛顿特区的岩溪公园（Rock Creek Park）收集蚂蚁。18 岁时，在美国自然历史博物馆蚁学家玛丽昂·R. 史密斯（Marion R. Smith）的鼓励下，他开始考察亚拉巴马州的所有种类的蚂蚁，这使他成为报道美国第一个火蚁栖息地的人。

此后，威尔逊进入亚拉巴马大学学习，1949 年在该校获得生物学学士学位。

① Netzley, Patricia D. 1999. *Environmental Literature: An Encyclopedia of Works, Authors, and Themes*. Santa Barbara: ABC-CLIO: 62.

② 他的自传的题目即是《博物学家》(*Naturalist*)。参见 Wilson, Edward O. 2006. *Naturalist*. Washington, D. C. & Covelo: Island Press & Shearwater Books.

1952 年，威尔逊转入哈佛大学深造，那儿有世界上最丰富的蚂蚁标本，昆虫研究的传统相当悠久。在此，威尔逊获得前往热带地区从事野外考察研究的机会——先是到古巴及墨西哥的尤卡坦半岛和韦拉克鲁斯海岸，然后到新几内亚岛及其他南太平洋群岛。他开始撰写许多论文，提出一些新的理论和假说，研究领域涉及生物地理学、进化生物学、昆虫生物学、蚂蚁分类等。蚂蚁似乎成了威尔逊形象的一个标志，他以这种小生灵为主题，写出了大量的论文和专著，包括建构了其社会生物学理论的三部科学名著：《昆虫社会》（*The Insect Societies*，1971）、《社会生物学：新的综合》（*Sociobiology: The New Synthesis*，1975）、《论人性》（1978）。

他的“社会生物学”理论把遗传视为社会性动物行为特征的根源，而且，他还将此观点应用于人类行为和人性研究，结果在学术界和社会上引起极大争议。从 1980 年起，他开始关注环境问题，并转向生物多样性研究。他以通俗且饱含感情的语言写了一系列关爱生命的作品，其中包括《关注生命天性》（1984）、《蚂蚁》（1990，与人合著）、《缤纷的生命》（1992），以及自传《博物学家》（*Naturalist*，1994，一译为《大自然的猎人：生物学家威尔逊自传》）。

1996 年，威尔逊从哈佛大学正式退休，但他笔耕不辍，1998 年出版了倡导融合自然科学和社会科学的名著《论契合：知识的统合》（*Consilience: The Unity of Knowledge*，1998）。他创立了“爱德华・O. 威尔逊生物多样性基金会”，用以资助“笔友/E. O. 威尔逊文学性科学散文奖”（Pen / E. O. Wilson Literary Science Writing Award）。

进入 21 世纪以来，他又出版了 14 部作品，许多都深受大众欢迎，荣登畅销书榜，其中包括散文《生命的未来》（2002）、《造物：拯救地球生灵的呼吁》（2006），以及 1 部长篇小说《蚁山》（*Anthill: A Novel*，2010）。

威尔逊 1980 年以来的许多作品都蕴含着丰富的生态思想，但迄今为止，国内尚无有人从生态批评的角度对此进行探讨。因此，本章拟以其有代表性的 4 部科学散文《关注生命天性》《缤纷的生命》《生命的未来》《造物：拯救地球生灵的呼吁》为例，先探讨其作品的生态意蕴，然后审视这些生态散文的艺术特色。

《关注生命天性》是部随笔集，包含 9 篇随笔，描述了威尔逊在野外考察生物的苦旅中对大自然的体验，从“关注生命天性”的角度初步表述了其保育伦理观（conservation ethic）。《洛杉矶时报》（*Los Angeles Times*）称赞说：“这些随笔是散文体的典范。”①

《缤纷的生命》包含 15 章，以“引人入胜、非教科书式的”以及“充满激情的”散文语言②，讲述了地球上的生命为何多种多样，揭露了人类尤其是现当代人

① Wilson, Edward O. 1984. *Biophilia*. Cambridge & London: Harvard University Press: Back cover.

② Wilson, Edward O. 1992. *The Diversity of Life*. London: Penguin Books: i.

对地球生物多样性的摧残，呼吁树立环境伦理道德，采取具体措施，保护生物多样性。这部作品作为1993年出版的最佳环保类图书，荣获“西尔·彼得·肯特爵士环保图书奖”。英国著名生物学家和科学散文作家理查德·道金斯对该作品给予了高度评价：“自达尔文以来，尚未有人以如此敏锐的洞察力和令人愉悦的想象，来提升生态学。”[①]《波士顿环球报》（*The Boston Globe*）刊载的评论指出，该作品“可能是蕾切尔·卡森《寂静的春天》以来最重要的作品”[①]。

《生命的未来》以《致梭罗的一封信》作为序言，正文包含7章，以威尔逊一贯的个性化、诗意化语言，用截至当时最翔实的生物学资料，述说地球上许多珍稀物种消失的故事，展现了全球生物多样性被忽略的潜在危机，以乐观的笔调指出在保持经济持续发展的同时，维护地球活力和生命多样性的具体方式。由于这部作品的出版，《亚特兰大宪政报》（*Atlanta Journal-Constitution*）把威尔逊誉为“我们当代的梭罗”[②]。英国著名的《自然》（*Nature*）杂志评价说：“威尔逊是一位重要的罕见人物——他既是世界级的科学家，又是一位伟大作家。”[③]《华盛顿时报》（*The Washington Times*）赞誉说：“《生命的未来》再次表明，威尔逊是我们最有才气的科学散文作家之一。”[④]

《造物：拯救地球生灵的呼吁》用给一位美国南方浸礼教会牧师写信的方式写就，包含17封信，归为五大部分，以深情的笔调、具体的例子和翔实的数据，讲述地球生命存在的价值、自然与人类各自的困境，以及导致困境的主要根源，强烈呼吁科学家与宗教人士求同存异，精诚合作，以保护正在迅速消失的生物多样性。针对这部作品，梅琳达·沃尔什（Melinda Walsh）称赞说：“威尔逊是我们时代融入了爱因斯坦因素的梭罗。”[⑤]

第一节　爱德华·O. 威尔逊科学散文代表作的生态意蕴

一、倡导生态整体观与尊重非人类自然万物

威尔逊作为世界著名的生物学家，在生态学研究方面很早就有所建树。1956年，他与小威廉·布朗（William Brown Jr.）合作，发表了引用率很高的论文《物质替换》（“Character displacement”），为生态学的理论之一“生物多样性”研

---

① Wilson, Edward O. 1992. *The Diversity of Life*. London: Penguin Books: Back cover.

② Wilson, Edward O. 2003. *The Future of Life*. New York: Vintage Books: i.

③ Wilson, Edward O. 2003. *The Future of Life*. New York: Vintage Books: ii.

④ Wilson, Edward O. 2003. *The Future of Life*. New York: Vintage Books: Back cover.

⑤ Wilson, Edward O. 2006. *Creation: An Appeal to Save the Life on Earth*. New York & London: W. W. Norton & Company: ii.

究奠定了基础。1967 年，他与罗伯特·麦克阿瑟（Robert MacArthur）合作，提出了“岛屿生物地理学理论”，阐述了生物多样性分布格局的成因[①]。然而，直到 1980 年，威尔逊才投身于环境保护运动。这时，美国的生态思潮规模已相当浩大。他为此自责说：“我得承认，自己的行动迟缓得难以原谅。”[②]可以说，威尔逊的生态思想是围绕“生物多样性”展开的，而其“生物多样性”理论的基石就是生态整体观。

威尔逊认识到，大自然（生物圈）是一个整体（共同体），整体内的各个部分相互联系，不可或缺，人类只是这个整体的一部分和普通一员。他说：“生物圈里的生命分成几万个基本单位——物种，每个物种与生物圈整体都有一定联系，在这一整体中起着独特作用。”[③]作为生物学家，他非常清楚，包括人类在内的所有生物来自同一个祖先，是大自然长期变化导致生物不断进化的结果。他写道：“现代生物学基于两个伟大理念。第一，所有生命形式都是通过自然选择，从最初级的单细胞有机物进化来的——这一理念是 19 世纪的产物。第二，有机物完全符合物理和化学规律，这一理念在 20 世纪得以完善。不存在能支配细胞的外在‘魔力’。”[④]这意味着，人类绝非如《圣经》所说的那样，是上帝创造的自然万物高高在上、截然不同的统治者或支配者，而是较晚进化出来的物种之一，其他物种都是人类的远亲。他明确指出：“无论是新的还是老的，现存所有物种都是 38 亿年前生物的直系后代……从进化时间的角度来看，所有物种都是我们人类的远亲，因为我们有一个共同的古老祖先。我们仍然使用着共同的词汇——尽管它已被分成截然不同的遗传语言——核苷酸密码。”[⑤]他反复强调了解人类起源的重大意义：“我们不是作为外来者来到地球这个星球上。人类是大自然的一部分，是已进化的物种之一。我们越是把我们自己等同于自然界的其他生物，就越能迅速发掘到人类情感的源泉，获得那些作为建立永恒环境行为规范和确定今后方向的基石的知识”[⑥]；“人类并不是像天使一样降落到这个世界上，也不是来地球殖民的外来者。人类和许多物种一样，在地球上经过数百万年的进化，变成了一种奇特生物，同其他生物相互联系，共同生活在地球上。而我们以无知和鲁莽（完全可以不这样做）所对待的自然环境，是我们的摇篮和幼儿园，是我们的学校，是我们的一个且是唯一的一个家园。构成我们躯体的每一条纤维、每一个生物化学交换过程，都恰切地适应着这独特的环境”[⑦]。他揭示的这些意义的核心是，人类

---

① 参阅：李博. 2000. 生态学. 北京：高等教育出版社：343.

② Wilson, Edward O. 2006. *Naturalist*. Washington, D. C. & Covelo: Island Press & Shearwater Books: 355.

③ Wilson, Edward O. 1992. *The Diversity of Life*. London: Penguin Books: 33.

④ Wilson, Edward O. 1984. *Biophilia*. Cambridge & London: Harvard University Press: 47-48.

⑤ Wilson, Edward O. 1992. *The Diversity of Life*. London: Penguin Books: 329.

⑥ Wilson, Edward O. 1992. *The Diversity of Life*. London: Penguin Books: 332.

⑦ Wilson, Edward O. 2003. *The Future of Life*. New York: Vintage Books: 40.

与其他或大或小的众多生物一样，是地球生物圈（大自然）的一部分和地球生物共同体的普通一员，与包括其他生物在内的自然环境血脉相连、休戚相关，生物圈是包括人类在内的生物共同成长与生存的唯一家园，人类和非人类自然万物本是一体——同一命运共同体，人类应精心呵护包括其他生物在内的自然环境，破坏自然环境实际上是在自残。

作为主要研究昆虫的生物学领域的权威，威尔逊从这一领域举了一些例子，用自己的专业知识令人信服地说明，人类和昆虫之间存在着密切联系——人类严重依赖昆虫，昆虫对地球生态系统有着不可或缺的重要价值。他说：

> 昆虫和其他陆生节肢动物至关重要，如果节肢动物绝迹，不出几个月，人类很可能也会随之绝灭。假如节肢动物灭绝，大部分两栖动物、爬行动物、鸟类和哺乳动物会随之绝灭；接着，大多数开花植物将不复存在，而且，大部分森林和世上其他陆生动物栖息地也将随之消失。毫不夸张地说，陆地表面的生物将全部腐烂。由于死亡植物不断堆积和干枯，生物界的营养循环中断，其他复杂形式的植物也将相继灭绝，结果是，除少数陆地脊椎动物外，所有生物都将灭绝。自由生长的真菌，起初会出现一个爆炸式的繁殖现象，随后其种群数量也将急剧下降，大部分种类终将灭绝。陆地将返回到接近古生代时期的状况，陆地表面被一丛丛不活跃的风媒植物覆盖，到处散布着一团团小树和小草，基本上没有活着的动物。①

他认识到，昆虫在地球整个生态系统的生物链上是关键的一环，如果昆虫灭绝，生物链将会断裂，地球生态系统将会崩溃，人类将无法生存。人类实际上很脆弱，相比之下，无论是在地球整个生物进化史中，还是在当下，昆虫都是动物中的强者，在地球生物圈中占有较大的份额，对地球生态系统至关重要，不可或缺，人类则不然。他写道：

> 昆虫 4 亿年前出现在陆地上，到 1 亿年后的石炭纪，已经有了像今天一样丰富的物种形态。自此，它们在全世界的陆地和淡水栖息地都占了优势，轻而易举地度过了古生代的生物大灭绝，那是一场比核战争还可怕的灾难。现今世界上，任意时间内都有数以百亿计的昆虫在活动，按最近的数量级计算，活的昆虫的物质总量是 100 亿千克，比人类的总重量还要大些，它们的物种有近百万种，其中大部分还没有学名。对这些六条腿的大众而言，人类是新出现的物种，迄今还不到 200 万年，这点儿时间在地球史上不过是昙花一现。没有我们，昆虫照样兴旺发达；

① Wilson, Edward O. 1992. *The Diversity of Life*. London: Penguin Books: 125.

> 没有它们，我们和许多其他陆生生物却无法生存。[①]

这就是说，人类应克服妄自尊大、自以为是、征服自然的人类中心思维，善待其他物种，与其和谐共存。他严正指出："我的方案的底线是，谨慎使用杀虫剂。不要老是想着去控制昆虫世界。使地球上几百万个物种中的任何一个灭绝都是严重错误，这里我要补充一点——只有很少的例外。"[②]他说的"例外"是指，只寄生于人类身上的虱子和专门吸食人血、传播恶性疟疾的非洲疟蚊等极少数物种。显然，他既为其他物种的生存权辩护，也不否认人类的生存权，他所倡导的是人类与非人类自然万物协同共存。

威尔逊还以土壤的形成过程和组成成分为例，阐明这样的道理：包括微生物在内的其他看似微不足道的生物，也应得到人类的尊重。他说：

> 世界上的土壤是由多种生物造就的。植物的根拱碎岩石，形成了作为土壤主要基质的沙砾和卵石。但土壤不仅仅是岩石的碎块儿。它是由大量的植物、微小动物、菌类和微生物在脆弱平衡状态下聚集而成的复杂生态系统，以溶液和微粒形式进行着营养物循环。健康的土壤实际上在呼吸和运动着。它的微观平衡同时维持着自然生态系统和耕地的健康存在。
>
> "生态系统服务"这一平凡的短语貌似简单，却颇有废物处理和水质控制的含义。但是，只要有那么一小部分起循环作用、以确保相关任务完成的生物从地球上消失，人类生活就会受到影响，而且人类会明显感到不快。无视，甚至鄙视那些只有其存在才能维持我们生存的生物，是我们人类认识的一个误区。[③]

即是说，地球上貌似死寂的平凡土壤酷似有生命的有机物，在不断进行着营养循环，与土壤相关的众多或大或小的植物、动物乃至微生物，都在维系着包括土壤在内的种种生态系统的平衡，这些平衡是人类在身心层面上都能健康生存的前提。

威尔逊认为，人类在精神层面上与大自然有密切关联。他说："人类的精神之根通过智力发展中的很多隐秘通道，深深地延伸到了自然界。如果我们不能理解使我们成为人的美学和宗教特质的起源和意义，就不能发挥出人类的所有潜质"；相反，"心理学家对人类的心理发展历程了解得越多，就越会了解自然界对我们

---

① Wilson, Edward O. 1992. *The Diversity of Life*. London: Penguin Books: 198-199.

② Wilson, Edward O. 2006. *Creation: An Appeal to Save the Life on Earth*. New York & London: W. W. Norton & Company: 35.

③ Wilson, Edward O. 1992. *The Diversity of Life*. London: Penguin Books: 294.

的精神和心灵的吸引力”[①]。在他看来，人类的美学、宗教等精神追求肇始于人类所起源的自然环境，人类在精神或心理层面上与大自然亦息息相关，密不可分。这一理念在其“关注生命天性”的生态心理学命题中得到了充分发挥。

二、提出生态心理学命题——“关注生命天性”

1979年，威尔逊在《纽约时报》上发表了一篇有关环境保护的文章，在该文中首创了“关注生命天性”（biophilia）一词。1984年，他出版了一部随笔集，其题目就是《关注生命天性》。在该随笔集的前言中，他把“关注生命天性”定义为“与生俱来的对生命及类似生命的进程特别关注的倾向”[②]。“关注生命天性”这一理念在他后来出版的《缤纷的生命》《生命的未来》《造物：拯救地球生灵的呼吁》三部作品中都有提及，并有所发展和完善。在《生命的未来》中，他把“关注生命天性”的定义做了微调和补充：“与生俱来的对生命及类似生命的形式特别关注的倾向，在一些情况下，在感情上依恋这些生命及类似生命的形式”[③]。我国学者把生态心理学界定为“研究生存环境与人的心理、行为关系的一门学科”[④]。威尔逊的“生命及类似生命的形式”大致相当于自然环境，它们是人的生存环境的一部分。不难看出，威尔逊“关注生命天性”的定义涵盖了人类与生存环境的关系。“与生俱来的对生命及类似生命的形式特别关注的倾向”涉及一部分生存环境与人的行为维度的关系——对这一部分生存环境“特别关注”是一种行为。在威尔逊看来，这种行为倾向似乎人类天生就有，在远古时期的人类形成过程中，这种行为就基本定型了，此后遗传给后代，几乎成了人类的一种本能行为。“在一些情况下，在感情上依恋这些生命及类似生命的形式”涉及一部分生存环境与人的心理维度的关系——人类“依恋”“生命及类似生命的形式”（一部分生存环境）的其中一部分（不是全部的生命及类似生命的形式），在威尔逊看来，这种“依恋”几乎也成了一种本能，如果把人类与这一部分生命及类似生命的形式相隔离，人类就会感到很不自在，其精神健康就会受到严重影响。因而可以说，“关注生命天性”是一个生态心理学命题。

威尔逊指出，关注生命天性主要体现在四个方面。第一，人们对自然环境中威胁人类的物体和环境，如高度、封闭空间、空旷空间、流水、狼、蜘蛛、蛇等，感到恐惧、突然性的难以消除的厌恶，而对新发明物——威胁性要大得多的如枪、刀、汽车和电插座等器械和装置等，却少有恐惧。第二，人们对蛇既厌恶又害怕，

---

① Wilson, Edward O. 2006. *Creation: An Appeal to Save the Life on Earth*. New York & London: W. W. Norton & Company: 12-13.

② Wilson, Edward O. 1984. *Biophilia*. Cambridge & London: Harvard University Press: 1.

③ Wilson, Edward O. 2003. *The Future of Life*. New York: Vintage Books: 134.

④ 秦晓利. 2006. 生态心理学. 上海: 上海教育出版社: 243.

即使他们实际上从来就没有见过蛇。第三，最适宜人们生活的地理环境是一面临水并且凸出的高地，人们从那儿可以看到稀疏的林地和草原。第四，如果有足够的财力和闲暇，大部分人会选择背上行囊外出狩猎、垂钓、观光和从事园艺活动[①]。显然，威尔逊的"关注生命天性"所关注的范围不仅仅包括生物，它实际上涉及非人类自然万物。这种关注只是对部分非人类自然存在物的"亲近"或"依恋"，不是所有非人类自然存在物都令人愉悦——这是他对"关注生命天性"的定义作了补充的原因。

威尔逊在其建构的"社会生物学"理论中强调，攻击性、性行为、利他行为、宗教意识等人性特征，在人类形成的远古时期就已形成，一直存在于人类基因中，在他看来，"关注生命天性"与此相似。他说："我们同其他生命，同所有已融入文化的爱、艺术、神话、破坏性等的关联，都是本能和环境相互作用的产物。这种本能因素就是我们所谓的'人性'。"[②]人类同其他生命的关联即"关注生命天性"，同其他几方面的关联，即他在《论人性》一书中阐述的性、利他行为、宗教、攻击性等。他还说："人性倒不如说是心智发育的遗传规则。"[③]在他看来，关注生命天性是由心智发育的遗传规则决定的。他阐释说："发育规则决定了我们会感到厌恶和恐惧的东西。大多数人很快就害怕那些威胁到史前人类的东西，如蛇、蜘蛛、高度、封闭空间和其他一些危险"；然而，"同与生俱来的对远古恐惧的敏感形成鲜明对比的是，人们对于刀、枪、汽车、电源插座和其他现代生活中的危险物品却少有恐惧。科学家们认为，形成这种区别的原因是，正在进化的物种还没有足够时间把这些新的威胁沉积在大脑里"[④]。他认为，人们对独特的居住和工作环境的偏好也与遗传有关。他写道："有相当多的化石记录证明，今天人类潜意识中选择的栖息地，和千百万年前的史前时代人类在非洲进化时的环境非常相似。"[⑤]他最终要阐明的是，自然环境对人类的身心健康有着广泛而深刻的作用，这些作用在远古时期的长期进化中就已进入人类基因。他说：

> 考虑到自然界仍然铭刻在我们的基因中，没有被彻底消除，我们应该知道，它的影响不仅存在于我们对栖息地的偏好上，也存在于我们的心理和身体健康的各个方面。心理学家已经发现，人类哪怕只是看一眼

---

① Wilson, Edward O. 1992. *The Diversity of Life*. London: Penguin Books: 333-334.

② Wilson, Edward O. 2006. *Creation: An Appeal to Save the Life on Earth*. New York & London: W. W. Norton & Company: 63-64.

③ Wilson, Edward O. 2006. *Creation: An Appeal to Save the Life on Earth*. New York & London: W. W. Norton & Company: 64.

④ Wilson, Edward O. 2006. *Creation: An Appeal to Save the Life on Earth*. New York & London: W. W. Norton & Company: 64-65.

⑤ Wilson, Edward O. 2006. *Creation: An Appeal to Save the Life on Earth*. New York & London: W. W. Norton & Company: 66.

> 自然环境，特别是草地和稀树草原，通常都会使恐惧和愤怒的情绪有所缓解，产生一种非常宁静的感觉。①

他的理由是，人类源自非洲的原始森林，由于地球气候变化，当地森林消失，变成了稀树草原，人类先祖在此类草原上度过了漫长的时期，逐渐学会了直立行走，最终进化成人类，当时的身心特征以基因形式保存在人类体内，遗传至今，因而人类本能地喜欢以类似的环境作为居所，一看到草地和稀树草原就会本能地产生一种在家时的温馨和平静之感。

可以说，威尔逊"关注生命天性"的理念是对生态整体观的重要拓展。这一理念在学理上和实践上均有重大意义，它意味着，除了形而下层面或物质层面（physical level）的需求外，在形而上层面（精神）上，人类与其他生命形式乃至整个大自然都休戚相关，其他生物及其栖息地的丧失，不仅危及人类的身体健康，而且严重影响人的精神健康，因而保护和恢复生物多样性及自然生态非常必要。实际上，威尔逊对关注大自然是不是人类的天性，也没有绝对的自信，他更关心的是这一理念的实践意义。他说：

> 我列举这些共同性偏好，并非要将其作为人性是与生俱来的证据，而是要提醒人们更为认真地思考，从而把哲学思考转向人类起源于野生环境这类核心问题。如果我们忘记了自然界对我们人类意味着什么，我们就永远不会了解我们自己，并与天堂渐行渐远。有多种迹象表明，生命多样性的丧失不仅危及我们的身体，而且会危及我们的精神世界。倘若如此，目前正在产生的变化将伤害人类未来的世世代代。②

这里，他说的自然界也就是荒野。他在《生命的未来》中明确指出："我们需要大自然，特别是残留的荒野地区。正是那样的异质世界产生了人类，而且成了我们可以安全返回的家园。正是那个世界，提供我们精神上天生就喜欢的那些选择。"③显然，威尔逊提出的"关注生命天性"这一生态心理学命题，直接关涉当代人乃至未来人类的身心生存，其目的是启发人们行动起来，投身于自然环境的保护和恢复中。

三、揭批人类对生物多样性的破坏

威尔逊指出，生物多样性随着人类出现就开始遭到破坏，在近现代达到顶峰。

---

① Wilson, Edward O. 2006. *Creation: An Appeal to Save the Life on Earth*. New York & London: W. W. Norton & Company: 68-69.

② Wilson, Edward O. 1992. *The Diversity of Life*. London: Penguin Books: 335.

③ Wilson, Edward O. 2003. *The Future of Life*. New York: Vintage Books: 148.

即使是土著居民，乃至原始人，也造成了一些物种的灭绝。一般认为，原始人和土著居民的生活方式是生态的，人类对大自然的破坏在近现代工业文明兴起后才出现。威尔逊不以为然，他写道：

> 根据已灭绝进化产物的统计数字，波利尼西亚人最后的伊甸园夏威夷遭到了极大破坏。1778 年，当“加腾·考克”（Catain Cock）号抵达这里，第一批欧洲移民上岸时，当地的鸟类约有 50 种。在随后的两个世纪里，1/3 的种类消失了。根据现在鸟类尸骨沉积物，我们得知，另外还有 35 种已有确切命名的和约 20 种尚未确切定名的鸟类，在此之前就已被土著夏威夷人灭绝了。①

就是说，欧洲移民导致夏威夷鸟类灭绝的数目是十几种，而在这些移民来到之前，土著居民造成灭绝的鸟类多达约 55 种。他还披露，在史前时代，古印第安人也导致了不少物种的灭绝：

> 11 000 年前，最早的古印第安狩猎者闯入美洲，然后以每年平均 16 公里的速度向南扩张推进。与此同时，动物的多样性崩溃了，这种崩溃并非偶然发生的动物种类时增时减的事件。猛犸在此之前的 200 万年一直兴旺活跃，最后仅剩下三个代表性种类：哥伦比亚种、特大体型种、绒毛种。在随后的 1000 年里，所有这些种类全部退出历史舞台。另一古代稀有物种穴居树懒，几乎是同时灭绝了，最后一支幸存穴居树懒种群，生活在科罗拉多大峡谷西端尽头，行穴外觅食生活方式，大约在 10 000 年前消失。②

欧美一些浪漫主义作家乃至一些学者认为印第安人的生活方式是“高尚的”或“生态的”③，威尔逊则用事实揭穿了这一神话的荒谬性。他写到的类似史实还有新西兰的土著居民毛利人致使恐鸟及其捕食者新西兰鹰灭绝：

> 由于新西兰离澳大利亚大陆和其他大陆都很远，岛上缺少土著哺乳动物，因此，经过数百万年后，恐鸟就占据了本应是哺乳动物所占据的生态位……后来，毛利人来了，就像一柄镰刀扫过一样，从南到北席卷整个岛屿。他们大肆捕杀恐鸟，并将其骨头堆在打猎的地方。到 14 世纪中叶，也就几十年的时间，恐鸟就完全绝灭了；而且据估计，捕食恐鸟

---

① Wilson, Edward O. 1992. *The Diversity of Life*. London: Penguin Books: 233-234.

② Wilson, Edward O. 1992. *The Diversity of Life*. London: Penguin Books: 235.

③ 参阅：Krech III, Shepard. 1999. *The Ecological Indian: Myth and History*. New York & London: W. W. Norton & Company: 15-22.

的新西兰鹰也灭绝了。[①]

由此，他颠覆了一些新西兰作家对当地土著人的生活方式的浪漫化。描述了许多类似事例后，他明确指出：

> 物种灭绝的惨痛历史给予我们如下教训：（1）高尚的野蛮人从来就不存在。（2）被占据的伊甸园就是一个屠宰场。（3）发现天堂就等于失去天堂。
>
> 迄今为止，人类一直都充当着生灵杀手这一角色。由于只关心自身的短暂存在，人类已经毁灭了大部分生物多样性的核心地区。[②]

也就是说，自古以来，只要人类只关心自己的眼前利益，掠夺式地捕杀动物，他们所到之处，动物的多样性和生态平衡就会遭到破坏。

威尔逊指出了生物多样性在近现代加速灭绝的趋势及其原因。他写道："即使根据最保守的估计数字，当前物种灭绝的速度是每年有 1000 个物种灭绝"[③]；"人类活动使物种灭绝增加了 1000 至 10 000 倍"[④]。他明确指出："在史前时代，最重要的影响力是过量残杀动物和外来动物的破坏。在近几个世纪，这种影响力正在以一个世代为阶梯加速发展。毁坏动物栖息地是毁灭性因素中最重要的因素，其次是外来动物入侵，种种致死因素编织成一张绷紧的毁灭之网。"[⑤]在他看来，在栖息地毁坏这一因素中，砍伐森林最具代表性："20 世纪 80 年代，人类砍伐森林的活动在各地普遍加剧。在巴西的亚马孙河流域，砍伐森林猛增到一个灾难性的比例"[⑥]；"倘若破坏热带雨林的速度以目前的速率持续下去，到 2022 年，剩余的雨林有一半将永远消失……那么，笼统地说，如果砍伐森林以目前的速度再持续 30 年，雨林物种的 10%—25%将会绝灭"[⑦]。

威尔逊引用保护生物学家对生物多样性下降的原因的概括，并做了阐释。这一概括简写为"HIPPO"，其中 H 指栖息地的毁坏（habitat destruction），I 指入侵物种（invasive species），第一个 P 指污染（pollution），第二个 P 指人口（population），O 指过度收获（overharvesting）。他阐释说：

> 在全世界，破坏环境的主要因素是其中的第二个 P——人口太多，占据了陆地和海洋太多的空间，消耗了过多的环境资源……对最为熟知

---

① Wilson, Edward O. 2003. *The Future of Life*. New York: Vintage Books: 94.

② Wilson, Edward O. 2003. *The Future of Life*. New York: Vintage Books: 102.

③ Wilson, Edward O. 1984. *Biophilia*. Cambridge & London: Harvard University Press: 122.

④ Wilson, Edward O. 1992. *The Diversity of Life*. London: Penguin Books: 268.

⑤ Wilson, Edward O. 1992. *The Diversity of Life*. London: Penguin Books: 241.

⑥ Wilson, Edward O. 1992. *The Diversity of Life*. London: Penguin Books: 263.

⑦ Wilson, Edward O. 1992. *The Diversity of Life*. London: Penguin Books: 264-265.

> 的物种或“重点”类群，包括脊椎动物和开花植物等的最新研究显示，除人口增长外，其他因素的影响力随着HIPPO中字母的先后顺序渐次减小，就是说，栖息地破坏最具毁灭性，过度收获的破坏作用最小。①

就是说，人口增长是生物多样性破坏的最根本原因，由此才导致其他4个原因的出现，这4个原因的严重性的顺序是：生物栖息地毁坏—外来物种的入侵—环境污染—过度利用动植物资源。

他通过大量实例阐明动植物灭绝的原因，并揭示了灭绝引发的一系列连带性后果。他这样分析新西兰槲寄生这种植物灭绝的数种原因：

> 新西兰槲寄生的灭绝由多种因素产生的综合作用造成……滥伐森林是诸多因素中的重要因素之一，它使得槲寄生的生长地变得越来越小……此外，众多采集者出于对珍稀植物的功利性渴求而大量采集。鸟类是植物物种传播与繁衍的重要媒介……由于人们大规模开垦森林地，破坏了鸟类栖息地，鸟类种群明显减少。随着鸟类种群锐减，新西兰槲寄生的物种传播范围也日渐缩小，到20世纪50年代早期，这种美丽的槲寄生便濒临灭绝。它在末日来临时的状态已无人知晓。最后，这种植物所剩无几时，很可能是被尾巴粗大的负鼠“斩尽食绝”了……19世纪60年代，人们有意把负鼠从澳大利亚引进新西兰，以寻求皮毛贸易的经济效益。②

他认识到，众多的人口是这种植物灭绝的最终根由：众多的人口导致大量森林被砍伐，毁坏了新西兰槲寄生的生长环境；人口众多导致移民，进而带来了新西兰槲寄生灭绝的“最后一根稻草”——外来物种负鼠；众多采集者过量地采集了新西兰槲寄生。他还写道，欧洲人口过多引发向外移民，这些移民过度猎杀海獭，不仅使其灭绝，而且导致海洋生态失衡：

> 来自欧洲的探险家和移民为获取毛皮大量猎杀海獭，到19世纪末，这种动物几近灭绝。随后，在海獭完全消失的地方，逐渐发生了一系列没有想到的事情。长期生活在海獭阴影下、数量适中的海胆，数量急剧增加，并且吃掉了大量的海藻和其他深海植物。在海獭时代，巨大的海藻持续生长，从海底一直延伸到海面，形成一片广袤的海藻林。现在，它们绝灭了，成了海胆的牺牲品。大片浅海海底退化成海底沙漠，被称

① Wilson, Edward O. 2003. *The Future of Life*. New York: Vintage Books: 50.

② Wilson, Edward O. 1992. *The Diversity of Life*. London: Penguin Books: 203-204.

为“海胆贫瘠地”。[1]

威尔逊以图文并茂的形式（文字描述并插有分布地理图），形象地展现了全球物种濒危的18个地区[2]。他强调：

> 这个名单似乎并未就此终结，在森林地区还有一些候选者……还有一大批完全不同的生物栖息地极有可能加入生物濒危地区的行列中去……事实上还包括，世界上所有靠近人口稠密地区的每一条河流及其流域，以及许多物种丰富的孤立热带落叶林地、草地和沙漠……
>
> 然后还有许多珊瑚礁，这些处于热带浅海中的生物多样性堡垒，面对大自然和人类的共同威胁正节节退让。[3]

显然，当前全球物种濒危的区域范围很广，并在迅速扩大，其原因都是现当代人对物种生存环境的直接破坏。而且，当代人类造成的温室效应在间接地加剧动植物栖息地的毁坏：“对于大部分生态系统来说，来自气候变化的长期危险将笼罩着未来10年……一方面，砍伐森林和其他直接毁坏栖息地的形式使动植物群落迅速减少。另一方面，这些动植物群落受到温室效应的威胁。陆地栖息地的丧失对热带生物群造成的破坏最大，气候变暖预计将对寒带和极地区域的生物群影响较大”；况且，“世界各地所有不同纬度的许多物种，则被限制在那些当极地冰雪融化、海水上涨时将被淹没的地势低洼的沿海地区。估计上涨海水的范围为0.5—1米”[4]。寒带和极地的生物只能适应较低的气温，这些区域的全年平均气温上升，使当地的动植物没有其他地区可供迁移；一些特化物种只能生长在地势低洼的沿海地区，随着海水上涨淹没这些特化物种的栖息地，它们也将成为濒危物种。

威尔逊向人们警告生物多样性大规模减少的严重后果。他说：

> 野外考察研究表明，在生物多样性的环境里，每减少一个物种，生态系统向人类提供服务的质量就会下降一等。需特别指出的是，生态系统的记录表明，遗传可能会不可预料地不连贯。随着物种灭绝的现象逐步蔓延，一些失去的物种被证明是重要物种，它们的消失引起其他物种减少，这就是幸存者种群统计学中所说的涟漪效应。重要物种灭绝就像一个钻孔器，偶然撞上了电源线，从而导致各处的所有灯光熄灭。[5]

生物多样性大规模减少会导致整个生态系统崩溃，不仅仅会影响当代人的生活质

---

① Wilson, Edward O. 1992. *The Diversity of Life*. London: Penguin Books: 154.

② Wilson, Edward O. 1992. *The Diversity of Life*. London: Penguin Books: 248-257.

③ Wilson, Edward O. 1992. *The Diversity of Life*. London: Penguin Books: 258.

④ Wilson, Edward O. 1992. *The Diversity of Life*. London: Penguin Books: 259-260.

⑤ Wilson, Edward O. 1992. *The Diversity of Life*. London: Penguin Books: 331-332.

量，而且会威胁整个人类的生存。他把当代人比喻成造成地球地质史上前五次生物大灭绝的陨星那样的因素，并严正警告说，其行为将殃及后代：“可以肯定的是，我们是这个时代的巨型陨星，已经开始引发宇宙历史的第六次大灭绝。我们正在制造一个不稳定的、毫无生趣的世界，让子孙后代去继承。他们将会比我们更了解和热爱生命，但不会获得和我们一样的回忆。”[①]就是说，当代人对生物多样性的损害至少将严重影响后代人的生活质量。他进一步指出，如果当代人无视自然经济体系（大自然）的规律，继续肆意妄为，加速物种灭绝，最终将毁坏整个生物圈的生态系统，包括人类自身。

> 一个对人类前景更加现实的认识摆在人类眼前：人口过多和无知的环境开发正在世界各地出现，导致自然栖息地和生物多样性都严重受损。现实世界既受制于市场经济，又离不开自然环境，但人类正在与剩余的生物做最后斗争。如果人类再继续把自己的意志强加于这个世界，那么赢得的只是“卡德闵式”（Cadmean）的“胜利”——先失去生物圈，然后整个人类也将不复存在。[②]

意思是说，白垩纪时期陨星撞击地球导致了第五次大灭绝，终结了恐龙时代，与此相异，如果人类继续不注重保护自然环境，则可能会用自己的双手引发第六次大灭绝，终结人类时代。

四、构建生物多样性理论，探索生物多样性保护措施

威尔逊指出，生物多样性的基本单位是物种，其前提是存在多种多样的生物栖息环境。他非常清楚，物种是生物通过适应地球上多样的自然环境进化出来的。热带雨林面积只占地球陆地面积的6%，却栖息着地球上一半以上的物种；之所以如此，是因为雨林貌似相同，其中的具体情况却千差万别。他写道：“从飞机上向下看，雨林看起来都一样，但步行其中，会发现完全不一样。瞬息即变的自然环境和相互交叉的物种分布是令人望而生畏的迷宫。一个物种只在刚好对它们合适的环境中非常丰富，在那里，它们大量繁殖。”[③]一个物种独特的生存环境实际上就是一个小的生态系统，因而可以说，生物多样性亦即物种多样性，其前提条件——栖息环境的多样性，也就是生态系统的多样性。

威尔逊较为全面地阐述了生物多样性的价值。首先，他指出了生物多样性最重要的价值——生态价值。他认为，物种多样性是生态系统健康与稳定的关键因

---

① Wilson, Edward O. 2006. *Creation: An Appeal to Save the Life on Earth*. New York & London: W. W. Norton & Company: 81.

② Wilson, Edward O. 2003. *The Future of Life*. New York: Vintage Books: 43.

③ Wilson, Edward O. 1992. *The Diversity of Life*. London: Penguin Books: 191.

素。一方面，物种多样化使世界自然生态具有较强的自我恢复能力。他写道："能使世界上动植物群体成为一个总体上有复原能力的群体，主要靠有足够数量的、起着特殊作用的物种的存在"；"只要生物多样性仍然存在，局部地区的生物即使一时被暴风雨摧毁，也可迅速恢复"①。另一方面，生态系统中的每一个物种对该系统的平衡和稳定都有重要影响，不可或缺。他说："每个物种都是其生态系统的一个组成部分，都是各自种属的内行，随着它通过食物网扩大影响，它也将接受无情考验。如果消灭它就会使其他物种产生变化，一些种群增加，另一些种群则减少甚至绝灭，使得较大的物种组合遭受急剧减少的危险。"②此外，物种多样化可增强生态系统保持和储存养分的能力。他以森林为例进行阐述：

> 根据一些重要的森林研究成果，我们得知，多样化增大了生态系统保持和储存营养的能力。具有多种植物种类，叶面分布会更为均匀，更为可靠。这样，植物物种的数量越大，特化植物的树叶和根的类型就会越多，植物一年四季任何时候能从每个隐藏而又偏僻的角落获取的营养总量就越多……总之，一个由多物种产出丰厚产品而维持的生态系统是不太可能衰竭的。③

就是说，物种多样化的生态系统比较稳定，有可持续性，承载力强，能为生物生存提供更多更好的机会。

同时，威尔逊并不否认生物多样性的经济价值。他举例说，目前地球上已知的植物有 25 万种，90%的粮食产量由 100 多种植物提供，其中 20 种农作物提供了一半以上的粮食。然而，除此之外，约有 3 万种野生植物曾经被人类采集和食用过，其中约 1 万种可被家庭种植，这当中的少数种类，可迅速用于商业开发。他强调：

> 从一般意义上来讲，所有 25 万种植物——实际上，包括所有生物体——都是潜在的基因贡献者，这些基因能通过基因工程植入农作物中，以改良它们的性状。通过插入正确的 DNA 片段，可以产生新品种，这些品种具有各种各样的优良性状，如耐寒、抗虫害、多年生、生长快速、高营养价值、多用途、保水、更容易播种和收获。与传统育种技术相比，基因工程对性状的改变是瞬间的，而且也是万能的。④

这里，他实际上谈及生物多样性的另一个内容——基因多样性：多样的物种包含

---

① Wilson, Edward O. 1992. *The Diversity of Life*. London: Penguin Books: 13.

② Wilson, Edward O. 1992. *The Diversity of Life*. London: Penguin Books: 294.

③ Wilson, Edward O. 1992. *The Diversity of Life*. London: Penguin Books: 294-295.

④ Wilson, Edward O. 2003. *The Future of Life*. New York: Vintage Books: 114.

着多样性的基因，基因多样性可为栽培植物和家养动物提供多样化的育种材料，使人类能够培育出具有符合要求的性状的生物个体。这就是说，普通农作物之外的所有植物物种都具有直接或间接的经济价值。他用统计数字明确道出生物多样性在医学方面的可观经济价值：

> 无论有无基因工程的推动作用，医学领域都从世界生物多样性的储备中获得了巨大利益。目前的制药业已经对野生物种形成了巨大依赖。在美国，约40%的药品是从生物体中提取的……天然产物的种类虽然很少，但它们的商业价值却非常巨大：在美国，1998年直接销售给顾客的含有植物成分的药品的价值估计为200亿美元，而全世界含有植物成分的药品的价值估计为840亿美元。①

此外，威尔逊还强调生物多样性的审美价值和科学价值。早在1984年，他就把这两种价值提到了与其生态价值同等重要的地位。他警告说，由于现当代人使生物多样性遭受巨大破坏，“在我们短短的有生之年，人类将在审美价值、生物研究的种种实实在在的便利、全球性的生物稳定性方面遭受空前损失”②。8年后，他在深入探究生物多样性的价值时写道：“什么是生物多样性的价值呢？传统计量经济学的方法，往往只重视市场价值和游客的钱包，总会低估野生物种的真正价值。就商业利润、科学知识和审美价值而言，这些物种没有一个被完全、充分地研究分析透彻。”③他说，“可能只有不到30%的物种有正式科学名称，即学名”④；“如果某些，甚至是50%的物种消失……我们将失去科学信息的新资源，巨大的潜在生物财富将被毁，不尽发达的农作物、药材、木材纤维、纸浆，恢复土壤的植被，石油替代物，以及其他产品和令人生活愉快的事物将永远不复存在”⑤。在他看来，迄今为止，生物学研究做得还很不充分，如果物种多样性遭到破坏，科学信息新资源被损坏，生物科学研究将会蒙受重大损失。他所说的“令人生活愉快的事物”包括有审美价值的物种。他明确指出：“在自然保护方面，无论是为了实用的还是美学的原因，生物多样性都至关重要。”⑥

威尔逊阐明生物多样性的多种重要价值，目的是保护生物多样性。他提出的生物多样性保护原则是符合生态人文主义的——既要保护生物的栖息地，又要发展生态经济，以确保生物多样性集中的区域——第三世界国家的人民的基本生活。

---

① Wilson, Edward O. 2003. *The Future of Life*. New York: Vintage Books: 118-119.

② Wilson, Edward O. 1984. *Biophilia*. Cambridge & London: Harvard University Press: 122.

③ Wilson, Edward O. 1992. *The Diversity of Life*. London: Penguin Books: 294.

④ Wilson, Edward O. 1992. *The Diversity of Life*. London: Penguin Books: 261.

⑤ Wilson, Edward O. 1992. *The Diversity of Life*. London: Penguin Books: 331.

⑥ Wilson, Edward O. 2003. *The Future of Life*. New York: Vintage Books: 108.

他说：

> 世界生物多样性的光明前景和必由之路是保护自然生态系统。如果我们认可这一观点，就必须清醒地面对两个现实。第一，物种种群的栖息地正在加速消失，而且，随着栖息地的消失，世界生物多样性的 1/4 也正在消失。第二，除非挽救物种的努力对生活在物种种群栖息地的穷人有立竿见影的经济效益，否则这些栖息地根本无法挽救。最终，理想主义和崇高目标可能会在世界各地风行。最终，享受经济实惠的老百姓会出于自己的缘故而珍惜本地的生物多样化。[①]

他清醒地认识到，生物多样性集中区域的经济发展水平较低，人们的生活还比较困难，如果把这些区域“保存”（preserve）起来，不允许发展经济，既不人道，也不可能落到实处。为此，他提出了一些可行性原则和具体措施：

> 要使保护行为能够获得一定的利润。要找到适当方法来提高那些居住在保护区内部和周边地区的人们的收入……要让保护区自身能够创造收入，要向政府（尤其是发展中国家）证明：生态旅游、生态勘探以及荒原的减排二氧化碳贸易，能比砍伐森林或种植庄稼获得更多收入。[②]

显然，威尔逊倡导的是人类尤其是需要保护的地区的人类和非人类自然万物的共存共赢。

威尔逊认为，落实生物多样性保护，需要充分发挥科学知识、道德、宗教、政府、私人部门等各方面的作用。他认识到，生物学知识将使人们转变观念，培养生态伦理意识，关怀动植物：“随着生物学知识的增加，伦理将从根本上转向，在所有地方，一个国家的动植物将被视为该国的重要遗产，其重要性堪比该国的艺术、语言以及一直被视为人类特征的那种现象——成就与荒唐事兼备……”[③]。同时，他提出要综合多学科的知识，建立一门“生物多样性学”：

> 解决生物多样性退化问题需要各门学科之间的合作。长期以来被学术和应用两个传统隔开的生物学、人类学、经济学、农学、政治学和法学，应该寻求用一个声音讲话。生物多样性学系统研究所有生物多样性、多样性的起源，以及保护和利用多样性的方法等问题。因此，生物多样性学既属自然科学，为一个纯生物学的分支，也属应用科学，是生物技

---

① Wilson, Edward O. 1992. *The Diversity of Life*. London: Penguin Books: 319.

② Wilson, Edward O. 2003. *The Future of Life*. New York: Vintage Books: 162-163.

③ Wilson, Edward O. 1984. *Biophilia*. Cambridge & London: Harvard University Press: 145.

术学和社会学的一个分支。①

显然，生物多样性学本身就涉及自然科学、社会科学和人文科学三个领域的多种学科。

威尔逊在《缤纷的生命》中为生物多样性保护提出了五条具体措施。其中第一条就是“调查世界动植物群落”。他说，这一措施“旨在摸清地球物种资源的家底，开列一张世界物种的明细表”②。在第二条措施“创造生物财富”中，他这样阐明生物学知识对政策制定和普通人日常行为的重要意义：

当人们对某一地区的动植物群的价值已充分把握、了解，那么，这种政策的制定，无论是为了保护还是为了持续获取资源，或是为了人类的全部占有而毁灭其赖以生存的栖息地，都会建立在怎样更为合理、科学地利用它们的基础上。生物资源保护主义者诅咒那些毁灭性地破坏资源的行为。但现实仍然是，大部分人由于无知，从而对毁灭生物资源的行为熟视无睹。有时知识和道理必须强加于人。我敢打赌，人们对物种的熟悉与了解将挽救生态系统。因为随着每一生物物种接受调查，其经济价值和美学价值将受到人们关注，赞成保护资源的观念就会随之增强。③

在他看来，生物学知识会使人们明白各种动植物的多种价值，进而使他们改变观念，合理、科学地行动，因而是人们必须学习和了解的。他在《生命的未来》中又列举了“过去 20 年”科学家和保护专家所制定的战略方针的 11 条要素，其中第 6 条指出：“为了有效和准确地实施保护行动，人类必须完成全球生物多样性的建档工作。”④他尤其强调科技的作用：“科学和技术的进步也使得我们在减少物质和能源消耗的前提下，能够增加粮食产量。所有这些都为长远的自然保护和可持续的经济发展提供前提保证。”⑤

同时，威尔逊不断强调转变伦理观念对生物多样性保护的重要性。《关注生命天性》倒数第二篇随笔的题目就是《保育伦理》（“The conservation ethic”），他在其中指出：“环境保护运动的未来取决于道德建构的进步。”⑥《缤纷的生命》最后一章的标题即“环境伦理道德”。他在此章中强调：

必须履行的环境道德规范首先是“深谋远虑”。我们在学会利用生

① Wilson, Edward O. 1992. *The Diversity of Life*. London: Penguin Books: 298.
② Wilson, Edward O. 1992. *The Diversity of Life*. London: Penguin Books: 299.
③ Wilson, Edward O. 1992. *The Diversity of Life*. London: Penguin Books: 305-306.
④ Wilson, Edward O. 2003. *The Future of Life*. New York: Vintage Books: 162.
⑤ Wilson, Edward O. 2003. *The Future of Life*. New York: Vintage Books: 156-157.
⑥ Wilson, Edward O. 1984. *Biophilia*. Cambridge & London: Harvard University Press: 119.

物多样性并逐渐理解它对人类的意义的同时，应当把它的每一碎片都视为无价之宝。我们不应眼睁睁地看着任何生物种类和种系灭绝。为了扩大野生种群，遏制生物资源大出血，我们不仅要挽救，而且要着手开始恢复自然环境。[①]

即是说，环境伦理道德需要人们从长远的角度认识各个物种的重要价值，为了确保物种的多样性，人们不仅要保护物种赖以生存的环境，使现有环境不再恶化，而且要努力恢复遭到破坏的环境。在《生命的未来》题为“出路”的最后一章中，他又指出：“像人类处理的所有事务一样，保护地球动植物的新策略也是从伦理学开始的。”[②]他认为：“典型的持有人类优先伦理观的人，是从短期的角度考虑环境问题，而秉持环境主义伦理观的人，则是从长远的角度考虑环境问题。”[③]他这样表述能兼顾全人类和非人类自然万物的伦理观：

一场包容人类优先论者和环境有限论者观点的环境运动的指导原则，必然是更关注长远利益。如果说环境主义出现200年来的历史教给了我们什么，那就是，人们关爱的视野发生了变化，其范围从自身扩大到他人，然后又扩大到其他生物。同时，当人们把关心环境的视野从郊区扩大到整个国家，乃至国外，把关爱环境的时间段从自己的一生扩展到子孙后代，乃至整个人类的未来时，他们的环境伦理观将得到进一步提升。[④]

不难看出，他的环境（生态）伦理观是注重长远利益，兼顾人类和非人类的利益，兼顾各个地区、各个国家人民的环境利益。

鉴于美国绝大多数人信仰宗教，威尔逊非常重视发挥宗教界对生物多样性保护的积极作用。他说：“宗教思想也逐渐开始重视环境问题，这是我保持谨慎乐观态度的另一原因。”[⑤]他转引其朋友B. 巴比特的下述评论：“如果美国的两股最强大的势力——宗教和科学，能够在环境问题上联手，国家的环境问题将能很快解决。”[⑥]《造物：拯救地球生灵的呼吁》即是威尔逊针对基督教徒而写的有关生物多样性保护的作品。在该部作品中，他以信教人士容易接受的语言和口气，通过讲述一些生动的生物故事，传播了生态学和生物多样性知识。在题为“为生命而联盟”的最后一部分，他呼吁科学界和宗教界“忘掉那些差异，聚焦到共同

---

① Wilson, Edward O. 1992. *The Diversity of Life*. London: Penguin Books: 335.

② Wilson, Edward O. 2003. *The Future of Life*. New York: Vintage Books: 151.

③ Wilson, Edward O. 2003. *The Future of Life*. New York: Vintage Books: 152.

④ Wilson, Edward O. 2003. *The Future of Life*. New York: Vintage Books: 155.

⑤ Wilson, Edward O. 2003. *The Future of Life*. New York: Vintage Books: 157.

⑥ Wilson, Edward O. 2003. *The Future of Life*. New York: Vintage Books: 159-160.

点上来”[①]，共同去拯救地球上的造物——自然万物。

此外，威尔逊认识到了政府与民间机构对生物多样性保护的重要作用，他把这两者的作用提到与科学知识的作用同等重要的位置。他在《缤纷的生命》中说：“生物多样性的益处只能通过科学、资本投资和政府行为巧妙结合起来才能得到。科学通过研究与开发闯出前进道路；资本投入创造可持续的市场；政府行为促进经济增长与自然资源保护相结合。”[②]其中，资本投资指的是民间机构对生物多样性保护事业的投资。在《生命的未来》中，他明确指出：

> 自然保护事业的全球化，即人们都接受保护协议，将依赖文明创造的三个非宗教支柱——政府、民间机构和科学技术的合作……政府制定法律，规范人们的实践，如果这些法律和实践符合环境伦理，它们将有益于人们的长期利益；政府把环境作为一个公共托管物，而且签订了一些协议书，把地球环境作为一个整体来保护……民间机构是社会进步的推进器，在政府有关公共托管物的约束政策下开展活动……科技可以提高人们对物质世界的理解，控制着我们的日常生活，是确保个人成就的前提条件。[③]

威尔逊意识到，科技可以使人们认识到自然环境对人类生存的重要性，促使人们改变观念，形成生态化的生活方式；但要保护自然环境这一生物多样性的前提，仅靠个人的觉悟和能力是不够的，有时还需要政府加以引导或实行强制性措施，也需要民间机构的宣传和投资。

五、提倡生态科技观与生态社会观

作为科学散文作家，威尔逊在对待科技的问题上秉持的是生态的科技观。有论者指出：“生态科技观是当代人辩证地看待现代科技对自然及人类正反两方面的巨大影响的结果；它主张实现科技的生态学转向——使科技由征服自然和其他人的工具，转变为既能保证自然生态共同体的健康又能增进人与人（包括国与国）的和谐的工具。”[④]威尔逊在强调科技对生态多样性保护的重要作用的同时，也认识到，科学是把双刃剑。他说：“现在，人类处在人口过稠和奢侈消费的阶段，破坏生存环境的科技力量和拯救环境的科技力量之间，正展开着较量。”[⑤]他非常

---

① Wilson, Edward O. 2006. *Creation: An Appeal to Save the Life on Earth*. New York & London: W. W. Norton & Company: 167.

② Wilson, Edward O. 1992. *The Diversity of Life*. London: Penguin Books: 320.

③ Wilson, Edward O. 2003. *The Future of Life*. New York: Vintage Books: 164-165.

④ 张建国. 2015. 卡尔·萨根科学散文代表作的生态思想研究. 山东外语教学, 36(6): 92-98.

⑤ Wilson, Edward O. 2003. *The Future of Life*. New York: Vintage Books: xxiii.

清楚，科技既可以破坏环境，又可以拯救环境。

同时，威尔逊明白，科技产生的结果取决于科学运用者有无远见和道义感。他说：

> 简而言之，我们已经进入了环境世纪。我们可以将这个世纪不久的将来视为一个瓶颈。科学与技术，加上对自我认识的不足以及从旧石器时代就沿袭下来的固执，使人类走到了这个地步；而现在，科学与技术，加上深谋远虑和道德勇气，必将带领我们穿越这个瓶颈。[①]

他所说的“瓶颈”指地球承载人类正常生存的极限。他认识到，如果超过这一极限，地球生态系统将彻底崩溃，人类将无法正常生存。他认为，人类对自身的非理性和短视行为认识不足，加上人类具有自诞生以来就形成的固执特性——固执地运用现代科学肆意、过度地利用自然资源，导致当今全球的自然生态系统接近崩溃；相反，如果人类今后运用科技时具有长远眼光、坚守生态伦理，就能挽救和恢复正在遭受破坏的自然生态。

威尔逊主张，必须用道德约束科技的运用，使其既能造福于人，又能保护大自然。他说：“科学技术让我们可以做什么，而道德规范决定我们应不应该做”；“一种自然保护的伦理观就是要把人类以外的世界尽量完整地留给子孙后代”[②]。就是说，生态的科技伦理要求人们在运用科技时要考虑到结果，要考虑该不该去运用科技。他心仪的生态科技伦理是“生态人文主义”伦理——运用科技既要确保地球自然生态的持续生机，又要使全人类过上持续健康、自由的生活。他说：“20 世纪我们面临的问题是：为了人类及承载人类的生物圈，人类应该以怎样的一种最佳方式从过去破坏地球的做法，转到可持续发展的文明上来？”[③]可持续发展就是既要发展经济，维护人类的正常生活，又要保护自然环境和野生生物，使经济发展不超过自然生态的承载能力。他认为，应通过科学普及教育，使科学成为生命的朋友：“可以预见，研究生物多样性以及考虑生物多样性的价值，将会慢慢聚集于从幼儿园到大学甚至更高层次的教育中。还有什么教授科学的方法比把科学作为生命的朋友，而不是一种不可控制的破坏力更好呢？”[④]。就是说，要通过生物多样性学的普及教育，使大众认识到健康的自然环境和生物多样性的重要意义，使科技运用不是去损害，而是去挽救和恢复野生生物的生存环境和野生生物种群。

威尔逊的上述作品还体现了生态社会观。生态社会观认为，人与人、国与国

---

① Wilson, Edward O. 2003. *The Future of Life*. New York: Vintage Books: 23.

② Wilson, Edward O. 2003. *The Future of Life*. New York: Vintage Books: 130-131.

③ Wilson, Edward O. 2003. *The Future of Life*. New York: Vintage Books: 22.

④ Wilson, Edward O. 2003. *The Future of Life*. New York: Vintage Books: 188.

等社会（生态）关系和人类与自然的关系有共同的思想根源。正如美国著名社会生态学家默里·布克钦（Murray Bookchin）所指出的：“我们看待我们在自然中的位置的方式，与我们建构社会的方式密切相关。”[①]威尔逊不仅希望人与自然共存共荣，而且希望人与人之间、国与国之间能够平等协作，所有国家的所有人都应维持适度的生活水准，共同维护健康、可持续的生态环境。他不反对人类利用自然资源，以便过上正常的生活，但他强调，应控制人口规模和消费水平，使这种利用不超过大自然可承载的限度，从而使大自然也能持续健康地存在。他说：“由于过度开发和环境破坏，很多自然资本的实际价值已经大大下降。随着人口及其消费量的持续增加，留给每个人的总资源量在逐渐减少。”[②]而且，当代人的错误认识和行为导致了两个后果：“第一个是造成了世界各国经济发展水平的不均衡——富裕国家变得更富，而贫穷国家变得更穷……一般来说，富裕的人往往是挥霍的消费者，因而这种收入差距又会产生这样的后果——在当前的技术水平下，如果世界上所有人都达到美国人的平均消费水平，我们将再需要 4 个地球的自然资源来维持”；“第二个是加速了自然生态系统和物种的灭绝，这是间接后果，也是目前我们非常关心的。我们对自然已经造成了无法修复的损害，至少在对人类有意义的时间范围内是这样”[③]。也就是说，由于当代人的错误，社会生态和自然生态都出了问题。他认为，富国应该帮助穷国，使国与国之间、人与自然之间都能和谐共荣：

> 富国为国际贸易制定了许多规则。它们提供大量的贷款和直接援助，并协调将技术转移到贫穷国家。以既增进贸易合作又保护全球环境的方式，谨慎利用手中的权力，是富国必须履行的国际义务和职责。如果不把那些未开垦的土地与生物多样性计入贸易协定和国际援助的核算，那么遭受损失的将是它们自己。[④]

他认识到，富国和穷国乃至全球自然环境的命运均息息相关，谁都不可能独善其身。因而他说：“我认为，新世纪的核心问题是在提高穷人生活水平的同时，尽可能多地保护其他生物。”[⑤]他不主张继续提高富人的生活水平，而且鉴于穷国人口增长很快，他主张穷国应控制人口。他甚至说：“发展中国家鼓励进行人口控制这一措施来得正是时候。世界环境的命运最终掌握在它们手中。事实上，现在全

---

① Bookchin, Murray. 1996. *The Philosophy of Social Ecology: Essays on Dialectical Naturalism*. Montreal, New York & London: Black Rose Books: 86.

② Wilson, Edward O. 2003. *The Future of Life*. New York: Vintage Books: 149-150.

③ Wilson, Edward O. 2003. *The Future of Life*. New York: Vintage Books: 150.

④ Wilson, Edward O. 1992. *The Diversity of Life*. London: Penguin Books: 314.

⑤ Wilson, Edward O. 2003. *The Future of Life*. New York: Vintage Books: 189.

球的人口增长都归因于这些国家，而且，它们在无情地推动人均消费量的提高。”[①]他认识到，富国控制消费水平，以及穷国控制人口，是人类利用自然资源不超过地球承载能力的关键。他希望人类能不懈努力，以建立人类和生物圈共同体、人和人都能和谐相处的生态社会：“要想实现人类和地球的和平相处以及人类之间的和平相处，我们还有很长的路要走。”[②]

第二节 威尔逊科学散文的艺术风格

威尔逊上述 4 部科学散文作品不仅蕴含着较为深刻、全面的生态理念，而且在行文结构和语言表述方面都体现了较高的艺术造诣。正因为如此，尽管这些作品阐述了关注生命天性、生物多样性、保育伦理学（conservation ethic）等理论，包含许多术语和数据，但读起来却能引人入胜，令人震撼，使读者深感转变观念并行动起来去消除当今生态危机的迫切性和可行性。

从行文结构来看，这 4 部作品均条理清晰、衔接自然、表述完整、注重前后照应，而且各具特色，能紧扣读者心弦。《关注生命天性》（1984）是随笔集，其中的 9 篇随笔既相互独立，又有一定的联系。在这些随笔中，威尔逊通过描述自己在野外考察中的见闻及体验，并介绍相关生物学知识，表述了这样的理念：人们对生物天生的亲近感是人类的本性。以地名为题目的第一篇随笔《伯恩哈兹道普》（“Bernhardsdorp”），描述了作者 1961 年在南美热带国家苏里南的阿拉瓦克印第安人村庄伯恩哈兹道普的森林中考察时，所目睹耳闻的生物多样性迷人景象，以及这样的新颖感受：他作为一个博物学家所具有的丰富想象力是所有人都共有的关注生命本能所引起的；人类与其他生物的不同之处在于，人类能通过很好地了解这些生物去改进他们对生命概念的看法。倒数第二篇随笔《保育伦理》表述了作者在人和自然关系上的建设性辩证态度：在前面的随笔揭露生物多样性遭到人类破坏的基础上，提出要充分关爱其他物种，以确保当代人乃至后代的物质资源、精神资源、审美资源的可持续性。最后一篇随笔《苏里南》（“Surinam”）与首篇随笔遥相呼应，讲述了作者 20 余年后重访苏里南尤其是伯恩哈兹道普村的新见闻和新感想。威尔逊重申，随着人们生物知识的增加，人们对生物的态度将会转变，“一个国家的动植物将会被视为与其艺术和语言一样重要的国家遗产”[③]。

---

① Wilson, Edward O. 2003. *The Future of Life*. New York: Vintage Books: 32.

② Wilson, Edward O. 2006. *Creation: An Appeal to Save the Life on Earth*. New York & London: W. W. Norton & Company: 13.

③ Wilson, Edward O. 1984. *Biophilia*. Cambridge & London: Harvard University Press: 145.

《缤纷的生命》（1992）分三大部分15章。第一部分题目为“暴烈的大自然，可恢复的生命”（Violent Nature, Resilient Life），包含3章。第1章“暴风雨席卷亚马孙平原”（“Storm over the Amazon”）就摄人心魄——它描绘了作者在巴西玛瑙斯北部热带雨林边缘一个叫法曾达-迪莫纳的地方目睹的壮观景象：一个漆黑夜晚的狂风暴雨使一些树枝折断，使一些老朽树木轰然倒下，砸死树下的不少植物，但几个月后，密林中出现的这些豁口中又长出新的植物，生出众多新的小动物。第2章“喀拉喀托火山”（Krakatau）描述了更为严重的自然毁坏景象——1883年，印度尼西亚喀拉喀托岛上的火山大爆发引发海啸，造成周边4万人死亡，致使岛屿的地貌大变，其中间部分没入海水下，残留的南部被称为拉喀岱岛，上面变成了不毛之地；几十年之后，该岛屿上的生物多样性状况得到恢复。第3章“大灭绝”（The Great Extinctions）描述了最为严重的生态毁灭现象——地球在过去漫长的地质时代中经历了5次生物大灭绝，每次大灭绝之后，要复现新的生命多样性景象，则需要数千万年。威尔逊旨在表明，如果自然界中的生物多样性遭受的破坏程度不大，则短期内可以恢复；如果破坏程度极大，恢复则需要极长的时间，而且，物种的组成会发生极大变化，许多灭绝的物种永远不会再现。在这些令人震撼的描写之后，该章结尾承上启下引出了随后两大部分12章将要描述的内容。第二部分的标题为“生物多样性的出现”（Biodiversity Rising），包含7章，描述了生物多样性的基本单位——物种，以及地球上生物物种缘起并变得众多的历程，其中穿插了不少包括作者在内的博物学家野外考察时发现新物种的故事。该部分最后一章第10章“生物多样性走向巅峰”（Biodiversity Reaches the Peak）以人类的出现作为结尾，以这样的形象话语引向标题为“人类的重大影响”（The Human Impact）的最后一部分：“他们直立行走，手持普罗米修斯之火——来自神的知识和自我意识，登上舞台，一切从此改变。”[①]最后一部分包含5章，揭露了人类尤其是近现代人对地球生物多样性的严重破坏，阐述了生物多样性对人类健康生存的多重价值，指出以人类与其他生物共荣的方式保护生物多样性的具体办法。威尔逊在最后一章——第15章“环境伦理”（The Environmental Ethic）的开头呼应第1章，说他在热带雨林边缘的法曾达-迪莫纳目睹暴风雨的那个夜晚，强烈意识到，地球地质年代第6次突发性物种大灭绝正在降临，与前5次不同，这一次是由人类引发的。接着，他描述了几天后他怀着沉重心情离开此地，并联想到维吉尔（Virgil，公元前70年—公元前19年）的4行诗中包含“走入地狱容易，回归天堂艰难”之意，因此想到地球上5次大灭绝之后生物多样性的恢复经历了漫长时间，现在却即将毁于人类之手。然后，他较为详细阐明了他的“关注生命天性”的思想，并重申了以天人共存、保护生态系统为前提的“环境管理”

---

① Wilson, Edward O. 1992. *The Diversity of Life*. London: Penguin Books: 199.

式的生态伦理理念。

《生命的未来》一开始就能吸引读者——其序言别具一格，以假托给梭罗写信的格式和口气，述说梭罗去世后近一个半世纪以来，瓦尔登湖周边及全世界自然环境不断恶化，表明作者自己愿意做梭罗的信徒，为保护环境及生物多样性而奋斗，进而引出对如何保护生态的思考。该部作品正文所包含的7章内容环环相扣，大部分章的结尾段都自然而然地引出下一章或随后几章的内容。第1章“在地球的每个角落”（To the Ends of Earth），描述了地球生物圈中生物的多样性和相关学者对生物多样性学进行研究的故事；该章最后一段虽短，却巧妙地总结了全章内容，引发读者关心随后各章的内容：“这就是覆盖在地球表面的薄薄生物圈层，其中包括你和我。我们赖以生存的地球及其上面的一切都是奇迹，但可悲的是，还有太多太多的生命我们还未来得及发现，更谈不上弄清它们有什么用途和如何利用，它们就已经从地球上永远地消失了。”[①]随后三章展现了现当代物种大规模灭绝的原因：第2章“瓶颈”（The Bottleneck）述说了当代不断增长的人口与地球自然环境有限的承载力之间的尖锐矛盾，第3章“自然的最后挣扎”（Nature's Last Stand）和第4章“地球生灵的杀手”（The Planetary Killer）讲述了人为原因导致许多生物灭绝的故事。其中第2章和第3章的最后一段中，都有预示下文内容的句子。第4章的最后一句乐观地指出，人类行动起来保护生态及生物还来得及。第5章“生物圈的价值”（How Much Is the Biosphere Worth?）和第6章“热爱生命”（For the Love of Life），分别从物质层面和精神层面说明了保护大自然的原因。第5章最后一段包含有预示第6章内容的句子。最后一章第7章“出路”（The Solution）较为全面、深入地探讨了保护全球自然环境的具体措施。

《造物：拯救地球生灵的呼吁》（2006）的结构就更为奇特了——整部作品都以写信的口吻和笔调，向基督教徒述说保护地球自然环境和所有物种的理念。鉴于特殊的写作对象，这封“长信”不仅使用了特殊的格式和一些特殊用词，如“造物”（自然万物）、“救赎”（拯救、保护）、“牧师”（实际面向所有信仰基督教的普通读者）等，而且涵盖了一些有针对性的内容。书信格式和娓娓道来的笔调拉近了作者和预期读者的距离。“长信”分为五大部分，共17节，称呼“尊敬的牧师”位于第1节开头（其余大多数小节的开头及其中的个别段落中仅用“牧师”作称呼——除了第9节开头用的是“亲爱的牧师”），署名“爱德华·O. 威尔逊　恭呈”位于第17节结尾。第一部分的标题为“造物”（The Creation），包含7节。第1节标题为“给一位南方浸礼教会牧师的信：问候”（Letter to a Southern Baptist Pastor: Salutation），述说了写信的目的——寻求牧师帮助，共同努力以拯救四面楚歌的自然界。第2节“亲近自然”（Ascending to Nature），说明了自然

① Wilson, Edward O. 2003. *The Future of Life*. New York: Vintage Books: 21.

环境恶化的原因——人类一再背叛自然、肆意破坏自然，呼吁人类转而关爱自然，克服导致破坏行为的深层原因——无知和自私。第 3 节和第 4 节分别阐明了自然的内涵以及为何要关爱自然。第 5 节、第 6 节和第 7 节是第 4 节的拓展，展示了为何要关爱、保护大自然。“长信”第二部分的标题是“衰退与拯救”（Decline and Redemption），包含 3 节，较为详细地阐述了当代物种大灭绝的直接原因、严重危害以及大灭绝的众多征兆。由于第 2 节指出人类破坏自然的深层原因是无知，后面的第三部分标题为“科学揭示了什么”（What Science Has Learned），分 3 节介绍了生物学的一些基本知识和规律，指出对地球生物物种的分布及生存状况进行普查的必要性。第四部分标题为“讲授造物”（Teaching the Creation），也分 3 节述说了如何学习和讲授生物学，如何成为真正的自然爱好者，以及如何做一个业余的生物学研究者。“长信”的第五部分仅包含 1 节，即最后一节第 17 节，标题为“为生命而联盟”（An Alliance for Life），该节照应第 1 节，总结前文内容，再次呼吁神学家与科学家求同存异，齐心协力，为拯救岌岌可危的自然环境以及为人类的美好未来而奋斗。

威尔逊上述 4 部科学散文尽管讲述了许多相关知识和理论，包含一些术语和数据，但总体来看，其语言朴实平易、生动形象、富有情感、充满诗意。

《关注生命天性》属随笔集，《造物：拯救地球生灵的呼吁》用书信体写成，此两部著作语言的平易近人不必赘言。《缤纷的生命》貌似学术著作，实为向广大普通读者讲述生物多样性相关知识的通俗作品。《纽约时报书评》（*New York Times Book Review*）的论者指出，在该书中，威尔逊教授“用迷人的、非学术性的散体语言回答了”与生物多样性相关的“所有问题”①。《华盛顿邮报》（*The Washington Post*）的论者指出，好像“威尔逊牵着我们的手，引领我们穿越生命缤纷的荒野”②。《生命的未来》大体相同。其序言是以假托向梭罗写信的格式和笔调写的，语言亲切朴实，随后各章也是如此。难怪该书封底包含的评介指出，这是作者“截至出版时最为个性化、最合时宜”的一部作品③。

这 4 部作品语言生动形象的特色体现在三点。一是威尔逊描写了不少自己在野外考察时的经历和体验，并穿插了其他一些生物学家从事研究的故事。二是他描绘了不少生物的形态，包括一些动物的行为。三是他善用一些修辞手法。在《缤纷的生命》的第 7 章“适应辐射”（Adaptive Radiation）开头，他用比喻手法这样阐述物种在进化史上的适应辐射：“生物进化的大规模展开，很像人类历史上一个个王朝的交替崛起。那些具有共同祖先的生物，在角逐统治地位的过程中，

---

① Wilson, Edward O. 1992. *The Diversity of Life*. London: Penguin Books: i.

② Wilson, Edward O. 1992. *The Diversity of Life*. London: Penguin Books: ii.

③ Wilson, Edward O. 2003. *The Future of Life*. New York: Vintage Books: Back cover.

不断扩张以拓展地理分布区域，进而分化出若干物种……”[①]这一比喻让“适应辐射”的概念不再晦涩难懂。在《生命的未来》貌似结论部分的最后一章开头，他用了一个典故描述当代人类的生态困境：

> 人类就像神话中的巨人安泰，他从自己的母亲——“地球女神”盖亚身上获取力量，挑战并打败所有来犯之敌。“大力神”赫拉克勒斯知道了他的秘密，把他举了起来。脱离了大地母亲的安泰变得不堪一击，最后被撕成碎片。尘世间的凡人由于和地球相分离，处境也变得十分糟糕，但我们所受到的伤害都是自己一手造成的，而且，人类自我作孽时，也使地球元气大伤。[②]

这一典故创造出了可以浮现在读者眼前的意象，颇具感染力，使读者深刻认识到，自己的命运和地球生态环境的命运密切相关。

这 4 部作品的语言饱含感情的主要体现是，威尔逊关爱包括生物物种在内的自然万物，对自然环境遭受破坏和物种迅速灭绝感到忧愤不已，对人类肆意破坏大自然无比痛恨。他这样强调加强执法力度对保护生物多样性的重大意义：

> 我对加大实施保护法和保存生物财富的国际协议的强度和力度毫不犹豫，这些法律和协议与税收刺激政策和排污权交易制度势不两立。在民主社会里，人们可能认为，他们的政府将遵从生态版的希波克拉底誓言，绝不会有意地采取危及生物多样性的行动。但仅仅如此还不够，政府必须承担更大责任——不能听任任何物种灭绝，应采取一切合理行动以恒久地保护每一个物种……[③]

这段语言显示，作者对各种生物物种及其栖息的环境无比关爱，对破坏环境的行为非常痛恨。难怪《伦敦书评》（*London Review of Books*）指出，这部作品“为生命的多样性做深情的辩护，写到最佳处，用的是生态学大师公正客观的措辞”[④]。在给牧师的“长信”《造物：拯救地球生灵的呼吁》中，有这样一段试图引发读者共鸣的热情洋溢的语言：“你已做好准备在理论上和道德上为‘拯救造物’提供论据。我为基督教方兴未艾的支持全球环境保护的运动所鼓舞。这种思潮有多种来源，涉及从福音派到一神论的各种教派。今天它只不过是一条小溪，明天它

---

① Wilson, Edward O. 1992. *The Diversity of Life*. London: Penguin Books: 86.

② Wilson, Edward O. 2003. *The Future of Life*. New York: Vintage Books: 149.

③ Wilson, Edward O. 1992. *The Diversity of Life*. London: Penguin Books: 326.

④ Wilson, Edward O. 1992. *The Diversity of Life*. London: Penguin Books: i.

将变为汹涌洪流"[①]。这表明，作者对当今基督教信徒也开始有了生态意识感到无比兴奋，对其生态意识的增强充满信心。

意象与感情是诗意语言的双翼。如上所述，威尔逊的 4 部作品的语言既生动形象、意象丰富，又饱含感情，因而，其语言总的效果是诗意盎然。《自然志》（*Natural History*）杂志对《关注生命天性》的评价是："美国顶尖的进化生物学家之一的优秀回忆录……博识，优雅，富有诗意。"[②]《西雅图快讯》（*Seattle Post-Intelligencer*）对《生命的未来》的评论就包含这样的言辞："清晰流畅、甚至富有诗意地详述最近的科学信息，极易为普通读者所接受。"[③]前文举的例子实际上已体现了这一点，下面再举一例。《生命的未来》第 4 章"地球生灵的杀手"的开头，描述了作者在辛辛那提动物园看到一头名为艾米的苏门答腊犀牛的情景，该章最后一段与前文的遥相呼应不乏诗意：

> 如果那头名叫艾米的苏门答腊犀牛能够说话，她可能会告诉我们，迄今为止的 21 世纪的生态危机情况仍然没有太多变化。那时我会再次抚摸她那多毛的躯体，并告诉她，我们已经充分意识到问题的严重性。所以，对艾米来说，现在为时还不算太晚。人类已经知道该怎么办，或许，行动马上就要开始了。[④]

这段语言既创造出了作者与犀牛互动的意象，又体现着作者对濒危犀牛的深深关爱，洋溢着浓浓的诗意。

小　　结

威尔逊上述 4 部科学散文作品蕴含着明显而丰富的生态思想。威尔逊从自己的专业生物学角度出发，倡导生态整体观，强调人类是生物圈共同体的普通一员，严重依赖包括其他生物在内的自然环境，应尊重非人类自然万物。他提出一个生态心理学命题——"关注生命天性"，这一命题是对生态整体观的重要补充，它意味着，除了形而下层面或物质层面的需求外，在形而上层面（精神）上，人类与其他生命形式乃至整个大自然都休戚相关。他揭批人类对生物多样性的破坏，着重指出了人类导致动植物灭绝的几种主要错误行为，凸显了动植物的灭绝在当代达到的严重程度及其后果。他构建生命多样性理论，指出了生物多样性的前提、

---

① Wilson, Edward O. 2006. *Creation: An Appeal to Save the Life on Earth*. New York & London: W. W. Norton & Company: 8.

② Wilson, Edward O. 1984. *Biophilia*. Cambridge & London: Harvard University Press: Back cover.

③ Wilson, Edward O. 2003. *The Future of Life*. New York: Vintage Books: Back cover.

④ Wilson, Edward O. 2003. *The Future of Life*. New York: Vintage Books: 102.

多种价值，探索了生物多样性保护的原则和具体措施。他提倡生态科技观与生态社会观，主张用道德约束科技的运用，使其既能造福于人，又能保护生物多样性；他希望人与人之间、国与国之间能够平等协作，以建立人和其他生物乃至整个生物圈、人和人都能和谐相处的生态社会。这些生态思想主要是围绕生物多样性展开的。

这 4 部作品的主要艺术特色表现在，其结构均有条理清晰、衔接自然、表述完整、注重前后照应的共性，又各有一些特色。《关注生命天性》是各部分相互间仅在内容上有一些联系的较为松散的随笔集，《造物：拯救地球生灵的呼吁》是结构上联系紧密、包含五大部分 17 节的一封“长信”。《缤纷的生命》和《生命的未来》都貌似是专著，但前者分三大部分 15 章，首尾两章遥相呼应，后者仅分 7 章，外加书信体的“序言”。这些作品的语言总体来看都有朴实平易、生动形象、富有情感、充满诗意的特点。无论如何，这些艺术特色是为作品的写作目的和要表述的生态理念服务的。面对自然环境日益恶化、生物第 6 次大灭绝的征兆日渐明显的趋势，富有社会责任感的生物学家威尔逊迫切希望能让大众了解生物学尤其是生物多样性的基本知识，以培养他们的生态意识，使他们采取生态保护行动，因而他力求使其作品在结构上能吸引包括笃信基督教的广大普通读者，在语言上能亲近他们并能感染他们。事实证明，威尔逊是成功的。威尔逊深刻丰富的生态思想、娴熟独特的写作技巧和高超雄厚的语言水准，使这 4 部科学散文成为了公认的优秀生态散文作品。

第六章
宇宙学家的无疆大爱

卡尔·萨根（1934—1996）是美国享誉全球的宇宙学家、天文学家、天体物理学家、杰出的科学散文作家。他曾长期担任美国康奈尔大学天文学与空间科学教授和行星研究中心主任，对人类将无人航天器送入太空起过重要作用，在行星科学、生命起源、外星智能的探索方面也有非凡成就。他具有卓越的文学造诣，被誉为“20世纪最伟大的科学普及家”[①]，著有1部科幻小说《接触》（*Contact: A Novel*，1985），以及10部科学散文。

1934年11月9日，萨根出生于纽约市布鲁克林区的一个普通家庭。他的父亲是来自乌克兰的制衣工，母亲是犹太裔美国人。他的母亲对他寄予厚望。五岁时，他就拿着母亲给他的借书卡，独自去公共图书馆借阅有关星球的图书。六七岁时，他就与朋友横跨纽约的东河，到位于曼哈顿区的美国自然历史博物馆，观看陨石等太空物体、仿真环境中的恐龙和动物展览。八岁时，他就开始认为，在太阳系的其他行星上一定存在着生命，这后来成为他毕生研究的主要问题之一。1951年，他进入芝加哥大学攻读物理学，1956年在该校获得物理学硕士学位，1960年，他又在此获得天文学和天文物理学博士学位。毕业后，他曾在加利福尼亚大学伯克利分校和哈佛大学任教。20世纪60年代早期，他根据金星自身的辐射特征，计算出金星表面是一个酷热的世界，甚至可以融化铅，这是其科学成就之一。

从20世纪60年代开始，萨根就投身科普事业。1966年，他与苏联天文学家什克洛夫斯基（I. S. Shklovskii）合作，撰写了《宇宙中的智慧生命》（*Intelligent Life in the Universe*）一书。1968年，萨根来到康奈尔大学，两年后在那里获得教授职位，并主管那里的行星研究实验室，从事行星天文学、宇宙学、外星生命等研究，直到逝世。1973年，他出版了《宇宙的联系：地外视角》（*The Cosmic Connection: An Extraterrestrial Perspective*）一书。1977年，他的《伊甸园里的龙》

① Davidson, Keay. 1999. *Carl Sagan: A Life*. New York: John Wiley & Sons, Inc.: xiv.

出版，该书 1978 年获得普利策奖的非虚构作品奖。然而，真正让他成名的是两年后的一部电视片，在这部制作历时两年、共 13 集的电视片《宇宙：个人旅行》（*Cosmos: A Personal Voyage*）中，萨根不仅担任编剧，而且作为贯穿始终的解说人出现在屏幕上，带领观众体验人类探索宇宙的历史。1980 年秋，该电视系列片在美国公共电视台一经播出便获得了巨大成功。在整个 80 年代，在公共电视频道中播放的其他节目，没有一个收视率超过这部系列片的。据统计，该片已经在全世界 60 多个国家播出，观众人数约达 6 亿。该片荣获 1981 年度的雨果奖。萨根本人为该片撰写的一部同名图书《宇宙》（1980），出版后连续数十周高居《纽约时报》畅销书排行榜的首位，仅英文版就发行了数百万册。该部作品 1981 年亦获雨果奖。

萨根后来的数部科学散文作品都相继获得成功。1984 年，他出版了《彗星》（*Comet*），1992 年出版了《被祖先遗忘的影子：身份探寻》（*Shadows of Forgotten Ancestors: A Search for Who We Are*）。1994 年，他出版了《淡蓝光点》，该部作品被《纽约时报》评为 1995 年最值得注意的书籍之一；其中文版于 2014 年在我国面世，随即被评为“牛顿杯科普图书奖”2000 年度的十大科普好书。在生命的最后两年中，萨根完成了两部作品《魔鬼出没的世界》（1995）和《数以十亿：千禧年思生死》（*Billions and Billions: Thoughts on Life and Death at the Brink of the Millennium*，1997）的写作，前者亦成为《纽约时报》的畅销书，在萨根去世的第二年——1997 年获雨果奖，后者也到这一年才出版。

萨根的科学散文中蕴含着强烈的生态意识，“他把公众的注意力带到了极其重要的环境以及其他问题上（如‘核冬天’）”①；“他希望唤醒昏睡的人类，让我们采取行动保护自己的家园”②。但迄今为止，国外很少有人，国内也尚未有人从生态批评的视角探讨其科学散文。因此，本章拟探讨萨根 4 部有代表性的科学散文《伊甸园里的龙》《宇宙》《淡蓝光点》《魔鬼出没的世界》中所蕴含的生态思想，以及这些作品的艺术特色。

《伊甸园里的龙》除“序言”外，包含 9 章，运用人类学、进化生物学、心理学、计算机科学等领域的知识，结合《圣经·旧约》中的相关传说、大脑临床医学的有关病例和一些动物故事，对人类智能进化的历程及其前因后果，做了大量不无洞见而又妙趣横生的冥想与沉思。

《宇宙》与 13 集同名电视系列片相对应，除“序言”外，包含 13 章，带领读者领略截至 20 世纪 70 年代末人类探索宇宙的历史，把古往今来的科学家探索宇

---

① 耶范特·特奇安，伊丽莎白·比尔森. 2010. 前言//耶范特·特奇安，伊丽莎白·比尔森主编. 卡尔·萨根的宇宙——从行星探索到科学教育. 周惠民，周玖，译. 上海：上海世纪出版集团，上海科技教育出版社：8.

② 安·德鲁扬. 2010. 编者引言//卡尔·萨根著. 卡尔·萨根的上帝——上帝探究之个人见解. 张江城，译. 海口：海南出版社：003-004.

宙的曲折故事与宇宙学的主要成就联系了起来。

《淡蓝光点》除“序言”外，包含22章，是《宇宙》的姊妹篇，审视了历史上有关人类在宇宙中的位置的诸种观念，讲述了20世纪中叶以来人类进行太空探索的新成就，阐明了将人类送入太空的种种理由，展望了人类未来太空家园的前景。

《魔鬼出没的世界》除“前言”外，包含25章，分析和揭示了各种伪科学、迷信、偏见等现象的本质和根源，通过述说作者自己的经历和许多生动有趣的科学发现故事，告诉读者，科学的思维方式是消除迷信、偏见和偏执，发现令人惊奇的事实真相的有效途径。

第一节　卡尔·萨根科学散文代表作的生态意蕴

一、提倡宇宙整体观与生态实践观

萨根前述4部科学散文创作于20世纪70年代至90年代，此时是美国的生态思潮持续高涨的时期，因而这些作品体现了生态的自然观。不同寻常的是，萨根无论是从时间上，还是从空间上，都大大拓展了大自然的范围——他眼中的大自然即宇宙，他是从宇宙的时间和空间这样宏大的视野，去消解人类中心论，倡导宇宙整体观。

在时间维度上，萨根强调，人类是宇宙长期进化的产物。其《伊甸园里的龙》是对人类智能进化的遐思，但第1章却先描述他自己特创的时长仅为24小时的“宇宙日历”，同时把人类产生及其智能进化置于宇宙诞生、银河系形成、太阳系产生、地球诞生、地球上生命的产生及进化这一漫长的历史背景中。他告诉读者，“地球上所有有机体来自同一祖先，都是从40亿年前生命起源的同一场景进化来的”[①]。这表明，人类是包括银河系、太阳系、地球等层次的宇宙漫长演化，是地球上生命长期进化的产物，是不断适应包括日月星辰等地球大环境而长期进化的结果；人类不是上帝特创的大自然高高在上的主宰，宇宙万物也不是为了迎合人类的需要而创造的。萨根指出：“每一个生物体都是由一个‘伟大的设计师’精心构造出来的观点使自然界条理化，使人类自命不凡——我们现在依然热衷于此。所谓的‘设计师’，是对生物界的一种自然的、投人所好的解释。”[②]萨根回答了人类“来自何方”的问题，这是对人类中心论的一翼——人类神创论的有力回击。

在空间维度上，萨根重新审视了人类在宇宙中的地位，回答了“我们身在何

① Sagan, Carl. 1977. *The Dragons of Eden: Speculations on the Evolution of Human Intelligence*. New York: Ballantine Book: 23.

② Sagan, Carl. 1980. *Cosmos*. New York: Ballantine Book: 18.

处”“我们是谁”等问题，进一步消解了人类中心论。他说：

> 自从人类诞生之日起，我们就一直探索自己在宇宙中的位置……现在我们发现，自己居住的地球非常平凡；它围绕着旋转的恒星也相当普通，在银河系边缘的两个旋臂之间，占着一个微不足道的位置。而这个银河系只是比地球上的人口还要多的星系中的一个成员，隐匿在广袤宇宙中的一个小小角落里。①

就是说，人类居住的地球及其围绕的太阳在宇宙中均微不足道，它们绝非宇宙的中心，因而人类也并非处在宇宙的中心位置。1990 年 2 月，在他的强烈建议下，已飞越冥王星轨道的“旅行者 1 号”无人太空飞船，拍摄了地球的图像——宇宙暗黑背景中一个微小的“淡蓝光点”。在 1994 年出版的一部同名散文中，他指出这一图像的重大意义：“我们的故作姿态，我们虚构的妄自尊大，我们在宇宙中拥有某种特权地位的错觉，都受到这一淡蓝光点的挑战。”②萨根反复强调，人类所居的地球乃至太阳都微不足道，都非宇宙中心，这旨在彻底消解人类中心论。他说：“人类在过去无法预见到，已反复和彻底检验过的证据，会与人类位于宇宙舞台中心的论断水火不容。但是大部分争论现已得到彻底解决，尽管结论令人痛苦，它肯定是支持这句简练的话：在宇宙戏剧中，我们不是主角。”③

同时，萨根还揭批人类中心论的危害。在他看来，正因为人类错误地认为自己是上帝按其形象特创的，是大自然高高在上的统治者，包括地球在内的宇宙万物都是为人类创造的，所以他们为所欲为，不明智地破坏自己所在星球的环境。他说，假如有一个来自外星球的探险家绕地球观察，就会大惑不解：

> 占统治地位的生物体——不管他们是谁——费了很大劲儿来改造地表，同时也在摧毁他们的臭氧层和他们的森林，侵蚀他们的表土层，并对自己行星上的气候进行大规模的、无法控制的实验……他们对自己的命运不关心吗？……也许现在是再次判断地球上是否存在智慧生命的时候了。④

这就是说，人类肆无忌惮地破坏地球的环境将殃及自身，是非常愚蠢的行为。而且，正因为人类把自己在地球上的经验与认识当作普适真理，并且想当然地应用到宇宙的其他区域，才使人类在探索太空时产生许多谬误。在大气层以外的空间向四周望，无论何时都是暗黑的；在火星表面望天空，看到的是橙黄色或深紫色。

---

① Sagan, Carl. 1980. *Cosmos*. New York: Ballantine Book: 159.

② Sagan, Carl. 1994. *Pale Blue Dot: A Vision of the Human Future in Space*. New York: Ballantine Book: 7.

③ Sagan, Carl. 1994. *Pale Blue Dot: A Vision of the Human Future in Space*. New York: Ballantine Book: 36-37.

④ Sagan, Carl. 1994. *Pale Blue Dot: A Vision of the Human Future in Space*. New York: Ballantine Book: 65-66.

探测火星的“海盗号”飞船的资料分析员，却把其传回的火星天空第一张照片的颜色调成“可以了”的蓝色。萨根指出：“人们习惯于按照自己在地球上获得的经验去思考，当然认为蓝色天空是‘可以了’。”①

萨根从自己的专业领域出发，不遗余力地消解人类中心论，旨在倡导宇宙整体观。在他看来，整个宇宙是一个整体，整体内的各个部分相互联系，相互影响；银河系、太阳系、地球、人类都是这一整体中微不足道的成员；“从现实和深远的意义上说，人类的命运和宇宙息息相关”②。一方面，人类不仅依赖于地球生物圈并受其影响，而且受地球外的宇宙因素影响。大约6500万年前，很可能是一次宇宙灾变使地球的生态环境发生剧烈变化，地球上处于统治地位的恐龙灭绝；而微小、穴居的哺乳动物受影响较小，得以幸存，进化为灵长类动物。2000万年前左右，人类的祖先还生活在树上，后来，由于大冰川时期森林面积急剧缩小，为大草原所取代，它们便从树上下来，逐渐开始直立行走，同时要面对比树上环境更为凶险的动物天敌的威胁，致使大脑与智力不断进化，从而产生了人类。而大冰川时期气候巨变的起因，很可能也包括宇宙因素：“可能是太阳本身光度稍微变小了，也可能是地球轨道起了些许变化；或者可能是大规模的火山爆发，把细微尘埃注入同温层，把更多阳光反射回空间而冷却了地球；或许是由于海洋环流起了变化；或者是因为太阳穿过银河尘埃星云的缘故。”③而且，在人类历史上，天文因素对人类的物质和精神生活乃至政治生活都产生了持续影响。从原始文明直至农业文明时期，观日月运行、看星象变幻攸关生死存亡。地球时而还遭受小行星的撞击，陨石坠落即是其残留物，这有时引发森林火灾，有时在城镇上引发莫名的爆炸与火光。另一方面，人类也会对地球以外的宇宙产生影响。人类已登上并探测月球，用火星车探测火星，用飞船探测其他行星，未来还会对其他行星产生更大影响。

在自然观上，萨根的生态思想不仅体现在宇宙整体观上，而且体现在生态实践观上。诚如美国生态批评家莫顿指出的：“生态思想不仅仅出现‘在头脑中’。它也是一种实践，也是充分意识到人类如何与其他存在物——动物、植物或矿物——建立联系的过程。”④

萨根认识到，包括地球环境在内的宇宙大环境，对人类来说，既有美丽、有秩序的一面，又有凶险、充满暴力的一面，诸如火山、地震、小行星撞击。从更长远来看，“太阳系根本不是为我们而形成的，它最终会进入对我们来说是极危

① Sagan, Carl. 1994. *Pale Blue Dot: A Vision of the Human Future in Space*. New York: Ballantine Book: 133.

② Sagan, Carl. 1980. *Cosmos*. New York: Ballantine Book: xvi.

③ Sagan, Carl. 1980. *Cosmos*. New York: Ballantine Book: 235.

④ Morton, Timothy. 2012. *The Ecological Thought*. Cambridge & London: Harvard University Press: 7.

险的境地”[①]。大自然（包括地球环境在内的宇宙大环境）对人类的影响既有有利的一面，也有不利的一面。由于地球有大气层，地球及人类面对的凶险主要来自地球本身，尤其是来自具备了非凡智能及相当高科技水平的人类。因而萨根认为，人类有必要适度利用、合理改造大自然，同时要齐心协力，保护大自然。当今，面对种种环境危机，人类不可能回到前工业社会乃至原始社会，“这些可供选择的办法似乎更为残酷：它们无济于事”[②]。人类只能克服人类中心思维，牢记大自然的限度，树立长远意识和生态共同体意识，善用自己的智能和科技，共同关爱、保护地球乃至地外环境及存在物。他警告说，人们现在可以明白：

> 为何当今不再有“地区性环保问题”这样的事。分子很笨拙，工业毒素、温室气体以及对我们的臭氧层起破坏作用的物质，因为愚笨鲁莽，都不懂得尊重各国国界，也无视各国主权。所以，由于人类技术拥有简直是魔术般的威力，又加上普遍性的目光短浅，我们开始在整个大洲或地球的规模上损害自己。坦率地说，如果想解决这些问题，就需要许多国家在许多年里联合采取行动。[③]

也就是说，地球环境的健康关乎所有人的生存，各国人民应共同协作，限制人类改造和利用自然的规模，保护全球生态环境，以确保人与自然都能持久地共存共荣。

萨根主张给予地球上的智能生物乃至地球外的所有生物以道德关怀。他认为，黑猩猩、鲸鱼、海豚等具有相当高的智力，人类应该善待它们。他甚至关切地球外的生命（虽然至今尚未发现）。他质疑城市动物园把黑猩猩关在笼子里的做法，并说：“黑猩猩的认知能力迫使我们提出这样的尖锐问题——有关产生专门道德见解的人类社会界限的问题。我希望，地球上生物的分类应有助于我们拓展道德观念。如果地球外存在生物的话，这一道德观也适用于它们。”[④]关于人类探测火星，他说：“假如火星上有生命，那我认为，我们就不应该再去干扰火星了，因为火星理应属于火星人，即使火星人还只是处于微生物阶段也罢……我认为，保护那里的生命的责任，远远高于对火星的任何其他可能的利用。”[⑤]

萨根倡导与地球上的其他智能动物，乃至与外星生命进行交流。他认为，与地球上的各种人种及与智能动物交流，是与外星智能生物交流的基础；管理好地球是进一步探测宇宙和外星生命的前提，与地球上其他生物和谐相处是与外星生

---

① Sagan, Carl. 1994. *Pale Blue Dot: A Vision of the Human Future in Space*. New York: Ballantine Book: 319.

② Sagan, Carl. 1994. *Pale Blue Dot: A Vision of the Human Future in Space*. New York: Ballantine Book: 316.

③ Sagan, Carl. 1994. *Pale Blue Dot: A Vision of the Human Future in Space*. New York: Ballantine Book: 174.

④ Sagan, Carl. 1977. *The Dragons of Eden: Speculations on the Evolution of Human Intelligence*. New York: Ballantine Book: 128.

⑤ Sagan, Carl. 1980. *Cosmos*. New York: Ballantine Book: 108-109.

命（如果能探寻到）和谐相处，以及建立和谐的银河系共同体乃至宇宙共同体的基础。他说："我们希望，在不远的将来，在可展望的宇宙时代中，我们将完成一项伟业——把我们的行星和平统一为一个珍爱我们天体上每个生灵的机构，进而从容地迈出下一个伟大步伐，把地球这个行星变为能与所有文明相互联系的银河系社会的一个部分。"①在评论古亚历山大城的国际性及"世界性"（cosmopolitan）一词的含义时，他说："也许正是在这里，'世界性'一词才真正显示了它的含义，就是说，地球上的居民不单单是一个国家的公民，而且是宇宙的公民。大家都来做宇宙的公民……"②

二、力倡国与国、人与人之间平等协作、共存共荣

萨根不仅倡导生态自然观，还倡导生态社会观。他认识到，人类的自然观与社会观是相互关联的。这与著名社会生态学家布克钦的观点不谋而合。布克钦指出："我们看待我们在自然中的位置的方式，与我们建构社会的方式密切相关。"③萨根说："信奉'神祇无处不在'的柏拉图，实际上是用奴隶制的比喻去连接他的政治思想与宇宙学说。"④萨根认为，无论是社会观上的女性歧视、种族主义、民族主义、国家主义等，还是自然观上的人类中心论，都源于自我中心思维：认为某些部分的地位高于其他部分，享有天经地义的特权和支配权。因而，针对种种社会问题，他力主摈弃自我中心思维，力倡国与国、人与人之间平等协作、共存共荣。

针对美国与苏联的冷战及核战争的威胁，萨根强调，应摈弃民族主义和国家主义，树立国与国平等、协作、博爱、共存的观念。他说："每一个大国对于拥有和储备毁灭性武器，都具有可以大肆宣扬的理由。常见的理由包括：毫无道理地认为潜在的敌人品质卑劣、修养低下（与可靠的同盟者恰巧相反），或认为别人，而绝不会认为自己，有征服世界的野心。"⑤即是说，国与国对立的根源是以自我为中心的民族主义和国家主义：认为自己的民族和国家的一切都是最好的，自己国家的利益至高无上，其他国家是低下的，其他国家的利益乃至全球的利益都无足轻重。面对地球文明被毁灭这一共同威胁，他积极倡导当代人扩大关爱与忠诚的范围，以便共存共荣。他认为：

---

① Sagan, Carl. 1980. *Cosmos*. New York: Ballantine Book: 240.

② Sagan, Carl. 1980. *Cosmos*. New York: Ballantine Book: 277.

③ Bookin, Murray. 1996. *The Philosophy of Social Ecology: Essays on Dialectical Naturalism*. Montreal, New York & London: Black Rose Books: 86.

④ Sagan, Carl. 1980. *Cosmos*. New York: Ballantine Book: 154.

⑤ Sagan, Carl. 1980. *Cosmos*. New York: Ballantine Book: 272.

> （人类的进步）就是慢慢认识这一真理的过程：我们人类都是一个更大的家庭的成员。在人类社会初期，人们仅仅忠于自己和直系亲属，后来，他们的忠诚也只局限于到处流散漂泊的狩猎-采集部落；再往后，是效忠自己较大的部落、狭小地区、城邦、国家。我们现在已大大拓展了我们所关爱的人的范围……但是，假若我们要继续生存下去，我们的忠诚范围还必须进一步扩大，它应该包括全人类，包括整个地球……富裕国家必须同贫穷国家分享它们的财富。[①]

在萨根看来，解决世界上的贫穷问题不是通过向大自然超限索取，而是取决于富国的爱心：关爱他国，关爱地球。

作为天文学家，萨根认为，各国科学家共同研究宇宙，各国共同进行航天探测，是国际协作的一条有效途径。他认识到，地球和空间科学需要国际合作的特点，使其“成为国际政治中和解与团结的力量”[②]。他倡议各国共同来实施“首次送人上火星”的计划，认为“在不太遥远的将来，由美国、俄罗斯、日本、欧洲空间局——或许还有其他国家，例如中国——采取联合行动，也许是可行的”[③]。在他提出的计划方案中，他特地强调：“在多数情况下，各参与国是平等的伙伴，不能由美国发号施令。”[④]

萨根反对奴役制、种族歧视、女性歧视等一切社会压迫，力倡人与人平等协作、相互关爱。他认为，人对人的种种压迫也有共同的根源——自我中心思维。他对人类的平等、合作前景充满信心。他说：

> 假若奴役制度、种族主义、厌女癖和暴力嗜好是相互关联的话——对个人性格、人类历史和多种文化的研究已显示了这一点——那就还有乐观的余地……仅仅在几十年的时间内就席卷全球的变化，已开始往有利于人类生存的方向发展。人们已开始觉悟到，我们都同属一个物种——人类。[⑤]

笃信达尔文进化论的萨根认识到，人类的种种差异是适应不同环境长期进化的结果，而地球上的环境与宇宙其他地方可能存在的生命所处的环境差异更大，即使有外星智能生命存在，也与人类有巨大差异，故人类之间的“同”远大于“异”，况且，人类都是面临着生存危机的脆弱的地球共同体的成员，应相互尊重差异，共存共荣。他说：

---

① Sagan, Carl. 1980. *Cosmos*. New York: Ballantine Book: 283-284.

② Sagan, Carl. 1994. *Pale Blue Dot: A Vision of the Human Future in Space*. New York: Ballantine Book: 183.

③ Sagan, Carl. 1994. *Pale Blue Dot: A Vision of the Human Future in Space*. New York: Ballantine Book: 205.

④ Sagan, Carl. 1994. *Pale Blue Dot: A Vision of the Human Future in Space*. New York: Ballantine Book: 224.

⑤ Sagan, Carl. 1980. *Cosmos*. New York: Ballantine Book: 275.

> 如果有一位地球外的来客观察我们，就会发现，他所看到的人类及其社会之间的差异，与其相似性相比是微不足道的。宇宙中可能存在许多有高级生命的世界。但根据达尔文的理论，除了地球以外，其他的世界不可能存在人类。只有在这里，只有在地球这一小小的行星上才存在人类。我们是稀有、濒危的物种。从宇宙的视角来看，我们每一个人都是非常非常珍奇的。如果有人与你有隙，让他活下去吧！因为在1000亿个星系中，你找不到第二个这样的人。①

正如萨根力倡人类与黑猩猩、海豚等智能动物，乃至与外星智能生物多交流，他力主国与国、人与人之间多交流，以增强理解与团结。针对美国国防部把巨额资金花在军备上，他说："一个有理性的社会难道就不能多花些钱用于相互了解，用于防止战争，而不是准备下一次战争吗？"②他认为，不同文化之间求同存异、相互借鉴，将大有裨益。他说："假若我们能在地球上消除种族隔离，而又能保持各自文化上的差异，或者说不去做自我毁灭的蠢事，那么我们将完成一桩伟大的壮举。"③他自己身体力行，在《宇宙》一书中，不仅关注西方的科技史及思想家，而且不时援引并充分肯定其他地域的历史上的科学家和思想家。

三、力主既弘扬科学，又使技术有利于人和自然

20世纪70—80年代，现代科学技术对地球环境的负面作用日益显现，对人类生存的威胁日益增大，"在西方公众的眼里便成了十恶不赦的'社会公敌'了"④。针对公众对科技的敌意，萨根反复强调，科学是把双刃剑——他一方面清醒地认识到科技的种种负面作用，另一方面充分肯定科技对人类文明进程不可或缺的正面作用。他这样历数科技的负面作用："我们的技术制造了氟利昂、橙试剂、神经毒气，造成了大气污染、水污染和物种灭绝。我们的工业如此强大，能破坏地球的气候。我们这个地球上大约有一半科学家，至少是部分时间在为军事服务。"⑤

但萨根强调，科技的正面作用是主流。正因为进化出了非凡的智能并运用了技术，人类才得以产生，其生活水平才不断改善。科技可以转变人们的错误观念。正是进化论和现代宇宙学，使人类认识到人类中心论的错误，树立宇宙整体观。进化心理学可以使人认识到等级制的错误，树立正确的社会观。他写道："有人认为，就像儿童尚未成熟到接受某种数学和逻辑的概念一样，'原始'人在智力

---

① Sagan, Carl. 1980. *Cosmos*. New York: Ballantine Book: 283.

② Sagan, Carl. 1980. *Cosmos*. New York: Ballantine Book: 273.

③ Sagan, Carl. 1980. *Cosmos*. New York: Ballantine Book: 281.

④ 赵红州. 1991. 论反科学思潮(上). 科学学与科学技术管理, (8): 9-13.

⑤ Sagan, Carl.1996. *The Demon-Haunted World: Science as a Candle in the Dark*. New York: Ballantine Book: 11.

上也不可能掌握科技。这种观点是极为荒谬的。那些居无定所、身无分文的残存采集者，是我们遥远过去的活标本，他们的日常活动证明，殖民主义和种族主义的残余观念是错误的。”①即是说，人，无论何种种族、民族，在智能方面都无区别，因而都是平等的。而且，科学可以使人认识到具体的环境风险：“科学提醒我们，要重视由我们改变世界的技术所带来的严重后果，要特别关注我们赖以生存的环境。科学给我们设置了一个重要的早期预警系统。”②

在萨根看来，科学的两面性在很大程度上源自人性的两面性。他说，对科学的指责“是一个古老的指控，也许可以追溯到制作薄片状石制工具和火开始使用的年代。从人类的第一个成员诞生之时，技术就一直伴随我们的祖先，所以，我们是一个有技术的物种，因此，这个问题与其说是有关科学的问题，不如说是人类本性的问题”③。科学发挥何种作用，取决于它为谁所用，以及用于何种目的：“人类历史上几乎每一次重大科技进步”都“可能被无知或邪恶的人用于危险目的，也可能被有智慧的人和善良的人用来为人类谋利益”④。他认为，科技导致天人关系危机——地球环境危机，以及社会关系危机——人间压迫与战争，主要原因在于，人类或是认识不足，只顾短期利益，或是受制于自我中心思维，只顾自己小圈子的利益，从而不当地去运用技术。为此，他一方面坚持弘扬科学事业，另一方面又主张限制对技术的有害运用。在他看来，当代人不应抛弃科技，而应树立全面关怀的科技观——无论是运用科技，还是限制科技，都应既要有利于大自然，又要造福整个人类。我国生态文明专家卢风指出：“由追求日益强大的征服力的科技转向以人为本、保障生态安全、维护生态健康的科技，就是科技的生态学转向。”⑤由此来看，托马斯的科技观实现了生态学转向，是生态的科技观。

具体来说，萨根的生态科技观主要包含以下四个方面。

第一，人类既要继续弘扬科学研究，又要大力普及科学。萨根认为，科技的正面作用是主流，人类面临的许多环境问题及社会问题还需用科技去解决。而且，鉴于科技前所未有的威力及作用，公众“科学素养低下的后果比过去任何一个时代都要危险得多”，假如我们对相关科技知识知之甚少，“我们如何参与国家政策的制定，甚至如何对我们自己的生活做出明智的选择”⑥？

第二，人类应该限制任何对大自然和人类有害的技术的研发和运用。萨根写道：“说一切技术都是为善还是为恶，毫无用处，这句话肯定是对的。但是当‘恶’

① Sagan, Carl. 1996. *The Demon-Haunted World: Science as a Candle in the Dark*. New York: Ballantine Book: 316.

② Sagan, Carl. 1996. *The Demon-Haunted World: Science as a Candle in the Dark*. New York: Ballantine Book: 38.

③ Sagan, Carl. 1996. *The Demon-Haunted World: Science as a Candle in the Dark*. New York: Ballantine Book: 283.

④ Sagan, Carl. 1996. *The Demon-Haunted World: Science as a Candle in the Dark*. New York: Ballantine Book: 373.

⑤ 卢风, 等. 2013. 生态文明新论. 北京: 中国科学技术出版社: 101.

⑥ Sagan, Carl. 1996. *The Demon-Haunted World: Science as a Candle in the Dark*. New York: Ballantine Book: 6-7.

达到可以毁灭世界的程度时，我们就必须界定哪些技术可以开发……国际社会需要对疯子、暴君和狂热分子实施压制。”①诚如生态批评家格伦·A. 洛夫（Glen A. Love）所指出的：“捍卫科学并非容许其相关者——例如失控的技术——的罪行，而是要捍卫其研究方法作为我们了解世界，以及找到解决日益恶化的污染、人口爆炸和环境掠夺等问题的最好手段。”②

第三，科学家与政治家对技术的后果要有高度的责任感，并接受公众的民主监督。萨根强调：“科学之剑是两面有刃的，它令人畏惧的力量使所有人，包括政治家，当然特别是科学家，必须肩负一种新的责任，那就是，一定要从全球和超越时代的角度，对技术所带来的长期后果给予更多关注，竭力避免对民族主义和沙文主义的依恋。犯错误的代价太昂贵了。”③他还说：“科学研究向易犯错误的国家和政治领导人提供了巨大的，且其实十分可怕的力量时，许多危险便出现了：其中之一是，某些卷入其中的科学家除了貌似客观之外别无所有。权力导致腐败，始终如此。在这种环境下，秘密的机构尤其有害，于是民主监督与平衡就显得弥足珍贵。”④

第四，科学技术与生态智慧并重。在萨根看来，人类目前面临的生态环境问题及社会问题的最根本原因，是人类科技与智慧发展的不平衡。他说：“我们面临的许多危险确实是由科学技术引起的，但是更根本的原因是，我们在变得颇具威力的同时，并没有聪明到与之相称的程度。”⑤他警告说：“如果我们继续集聚威力而不是智慧，我们肯定会毁灭掉自己。正因为我们想在遥远的未来生存下去，我们必须改变我们的制度和我们自己……如果我们变得比现在还残暴、更短视、更无知和更自私，那么几乎可以肯定，我们不会有未来。”⑥他所倡导的智慧，无疑是建立生态社会、培养生态人格、关爱整个人类乃至宇宙万物、立足长远、协作共生的生态智慧。

第二节　萨根科学散文精湛的艺术造诣

上述 4 部科学散文显示了萨根精湛的艺术造诣。他用丰富的想象、奔放的感情、富有诗意的语言，把他的人类智能进化知识和天文学知识，以及对伪科学和迷信的揭露等较为深奥的内容，转化成了妙趣横生、令人陶醉、使人振奋的科学

① Sagan, Carl. 1994. *Pale Blue Dot: A Vision of the Human Future in Space*. New York: Ballantine Book: 260.

② Love, Glen A. 2003. *Practical Ecocriticism: Literature, Biology, and the Environment*. Charlottesville: University of Virginia Press: 46-47.

③ Sagan, Carl. 1996. *The Demon-Haunted World: Science as a Candle in the Dark*. New York: Ballantine Book: 11-12.

④ Sagan, Carl. 1996. *The Demon-Haunted World: Science as a Candle in the Dark*. New York: Ballantine Book: 289.

⑤ Sagan, Carl. 1994. *Pale Blue Dot: A Vision of the Human Future in Space*. New York: Ballantine Book: 316-317.

⑥ Sagan, Carl. 1994. *Pale Blue Dot: A Vision of the Human Future in Space*. New York: Ballantine Book: 329.

散文经典。美国著名科幻小说家、科普作家、文学评论家艾萨克·阿西莫夫（Isaac Asimov，1920—1992）赞誉说："卡尔·萨根有点石成金的才艺。他所经手的任何话题都成了金子，《伊甸园里的龙》就是如此。我读过有关人类智能的东西从未有如此令人陶醉、使人着迷的。"①

丰富的想象使这4部作品内容丰满、生动，充满了画意。在《伊甸园里的龙》的第1章，为了形象地体现宇宙产生以来所经历的时间的漫长，以及人类历史的短暂，萨根充分发挥创意性想象，把宇宙产生以来的漫长时间压缩为一年时间，从而创制了"宇宙年历"：在该年历中，1月1日，宇宙诞生；5月1日，银河系形成；9月9日，太阳系产生；9月14日，地球诞生；大约9月25日，地球上出现生命；经过长期的进化，12月30日，灵长类动物大脑额叶开始进化，出现原始类人猿；12月31日晚上大约10点30分，进化出原始人类；晚上11点，原始人广泛使用石器；晚上11点46分，北京猿人学会用火；晚上11点59分20秒，原始人发明农业；晚上11点59分59秒，欧洲文艺复兴，发现新航路，出现科学实验法；现在，新一年元旦的第1秒，科学技术迅速发展，宇宙飞船进行星际探索，研究地球外的智力②。按照这一"年历"，在宇宙诞生后的"1年"中，出现原始人类至今只有"一个半小时"，近现代科学实验法是在"最后1秒"内出现的。在该作品的第2章和第7章，萨根分别介绍了两种大脑本性的模式：一种是神经学家麦克莱恩（Paul D. MacLean）提出的"三组合大脑"，另一种是神经学家斯佩里（Roger Sperry）提出的"分裂大脑"。前者的主要观点是，大脑由不同年代形成的三个构造层组成，新近形成的叫新皮质，较久远的是边缘系统，最早形成的是爬行复合体；后者的主要观点是，大脑由左半脑和右半脑组成，分别侧重管理认知和感知。以此为基础，萨根在该部作品的大部分篇幅里，驰骋想象，述说了大量来自古今中外的神话和梦境，阐释自己对大脑进化过程和功能的理解。就该作品的题目《伊甸园里的龙》来说，"伊甸园"来自《圣经》，意指人类形成时的自然环境；"龙"来自中国神话，意指蛇等爬行动物。萨根认为，人类对蛇有一种本能的恐惧，原因是，原始人长期生活在原始森林中时经常受到蛇的伤害，产生恐惧，这种恐惧已根植于大脑的"爬行复合体"中，代代相传。这样，这部作品既介绍了神经科学的新近成果，又体现了萨根自己通过驰骋想象而产生的崭新感悟，充溢着令读者着迷的趣味和魅力。

在《宇宙》和《淡蓝光点》这两部描述宇宙知识和宇宙探索故事的作品中，萨根也把想象力发挥到了极致。他在《宇宙》第1章的第3段就指出："我们探索宇宙时，既要敢于怀疑，又要富于想象。想象经常使我们想出实际上并不存在

① Sagan, Carl. 1977. *The Dragons of Eden: Speculations on the Evolution of Human Intelligence*. New York: Ballantine Book: 卷首扉页。

② 宇宙探索以及地球外生命和智能是萨根毕生的两大研究重心。

的东西，但没有想象，我们就一无所获。怀疑可以使我们区分幻想和事实，可以检验我们的推测。”①这部作品述说了截至其创作的20世纪70年代末他作为天文学家所了解的宇宙知识和古今的宇宙探索故事，包括古希腊的泰勒斯预测日食的传说，我国元朝的郭守敬研究天文学的故事，开普勒和牛顿研究天体运行规律的历程，康德提出“行云假说”的过程，以及当代航天器探索火星、金星的情景等。他阐释了宇宙可能存在着生命的理由，并遐想了地球外的生命与地球上的生命形式迥然不同的情况。他把宇宙想象成浩瀚无垠的海洋，把地球想象成海洋中的一个小岛，人们在地球上观察宇宙犹如在海滨观察海洋，这样就有了第1章的题目“宇宙海洋之滨”（The Shores of the Cosmic Ocean）。他认为，宇宙中其他一些星球上也可能存在生命，地球只是出现生命的地方之一。他把宇宙中多个地方存在生命想象成音乐的赋格曲（复调），这样就有了第2章的题目“宇宙赋格曲中的一种声音”（One Voice in the Cosmic Fugue）。

1994年出版的《淡蓝光点》以讲故事的方式，讲述了1980年《宇宙》出版以来天文学研究和航天器探测的新进展。在该作品的第1章“你在这儿”中，看到“旅行者1号”宇宙飞船从冥王星轨道之外拍摄的地球变成了一个淡蓝色小光点的照片，萨根想象自己仿佛坐在这个飞船上遥望茫茫星空中的这个淡蓝光点，这就是该作品的题目“淡蓝光点”的缘由。在第5章“地球上有智慧生命吗？”（Is There Intelligent Life on Earth?）中，萨根设想，假如有一位来自外空的探险家进入太阳系用仪器遥望和探测地球，发现地球上的种种环境指标如此糟糕，他就不禁会怀疑“地球上是否有智慧生命”。他大胆设想，部分人将来能到火星上生活，而且从长远来看，如果太阳“寿终正寝”，太阳系毁灭，在此之前，人类需要而且可能移民到太阳系之外的行星上去。

在《魔鬼出没的世界》中，萨根联想到并讲述了古今世界多地出现过的大量伪科学、反科学以及滥用科学的故事，包括宗教史上的“奇迹”、魔鬼出没、迫害女巫事例、外星人和不明飞行物（UFO）、幻觉、颅骨测量学及宇宙神创论。萨根对宗教持批判立场。在该作品的最后一章“真正的爱国者应该提问题”（Real Patriotics Ask Questions）中，他联想到美国的《权利法案》（The Bill of Rights），并揭示它规定政教分离的原因：

> 《权利法案》把宗教与政府区分开，这样做的部分原因是，许多宗教已养成了一种极端主义的思维方式；各种宗教都把自己看作是真理的化身，并迫切期望将这些真理强加给他人。极端主义宗教的领导者和践行者，通常不知道真理和谬误之间的差异，也没有意识到，真理可能就

---

① Sagan, Carl. 1980. *Cosmos*. New York: Ballantine Book: 2.

是从表面上看起来完全相反的观点中产生出来的。①

同时，上述 4 部作品洋溢着强烈的情感。《伊甸园里的龙》体现了萨根对人的智能进化过程产生了新的看法的兴奋之情，对有一定智能的动物的亲和之情，以及对人类能充分运用自己的理智的期盼之情。他坦言："本书是一次模式辨认练习，是试图利用多种学科和各种神话中的种种线索，去理解人类智能进化的本质和普通进化，这在很大程度上是大脑右半球的活动；在写作期间，我常常在半夜或凌晨被产生一种新洞见的极度兴奋激醒。"②大脑右半球主要管理人类的梦境、想象、情感等感性认识，萨根在醒着的时候或在梦中顿悟到一些学科中的知识碎片或神话传说中的故事情节能说明"三组合大脑"和"分裂大脑"等假说时，无疑兴奋异常。他明白，人类智能的基础在于人类具有与动物不同的大脑，这种大脑有新皮质，并且有主管理性思维的左半脑，而这样的结构是从最原始的动物，尤其是从爬行动物的中枢神经系统的末梢部分经长期进化而来的，因而，正如前文所述，他力主关爱地球上与人脑结构比较接近、有一定智能的动物，以及地球外的所有生物，并主动与这些智能动物进行交流。他清醒地认识到，人与其他动物的区别在于，人类大脑的新皮质和左半脑能使人深思熟虑和产生理性认识，因而他强烈呼吁，人类的行动要有理性和智慧，否则，还没到人类实现与外星智能生命进行交流的时候，人类就因自己有能力严重破坏地球环境或使用核武器，而自我毁灭了。

《宇宙》和《淡蓝光点》主要蕴含着萨根带领读者领略宇宙奇观和神秘时的惊喜，回顾古今天文学家观测宇宙取得的成就时的敬仰之情，知悉当代人类破坏地球环境和相互倾轧时的愤恨之情等。他在《宇宙》第 1 章的第 1 段就写道："只要一想起宇宙，我们就难以平静——我们心情激动，感叹不已，宛如回忆起很久以前的一次从高处跌落的经历那样感到眩晕战栗。"③这里作者道出了自己以前观察宇宙时的惊喜、震撼和陶醉之感。在《淡蓝光点》的第 1 章，看到"旅行者 1 号"飞船从冥王星轨道之外拍摄的地球变成了淡蓝色光点的照片时，萨根惊奇交加，感慨万千：

> ……再看看那个光点，它就在这里。这是家园，这是我们。你所爱的每一个人，你所认识的每一个人，你听说过的每一个人，曾经生存过的每一个人，都在那儿度过他们的一生。我们的欢乐与痛苦聚集在一起……
>
> …… ……

① Sagan, Carl. 1996. *The Demon-Haunted World: Science as a Candle in the Dark*. New York: Ballantine Book: 432.

② Sagan, Carl. 1977. *The Dragons of Eden: Speculations on the Evolution of Human Intelligence*. New York: Ballantine Book: 194.

③ Sagan, Carl. 1980. *Cosmos*. New York: Ballantine Book: 1.

> 我们的心情，我们虚构的妄自尊大，我们在宇宙中拥有的某种特权地位的错觉，都受到这个苍白小点的挑战……
>
> 地球是目前已知存在生命的唯一世界。至少在不远的将来，人类无法迁居到别的星球……
>
> ……对我来说，这个光点强调了这一点：我们有责任更好地相互交往，并保护和珍惜这个淡蓝光点——这是我们迄今为止所知的唯一家园。①

萨根吃惊和感慨的是，人类居住的地球太渺小、太普通了，根本不是宇宙的中心；全球所有人犹如坐在茫茫大海中唯一的一叶小舟上，命运紧紧联系在一起，大家应摈弃妄自尊大的态度，转而精心呵护自己赖以生存的地球生态环境。在《宇宙》的第3章“宇宙的和谐”（The Harmony of Worlds）中，萨根讲述了开普勒与牛顿的生平及其对天文学的伟大贡献后，对他们做出了高度评价，体现了他对史上科学巨人的敬仰之情：

> 开普勒和牛顿的发现代表了人类历史上的转折……他们格外看重观测资料的精确性，他们推测行星运动的准确性无可置疑地表明，人类完全能够深刻地认识宇宙。我们地球的现代文明、我们世界观的形成、我们现在对宇宙的探索，与他们的洞察力密不可分。②

在《淡蓝光点》的最后一章“踮着脚跨越银河系”（Tiptoeing Through the Milky Way）中展望人类未来探索其他星系并向那里移居时，他这样表达对人类以自我为中心、非常不明智地破坏地球生态环境并倾轧他人的行为的愤怒：

> 我们——甚至不能把自己的家园管理得井井有条的我们，被敌对与仇恨分裂的我们，掠夺环境的我们，以互相激怒、疏忽和罪恶目的彼此谋杀的我们，并且直到不久前还以为宇宙只是为我们自己的个体利益而创造出来的我们——难道真要去太空冒险，移动星球，改造行星，并让自己扩张到邻近恒星的行星系里面去？……如果我们继续仅仅集聚权利而不是智慧，我们肯定会毁灭掉自己。③

《魔鬼出没的世界》饱含着萨根对伪科学、迷信、邪教、反科学、滥用科学等的痛恨，以及他对科学事业的挚爱和对科学普及教育的热情。在第1章“最宝贵的东西”（The Most Precious Thing）中，萨根在评说科学的功过的同时，开始不

---

① Sagan, Carl. 1994. *Pale Blue Dot: A Vision of the Human Future in Space*. New York: Ballantine Book: 6-7.

② Sagan, Carl. 1980. *Cosmos*. New York: Ballantine Book: 58.

③ Sagan, Carl. 1994. *Pale Blue Dot: A Vision of the Human Future in Space*. New York: Ballantine Book: 328-329.

留情面地揭批伪科学和一些邪教的实质，揭露它们在世界各地肆虐的原因。他说：

> （伪科学）声称是运用科学的方法和发现，但它们实际上与科学的精髓背道而驰——因为它们通常的结论不是以充分的证据为基础，或者它们对导致其他可能性结论的线索嗤之以鼻。它们玩弄人们的无知。在报纸、杂志、出版商、电台、电视台、制片商等机构的无知配合下（通常不顾社会影响，只顾一己之便），伪科学的观念得以轻易、广泛地传播。
>
> …………
>
> 一些伪科学（一些邪教也是如此，新旧时代都有）的实质观念是，愿望就是现实。就像民间传说和儿童故事里那样，人们仅仅通过许下愿望就可以实现内心渴求，这是多么令人心满意足啊！特别是与我们通常依靠艰苦努力和好运气才能实现愿望相比，这种观念是多么具有诱惑力啊！①

其中，对于居心叵测的伪科学和邪教炮制者的巧妙包装，以及自私的媒体不负责任的推波助澜，萨根深恶痛绝；对于许多民众的无知和投机取巧的心理，萨根感到无比痛心。在第 13 章“对现实的迷狂”（Obsessed with Reality）中，他还列举了大量有代表性的伪科学和迷信现象的名称②。而在该部作品第 2 章“科学与希望”的开头，萨根这样表露自己对科学和科普的挚爱：

> 我的童年是充满梦想的年代。还在上小学时，我就想当一个科学家……我为宇宙的壮美所吸引；当我憧憬着自己将能够理解物体的真正运行规律，能够协助揭开许多奥秘，能够探索新的世界——或许是真正意义上的新世界时，我被深深地震撼了……
>
> 科学普及——尽力让大众了解科学的方法和发现——后来就自然而然地成了我追求的事业。对我来说，不宣讲科学好像是不可思议的事儿。你坠入了爱河，你就想将其公之于众。本书是我的个人坦白，向你们讲述我与科学的终生爱情故事。③

他力倡“电台、电视台、电影、报纸、书籍、电脑程序、主题公园和课堂共同努力，向公众传播科学”，并列出及阐明了必须这样做的 4 点理由，其中第二条涉及生态环境保护④。

---

① Sagan, Carl. 1994. *Pale Blue Dot: A Vision of the Human Future in Space*. New York: Ballantine Book: 14-15.

② Sagan, Carl. 1996. *The Demon-Haunted World: Science as a Candle in the Dark*. New York: Ballantine Book: 221-222.

③ Sagan, Carl. 1996. *The Demon-Haunted World: Science as a Candle in the Dark*. New York: Ballantine Book: 25.

④ Sagan, Carl. 1996. *The Demon-Haunted World: Science as a Candle in the Dark*. New York: Ballantine Book: 37-38.

丰富的想象和情感是诗意（文学）语言的双翼。如前文所述，萨根上述 4 部作品兼具丰富的想象和情感，因而，其语言不仅明晰、通俗，而且诗意盎然，令人赏心悦目。英国著名科学散文作家、《牛津现代科学散文集》的编者理查德·道金斯这样评价萨根的作品："无论打开他的哪一部作品，只需从目录中，你就可以体验到充溢着诗意的神经末梢在跳动，这样的律动牵连着整部作品。"[①]他随后举的例子分别是《宇宙》第 1、2、3、7、10、13 章的题目——"宇宙海洋之滨"、"宇宙赋格曲中的一种声音"、"宇宙的和谐"、"夜空的脊柱"（The Backbone of Night）、"永远的尽头"（The Edge of Forever）、"谁为地球代言？"（Who Speaks for Earth?）。我们再看其他三部作品的目录。《伊甸园里的龙》的第 3、4、5、6、7、9 章的题目就分别是"大脑与马车"（The Brain and the Chariot）、"作为隐喻的伊甸园：人的进化"（Eden as a Metaphor: The Evolution of Man）、"动物的抽象思维"（The Abstractions of Beasts）、"朦胧伊甸园的传说"（Tales of Dim Eden）、"情侣与狂人"（Loves and Madmen）、"知识就是我们的命运：地球上和地球外的智能"（Knowledge is Our Destiny: Terrestrial and Extraterrestrial Intelligence）。《淡蓝光点》的序言及第 1、6、10、12、13、15、16、17、21、22 章的题目分别是"漂泊者：序言"（Wanderers: An Introduction）、"你在这儿"、"'旅行者号'的胜利"（The Triumph of Voyager）、"神圣的黑暗"（Sacred Black）、"大地熔化了"（The Ground Melts）、"'阿波罗'的礼物"（The Gift of Apollo）、"奇异世界的大门打开了"（The Gates of the Wonder World Open）、"测天有术"（Scaling Heaven）、"日常的行星际暴力事件"（Routine Interplanetary Violence）、"上天去！"（To the Sky!）、"踮着脚跨越银河系"。《魔鬼出没的世界》第 1、3、4、5、7、10、11、13、15、17、18、20、21、23 章的题目分别是"最宝贵的东西"、"月球上的人和火星上的人脸"（The Man in the Moon and the Face on the Mars）、"外星人"（Aliens）、"欺骗与秘密"（Spoofing and Secrecy）、"魔鬼出没的世界"、"车库中的飞龙"（The Dragon in My Garage）、"忧伤的城市"（The City of Grief）、"对现实的迷狂"、"牛顿之眠"（Newton's Sleep）、"怀疑主义与好奇心的联姻"（The Marriage of Skepticism and Wonder）、"风扬尘土"（The Wind Makes Dust）、"火中的房子"（House on Fire）、"自由之路"（The Path to Freedom）、"麦克斯韦与'科学呆子'"（Maxwell and the "Nerds"）。这些题目的诗意毫不逊色。

而且，萨根在其 4 部作品各章的题目和正文之间，均引用古今中外的著名文学家、哲学家或科学家的名言，作为该章的引子。《伊甸园里的龙》的序言和正文 9 章如此引用的名人包括梭罗、柏拉图、莎士比亚、布莱克、亚里士多德、弥尔顿、雪莱、埃斯库罗斯、弗洛伊德、怀特海、康拉德等。《宇宙》正文 13 章这

① Dawkins, Richard. 2008. *The Oxford Book of Modern Science Writing*. Oxford: Oxford University Press: 239.

样引用的名人包括 T. H. 赫胥黎、达尔文、开普勒、德默克利特、马克·吐温、梵高、奥维德等。《淡蓝光点》的序言和正文 22 章如此引用的名人和名作包括里尔克、培根、伏尔泰、阿诺德、《圣经·赞美诗》（“Psalms”）、梅尔维尔、开普勒、柯勒律治、李白、屈原、《吉美伽尔什史诗》（“The Epic of Gilgamesh”）、亚里士多德、欧里庇得斯等。《魔鬼出没的世界》共 25 章如此引用的名人及名作包括爱因斯坦、杜甫、伏尔泰、T. H. 赫胥黎、卢克莱修、《奥义书》（*The Isa Upanishad*）、霍布斯、福尔摩斯、里尔克、培根、布莱克、达尔文、欧里庇得斯、法拉第、罗素、海涅、《佛经》（*Buddhist Scriptures*）、华盛顿等。在这些名人中，包括诗人在内的文学家占多数，其名言作为各章的引子“先声夺人”，如道金斯所枚举的 6 章的题目一样，平添了正文的诗意。

从上文所举的一些例子中，萨根科学散文的诗意特色已可见一斑。下面再看其作品的几段正文。他在《伊甸园里的龙》第 8 章“大脑的未来发展”（The Future Evolution of the Brian）中，这样描写文字发明在人的智能发展过程中的重大意义：

> ……只有文字发明后，人们才有可能整理、综合并利用各个时代和各个民族积累下来的智慧；人们不再仅仅局限于他们或他们附近的贴己熟人可记忆的一些事物了。阅读使我们能够接触历史上最伟大、最有影响力的智者，比如，苏格拉底和牛顿的读者群的数量，都大大超过了他们两人一生中所见到的人的总数。多少代口头相传的信息，在口传中一定会出现许多谬误，以及原意的逐渐遗失。如果采用文字记载，即使连续再版，信息损失的情况也很少出现。
>
> 书籍易于贮存。我们可以按照自己的节奏阅读，而不会打扰别人；遇到特别关键或有趣的部分时，还可以返回重读、欣赏或玩味。书籍可以成批生产，降低成本。而且，阅读本身又是一种令人惊奇的活动——比如此刻，你正在扫视又薄又平的木质纸张，你一瞥的瞬间，作者的声音就在你脑海中回荡，向你打招呼“喂!”……①

这里，萨根联想到苏格拉底和牛顿，乃至文字发明之前的文化传承，然后又回到当前，想象阅读书籍的便利、趣味和神奇，抒发了对文字和纸张发明者的赞美之情，以及阅读时的惬意之感，不经意间营造出了浓浓诗意。再看《宇宙》第 10 章“永远的尽头”中描写银河系里恒星运动的一段：

> 银河系里的恒星运动起来优美别致。球状星体冲过银河系平面，从另一边闪现，然后降低速度，返身跑回。如果我们能够跟随一颗颗恒星，

---

① Sagan, Carl. 1977. *The Dragons of Eden: Speculations on the Evolution of Human Intelligence*. New York: Ballantine Book: 234-236.

> 观看它们在银面上的独特运动轨迹，就会发现，它们像一锅爆米花。我们从未看到某个星系的形状有比较明显的改变，原因是，这类变化过程需要相当漫长的时间。银河系每自转一周需要 2.5 亿年。假如我们使它加速自转，就会看到银河系是一个活动的、几乎是有机的实体，有点儿像一个多细胞生物……①

该段首句创设一个悬念，营造迷人氛围，接着描绘银河系里恒星运动的画面，并奇想出能尾随恒星，以及使银河系加速自传，同时想象到爆米花和多细胞生物的景象。这样驰骋想象、异常形象的描写，不仅巧妙地向大众介绍了银河系及其恒星的运动特征，而且表达了作者重温银河系奇妙景观时的亲切和惊喜之情。这段集想象与抒情于一体、给读者以美感的文字，无疑洋溢着诗意。

小　　结

萨根前述的 4 部科学散文代表作蕴含着三重既独特又相互关联的生态思想。在自然观上，萨根大大拓展了自然关怀的范围——从关怀地球生物圈直至关怀整个宇宙。在社会观上，他反对一切形式的自我中心主义，力倡国与国以及人与人的平等协作、关爱交流、共存共荣。在科技观上，他力主使科技既能造福人类，又能使大自然永葆生机。萨根科学散文代表作蕴含的生态自然观和生态科技观的共同特征，是要确保人类和广至宇宙的大自然的共存共荣，而蕴含的生态社会观的根本特征，是希望整个人类共存共荣。这些生态意蕴基于萨根作为世界杰出天文学家的渊博知识与宏大视野，针对当代人类所面临的迫切问题，给出不少具体建议，令读者折服，其对我国当前的生态文明建设亦具有借鉴意义：生态环境保护的视野和措施都不应走极端，而应具有辩证性——要能确保人类和自然、国与国、人与人的共存共荣。

从艺术特色角度来看，萨根这 4 部散文想象丰富、感情奔放、富有诗意。他从时间和空间维度驰骋想象，自然地融入自己的惊喜、挚爱、愤怒、痛心、忧虑等情感，把他渊博的人类智能进化知识和天文学知识，以及对伪科学和迷信的揭露等较为深奥的内容，转化成了妙趣横生、令人陶醉、使人振奋、富有诗意的科学散文经典。这对我国方兴未艾的科学散文创作有深刻的启示：优秀的科学散文作家既需要积累较为渊博的科学知识，具备非凡的洞察力和境界，又需要培养比较高深的文学素养，这是创作出既能给普通读者以科学知识、洞见和智慧，又能吸引、愉悦、感染或震撼普通读者的较高水平的科学散文的前提条件。

---

① Sagan, Carl. 1980. *Cosmos*. New York: Ballantine Book: 205-206.

第七章

古生物学家不单单关爱生物

斯蒂芬·杰·古尔德（1941—2002）是美国著名的古生物学家、进化论科学家、科学史学家，还是美国国家科学院院士、美国科学促进会前会长、优秀的科学散文作家。《环境文学大全》的编者内茨利称，古尔德的“作品极受欢迎，增进了大众对自然科学的认识”[①]。

1941 年 9 月 10 日，古尔德出生在纽约皇后区一个犹太人中产阶级家庭。他的父亲伦纳德·古尔德是法庭速记员，母亲埃莉诺·古尔德是艺术家。小古尔德五岁时，父亲带他到美国自然历史博物馆的恐龙展厅参观，他第一次看到暴龙化石，后来就萌发了当一名古生物学家的愿望。1963 年，他从安蒂奥克学院毕业，获得地质学和哲学双学士学位。大学期间，他积极参加为黑人争取平等权利的“民权运动”。1967 年，他在哥伦比亚大学获古生物学博士学位。毕业后，他到美国著名的进化生物学研究中心——哈佛大学比较动物学博物馆从事研究工作，并在该校教授古生物学、进化生物学和科学史。1973 年，他 32 岁时已被聘为教授。此外，他还在位于纽约的美国自然历史博物馆的无脊椎动物部长期兼职。1989 年，他当选为美国国家科学院院士。1999—2001 年，他出任美国科学促进会会长。2001 年，他被美国人文协会（American Humanist Association）推举为“年度人文学者”。2002 年，癌症夺走了他的生命。2008 年，他在去世 6 年后被伦敦林奈学会（Linnean Society of London）授予“达尔文–华莱士奖章”，这是该协会时隔 50 年后颁发的第一枚同类奖章。

古尔德最初的研究方向是蜗牛的自然志，他在研究百慕大地区蜗牛的演变和分布方面成就斐然，但使他享誉科学界的是他和奈尔斯·埃尔德雷奇（Niles Eldredge）1972 年提出的“间断平衡”进化理论。该理论的主要观点是：生物进

① Netzley, Patricia D. 1999. *Environmental Literature: An Encyclopedia of Works, Authors, and Themes*. Santa Barbara: ABC-CLIO: 73.

化并不像达尔文和新达尔文主义者所认为的那样，是一个缓慢的渐变积累过程，而是长期的稳定（甚至不变）与短暂的剧变交替的过程，因而在地质记录中留下许多空缺。他的另一杰出贡献是写出了大量的科普作品，使大众对古生物学产生了兴趣。这样，他的声望在科学界确立后不久，“古尔德”这一名字也开始进入普通受众的视野。他主持编辑的科普片《进化》（*Evolution*）的收视率很高。更为重要的是，从1974年起，他开始在《自然志》杂志上开辟了一个专栏“这种生命观”（This View of Life），连续发表融科学和文学于一体的随笔，他以出色的文笔，引领普通读者穿梭于古生物史、科学史、文学作品、社会经济史、大众文化之中，不仅向读者阐释自然现象，而且述说自然现象所引发的种种遐思，以及对人类社会的影响。他对科学的反思相当深刻，对社会曲解科学理论的现象加以尖锐批判，使大众思考现象背后的深刻道理，将科学散文提升到了一个新的境界。他的随笔创作持续了27年，直到他去世前的2001年。

古尔德在美国的知名度很高，他是批判神创论和遗传决定论的活跃斗士，频频出现在媒体上。他被美国国会图书馆誉为美国的“活传奇人物”。当今有很多美国生物学家都说，他们当初之所以对生物学产生兴趣，是因为小时候读了古尔德的文章。《科学》（*Science*）杂志评价说，古尔德是极少数堪称“文艺复兴式人物”的科学知识分子之一。

1977年以来，美国和英国的一些出版社先后把古尔德发表在《自然志》杂志上的系列随笔编辑成10本随笔集，以“自然志沉思录”（Reflections in Natural History）为总标题陆续出版。这些随笔集在美国和其他英语国家受到好评和欢迎，并被译为多种语言出版。《自达尔文以来》的读者在美国就逾百万，《熊猫的拇指》1981年荣获美国国家图书奖的非虚构类作品奖。在美国，“在数所大学，这些随笔被编纂成册，作为本科生的英语教材”①。有论者指出，古尔德“具有一种神通，能企及这种才华的科学散文作家寥寥无几”②，在他的笔下，“科学散文成了散文精品”③。

古尔德的这些随笔蕴含着丰富的生态意识，但迄今为止，国外很少有人，国内也尚未有人从生态批评角度对其进行解读。因而，本章拟以其中有代表性的5部科学随笔集——《自达尔文以来》（1977）、《熊猫的拇指》（1980）、《火烈鸟的微笑》（1985）、《八头小猪》（1993）和《鼎盛时期的恐龙》（1995）

---

① Allmon, Warren D., Patricia H. Kelley and Robert M. Ross. 2009. *Stephen Jay Gould: Reflections on His View of Life*. Oxford & New York: Oxford University Press: 32.

② Gould, Stephen Jay. 1993. *Eight Little Piggies*. New York & London: W. W. Norton & Company: Back cover.

③ Gould, Stephen Jay. 1980. *The Panda's Thumb*. New York & London: W. W. Norton & Company: Back cover.

为例[①]，探析古尔德科学散文的生态意蕴和艺术特色。

古尔德的10集科学随笔经常涉及的话题，是进化及其启示、科学史上的人物故事、或然事件及时下热议等，但各集的内容又有所不同。

《自达尔文以来》是古尔德的第一本科学随笔集，出版后成为畅销书，确立了他在美国的声望。它包含33篇随笔，共分八大部分（下述随笔集也都分八大部分），涉及行星史、地质史、人类进化、生物大灭绝、社会经济史等广泛内容，将其贯穿起来的总线是达尔文进化论的观点。这些随笔写于越南战争后不久，主要阐释了达尔文学说的基本原则和所体现的世界观，旨在使人们对人种的差异持较为宽容的态度。

《熊猫的拇指》是古尔德的第二本科学随笔集，包含31篇随笔，也分为八大部分，涉及进化理论、二叠纪灭绝、幼态持续、异速生长、发育的遗传调控、科学史等广泛话题，关注的核心是进化论专家之间关于达尔文《物种起源》中离经叛道的人生观的一系列持久的激烈辩论。该书着重对达尔文进化论的基本原则进行了补充和评论。

《火烈鸟的微笑》是古尔德的第四本科学随笔集，包含30篇随笔，涉及动物进化、创生论、恐龙灭绝、分类学、生物链、地外生命、“核冬天”等话题，强调了生命进化历程的随意性和不可预知的特点。

《八头小猪》是古尔德的第六本科学随笔集，包含31篇随笔，涉及环境保护、脊椎动物的解剖学特征、大众舆论、人性、进化模式等话题，凸显了生命进化的偶然性和环境保护的重要性。

《鼎盛时期的恐龙》是古尔德的第七本科学随笔集，包含34篇随笔，涉及贝壳学、天文学、文学和科学的关系、优生学、科学史等话题，把进化思想引申到文学和天文学等学术主题，以及社会政治主题。

第一节 斯蒂芬·杰·古尔德科学散文代表作的生态意蕴

一、消解人类中心论，倡导生态整体观

20世纪60年代以来，由蕾切尔·卡森的《寂静的春天》的出版引发的美国当代生态思潮不断高涨。古尔德上述5集科学随笔创作于20世纪70—90年代，受生态思潮影响，他在这些作品中在阐释和捍卫达尔文进化论的同时，消解了人

---

① 古尔德的随笔集共有10部，每一部均包含30余篇随笔，创作时间持续近30年——从他1974年在《自然志》杂志上的“这种生命观”专栏上发表第一篇随笔，直到他2002年去世。本章从获奖情况、作品内容、相关评论家的述评、创作和出版时间（20世纪70—90年代）等因素出发，从10部随笔集中选出5部，将其视为古尔德的代表性科学散文（随笔）作品，并从生态批评的角度加以解读。

类中心论，进而倡导生态整体观。

在当代美国，绝大数人信仰基督教，而基督教的自然观认为，人类是上帝以自己的形象为模板特意创造出的万物的统治者，所有非人类创造物除了服务于人类，没有其他目的。美国当代的史学家林恩·怀特指出：“基督教，尤其是其西方教派，是世界上人类中心倾向最强的宗教。”[①]古尔德认识到，达尔文进化论颠覆了神创论，是消解人类中心论的锐利武器，但其重要意义却未深入大众之心。他说：

> 我们不太愿意面对达尔文主义对人类在宇宙中的尊贵地位的冲击，对进化论的理解仍停留在表面……所有理智的人接受了“我们的始祖来自动物世界”的生物学事实；但是第二阶段——旧认识体系崩溃的心理调适，几乎尚未开始。公众对进化论的认知被操控了，致使我们在许多关键方面保留了对人类重要性的阐释，这样的阐释与原有的认识几乎没什么不同——我们原来认为，我们是直接按照上帝的形象被创造出来的，占据着尊贵的位置。（我甚至没有讨论具有重大社会学意义的一个事实：数以百万计的美国人——任何西方国家都没有这么多人——根本不接受进化论，仍继续迷信所有生命是在几天之内被创造出来的《圣经》故事。）[②]

且不说数百万美国人不接受进化论，即使接受进化论的人，其中也有许多人只认可进化论所陈述的事实，而没从心理上坦然地彻底摈弃人类独尊的观念。因而，他在随笔中不断批判神创论，坚决捍卫达尔文进化论，消解形形色色的人类中心论。有论者把他比作 19 世纪达尔文进化论在英国的坚定捍卫者 T. H. 赫胥黎：“无知的神创论者在美国突然变得嚣张起来，其情形就像赫胥黎当年与威尔伯福斯主教（圆滑山姆）辩论以及与威廉·格莱斯顿首相的唯圣经论发生冲突时那样；面对此种局面，与当年的赫胥黎一样，古尔德与神创论者做斗争时劲头十足，从来没有犹豫过。”[③]古尔德把“试图从全国教科书中取消进化论”的人称为“教条主义者和非理性主义者”[④]。他告诉读者，熊猫当今用来握竹子的“拇指”可以证明进化过程是的确存在的：它实际上不是真正的拇指，而是由腕上的籽骨进化来的。他说：“熊猫的拇指之所以能证明进化的发生，是因为这个拇指笨拙，并且是由奇怪的部分——腕上的籽骨构成的。在熊猫的祖先中，真正的拇指的形状适宜奔

---

① Glotfelty, Cheryll and Harold Fromm. 1996. *The Ecocriticism Reader: Landmarks in Literary Ecology*. Athens: The University of Georgia Press: 9.

② Gould, Stephen Jay. 2011. *Dinosaur in a Haystack*. Cambridge & London: The Belknap Press of Harvard University Press: 326.

③ Gardner, Martin. 1994. *Great Essays in Science*. New York: Prometheus Books: 32.

④ Gould, Stephen Jay.1977. *Ever Since Darwin*. New York & London: W. W. Norton & Company: 145-146.

跑和攀援，不可能在后裔中变成相对的抓握竹子的形状。”[①]这就是说，熊猫的“拇指”的解剖结构表明，熊猫不是上帝创造的始终不变的完美动物，而是被生活环境所迫，经过长期进化的结果。古尔德指出，达尔文的特殊贡献不仅在于他证明了进化是的确存在的过程，而且在于，他强调了自然选择在进化过程中的重要作用。自然选择意味着，“自然的平衡和秩序并不是由于外在的、更高的神的控制，也不是由于存在着直接作用于所有生物的规则，而是由于生物个体为了自身利益而争斗（用现代的话来说，就是生物个体通过有差异的生殖成功，将基因传递到后代）”[②]。也就是说，达尔文进化论颠覆了上帝创造万物和支配万物的观念，当然也包括这一观念：上帝创造人类并把人类置于万物的顶端。

古尔德强调，达尔文进化论彻底颠覆了人类独特论或优越论，消除了人与自然的分离。他指出，在达尔文的精神导师之一、进化地质学家查尔斯·莱尔看来，“人类比地球上以前存在的任何生物都更高贵，只是因为我们人类具有智能和道德特征，而动物则没有”[③]；与达尔文几乎同时提出自然选择是生物进化的原因的阿尔弗雷德·L. 华莱士（Alfred L. Wallace，1823—1913）则认为，“生命世界的形成完全是自然选择的结果，但是人类智力的产生却是由于神的力量”[④]。古尔德认为，莱尔与华莱士的进化观都是不彻底的，其意图都是“想把人和自然分开。在莱尔设立的栅栏上写着：‘此处是有道德规则的生灵’；而华莱士设立的栅栏上则写着：‘在此自然选择不再起作用’”[⑤]。相比之下，达尔文却将其革命性的进化思想“彻底地贯彻到整个动物界，并且明确地扩展到最敏感的人类生命领域”[⑥]。这就是说，莱尔和华莱士的进化观仍在维系“人类尊贵”“人类例外”等形式的人类中心论，而达尔文进化论消解了人与自然分离的观点，蕴含着人类是大自然的普通一员这样的生态观念。古尔德对达尔文进化论的尊崇和阐释，体现了他具有同样的生态理念。

古尔德还通过澄清人们对进化论的误解，来消解人类中心论。正如一些论者所指出的：“古尔德反对在解读自然的机制时掺入人类中心主义的倾向。”[⑦]古尔德认为，达尔文的“进化”并不等同于“进步”，后出现的生物并非是高等的，人类并非处在生物进化进程的顶端。他说，达尔文只在《物种起源》结尾才使用“进化”一词，旨在“以生物发展的变迁与诸如万有引力这类物理定律的固定不变

① Gould, Stephen Jay. 1980. *The Panda's Thumb*. New York & London: W. W. Norton & Company: 29.

② Gould, Stephen Jay. 1980. *The Panda's Thumb*. New York & London: W. W. Norton & Company: 67.

③ Gould, Stephen Jay. 1980. *The Panda's Thumb*. New York & London: W. W. Norton & Company: 136.

④ Gould, Stephen Jay. 1980. *The Panda's Thumb*. New York & London: W. W. Norton & Company: 136.

⑤ Gould, Stephen Jay. 1980. *The Panda's Thumb*. New York & London: W. W. Norton & Company: 136.

⑥ Gould, Stephen Jay. 1980. *The Panda's Thumb*. New York & London: W. W. Norton & Company: 137.

⑦ York, Richard and Brett Clark. 2011. *The Science and Humanism of Stephen Jay Gould*. New York: Monthly Review Press: 179.

做比较。但是他很少使用这个词，因为达尔文显然并不认为，我们现在所谓的进化等同于人们普遍认为的进步”①。他这样阐释进化论及其对消解人类中心论的作用：

> 进化论之父似乎在独自坚持，生物的变化只能导致生物更适应生活环境，而不导致由结构复杂性或异质性的提高来界定的抽象、理想的进步——他绝不说高等和低等。假如我们留意达尔文的警讯，我们便会谅解当今科学家与普通人当中存在的许多迷惑和误解。因为在那些早就抛弃了进化与进步之间存在必然联系并将其视为最糟糕的人类中心论偏见的科学家中间，达尔文的观点已经取得了胜利。而许多普通人仍然将进化等同于进步，并且把人类的进化不只是看作变化，而且看作智力提高、等级提高，或还有其他一些所谓的改善。②

在他看来，达尔文所说的进化只是适应于生存环境的变化，而不是向高一级的进步，因而后进化出来的人类并不比其他生物更高等或更优越，进化论也并不意味着人类是地球生物圈乃至宇宙高高在上的中心或主宰。他明确指出：“当今，误解进化仍然是我们在地球上傲慢的一个重要因素。我们相信，我们应控制已居住在我们星球上几百万年的其他物种，而不是与它们平等相处。”③在他看来，准确理解进化论可以促使人类摒弃对待非人类自然万物的傲慢，进而与其和谐相处。

古尔德反复强调，生物进化的模式不是梯级的（后出现的物种高于先出现的物种），而是枝状的（生物起源于共同的祖先——原核生物，然后通过变异向不同方向进化），各个分枝没有高下之分；生物的变异、进化以及新物种的形成是随机的，而非预先设定的，人类的出现同样是偶然现象。他说：“我们智人并不是一开始就向着尊贵位置迈进、预定的梯状进化的产物。我们仅仅是曾经繁茂过的枝状谱系中生存下来的一个分支”④；“每个物种都是一连串偶然的产物。任何动物——人类、鱿鱼、珊瑚——都有成千上万年的历史，一直可以追溯到生命诞生之初。如果这些物种中的任何一个灭绝了，或者朝另一方向进化，最终结果就会截然不同。每一连串的巧合，都是朝着适应环境的方向发展，中间夹杂偶然事件……人类的大脑和身体并不是生物直接沿梯级路线进化而产生的不可避免的结果，而是经过了曲折漫长的道路，中间要适应的环境不尽相同，最终幸运地变得能满足如今的需要”⑤；“有意识的智能生物在地球上只出现过一次，如果人类用

---

① Gould, Stephen Jay. 1977. *Ever Since Darwin*. New York & London: W. W. Norton & Company: 36.

② Gould, Stephen Jay. 1977. *Ever Since Darwin*. New York & London: W. W. Norton & Company: 37.

③ Gould, Stephen Jay. 1977. *Ever Since Darwin*. New York & London: W. W. Norton & Company: 38.

④ Gould, Stephen Jay. 1977. *Ever Since Darwin*. New York & London: W. W. Norton & Company: 62.

⑤ Gould, Stephen Jay. 1985. *The Flamingo's Smile*. New York & London: W. W. Norton & Company: 409-410.

这样的智能把自己毁灭，就不会再次出现有智能的生物”①。这就是说，人类是进化过程的偶然产物，而非进化过程必然的最终目的和大自然高高在上的主宰，非人类自然万物并非为人类而存在，具有非凡能力的当代人绝不能为所欲为，否则人类这个物种就会永远从地球上消失。

古尔德运用科学史知识，进一步消解人类是独特的、高贵的等成见，倡导人与其他动物的统一性理念。他指出，近现代人有一个成见，那就是认为人类的残忍、攻击性、自私等恶的一面，是动物祖先那里残留下来的，人类的善良是其理性地超越动物本能的结果，是人类独特的高尚品性；实际上，动物物种内的个体之间与人类之间一样，也存在着利他行为，人和类人猿等动物之间在行为上具有连续性。他认为，20 世纪 60 年代初英国理论生物学家 W. D. 汉密尔顿提出的“亲缘选择”理论，就是对动物物种个体之间也存在利他行为的合理解释。他由此指出：“人类最基本的善良像人类的邪恶一样，可能都是‘动物性的’品性。”②他引用弗洛伊德的观点并加以引申称：

> 西格蒙德·弗洛伊德认为，我们最伟大的科学洞见的历史，是反映我们这个物种在不断退出宇宙的中心舞台，这不无讽刺意义。在哥白尼和牛顿之前，我们以为自己居住在宇宙中心。在达尔文之前，我们以为我们是仁慈的上帝创造的。在弗洛伊德之前，我们把自己想象成理性的生物（弗洛伊德的观点确实是知识史上最坦诚的观点之一）。假如亲缘选择理论导致人类从宇宙舞台中心退一步的话，我们可能会生活得更好一些，因为亲缘选择理论使我们不再认为我们应统治其他动物，而使我们认识到，我们应尊重其他动物，因为人类与其是相互联系和统一的。③

哥白尼和牛顿使人们认识到，从空间维度来看，地球乃至太阳都不是宇宙的中心，因而人类绝非处于宇宙的中心；达尔文进化论使人们认识到，从时间维度来看，人类是从自然界长期进化而来的，绝非是上帝特创的高于其他自然物的上帝的管家；弗洛伊德的理论使人们认识到，人类的前意识、潜意识和本能性的冲动对人类的行为起着重要作用，理性不是人类区别于其他动物的标志；亲缘选择理论使人们认识到，其他一些动物也有一些高尚的利他行为，而不完全是自私的。古尔德通过介绍这些科学史知识，努力消除人类和其他动物之间的鸿沟，倡导人们尊重其他动物。

古尔德强调合作与相互依存在生物生存和进化中的重要性。尽管他指出自然选择是达尔文进化论的核心，但他清醒地认识到，达尔文进化论主要阐释的是，

① Gould, Stephen Jay. 1985. *The Flamingo's Smile*. New York & London: W. W. Norton & Company: 412.

② Gould, Stephen Jay. 1977. *Ever Since Darwin*. New York & London: W. W. Norton & Company: 266.

③ Gould, Stephen Jay. 1977. *Ever Since Darwin*. New York & London: W. W. Norton & Company: 267.

生物个体与上一代相比会发生变异，能适应自然环境的变异个体才能存活下来，并通过繁殖留下后代，经过一代又一代，变异足够大的生物最终形成新的物种。因而他认为，包含着生存斗争的自然选择不全是征服或相互残杀，而是“自然中的差异繁殖成功的过程，获得优势、得以成功的途径多种多样（有时是通过支配自己的同伴，但有时是为互利而合作）”①。他转引达尔文《物种起源》里的下列一段话作为佐证：“我认为，我是在广义和隐喻意义上使用‘生存斗争’这一术语的，其含义包括一种存在物依靠另一种存在物，也包含这一过程（更为重要）：不仅是个体生命生存，而且留下后代。”②他指出，达尔文除了强调同一物种的个体之间的合作，还强调不同物种之间的相互依存现象。他引述花朵与昆虫协同进化的现象：

> 在很多情况下，花朵和昆虫的特征都十分错综复杂而又彼此适应——例如，花朵用特殊的颜色和气味来吸引昆虫，昆虫长有精巧的口器便于吸取花蜜——这样的组合已经成为协同进化，或者说是不同物种通过互动来提高适应性和多样性的典型例子。（达尔文写了一整本书来论述这个问题，用到的经典案例就是兰花和传播花粉的昆虫之间的相互适应。）因而，一个被认可的生物进化事实已经昭示，昆虫之所以如此多种多样，主要是因为显花植物种类繁多——每一种植物都促进给其传播花粉的昆虫的进化（反之亦然）。③

他认识到，“在我们的复杂世界中，事物之间是相互联系的，局部的瓦解可以产生广泛影响”④。他还讲述管须蟹与蛾螺、大颅榄树与渡渡鸟等相互依存的现象，来说明这一道理。自古以来，管须蟹一定要寄居在蛾螺壳里；在近代，由于蛾螺灭绝，管须蟹也迅速减少，并寄居在稀少的蛾螺化石中，而这些“所剩无几的生存者为了争夺最后的化石壳战斗到死”⑤。大颅榄树的种子有一个厚达半英寸的果核，果核外的果实直径达 2 英寸⑥。渡渡鸟体型很大，可吞咽森林中大颅榄树的果实，而且有很强壮的砂囊，里面有小石头，可磨碎果实粗硬的核，然后排泄到森林中，这样大颅榄树的种子才能发芽。随着渡渡鸟在 1681 年灭绝，树龄逾 300

---

① Gould, Stephen Jay. 2011. *Dinosaur in a Haystack*. Cambridge & London: The Belknap Press of Harvard University Press: 316.

② Gould, Stephen Jay. 2011. *Dinosaur in a Haystack*. Cambridge & London: The Belknap Press of Harvard University Press: 316.

③ Gould, Stephen Jay. 2011. *Dinosaur in a Haystack*. Cambridge & London: The Belknap Press of Harvard University Press: 316.

④ Gould, Stephen Jay. 1980. *The Panda's Thumb*. New York & London: W. W. Norton & Company: 283.

⑤ Gould, Stephen Jay. 1980. *The Panda's Thumb*. New York & London: W. W. Norton & Company: 280.

⑥ 1 英寸≈2.54 厘米。

年的大颅榄树濒临灭绝，原因是近300年来，没有大颅榄树的种子能够发芽。

古尔德突出生物多样性的重要性，启示人类与非人类自然万物共存共荣。他认为，“在较狭窄的专业性含义中，生态学是对生物多样性的研究”①。他指出，通过对生物如何分布的研究可知，

> 在初级生产者（利用光合作用制造自己所需要的营养，而不食用其他生物的生物）群落中，一种或少数几种物种在竞争中会占优势，并将独占这个空间。类似群落中的生物数量可能很大，但物种数量一般很少。这样，收割者在这类生态系统中会倾向于捕食数量很多的物种，由此就限制了这一物种的统治能力，从而给别的物种腾出生存空间。进化良好的收割者，会食用它们喜欢捕食的物种，但不会对这种物种斩尽杀绝（以免自己死于持久的饥饿）。一个良好的收割生态系统是混杂多样的，生物种数多，但每一种生物的数量少。②

也就是说，与其他物种共存是一种生态智慧——是生物持续良好生存的保障，生物多样性是良好的生态系统——生存环境的根本。作为一个古生物学家，他熟悉地质史上一些生物灭绝的重大影响。他从防止物种灭绝以确保生物多样性的实用价值和审美价值方面，阐述生物多样性在当代的重要意义。他举例说：“如果类蜀黍灭绝了，玉米这种最重要的作物也会处于灭绝边缘。类蜀黍是玉米的祖先，在中美和南美都有少量分布。类蜀黍和玉米杂交的后代具有遗传多样性，可抵挡枯萎病。所有物种都需要一定的多样性。还有一些审美上的原因，比如如果到处都是人、老鼠和蟑螂，那么世界看上去将是多么贫瘠凄凉啊。”③植物多样性的消失不仅危及人类赖以生存的农作物——诸如玉米的生存，而且影响人类的生存质量——影响人类的审美生存。

二、揭批人类对大自然的破坏，提倡生态环境保护

古生物学研究保存在地层中的生物遗迹和化石，以确定地层的顺序、时代，了解地壳发展的历史，推断地质史上水陆分布、气候变迁和沉积矿产形成与分布的规律。作为古生物学家，古尔德对生物灭绝现象非常敏感。在其随笔中，他揭露并谴责人类的贪婪造成了一些动物的灭绝。他写道：“渡渡鸟是大型的不能飞的鸟，貌似鸽子（重达 20 磅以上）。它曾生活在毛里求斯岛上，数量很多。自15世纪渡渡鸟被发现后的200年间，由于人类和早期船员带到毛里求斯的猪都爱

① Gould, Stephen Jay. 1977. *Ever Since Darwin*. New York & London: W. W. Norton & Company: 119.

② Gould, Stephen Jay. 1977. *Ever Since Darwin*. New York & London: W. W. Norton & Company: 123-124.

③ Gould, Stephen Jay. 1985. *The Flamingo's Smile*. New York & London: W. W. Norton & Company: 429.

吃渡渡鸟鲜美的蛋，渡渡鸟便绝灭了。”[①]他明确指出：“由于我们这个物种的贪婪，我们再也无法看到活着的渡渡鸟了，对此我感到气愤。”[②]提到美国自然历史博物馆中保存的灭绝动物的遗迹时，古尔德非常痛心地说：“这些动物本该兴旺地活着，却死于人类的贪婪掠夺。”[③]他披露，欧洲猎人贪婪地猎杀非洲的蓝色羚羊以获取其漂亮皮毛的行为，导致“蓝色羚羊刚刚进入西方科学界的视野，就立即彻底地离开了这个世界”[④]；具体情况是“欧洲旅行家和博物学家实际上自从发现蓝色羚羊的那一天起，就开始记录其衰亡。1774 年，C. P. 桑伯格（C. P. Thunberg）痛惜地指出，蓝色羚羊的减少呈迅猛之势；随后，H. 利希滕斯坦（H. Lichtenstein）报告说，最后一只蓝色公羚羊 1799 年被猎杀”[⑤]。

古尔德还揭批了人类错误引进外来物种导致生态失衡及物种灭绝。1967 年，太平洋中部的塔希提岛（Tahiti）的居民引进其喜欢食用的非洲大蜗牛（Achatina fulica），这种蜗牛在附近岛屿上迅速蔓延，到 70 年代中期，莫雷阿岛（Moorea）上的灾患尤甚——居民的住处亦滋生了大量的非洲大蜗牛。为此，该岛引进了凶猛的瑰狼蜗（Euglandina），希望它吞噬已成为灾患的非洲大蜗牛。出乎人们意料的是，瑰狼蜗并没吃非洲大蜗牛，反而大量捕杀岛上原有的温顺的树蜗牛（Partula），致使该岛上的树蜗牛于 1986 年灭绝。古尔德就此指出：“不要发出如释重负的叹息，认为我们人类这个物种无道德责任。虽然是一种蜗牛吞噬了另一种蜗牛，但却是人类有意识地，而且是冠冕堂皇地引进了杀手，这样的误判是悲剧性的，而且是不难避免的。”[⑥]他警示人们，孤立岛屿的自然生态非常脆弱，人类引进外来物种时需要格外谨慎。

古尔德认识到，除了直接猎杀，人类破坏物种的生存环境也是导致其灭绝的重要原因。他指出，大西洋中鳗草帽贝的灭绝警示人们，如果对环境的破坏持续加剧，即使是看似广阔无垠的海洋，其生态承受能力也是有限的：“大多数危机始于微不足道、几乎是难于察觉的事情……帽贝的灭绝对于人们的沾沾自喜是多么恰当的警示啊；人们没想到，由人类引起的危机的现实标志，竟然是人们想象中并不脆弱的领域中首先灭绝的物种。”[⑦]

---

① Gould, Stephen Jay. 1980. *The Panda's Thumb*. New York & London: W. W. Norton & Company: 281.

② Gould, Stephen Jay. 1980. *The Panda's Thumb*. New York & London: W. W. Norton & Company: 289.

③ Gould, Stephen Jay. 2011. *Dinosaur in a Haystack*. Cambridge & London: The Belknap Press of Harvard University Press: 273.

④ Gould, Stephen Jay. 2011. *Dinosaur in a Haystack*. Cambridge & London: The Belknap Press of Harvard University Press: 278.

⑤ Gould, Stephen Jay. 2011. *Dinosaur in a Haystack*. Cambridge & London: The Belknap Press of Harvard University Press: 276.

⑥ Gould, Stephen Jay. 1993. *Eight Little Piggies*. New York & London: W. W. Norton & Company: 25.

⑦ Gould, Stephen Jay. 1993. *Eight Little Piggies*. New York & London: W. W. Norton & Company: 60.

古尔德批判生物灭绝不可避免的论调，倡导保护物种及其生存环境。作为古生物学家，他坦承，从地质时间（geological time）维度来看，灭绝的确是所有物种的宿命，在每一次大灭绝之后，在下一地质时代，都会出现新的物种。他坦率地承认：

> 古生物学家的确论及过所有物种灭绝的必然性——但他们是着眼长时期的，而且是着眼于地质时间这类漫长的时间段。我们乐意说，所有曾经在地球上生存过的物种，99%以上迄今都灭绝了……我们因而把灭绝当作物种的正常宿命。我们的确论及过在这些灭绝之后最终又“恢复”这样的事儿。①

一些为经济发展辩护的人因而认为，任何时间段中的灭绝，甚至数年或数十年中当地生物群的灭绝，从生物学角度来看，也没什么可担忧的。对于此严重误解，古尔德批驳说：

> 从地质时间段来看，大灭绝之后物种数量会恢复的潜力，对当今的物种灭绝没有任何影响。我们目前要保护格莱汉姆山的红松鼠，并非因为我们为不包括我们人类的遥远未来的全球生态的稳定性而担忧。我们目前保护动物种群和环境，是因为我们在人类所处时间段的舒适和优雅，以及与我共享这个星球的伙伴物种的舒适和优雅，都取决于这一时间段的生态稳定。当今的物种灭绝也许不会威胁遥远的未来时代，但对由此而引起的动荡所涉及的物种却肯定不是福音。在我们人类还会继续生存的时间段，我们恰恰是将被这一动荡所波及的物种之一。宣称因为所有物种终究（从地质时间段来看）要消亡，就应听任这些红松鼠（在人类所处的时间段）灭绝，就等于说，鉴于所有人总有一天会不可避免地死去，我们就不应去救治易于治愈的患病儿童。②

他是从生态整体观的视野出发倡导生态保护的：他认识到，包括人类在内的大自然是一个相互关联的整体，保护生物及其生存环境，以确保生态整体的稳定，关系到包括人类在内的所有生物的健康生存。他把整个人类生存的时间段称为“生态时间”（ecological time）以区分于“地质时间”，目的就是强调，在人类生存的时间段，人类与生存环境——整个生物圈内的其他存在物的命运息息相关。

古尔德认为，人类应该从自己造成的物种灭绝事例中吸取教训。针对蓝色羚羊的灭绝，他写道：

---

① Gould, Stephen Jay. 1993. *Eight Little Piggies*. New York & London: W. W. Norton & Company: 46.

② Gould, Stephen Jay. 1993. *Eight Little Piggies*. New York & London: W. W. Norton & Company: 47-48.

> 蓝色羚羊几乎全部从人们记忆中（也从非洲）根除了。但是，我们仅仅是在过去一个世纪的部分时间里才知道这个物种，我们的确确保了它的一些碎片和记录。从某种意义上来说，这些碎片和记录是令人痛惜的，但从另一种意义上讲，它具有不可思议的力量。它是如此稀有珍贵，是见证加速走向灭绝的物种系列中首先绝灭的物种的唯一证据。它们在莱顿、巴黎、维也纳和斯德哥尔摩注视着我们。遭遇了灭顶之灾的四只羚羊（four antelopes of the apocalypse）标本默默地观望着，看我们将从它们的悲剧命运中明白多少。①

他告诫人们，一定要从蓝色羚羊的灭绝事件中吸取教训，竭力保护其他珍稀动物，以避免物种灭绝的悲剧重演，否则人类自己也将面临灭顶之灾，因为 apocalypse 一词有“大灾难、世界末日、启示”等意思。

古尔德强调，要保护非人类大自然，首先要培养对自然万物的关爱之心。他说：

> 不着力培养我们与大自然之间的亲和力，我们就不能赢得拯救物种和环境的战斗——因为我将不会为拯救我们不爱（仅仅在抽象意义上理解？）的东西而战斗，所以，让所有这一切继续下去——培养关爱自然的情怀的电影、书籍，电视节目，动物园，相关社区仅有半英亩②的生态保护区，小学自然课，自然博物馆的展出，甚至是（即使你从不会在那儿发现我）清晨六点钟的观鸟远足……让这一切继续下去，并扩大范围，因为我们要爱的话，必须有发自内心的接触。我们在自己的心坎上真的需要为大自然留出空间。③

他不仅认识到热爱大自然对保护大自然、消除环境危机的至关重要性，而且提出了培养对大自然的爱心的具体措施。

他还强调，人类需要对包括自己在内的生物圈负起责任。他非常清楚，恐龙在白垩纪的灭绝是由于外在因素——小行星撞击地球引发的地球环境的巨大变化，而人类的未来命运则取决于自身。他说：“智人（现代人的学名）至今才出现了 100 万年，他们未来的前景堪忧——他们在地质时间里能延续多久，由他们自己决定。”④他意识到，当今，人类所具有的非同寻常的能力未必是福音：“现在人类的自由度在加大，新东西产生的速度在加快——也许人类在加速走向地

---

① Gould, Stephen Jay. 2011. *Dinosaur in a Haystack*. Cambridge & London: The Belknap Press of Harvard University Press: 281.

② 1 英亩≈4046.86 平方米。

③ Gould, Stephen Jay. 1993. *Eight Little Piggies*. New York & London: W. W. Norton & Company: 40.

④ Gould, Stephen Jay. 2011. *Dinosaur in a Haystack*. Cambridge & London: The Belknap Press of Harvard University Press: 50.

狱”[①]。人类只不过是生命树上最晚长出（进化出）的一根小树梢，“如果出现‘核冬天’把这根树梢摧毁，或者摧毁其他相连的树梢，直到我们自己也枯萎，那么我们就永远抹去了一次独特的、未经准备的、排除千难万险脱颖而出的实验”[②]。他还说：

> 人类产生智能不是自身的原因，也不是设计者有意为之。只因为进化当中一次辉煌的意外，才有了我们这种足以影响生命史能否延续的生物。这个角色不是我们索取来的，但也摆脱不了。人类可能承担不了如此大的责任，但是甩也甩不掉。如果我们把这个角色演砸了，人类短暂的历史就会永远地从40亿年的历史长河里消失，而我们本来是有可能防止演砸的。我想不出有什么比一根树梢毁掉一棵大树更可恨的了。这棵大树比它早40亿年存在，枝枝杈杈都与它血脉相连。[③]

也就是说，人类当今具有非凡的能力，其行为将决定生物圈以及自己的命运，因而应具有高度的责任心，使生物圈和自身能够持久、健康地生存下去。

三、反对伪科学和滥用科学，力倡生态社会观及生态科技观

古尔德不仅反对人类中心论，倡导包括人类在内的自然万物的平等，作为美国少数族裔犹太人的一员，他也相当关注人间的不平等问题，反对用伪科学和通过滥用科学鼓吹男性中心论、白人中心论、西方中心论等一切形式的中心论，倡导人人平等、相互尊重、相互关爱的生态社会。他意识到，人类对非人类自然万物的压迫与人对人的压迫有着共同的思想根源——等级制及统治思维。他如此评论林奈（Carl von Linné or Carolus Linnaeus，1707—1778）对植物进行分类和命名时涉及的性别隐喻：

> 我们使用意象和类比增进对复杂而又不熟悉的主题的理解，但我们这是在把狭隘的偏见或特殊的社会等级强加给大自然。这种情况可能变成真正的隐患，甚至如此反常（就其字面意义而不是贬义来说），当我们以虚假的隐喻将人类的习俗惯例施加于自然之上时，我们也尽力证明，社会现象是自然谕旨一个不可避免的反映。
>
> 这种证据在涉及性别和种族的政治敏感领域一直很突出，统治集团

---

① Gould, Stephen Jay. 1980. *The Panda's Thumb*. New York & London: W. W. Norton & Company: 84.

② Gould, Stephen Jay. 1985. *The Flamingo's Smile*. New York & London: W. W. Norton & Company: 430.

③ Gould, Stephen Jay. 1985. *The Flamingo's Smile*. New York & London: W. W. Norton & Company: 431.

往往寻找生物学方面的理由，为它们无常而又不合理的社会地位服务。①

在古尔德看来，物种的形成无论先后，彼此之间也无等级之分，人类无论种族、性别，均无贵贱之别。他反对用不合理的社会等级制的眼光去看待非人类自然万物，也反对用自然现象去附会人类社会，以及把自然原则滥用于社会。他把将达尔文进化论的自然选择原则滥用于人类社会的现象“列成表，统称为‘社会达尔文主义’”②。

古尔德揭批了打着科学名义兜售形形色色的种族歧视和女性歧视的论调。他指出，D. G. 布林顿（D. G. Brinton）利用生物学中错误的重演论，宣扬种族主义。重演论认为，动物个体在胚胎和幼年的生长中，重复了其祖先的形态，比如，人类胚胎中的鳃裂，体现了其进化过程中经历了成体鱼阶段。布林顿由此断言：“保留更多胚胎（或）婴儿……特征的成体，无疑要比那些发育超越这些特征的人低下。按照这个标准衡量，欧洲人或白人最优越，而非洲人或黑人最低劣。”③L. 博克（L. Bolk）则利用观点与重演论相反的幼态持续论宣扬种族主义。幼态持续论认为，人类的进化过程是通过在出生后的较长时间内保留幼年阶段的特征实现的，人类是生长期较长的动物，其整个生命周期几乎有 30%的时间都在生长。博克却以此为基础做出种族主义的引申：“根据我的理论基础，毫不讳言，我们相信种族之间天生不平等……在胚胎发育中，黑人经历的阶段已经成了白人的最后阶段，假如这种老态在黑人中持续下去，那么这一转换阶段可能就是这个种族的最后阶段。其他种族都有可能会过早达到现在白人所达到的发育顶点。”④针对这两种殊途同归的种族主义谬论，古尔德挖苦道：“布林顿告诉我们，黑人是低等的，因为他们保留着幼年特征。博克则宣称，黑人是低等的，因为他们的发育超越了白种人保留的幼年特征。我真怀疑还有谁能够运用两个矛盾的论据去支持同样的观点。”⑤古尔德进一步指出，还有两个论据和幼态持续论相关，白人种族主义却故意对其视而不见。一个是“人种中最具幼年状态的并不是白种人，而是蒙古种人”⑥，另一个是“妇女在解剖结构上比男人更像孩子”⑦。若按博克对幼态持续论的“引申”，那么蒙古人种比白人更优越，女性则比男性更优越。

---

① Gould, Stephen Jay. 2011. *Dinosaur in a Haystack*. Cambridge & London: The Belknap Press of Harvard University Press: 433.

② Gould, Stephen Jay. 2011. *Dinosaur in a Haystack*. Cambridge & London: The Belknap Press of Harvard University Press: 313.

③ Gould, Stephen Jay. 1977. *Ever Since Darwin*. New York & London: W. W. Norton & Company: 214.

④ Gould, Stephen Jay. 1977. *Ever Since Darwin*. New York & London: W. W. Norton & Company: 214.

⑤ Gould, Stephen Jay. 1977. *Ever Since Darwin*. New York & London: W. W. Norton & Company: 214.

⑥ Gould, Stephen Jay. 1977. *Ever Since Darwin*. New York & London: W. W. Norton & Company: 220.

⑦ Gould, Stephen Jay. 1977. *Ever Since Darwin*. New York & London: W. W. Norton & Company: 221.

古尔德批判皮埃尔·保罗·布罗卡（Pierre Paul Broca，1824—1880）用貌似客观的“颅骨测量学”宣扬种族歧视和女性歧视。他说：“布罗卡认为，无论你喜欢还是不喜欢，女人的脑就是比男人的脑小，因此，男女智力不可能一样——这个事实可能会强化男性占主导的社会中的一种常见偏见，但它确实是科学真理。”[①]他进而指出：

> 布罗卡有关女性的论述，并不仅仅是对一个地位低下类群的偏见。要衡量他的论述，必须考虑到一种普遍性的理论，即受诋毁的不仅有女人，还有黑人和穷人。但是女人之所以受到布罗卡的论点的打击，是因为他更容易搞到女性大脑的资料。受诋毁的是女人，但她们是作为其他地位低下类群的替身受到诋毁的。布罗卡的一名追随者 1881 年就曾写道：“黑人男子的大脑还没有白人女人的大脑重呢”。[②]

古尔德认识到，种种社会不平等现象是有联系的，都是统治、压迫思维在作祟。他坚决反对用伪科学或所谓的科学方法，为所有的社会不平等开脱罪责。他强调：“从生物学角度给人类的任何类群做标记都是缺乏根据和有害的。”[③]

古尔德还批判美国 19 世纪的著名博物学家阿加西兹（Jeam L. R. Agassiz，1807—1873）打着“人种多元论”的旗帜，鼓吹种族隔离。这种理论认为，人类的每个种族都有不同的祖先，《圣经》中的亚当只是白人的祖先。古尔德揭露说，在阿加西兹看来，“教育必须考虑种族固有的能力，要训练黑人从事体力工作，教育白人从事脑力工作”[④]；“不同种族应当隔离，以免白人的优越性降低。这种隔离应自然地进行，因为黑白混血儿是一种脆弱的种类，最终将灭绝”[⑤]。这就是说，在阿加西兹眼里，无论是在体格上还是在智力上，白人天生都优于黑人，理应接受不同的教育，并从事不同的工作，白人与黑人应彻底隔离，严禁通婚。对此貌似有“科学”基础的种族隔离谬论，古尔德批驳道：“种族主义通常得到那些在公共场合侈谈客观性以掩盖其带有偏见行径的科学家的支持。阿加西兹的情况虽然发生在过去，但从中我们可以发现对这个世纪仍然有警示意义的东西。”[⑥]也就是说，阿加西兹的著名博物学家身份并不能证明，他所倚重的“人种多元论”以及他所鼓吹的种族主义论调就是正确的，即使在当今，我们也不应忘记，科学家不是在任何情况下都是客观的和正确的，因而应警惕打着科学的名义去维护不

---

① Gould, Stephen Jay. 1980. *The Panda's Thumb*. New York & London: W. W. Norton & Company: 153.

② Gould, Stephen Jay. 1980. *The Panda's Thumb*. New York & London: W. W. Norton & Company: 157-158.

③ Gould, Stephen Jay. 1980. *The Panda's Thumb*. New York & London: W. W. Norton & Company: 159.

④ Gould, Stephen Jay. 1980. *The Panda's Thumb*. New York & London: W. W. Norton & Company: 172.

⑤ Gould, Stephen Jay. 1980. *The Panda's Thumb*. New York & London: W. W. Norton & Company: 174.

⑥ Gould, Stephen Jay. 1980. *The Panda's Thumb*. New York & London: W. W. Norton & Company: 176.

公正的社会制度。1984 年，到南非这一种族隔离依然比较严重的国度参观时，古尔德说："我比以往更直接地理解，用生物学观点来看待人类是多么大的一场悲剧。这样的历史是一部分裂的历史——为了维持上层的权利和统治而设立界限和等级。"①显然，他坚决反对把肤色、体征等生物学特征作为种族压迫的依据。

随着达尔文进化论的"人类同源论"逐渐深入人心，后达尔文时代的一些人类学家又抛出了具有种族主义倾向的新谬论："人类从古代开始慢慢分化，直到现在才有了不可逾越的种族差别。虽然以前都像猴子，但是现在不一样了，不平等了。"②对此，古尔德用当代几个遗传学家以常规电泳技术研究不同人种遗传基因的差异问题所得出的结论来加以反驳。他说："人种差异其实很小。不同人群确实在少量可见特征（肤色、发式）上有明显差别——这些表象会愚弄我们，让我们以为所有差异都是巨大的。但现在我们明白'肤浅'这个词的真正含义——皮肤确实不厚，差别也有限。"③这就是说，人类不同种族从古到今都没有本质上的差异，因而应享受平等的权利，应相互尊重和关爱。他引用达尔文的观点，强调人类相互之间应承担责任："查尔斯·达尔文后来又提出了相同的人性理论，来提醒我们，我们所有人类都是血脉相连的，都应该对彼此有一种责任感——'如果穷人的悲惨不是由自然法则，而是由我们的制度引起的，那么很大部分是我们的罪过'。"④

生物学决定论者滥用遗传学，来为战争、暴力、贫富悬殊、男性特权、种族隔离等社会问题辩护，古尔德对此进行了严厉谴责。一些生物决定论者主张，在更新世，非洲生活着两种人科灵长动物祖先：一种是小型的陆生食肉类动物，进化成现在的人；另一种是大型的、大概是温顺的食草类动物，如今已经灭绝了。因而，人类天生具有攻击性和侵占性，穷人之所以穷，是因为天生智力低下。古尔德以反讽的语气揭露了这些论调的实质："把我们对战争和暴力的责任转嫁到我们假定的食肉类祖先身上，该多么叫人释然。把贫穷和饥饿归咎于那些人的自身条件，该多么令人心安——以免我们不得不归咎于我们的经济体制或我们的政府拙劣无能，责备它们无法确保所有人都过上体面生活。"⑤另一些生物决定论者认为，男性具有开拓性，女性温顺而节制，其根由是，在人类产生之初，男性长期从事狩猎活动，女性则承担哺育孩子的角色，久而久之，其后代遗传了不同的基因。古尔德指出，生物学决定论成了男性特权维护者的工具，其目的是拒斥争

---

① Gould, Stephen Jay. 1985. *The Flamingo's Smile*. New York & London: W. W. Norton & Company: 186.

② Gould, Stephen Jay. 1985. *The Flamingo's Smile*. New York & London: W. W. Norton & Company: 187-189.

③ Gould, Stephen Jay. 1985. *The Flamingo's Smile*. New York & London: W. W. Norton & Company: 196.

④ Gould, Stephen Jay. 2011. *Dinosaur in a Haystack*. Cambridge & London: The Belknap Press of Harvard University Press: 62.

⑤ Gould, Stephen Jay. 1977. *Ever Since Darwin*. New York & London: W. W. Norton & Company: 239.

取男女平等的女权运动："从男性特权维护者准备反击日益壮大的妇女运动的行动中，我们便可以感受到生物学决定论的直接影响。"①有美国学者 1969 年在《哈佛教育评论》（*Harvard Educational Review*）上发表了题为《我们能对智商和教育的成就赞美多少？》（"How much can we boost IQ and scholastic achievement?"）的文章，该文章宣称，美国白人和黑人的智商的平均差异为 15 个智商点，这种显著差异不可能是环境影响造成的，而是由智商的高遗传率所致。古尔德认为，这一观点表明，生物决定论者也成了种族主义者的帮凶，其目的是为美国当时不公正的社会经济制度开脱责任——这一观点无疑认同这样的论调：20 世纪 60 年代，美国用于改造贫穷面貌的投资计划失败的原因是，"计划所针对的人的遗传决定了他们的特性，也就是说，他们贫穷的原因在于自身"，而不需要"全社会根本的社会经济变革"②。为此，古尔德引用约翰·斯图尔特·米尔（John Stuart Mill，1806—1873）的观点，来批判生物学决定论："在所有逃避考虑社会和道德对人类心灵影响的平庸方式中，最平庸的方式是，把行为和性状的多样性归咎于遗传天性的差异。"③

古尔德明确指出，他之所以不断批判形形色色的生物学决定论，是因为它们所包含的社会及政治含义："生物决定论总是利用生物学的必然性来为社会现状辩护，从'穷者永远贫穷'，到 19 世纪的帝国主义，再到现在的性别歧视。为什么这样一系列缺乏事实支持的观念几百年来都受到当时主流媒体的关注？因为科学家们虽然出于不同的原因（通常还是善意的）提出决定论学说，但如何运用决定论却不是科学家所能控制的。"他还说："没有证据支持决定论，而且过去几百年的粗陋决定论已经被明确否定了。再者，决定论的继续流行，是那些从现状中获益的人的社会偏见在作祟。"④也就是说，生物决定论被企图维持不公平的社会现状的既得利益者利用了。

古尔德并不否认人的先天遗传的作用，但他更凸显后天努力的重要性，以及社会公平对后天努力的影响。他说：

> 我们与其他动物既相似又有区别。在不同的文化氛围中，强调这个基本真理的这一面和那一面，都能起到一定的社会作用。在达尔文时代，我们与动物相似的观点，终止了几百年来有害的迷信。现在我们可能需要强调我们作为易变动物的差异性，强调我们具有丰富的行为潜力。我

---

① Gould, Stephen Jay. 1977. *Ever Since Darwin*. New York & London: W. W. Norton & Company: 242.
② Gould, Stephen Jay. 1977. *Ever Since Darwin*. New York & London: W. W. Norton & Company: 247.
③ Gould, Stephen Jay. 1977. *Ever Since Darwin*. New York & London: W. W. Norton & Company: 247.
④ Gould, Stephen Jay. 1977. *Ever Since Darwin*. New York & London: W. W. Norton & Company: 258.

> 们的生物天性并不妨碍社会变革。[①]

在古尔德看来，人和动物的本质区别在于，人的能力和成就的大小主要取决于出生后能否发挥被遗传的潜力，而公平的社会环境对人的遗传潜力的发挥起着至关重要的作用。

需要强调的是，古尔德在倡导生态整体观和生态社会观的同时，也在倡导生态科技观。有论者指出："生态科技观是当代人辩证地看待现代科技对自然及人类正反两方面的巨大影响的结果；它主张实现科技的生态学转向——使科技由征服自然和其他人的工具，转变为既能保证自然生态共同体的健康，又能增进人与人（包括国与国）的和谐。"[②]古尔德反对一切形式的中心论，他主张，人类不能因为有了科技，有了较强的能力，就认为自己是世界的中心，就应该征服自然，同样，一部分人也不能利用科技去压迫其他人；科技只能用来增进人与自然的共存共荣，以及人与人、国与国的共存共荣。

古尔德揭露滥用科学的严重后果，反对科技成为人压迫人的工具。他认为，希特勒就是滥用了遗传学和进化生物学，并将其作为对犹太人实施大屠杀的依据之一。在希特勒看来，"雅利安民族曾一度无比伟大，但种族混合却伤了其元气。受到寄生虫式的犹太人阴险和散漫宣传的蛊惑，雅利安人丧失了对世界的统治，或至少是丧失了自己更优越的道德观"[③]。就是说，德国人的祖先雅利安人是高贵民族，与低劣民族犹太人的通婚破坏了德国人的纯正性，只有清除犹太人，才能确保德国人永远高贵和优秀的地位。古尔德指出，达尔文的自然选择理论"被误用、滥用的历史几乎同它诞生的时间一样长。打着达尔文旗号的种种冒牌货，早已被滥用者作为判别社会优劣的工具——富人优于穷人，复杂技术优于传统技术，帝国主义者优于土著居民，战胜者优于失败者"[④]。古尔德主张，人类与非人类自然万物有相似之处，也有不同之处，他反对把适用于大自然的丛林法则——自然选择理论当作普适理论，滥用于人类社会领域，从而使人间掠夺与压迫趋于合理化。

重要的是，古尔德提出了防止滥用这类科学知识的方法。他说：

> 科学家防止这类滥用的最好方法在于结合两个不同特点——警惕和谦逊。警惕在于与滥用做斗争，因为滥用会损害进化论的声誉（不用反驳给当地报纸写信的每个疯子——时间不允许这么做——但是我们应能

---

① Gould, Stephen Jay. 1977. *Ever Since Darwin*. New York & London: W. W. Norton & Company: 259.

② 张建国. 2005. 卡尔·萨根科学散文代表作的生态思想研究. 山东外语教学, 36(6): 92-98.

③ Gould, Stephen Jay. 2011. *Dinosaur in a Haystack*. Cambridge & London: The Belknap Press of Harvard University Press: 312.

④ Gould, Stephen Jay. 2011. *Dinosaur in a Haystack*. Cambridge & London: The Belknap Press of Harvard University Press: 315.

> 区分年轻的希特勒和另外的顽固分子）；谦逊在于承认科学不是，也不能从原则上为道德问题找到答案。①

也就是说，科学家一方面要时刻准备与滥用进化论、遗传学等行为做斗争，另一方面要认识到只有科学是不够的。为此，古尔德提出，除了科学，人类还应把握“普世社会最深层的真正意义”，其核心是——所有人要团结。他说：

> 达尔文的灵魂伴侣，即与他同一天出生的伟大美国人林肯，1861 年 3 月在首次就任总统的著名演讲中，仍然希望他的国家当时能避免内战的恐怖，当时，他说过同样的话。林肯要求我们记住南方和北方以前的团结，并且把我们人性高尚的一面用于团结，以免毁灭。让我们将林肯的希望延伸到人类所有的个体身上吧。②

在古尔德看来，科学是中性的，它产生何种结果，主要取决于人类基于社会价值和伦理价值所做的选择：“人类的选择，而非科学固有的内容，决定着结果——因而，科学家作为人类，有责任提供基于其专长的忠告。科学的内容只能促进或强化基于我们的社会价值和伦理价值所做出的选择。”③因而，在他看来，科学要与高尚的价值观相结合，以便建立一个和谐共荣的生态社会。

古尔德在揭露科学被误用和滥用的同时，充分肯定其正面作用，他希望发挥科技的正面作用，增进人与自然和谐、人与人（包括国与国）的团结共荣。他认为，科学可使人摆脱人类中心论：

> 每一项重大的科学成就，都做出过本质上的贡献，使我们摆脱对我们自己的宇宙重要性的信奉。天文学认定，我们的家园只是缩在由上亿颗星星组成的银河系角落的一颗小小行星；生物学把我们从作为上帝凭想象创造出的尤物位置上赶了下来；地质学使我们认识到地球历史的漫长，并且告诉我们，我们这个物种占据地球的时间很短。④

这三门科学分别使人们认识到：人类居住的地球不是宇宙的中心，人类不是上帝特创的自然万物尊贵的中心，人类是较晚进化出来的，《圣经》宣扬的神创论是完全错误的——人不是上帝特意创造出来以管理地球上的动物的。他还认为，“核

---

① Gould, Stephen Jay. 2011. *Dinosaur in a Haystack*. Cambridge & London: The Belknap Press of Harvard University Press: 318.

② Gould, Stephen Jay. 2011. *Dinosaur in a Haystack*. Cambridge & London: The Belknap Press of Harvard University Press: 318.

③ 参阅：York, Richard and Brett Clark. 2011. *The Science and Humanism of Stephen Jay Gould*. New York: Monthly Review Press: 184.

④ Gould, Stephen Jay. 1977. *Ever Since Darwin*. New York & London: W. W. Norton & Company: 147.

冬天”理论使人认识到核战争的灾难性危害，及其对气候的长期影响：“‘核冬天’一旦降临，不仅会消灭大量的人类，带来巨大的灾难，而且会带来不可逆转的动植物灭亡”[①]；“‘核冬天’一说，就像尘埃一样，传遍了全球，让人类更加团结一些，共同对抗危机——因为地球就像一个有机体，有它自己的延续性，可以把受到的毁损分担给各个部分”[②]。而进化论则可以使人类认识到人类与猿猴的亲缘关系，从而令其关爱其他生物：“当我们真正意识到我们彼此和每个人都只是猴子的‘叔叔’时，我们也许会更轻松、更加开朗、更加坚决地去为地球上其余同胞的生命做一点儿贡献。”[③]由此，他指出了他从事的古生物学研究对生态保护的重大意义：“一想到恐龙灭绝的双重意义——既促成人类的产生，又直接启发人类提出‘核冬天’理论，反思自己的生存问题，消除脆弱的生命之树产生以来所面临的由其本身引发的最大威胁——就令人觉得充满希望。”[④]

第二节　古尔德科学随笔的艺术风格

古尔德科学随笔在美国散文史上具有重要地位，除本书引论中提及的《科学散文精品》和《牛津现代科学散文集》外，吉尔伯特·H. 马勒（Gilbert H. Muller）编纂的《现代主要随笔作家文选》（*Major Modern Essayists*，1991）和乔伊斯·C. 奥茨（Joyce C. Oates）编纂的《20 世纪美国最佳随笔集》（*The Best American Essays of the Century*，2000）也收录了其随笔。古尔德科学随笔达到了很高的艺术水准。下面从题材、行文结构、语言风格、统合能力四个方面审视其随笔的艺术风格。

第一，在题材方面，由于古尔德出生于大都市纽约，是一位古生物学家，认可达尔文进化论，认为存在于人类社会文化中的科学并非完全客观，其随笔在题材方面涉及的大都是与进化论有关的科学知识、社会问题乃至文学艺术问题。他认为，自然志中包含着人文因素，因而他把自然志称为“人文自然志”（humanistic natural history）[⑤]。而且，他认为，自然志有两个传统：一个是从圣方济各（St. Francis）、梭罗、威廉·亨利·赫德森（William Henry Hudson）到洛伦·艾斯利的传统，侧重抒情地描写和赞颂自然美；另一个是从亚里士多德、伽利略、T. H. 赫胥黎到彼得·布莱恩·梅达沃（Peter Brian Medawar）的传统，乐于述说有关自然的原理和知识。他坦言，他自己无疑属于伽利略传统的作家，主要原因之一是，

① Gould, Stephen Jay. 1985. *The Flamingo's Smile*. New York & London: W. W. Norton & Company: 429.

② Gould, Stephen Jay. 1985. *The Flamingo's Smile*. New York & London: W. W. Norton & Company: 433.

③ Gould, Stephen Jay. 2011. *Dinosaur in a Haystack*. Cambridge & London: The Belknap Press of Harvard University Press: 400.

④ Gould, Stephen Jay. 1985. *The Flamingo's Smile*. New York & London: W. W. Norton & Company: 435.

⑤ Gould, Stephen Jay. 1991. *Bully for Brontosaurus*. New York & London: W. W. Norton & Company: 12.

他生长于大都市，日常接触的主要是人和人文景观，因而，他并非对自然美不敏感，而是他的兴奋点主要集中在大自然进化出的一个分支——人类的奇妙作品上，其中最卓越的作品是人类“努力认识自然的历史”；他“热爱大自然，主要是因为，她为能够好奇地进行沉思的第一个器官大脑，提供许多谜题和智力乐趣”[①]。这样，他的随笔选用的题材主要有：包括人类在内的生物及其进化过程中能引发人们思索的种种奇异现象，科学史上，尤其是生物学研究史上令人惊奇的故事，包括成功、失败或缺乏诚信的故事，人们对科学知识尤其是生物学知识的误用或滥用，生物灭绝现象与环境保护，科学与文学艺术、政治、社会的关系，以及天文现象和地质故事等。他选用题材的条件是，这些细节、现象或故事既可以使普通读者感到惊奇、有吸引力、有趣或愉悦，又可以对他们有所启迪。

第二，在行文结构方面，古尔德科学随笔通常从一些平凡而奇妙的事情谈起，通过联想，用相关的事例和知识进行说明和阐发，最后形成独到、有启迪意义的概括性看法（generality）。以《鼎盛时期的恐龙》为例，其中有关最抽象问题的高度概括性随笔，也以令读者感兴趣的内容开头。第 16 篇随笔《左旋螺壳与右向思维》（“Left snails and right minds”）探究的是 18 世纪之前的相关论著的螺壳插图中的螺纹旋转方向违背事实的原因，开头引用英国浪漫主义诗人威廉·布莱克《老虎赞美诗》（“The Tiger”）中的两行诗——“什么样不朽的手或眼/能塑造可怕的对称？”——然后开始谈论生物形状的对称现象，以及人们对不对称现象的关注。第 21 篇随笔《遭遇灭顶之灾的蓝色羚羊》（“The antelopes of the apocalypse”）探讨了蓝色羚羊灭绝的原因，开头先说美国第一任总统乔治·华盛顿的去世日期 1799 年 12 月 14 日距 1800 年不足 3 星期，由此联想到令人更为心酸的事件——最后一只蓝色羚羊在 1799 年最后一天被猎杀。第 24 篇随笔《最残忍的种族灭绝》（“The most unkindest cut of all”），揭批希特勒等纳粹分子对达尔文进化论的滥用，其开头更是别出心裁：把第二次世界大战中决定大规模屠杀犹太人的“万湖会议”的会议纪要中的一段文字留出 4 个空，让读者做填空游戏，然后给出答案——第 1 个空应填的是 1942 年 1 月 20 日召开的万湖会议，其他 3 个空应填的都是纳粹头子海因里希·希姆莱（Heinrich Himmler）的名字；此外还说出纪要作者、另一个纳粹头子的名字——阿道夫·艾希曼（Aldof Eichmann）。

古尔德的随笔不仅开头有吸引力，而且主体部分也用独特的方式把能联想到的相关有趣细节（particulars/details）串联起来，作为真正有益的例证，最终自然地形成有启发性的概括性看法。他常用的一种策略，是把大众不熟悉的或者熟知的细节与一般被认为不相关的其他话题并置，从而把这些细节置于新的语境中进

① Gould, Stephen Jay. 1991. *Bully for Brontosaurus*. New York & London: W. W. Norton & Company: 13.

行审视。其中，他最常用的方式是把两个人物或事件并置，以进行比较或对比。《鼎盛时期的恐龙》中的第 32 篇随笔《对大自然的第一次揭示》（“The first unmasking of nature”）开头写的是，瑞典 50 克朗纸币的正反两面，分别印刷着该国享有世界声誉的生物学家林奈和国王古斯塔夫三世的头像，因而引发作者对二人关系的探究。该篇随笔的主体部分述说了两人的联系及不同命运。“他们的个人联系不是很亲密，但彼此崇敬和欣赏对方”[①]；1778 年，林奈在中风四年后去世，他在有生之年通过创立动植物双名命名法等，破除了以人类为中心的思维和生物分类法，第一次揭示了大自然的秘密，而古斯塔夫三世 1792 年在一次假面舞会上，被反对改革的贵族阴谋集团枪杀。作者在该篇随笔结尾处写道，第二个揭示大自然秘密的人是达尔文，其成果的发布与林奈产生了联系：1858 年，在伦敦收藏有林奈标本的林奈学会的会议室里，达尔文优先发现而华莱士也有所贡献的基于自然选择的生物进化论发布；此后，达尔文和华莱士的联合论文发表在伦敦林奈学会汇编的 1858 年的年鉴中。最后，古尔德引用《圣经 · 赞美诗》中的诗句，表达了写这篇随笔的总体启示意义：“看！兄弟们团结在一起，多么好，多么使人开心啊！”[②]

古尔德科学随笔行文结构的另一策略是向深处挖掘，具体来说有两种方式：一种是赋予旧的话题以新的或有很大不同的阐释。《自达尔文以来》的第 6 篇随笔《人类的枝状进化与梯状进化》（“Bushes and ladders in human evolution”），运用古生物学的证据，阐述了作者对生物进化的新理解：进化不是梯状进化，而是枝状进化，进化并不意味着进步；人类并不是一开始就向着更高位置迈进的、预定梯状进化的产物，而仅仅是曾经繁茂的人科枝状谱系中一个幸存下来的分枝。另一种是运用前人未用过的有趣材料，去阐发大而泛的议题。《火烈鸟的微笑》中第 28 篇随笔《性、毒品、灾难与恐龙灭绝》（“Sex, drugs, disasters, and the extinction of dinosaurs”），通过审视有关恐龙灭绝原因的三种假说——精囊停止产生精子以致不育、食用有毒被子植物中毒，以及大彗星或小行星撞击地球引发环境灾难——指出灾难假说才是真正的科学，其他两种假说则是无聊的猜测，以此来阐明什么是真正的科学：“科学的最基本定义是一种富有成效的探索方式，而不是一系列诱人的结论”；“科学包含了一连串可验证的假说……最好的科学假说是内涵丰富、可以拓展的——对邻近问题，甚至对冷僻学科都有迁移和启发作用”[③]。

---

① Gould, Stephen Jay. 2011. *Dinosaur in a Haystack*. Cambridge & London: The Belknap Press of Harvard University Press: 415.

② Gould, Stephen Jay. 2011. *Dinosaur in a Haystack*. Cambridge & London: The Belknap Press of Harvard University Press: 426.

③ Gould, Stephen Jay. 1985. *The Flamingo's Smile*. New York & London: W. W. Norton & Company: 417-418.

第三，在语言风格方面，古尔德随笔能用平易、清晰的话语，讲清比较深奥的科学知识。在《火烈鸟的微笑》的前言中，他就开始为科学散文正名，此后，他数次强调这一立场。他说：

> 在大多数欧洲国家，向大众传递科学知识一直被视为人文主义的一部分，被视为声誉卓著的智力传统……但在美国，人们把这一可敬的活动与报刊文章最低劣的写作特征混为一谈，"普及"（popularization）在某些意义上成了差、过分简单化、微不足道、廉价、低劣等词的同义词。在写这些随笔时，我遵从一个基本原则——绝不做任何妥协。我通过解释或剔除专业术语，使作品语言平易近人，但我不会简化相关概念。①

这就是说，他的科学随笔在深度和原创性方面不亚于他的相关学术论文。他常常用随笔形式首次表述他的原创性发现或与众不同的阐释。他说，他不认为他的专业论文和通俗作品之间有任何差异，他的"通俗"随笔"既面向专业人士，又面向外行读者；顺便说一下，这是科学散文的传统，从伽利略到达尔文都是如此，尽管这一传统当今实际上已经不复存在"②。在《火烈鸟的微笑》的第 17 篇随笔《类人猿展览》（"To show an ape"）中，古尔德讲述了自己的一个学术研究过程及其新发现：他认为，爱德华·泰森（Edward Tyson）不是进化论的一个先驱，不具有开拓性，而是生物链理论的一个支持者，是保守分子。在第 22 篇随笔《汉娜·威斯特的左肩和自然选择的起源》（"Hannah West's left shoulder and the origin of natural selection"）中，古尔德述说了他的另一项研究的过程及其与众不同的观点：威廉·查尔斯·韦尔斯（William Charles Wells）对自然选择的表述与达尔文所论述的自然选择的含义有所不同。古尔德不把自己视为高高在上的专家，而"一直把自己视为凡夫俗子"③。在第一部随笔集《自达尔文以来》的前言中，他就谦虚地说，自己"不是博学之人，而是贩夫走卒"④。相反，他把普通读者看作平等的朋友，相信他们的理解能力，认为他们是"聪颖的外行"⑤。

第四，古尔德科学随笔的最后一个特色，是融生动有趣的科学知识和社会文化因素、有启迪性的深刻识见以及自己的个性于一体。

首先，古尔德打通了科学和社会文化之间的壁垒。他认为，科学产生于特定

---

① Gould, Stephen Jay. 1985. *The Flamingo's Smile*. New York & London: W. W. Norton & Company: 16.

② Gould, Stephen Jay. 2011. *Dinosaur in a Haystack*. Cambridge & London: The Belknap Press of Harvard University Press: xiv.

③ Gould, Stephen Jay. 2011. *Dinosaur in a Haystack*. Cambridge & London: The Belknap Press of Harvard University Press: ix.

④ Gould, Stephen Jay. 1977. *Ever Since Darwin*. New York & London: W. W. Norton & Company: 14.

⑤ Gould, Stephen Jay. 2011. *I Have Landed*. Cambridge & London: The Belknap Press of Harvard University Press: 9.

的社会、历史和文化之中，会受到这些因素的影响，并非像有些人宣称的那样是完全客观的。有论者指出："使古尔德与科学界的大部分人截然不同以及使其作品如此平易近人的部分原因在于，他坚持认为，科学寓于文化之中"；"他为打破科学家与普通读者、科学与社会之间的界限做出了贡献"①。他的一些随笔揭示了进化论的种种社会文化意义，以及一些人对进化论等科学理论和知识的滥用或误用；另一些随笔讲述了相关科学家或成功或失败的研究发现过程及其历史局限性。他自称为"人文博物学家"，既挚爱大自然，更痴迷于"人类如何学会研究和理解大自然的历史过程"②。

其次，古尔德科学随笔注重在传递具体而有趣的科学和人文信息的同时，自然地传递有启发性的概括性看法。像刘易斯·托马斯一样，古尔德对作为一种文学体裁的随笔的创立者蒙田赞誉有加——他尤其称赞蒙田的观点：随笔的决定性因素是写"（包含深意的）平凡事情"③。"平凡事情"就是他所说的"细节"，"深意"就是他所说的"概括性看法"。他强调，"这两者的结合就是以蒙田原创性的和标志性的策略去创作优秀随笔的秘诀，具体地说，就是融迷人的细节和有启发性的概括性看法于一体，叙述时再烙上作者个人的印记"④。显然，这里已包含古尔德随笔创作注重的第三个要素——融入他自己的个性。他指出，如果历史因素对科学研究有重要影响，科学不能被简单地视为机器人似的客观实验，"那么科学与文化和个性的相互作用就绝不仅仅是坏事，而是创造力的催化剂和理解力的关键"⑤。他还说："近500年的传统，已经把随笔确认为（实际上已明确地定义为）这样一种体裁：耽于写个人的沉思和体验，这类个人特色被视为探讨一般性或普适性大问题的雅致许可证，或至少是吸引读者的策略。"⑥在他看来，在随笔中融入自己的个性，即使就普通话题，也能写出新意，或即使审视老问题，也能获得独到洞见。古尔德随笔的个性特色表现在，他在这些作品中袒露了他的感情和偏好。其感情主要体现为述说醉人的科学事实和有趣理论时的兴奋、对滥用科学的愤恨、对误用科学的哀叹等。其偏好主要有两种，而且在前文已简述过：一是努力用平易的语言去表述与专业文章具有同等深度的概念；二是融科学、社

---

① Muller, Gilbert H. 1991. *Major Modern Essayists*. Englewood Cliff: Prentic-Hall, Inc.: 362.

② Gould, Stephen Jay. 2011. *Leonardo's Mountain of Clams and the Diet of Worms*. Cambridge & London: The Belknap Press of Harvard University Press: 5.

③ Gould, Stephen Jay. 2011. *Dinosaur in a Haystack*. Cambridge & London: The Belknap Press of Harvard University Press: ix.

④ Gould, Stephen Jay. 2011. *Dinosaur in a Haystack*. Cambridge & London: The Belknap Press of Harvard University Press: xi.

⑤ Gould, Stephen Jay. 1985. *The Flamingo's Smile*. New York & London: W. W. Norton & Company: 19.

⑥ Gould, Stephen Jay. 2011. *Dinosaur in a Haystack*. Cambridge & London: The Belknap Press of Harvard University Press: 2.

会文化和历史于一体，把自己的人文和科学史兴趣化为友好的桥梁，让普通读者循此走进科学殿堂。

小　　结

古尔德上述 5 部科学随笔集中蕴含着明显的生态意识。古尔德通过阐释和捍卫达尔文进化论，消解形形色色的人类中心论，倡导生态整体观：他强调，进化是实实在在的过程，进化论颠覆了人类神创论或优越论，消除了人和自然的分离；进化不是进步，人不是进化的必然产物和最终目的，进化不是梯级的，而是枝状的；人类和其他动物之间具有统一性，合作共生、相互依存及多样性对物种的进化和生存具有重要意义。他揭露人类由于贪婪和无知导致物种灭绝的行径，批判生物灭绝不可避免论，力倡生态环境保护。他认为，人类应培养对非自然万物的关爱之心，对其要有责任心。他反对用伪科学和通过滥用科学鼓吹男性中心论、白人中心论、西方中心论等一切形式的中心论，倡导人人平等、相互尊重和关爱的生态社会；同时，他也在倡导生态科技观——他不仅主张一部分人不能利用科技去压迫其他人，而且主张人类不能因为有了科技，就认为自己是世界的中心，就应该征服自然，相反，科技只能用来增进人与自然的共存共荣，以及人与人、国与国的共存共荣。这些生态意识对我国当前的生态文明建设具有重要启示意义。

从艺术特色角度来看，古尔德科学随笔在题材方面涉及的，大都是与进化论有关的科学知识、社会问题乃至文学艺术问题；在行文结构方面，通常从一些平凡而奇妙的事情谈起，通过横向并置和纵向深挖等方式，用相关的事例和知识进行说明和阐发，最后形成独到的、有启迪意义的概括性看法；在语言风格上，力求用平易、清晰的话语，讲清比较深奥的科学知识；此外，其随笔融生动有趣的科学知识和社会文化因素、有启迪性的深刻识见以及自己的个性于一体。可以说，古尔德科学随笔进一步拓展了随笔这一西方文学古老文学体裁的题材范围，丰富了其结构模式，增进了平易的文学语言展演科学的能力，强化了科学随笔融真（包含广而深的科学知识）、善（具人文情怀，有启迪意义）、美（引人入胜，强调创新型的个人风格）于一体的文学随笔特质。古尔德在科学随笔创作上的大胆创新以及基于自己的创作实践的不断反思，对我国方兴未艾的科学散文创作无疑具有借鉴意义。

第八章
科学新闻记者展演进化生态学的重大意义

1995 年，美国图书最高奖普利策奖的非虚构作品奖被授给了乔纳森·韦纳（1953—）的《雀鸟之喙》（1994）。韦纳是美国著名的科学新闻记者和科学散文作家，曾任美国《科学》杂志的编辑。《雀鸟之喙》获得了许多赞誉。《科学》杂志的评语是："——明智，渊博……韦纳的作品极具魅力，恰切地揭示了达尔文大大低估了的进化理念的力量。"[①]英国《自然》杂志刊登的评语是："一流作品……它是我多年来读到的最佳科学散文作品之一。"[①]美国著名生态批评家《自然的终结》（*The End of Nature*）一书的作者比尔·麦吉本（Bill McKibben）指出："这部卓越的作品将彻底改变你对自然节奏的感受——你一旦读了韦纳雅致、迷人的描述，就会觉得世界变动不居、流丽多彩、生机勃勃。"[②]

1953 年，韦纳出生于纽约市。1976 年，他毕业于哈佛大学。他曾在普林斯顿大学、亚利桑那州立大学、洛克菲勒大学任教；现为哥伦比亚大学新闻研究生院医学暨科学新闻教授，讲授科学及医学写作课。《雀鸟之喙》1995 年获普利策奖之前，在 1994 年还荣获了"洛杉矶时报图书奖"。1999 年，他的另一部科学报告文学《时间，爱，记忆：一位伟大生物学家及其行为之源探寻》（*Time, Love, Memory: A Great Biologist and His Quest for the Origins of Behavior*，1999）荣获美国"全国图书评论界奖"的非虚构作品奖。2010 年，他的作品《渴望永生：探索长生不老途径的奇异科学》（*Long for This World: The Strange Science of Immortality*，2010）被《纽约时报》列入"2010 年度百部名书"（100 Notable Books of 2010）中。此外，他的作品还有《行星地球》（*Planet Earth*，1986，一译为《地球的奥秘》）、《未来百年：影响地球的未来命运》（*The Next One Hundred Years: Shaping the Fate of Our Living Earth*，1990）和《他兄弟的监护人：和医学相关的

① Weiner, Jonathan. 1994. *The Beak of the Finch: A Story of Evolution in Our Time*. New York: Vintage Books: I.

② Weiner, Jonathan. 1994. *The Beak of the Finch: A Story of Evolution in Our Time*. New York: Vintage Books: II.

故事》（*His Brother's Keeper: A Story from the Edge of Medicine*，2004）。

《雀鸟之喙》是韦纳的代表作，已成为美国科学散文的经典，而且蕴含着明显的生态意识。但迄今为止，国外很少有人，国内也尚未有人从生态批评的角度研究这部作品。因而，本章拟探讨该部作品的生态意蕴和艺术成就。

《雀鸟之喙》的副标题是"我们时代的进化故事"，该作品由三部分组成，共20章，外加"尾声"。它以"既像侦探小说又像探险故事"的"神奇""迷人"结构，以"清晰易懂""抒情诗般"的语言①，描述了普林斯顿大学的生态学与进化生物学教授彼得·格兰特（Peter Grant）与罗丝玛丽·格兰特（Rosemary Grant）夫妇的雀鸟研究团队20年的科研历程。为了佐证进化生态观，作者韦纳还插叙了其他生物学家相关研究的过程及成果。同时，作者还不时加入自己对进化生态理念的评说。

为了写《雀鸟之喙》，韦纳多次采访格兰特教授及其研究团队的成员，查阅了他们撰写的科学报告，包括150多种科研论文和几种专著。此外，他还收集了其他目击者撰写的进化报告——论文和专著多达2000多种。他共采访了80多位生物学家，并亲自前往格兰特教授团队的野外研究基地——遥远的加拉帕格斯群岛的达芬·梅杰岛考察。他还借阅了其他人写的有关达芬·梅杰岛的回忆录。该作品初稿写成后，包括格兰特教授夫妇在内的多位相关专家校阅了其中的科研数据和历史数据。因而，该作品的描述既充满诗意，又力求精确。

第一节 乔纳森·韦纳《雀鸟之喙》的生态意蕴

一、展演进化生态学的基本理念，消解人类中心主义

生态学自诞生之日起，就与进化论结下了不解之缘。达尔文1859年出版《物种起源》一书，正式提出生物进化论，这一理论的核心理念是，在自然环境（包括物质环境和其他生物）发生变化或产生压力的情况下，能够适应的生物得以生存，生存下来的生物与环境相适应的特征通过一代代的遗传逐渐强化，使种群发生显著的进化，最终导致新物种产生。德国生物学家海克尔（Ernst Haeckel，1834—1919）在达尔文的影响下，创制了"生态学"一词，并提出相关理念。他在1866年给生态学下的定义是："生态学研究达尔文所说的生存斗争条件之类的所有相互关系。"②生态学家皮特鲁塞韦茨（Petrusewicz）1959年"曾写过《达

① Weiner, Jonathan. 1994. *The Beak of the Finch: A Story of Evolution in Our Time*. New York: Vintage Books: I-II.

② 参阅：Keller, David R. and Frank B. Colley. 2009. *The Philosophy of Ecology: From Science to Synthesis*. Athens and London: The University of Georgia Press: 243.

尔文进化论是一种生态理论》一书，强调进化在本质上是一种生态过程"[1]。著名进化生态学家奥里安（Orian）认为："进化生态学就是研究生态适应的原因，进化看起来是目前生态学唯一的真正理论。"[2]可见，达尔文进化论与生态理念是一致的，它实际上是进化生态学的先声和进化生态理念的基础。更为重要的是，达尔文进化论在西方思想界引发了一场革命，具有重要的生态哲学意义。进化论意味着，各种生物并不像西方人长期信仰的那样，是由上帝创造的，而是经过自然环境的长期作用，逐渐进化来的；人类不是上帝特创的高高在上的万物主宰，而是像其他物种一样，从最基本的生命体进化而来，是生物大家庭中的普通一员。可以说，达尔文揭穿了人类中心主义者所宣扬的人类独特性的论调，首次动摇了人类中心主义的根基。

然而，达尔文对进化论的阐述存在着明显乃至严重的缺陷。其进化论的核心，是强调"自然选择"对生物进化的决定性作用，但是，正如《雀鸟之喙》所指出的，达尔文的《物种起源》"没有描述任何特定物种的起源，或任何特定物种的自然选择，也没有讲述任何特定物种的优选种群如何在竞争中生存"，"达尔文从没亲眼见过物种的进化过程"[3]。达尔文对自然选择导致进化的论证，主要是基于养殖动物的饲养员在育种过程中对动物进行人工选择的类比，以及自己对现存动物与出土的类似动物化石的进化关系的推断。因此，生物进化论自从提出以来，不仅饱受生物"神创论者"及保守思想家的嘲弄和攻击，而且也频遭崇尚实证主义的科学界的质疑和非难，他们的致命武器是要求达尔文拿出进化的证据来。在这种严峻情况下，从 1973 年开始，富有使命感的格兰特夫妇不畏艰辛，年复一年地带领学生来到达尔文最初获得进化论灵感的地方——加拉帕格斯群岛，并在达芬·梅杰岛上进行观察、测量，然后带着收集的数据回普林斯顿大学进行分析研究。经过 20 年的持续观察和分析研究，格兰特夫妇的雀鸟研究团队终于拿到了活生生的进化证据，证明了达尔文进化论是正确的。韦纳的《雀鸟之喙》就是对此漫长科研历程的详细描述。这一描述形象地展演了进化生态学的基本理念，捍卫了达尔文进化论，从独特的角度重新消解了人类中心主义。

格兰特夫妇主要研究达芬·梅杰岛上的大、中、小三种地雀。自然环境对三种地雀的生存和形态变异的影响，在极端的气象条件下表现得最为明显。1977 年是达芬·梅杰岛最为干旱的年份，全年滴雨未下。格兰特夫妇观察到，各种植物都不能开花结出新种子，三种地雀不得不寻觅 1976 年产出的、被其他鸟类吃剩下的大而硬的种子——蒺藜。饥饿致死对岛上只能吃软小种子的小地雀打击最大，对喙较大的地雀的打击最温和：中地雀的数量下降了 85%，小地雀的数量下降了

---

① 王智翔. 1989. 进化生态学的产生与发展. 生态学杂志, (6): 52-55.

② 参阅：王崇云. 2008. 进化生态学. 北京：高等教育出版社: 3.

③ Weiner, Jonathan. 1994. *The Beak of the Finch: A Story of Evolution in Our Time.* New York: Vintage Books: 6.

90%以上。生存下来的中地雀种群的喙的平均大小，比 1976 年的中地雀种群的喙的平均大小大出 5.6%。然后，通过遗传，下一代地雀的喙有增大的趋势[①]。

然而，比较干旱的年份不会永久持续下去。在雀鸟观察队的焦急等待中，1982 年末，达芬・梅杰岛一带出现了

多年不遇的最大降雨量。岛上的植物生长茂盛，到 1983 年 6 月，植物种子的数量几乎是前一年的 12 倍，其中软小的种子占多数，因为多雨适合较小植株的生长。结果，雀鸟数量迅猛增长，而且，“自然选择在相反的方向上起了作用。身大喙大的雀鸟在消亡，身小喙小的雀鸟兴旺发达了起来”[②]。原因是，大地雀和喙较大的中地雀啄食小种子时比较笨拙，而喙小的小地雀较适合啄食小种子。在一般情况下，大、中、小三种地雀之间极少交配，但在雨量大、生存条件较易的情况下，偶有中地雀与小地雀交配，甚至与仙人掌地雀交配。这表明，大、中、小三种地雀，乃至仙人掌地雀，并非完全独立的物种，而是正在形成中的物种，因为生殖隔离（在自然条件下互不交配）是区分不同物种的主要标志。总之，多雨的自然条件使雀鸟的喙向小的方向变异。

达芬・梅杰岛上多雨年份之后又是数年干旱。岛上“久旱逢雨”式的气候，决定了地雀的喙既不会一直向大的方向进化，也不会一直向小的方向进化，三种地雀更不会因个别个体的杂交而出现融合现象，而是呈现分化的大趋势。地雀之喙的差异，使地雀在岛上经常出现长期干旱的自然环境的生存压力下，在寻觅极其有限的食物时的无声生存竞争中占据优势。彼得・格兰特在上述观测的基础上认为，聚集在同一岛上的地雀为觅食而进行的无声的生存竞争，“迫使其后代出现分化……竞争使雀鸟向新物种的产生迈进了一两步”[③]。在韦纳看来，格兰特夫妇的雀鸟研究团队所观测到的“活生生的”进化生态过程是：达芬・梅杰岛“久旱逢雨”式的自然环境不断引发生存竞争（自然选择）——喙能适应相应环境的地雀幸存下来（适者生存）——适应环境的形体特征不断遗传，导致越来越明显的趋异进化——出现新物种；而且，这一过程即是捍卫达尔文进化论的有力证据。

需要强调的是，达尔文是“在过去两二个世纪的生态学历史上独一无二的最重要的人物，没有另外一个人像他那样‘对西方人的自然观念有着那样大的普遍影响’”[④]；而“1993 年的一次民意测验表明，将近半数的美国公民不相信进化论，而相信现在的生命形式是上帝在 1 万年前创造的”[⑤]。因而，1994 年韦纳的

① 参阅：Weiner, Jonathan. 1994. *The Beak of the Finch: A Story of Evolution in Our Time*. New York: Vintage Books: 77-78.

② Weiner, Jonathan. 1994. *The Beak of the Finch: A Story of Evolution in Our Time*. New York: Vintage Books: 104.

③ Weiner, Jonathan. 1994. *The Beak of the Finch: A Story of Evolution in Our Time*. New York: Vintage Books: 156.

④ 唐纳德・沃斯特. 1999. 自然的经济体系——生态思想史. 侯文蕙，译. 北京：商务印书馆: 145.

⑤ Weiner, Jonathan. 1994. *The Beak of the Finch: A Story of Evolution in Our Time*. New York: Vintage Books: 295-297.

《雀鸟之喙》的出版具有重要意义，它通过生动、翔实的描述，使进化生态学家格兰特夫妇的雀鸟研究团队20年辛勤努力的科研成果——“活生生的”进化证据以及相应的进化生态理念，深入人心，走向大众，使达尔文的进化生态思想再次焕发青春。也就是说，该作品从一个独特的角度——通过展演进化生态学家的最新科研成果，在达尔文首次撼动人类中心主义的基础上，重新消解了人类中心主义，使大众清醒地认识到人类自己的本源，及其在生物圈中所处的位置：人类与其他物种一样，是从原初的生命体进化而来，是生物圈生态共同体的普通一员。

二、揭批人类对进化知识的滥用

韦纳在展演达芬·梅杰岛上大、中、小三种地雀进化过程的生态机制时，除了描述当地的气候条件等自然环境因素的影响外，还揭示了人类活动对生物的生存环境和进化进程的影响。他叙述说，根据格兰特夫妇的观察，圣十字岛的阿约拉港由于人类定居，具有比较丰富的水和食物，使周围的雀鸟大量繁殖，生存竞争的强度减弱，结果导致了类似1982年该区域的大量降雨产生的效果：雀鸟种群增大，而且杂交雀鸟增多。在无人定居的岛屿，多雨后的连年干旱可使有融合趋势的地雀再度出现分化，但人类改变自然环境造成的地雀融合趋势却不会逆转。格兰特推测，在圣十字岛，“人类能破坏雀鸟分化与融合的均衡”①。这表明，作为生物进化历程和生物圈居民中的后来者，人类即使是在无意中改变了原有的生存环境，也会影响现存生物正常的趋于分化的进化过程。

韦纳认识到，人类这一后来者的一些无意的行动，也能导致不少物种的灭绝。他举的例子之一是加拉帕格斯群岛上超大雀鸟的灭绝。他写道：“人类的到来给当地生态带来了冲击。基本可以断定，岛上修建的殖民地监狱是超大雀鸟灭绝的原因。”②他阐释说，300多名厄瓜多尔流放囚徒被迫在岛上开荒种地，他们带来了牲口、山羊、猪、猫和田鼠。尽管他们很快被撤走，但他们带来的动物却留了下来，世代繁衍。他引用彼得·格兰特的观点：“这种鸟的飞行技能可能很拙劣，容易遭到猫和鼠的捕食”，但更关键的原因是，超大雀鸟以圣十字岛上的超大仙人掌种子为食，而由于被囚徒遗弃的牲口的践踏，“岛上的仙人掌所剩无几。没了仙人掌，超大雀鸟就失去了生存条件”③。就是说，后来的人类无意中破坏了原有的生态平衡，毁坏了超大雀鸟的生存环境，从而导致了它的灭绝。

韦纳还引述格兰特夫妇的研究成果，揭露人类现当代的工农业生产和生活对大气环境及生物进化的重大影响。彼得·格兰特认为，人类近百年的生产和生活

---

① Weiner, Jonathan. 1994. *The Beak of the Finch: A Story of Evolution in Our Time*. New York: Vintage Books: 241.

② Weiner, Jonathan. 1994. *The Beak of the Finch: A Story of Evolution in Our Time*. New York: Vintage Books: 245.

③ Weiner, Jonathan. 1994. *The Beak of the Finch: A Story of Evolution in Our Time*. New York: Vintage Books: 245-246.

排出过量的二氧化碳，造成温室效应，使全球平均气温升高；气温升高导致太平洋的洋流异常，引发 1982 年末反常的“厄尔尼诺”现象，致使西太平洋 1983 年发生大旱，东太平洋出现大涝，殃及加拉帕格斯群岛，从而影响达芬·梅杰岛上雀鸟的正常进化，使其从分化转向融合。格兰特夫妇推测，要使岛上的雀鸟再分化到原来的状态，“可能需要 100 年，而在这期间，大、中、小三种地雀可能会融合成一种鸟”①。不难看出，在现当代，人类对环境和生物进化的影响的范围和规模都达到了相当大的程度。

韦纳通过讲述当代人滥用农药与抗生素，分别诱发烟蚜夜蛾与细菌进化出更强抗药性的故事，进一步彰显人类对进化生态知识的无知或无视的严重后果。在 1940 年以前的美国，烟蚜夜蛾生活在树林和灌木篱中，靠吃野草为生。1940 年，棉农开始在田里喷洒 DDT，杀死了许多昆虫，也使许多吃虫子的飞鸟一命呜呼；棉田中没了昆虫及其天敌，烟蚜夜蛾纷纷从森林和灌木篱墙飞向棉田，吞食棉花。有些夜蛾能抵御 DDT 活下来，其后代逐渐进化出越来越强的抗药性。虽然农药的毒性和用量不断加大，这种蛾子却继续危害棉花，以致路易斯安那州的棉农说“不想种棉花，(因为)虫子会把棉花一扫而光”②。韦纳引用研究进化的博士后马丁·泰勒（Martin Tylor）的说法：“棉农要求禁止宣传进化论，可他们的棉花却因进化大受其害。”③相似的情况是，50 多年来，人类也一直对自己体内的生物——细菌滥用抗生素，使其针对抗生素的抗药性与日俱增。韦纳引用哥伦比亚大学的医生哈罗德·诺伊（Harold Neu）的述说：“‘1941 年，每天给患者注射 4 次，每次注射 1 万单位青霉素，4 天内就可以使患有双球菌肺炎的患者痊愈。’如今患者每天的用药量达 2400 万单位青霉素，却仍会死去。‘细菌比人聪明。’”④韦纳因而指出：“不论出于什么原因，只要我们对一个物种盲目发起攻击，就会引发进化，进化的方向往往与我们的期望相反。”⑤这充分表明了人类对进化生态知识的无知或无视的后果：滥用农药和抗生素，不仅破坏了昆虫和细菌原有生存环境的生态平衡，使其天敌——相关鸟类和人类自身的免疫力丧失殆尽，而且给昆虫和细菌的生存造成压力，使其进化出更具抗药性的后代，带来更大危害。

此外，韦纳严厉谴责转基因工程师滥用进化生态知识，有意地操纵生物进化，制造多样化。他讽刺说：“他们创造了新玉米、新水稻、新细菌、新豚鼠（一种具有专利的实验动物）。如果公众不反对的话，他们还想用同样的工具和技术重

---

① Weiner, Jonathan. 1994. *The Beak of the Finch: A Story of Evolution in Our Time*. New York: Vintage Books: 271.

② Weiner, Jonathan. 1994. *The Beak of the Finch: A Story of Evolution in Our Time*. New York: Vintage Books: 253.

③ Weiner, Jonathan. 1994. *The Beak of the Finch: A Story of Evolution in Our Time*. New York: Vintage Books: 255.

④ Weiner, Jonathan. 1994. *The Beak of the Finch: A Story of Evolution in Our Time*. New York: Vintage Books: 259-260.

⑤ Weiner, Jonathan. 1994. *The Beak of the Finch: A Story of Evolution in Our Time*. New York: Vintage Books: 262.

新塑造人。”[①]他严正指出：“人类加速生命的核心进程达到了疯狂的地步，这对进化科学很及时，也很痛苦。我们改变生命环境的速度越快，遗传机制的变化也越快。所有这一切就是所谓的 G.O.D. ——多样性产生（Generation of Diversity），同时也是在制造毁灭。”[②]显然，他坚决反对人们通过滥用进化生态学知识，去干预生物正常的生存环境、存在形式和进化过程。他认识到，人类既要重视进化生态学知识的重要意义，又不能滥用这些知识。诚如美国生态批评家格伦·A. 洛夫所指出的：“捍卫科学并非支持打着科学的幌子犯罪——如失控的技术那样，而是要肯定科研方法可以作为我们了解世界，找到解决日益恶化的污染、人口爆炸及环境掠夺等问题的最好手段。”[③]

韦纳还引述植物学家埃德加·安德森（Edgar Anderson）和莱迪亚德·斯特宾斯（Ledyard Stebbins）的观点，昭示人类这一“生态新主宰”肆无忌惮、僭越大自然的行为的灾难性后果。安德森和斯特宾斯认为，“近期野草和半野草的迅速进化表明，只要一个物种或多个物种在生态中处于主宰地位，就会使现存的栖息地遭到破坏，地质史上曾经出现的情况必然会一而再、再而三地出现”；在人类的影响下，“进化的速度大大加快”；这种事件“意义重大，表明了在生态的新主宰（人类）的影响下，进化的进程究竟能达到何种地步”；“我们正在重复恐龙做过的事情，只是速度更快”[④]。就是说，世界上已经进化出了超常能力的人类，他们若不限制自己的行为，将不仅仅影响其他生物的进化进程，更严重的是，他们将会像恐龙那样，破坏整个生物圈的生态平衡，进而殃及自身的生存。

在《雀鸟之喙》中，韦纳实际上已阐明了该部作品对现实的警示意义。他说，“当今，超乎寻常的变化使整个星球和所有生物以宏大的规模，展示了达尔文式的进化过程，加拉帕格斯群岛的情况只是整个进程的缩影”[⑤]。就是说，人类在现当代无意或有意地对环境的大幅度改变，导致了生物的生存状态和进化过程普遍的异常。他明确地指出这种异常的起因和后果：“许多变化是因人类的兴起产生的。人类是地球上的主宰物种，我们既是进化的起因，也是进化的结果——既是进化的主人，也是进化的奴隶”；“我们正在改变生存斗争的条件：改变与我们共生共长的所有物种的生存条件。从来没有任何灾难是由单一物种的扩张而引起的，

① Weiner, Jonathan. 1994. *The Beak of the Finch: A Story of Evolution in Our Time*. New York: Vintage Books: 274.

② Weiner, Jonathan. 1994. *The Beak of the Finch: A Story of Evolution in Our Time*. New York: Vintage Books: 274-275.

③ Love, Glen A. 2003. *Practical Ecocriticism: Literature, Biology, and the Environment*. Charlottesville: University of Virginia Press: 46-47.

④ Weiner, Jonathan. 1994. *The Beak of the Finch: A Story of Evolution in Our Time*. New York: Vintage Books: 244.

⑤ Weiner, Jonathan. 1994. *The Beak of the Finch: A Story of Evolution in Our Time*. New York: Vintage Books: 276.

从来没有哪个主要演员意识到自己的行动和结果，并产生罪恶感”[①]。他清醒地认识到，人类和其他生物，乃至整个环境，是一个命运共同体，人类若对自己在大自然面前的僭越行为无动于衷，必将自食其果。他警告说，人类的能力“使我们成功地驾驭了其他物种，但这种成功伴随着悲剧”，“如果一个物种的生存给周边的物种造成动荡，那么它自己也身居险境”[②]。毋庸置疑，他力倡人类与非人类自然存在物共生共荣，坚决反对人类过度地运用自己的能力，超限地改变人类与其他生物共同生存的环境，肆意地消灭或制造物种。

三、引导大众呵护生态环境及其他生物

《雀鸟之喙》还反映了达尔文以来生态学家生态意识的“进化”。达尔文认识到了特定区域的生物间的相互依存关系，其《物种起源》中的一些理念“标志着生态科学的确立”[③]，但达尔文在行动上缺乏环保意识：他像同时代的大多数博物学家一样，为了研究，捕杀鸟类相当随意。韦纳透露，“1837 年 1 月 4 日，达尔文把从加拉帕格斯群岛带回的鸟皮以及其他猎物全部捐赠给了伦敦动物学会”[④]；在加拉帕格斯群岛考察时，达尔文“登上圣克里斯托尔岛的第一个小时，就用枪把鹰从树上打了下来”[⑤]。直到 1952 年，美国进化生态学家罗伯特·鲍曼（Robert Bowman）“为了搞清楚雀鸟以什么为食，用猎枪打下几百只雀鸟，查看它们胃里的东西”[⑥]。可见，在 20 世纪 60 年代生态思潮兴起之前，不少生态学家在生态环境问题上没能做到知行合一。

近几十年来，格兰特夫妇的雀鸟研究团队及其他的进化生态学者，形成了很强的环保意识。据韦纳描述，在近 20 年的研究中，格兰特夫妇的雀鸟考察队采用鸟儿看不见的透明网笼捕鸟，测量其喙长及体重，在其腿上套上轻便的标号环，或取其血样，进行 DNA 研究，然后将其放生。此后他们再数次将鸟捕来做跟踪研究时，仍用此法。此外，进化生态学家多尔夫·施吕特（Dolph Schluter）推测，两种不同的刺鱼间的差异是由竞争选择导致的。为了证明这一点，他需要用自然湖里生长的两种刺鱼做实验——把其中的一种取走，看另一种是否向中间形态进化。但鉴于该种刺鱼已被收录在加拿大的濒危动物名单上，因此他特地“在校园

① Weiner, Jonathan. 1994. *The Beak of the Finch: A Story of Evolution in Our Time*. New York: Vintage Books: 276-277.

② Weiner, Jonathan. 1994. *The Beak of the Finch: A Story of Evolution in Our Time*. New York: Vintage Books: 289.

③ Weiner, Jonathan. 1994. *The Beak of the Finch: A Story of Evolution in Our Time*. New York: Vintage Books: 225.

④ Weiner, Jonathan. 1994. *The Beak of the Finch: A Story of Evolution in Our Time*. New York: Vintage Books: 28.

⑤ Weiner, Jonathan. 1994. *The Beak of the Finch: A Story of Evolution in Our Time*. New York: Vintage Books: 224.

⑥ Weiner, Jonathan. 1994. *The Beak of the Finch: A Story of Evolution in Our Time*. New York: Vintage Books: 145.

挖了 13 个池塘”[①]，把两种刺鱼放养在其中，以做长期实验。这样，无论是达芬·梅杰岛上的地雀，还是自然湖里的刺鱼，都未遭到研究者的伤害。

即使加拉帕格斯群岛上的当地居民，也清楚雀鸟研究人员的护鸟意识。据当地的导游讲述，他居所隔壁的一个老太太，以雀鸟损害其庄稼为借口，偷偷捕杀雀鸟，烹其肉吃，还熬汤喝，然后他话锋一转：“这是违法的！研究站里的人非找她算账不可！”[②]

不仅如此，研究站的工作人员还呵护整个海岛上的生态平衡。他们正在努力拯救岛上的各种动物，包括蜥蜴、象龟和黑腰海燕。每次从圣十字岛到达芬·梅杰岛的登陆礁和热那亚岛的达尔文湾时，格兰特夫妇都格外小心，以免把怀孕的火蚂蚁带到岛上。“火蚂蚁能杀死所有蝎子，大概还能杀死所有蜘蛛，”彼得·格兰特说，“由于海岛太小，蝎子和蜘蛛可能会绝种。”“如果它们杀死蝎子，熔岩蜥蜴能否活下去也成了问题。”[③]他们反对在岛上建度假村或旅店，因为这样会“把外面的植物、昆虫、老鼠和猫带进来”；若“再引进鹦鹉，尤其是相思鹦鹉”，“那就把达芬·梅杰岛和热那亚岛全毁了”[④]。这些进化生态研究者非常清楚，一个地区的生物相互联系，形成一个平衡的生态整体；带进外来物种，将破坏原有的生态平衡，使原有物种面临灭绝危险。而且，他们把生态意识付诸实践。

韦纳对当代生态学者的生态意识和环保实践的生动描述，建构了人类善用科学知识和大自然共存共荣的生态存在典范，其不仅可以增进公众的生态意识，而且为公众树立了行动示范，引导大众善用进化生态知识，呵护包括人类在内的所有生物生存与繁衍的自然环境，以及人类自己“进化过程中的伙伴”。

第二节　韦纳《雀鸟之喙》的艺术成就

《雀鸟之喙》属于长篇科学报告文学作品，主要描述了进化生物学家格兰特夫妇的科研团队的科研历程，它之所以成了极具魅力、品位很高的科学散文经典，是因为其除了蕴含着发人深省的生态哲学思想，还体现了三点非凡的艺术成就：摄人心魄的结构，异常丰富的想象，以及明晰平易、情感洋溢、生动形象的语言。

第一，从叙述结构方面来看，《雀鸟之喙》运用了倒叙、插叙手法，并不时创造一些悬念，使读者读起来如读探险故事乃至侦探小说一样，持续为迷人的情

---

① Weiner, Jonathan. 1994. *The Beak of the Finch: A Story of Evolution in Our Time*. New York: Vintage Books: 188.

② Weiner, Jonathan. 1994. *The Beak of the Finch: A Story of Evolution in Our Time*. New York: Vintage Books: 237-238.

③ Weiner, Jonathan. 1994. *The Beak of the Finch: A Story of Evolution in Our Time*. New York: Vintage Books: 247-248.

④ Weiner, Jonathan. 1994. *The Beak of the Finch: A Story of Evolution in Our Time*. New York: Vintage Books: 248.

节和科学信息所吸引,欲罢不能。该作品的开头——第 1 章"达芬·梅杰岛"(Daphne Major)用倒叙手法,先写了格兰特夫妇 1991 年 1 月 25 日在加拉帕格斯群岛持续大旱三年多后,在其中的达芬·梅杰岛上耐心观测大幅减少了的雀鸟的情景,然后说,他们的研究团队已在该岛上观测近 20 年了,从而激发读者的好奇心:他们为何不畏艰辛,在如此偏远的海岛上观测了这么长时间?作者此后写道,加拉帕格斯群岛是达尔文《物种起源》创作灵感的起源地,"格兰特夫妇在做达尔文做不到的事,他们年复一年来到加拉帕格斯群岛,看到了达尔文难以想象的事物。"[①]这就创造了一个悬念:达尔文没有做成哪些事?没有想象到哪些事?在又叙述了格兰特夫妇的观测过程以及他们在其中的一些对话后,韦纳开始插叙《物种起源》的缺陷,以及近一个半世纪以来人们对达尔文进化论的不断质疑和责难。由于达尔文在该群岛上停留的时间只有短短 5 周,并没有看到自然因素对雀鸟的选择过程,其《物种起源》阐述进化论时用生物化石做例证,用人工饲养和培育家禽和家畜时进行的人工选择的例子做类比,运用逻辑推理提出,自然选择对生物进化具有决定性作用;而且,达尔文没有描述任何物种的起源,他强调,生物进化是漫长的过程,人们在短短的有生之年不可能看到。此后,韦纳笔锋一转,说当今越来越多的进化论学者在做达尔文认为做不到的事——通过长期野外观测,研究动物活生生的进化过程,而格兰特夫妇就是这一领域的先行者和最富理想的代表人物。这不仅自然而然地点出了格兰特夫妇的研究团队所做的工作的重大意义,而且极其巧妙地暗示了创作《雀鸟之喙》这部作品的重大意义。接着,韦纳继续插叙和倒叙 20 世纪 70 年代格兰特夫妇及其助手不畏艰险,费尽周折,初次来到加拉帕格斯群岛,登上达芬·梅杰岛并创建营地时的惊奇见闻和艰辛感受。然后,作者再次回到开头描述的 1991 年 1 月的时空,说格兰特夫妇截至当时已在岛上待了近 4 年,在持续干旱的时期"看到了达尔文做梦都不曾见过的景象"[②]。这里就留下了另一个悬念——达尔文一个半世纪之前在此看到了什么呢?由此自然而然地引入下一章——第 2 章的题目就是"达尔文看到了什么"(What Darwin Saw)。

可以说,第 1 章是总共包含 20 章外加"尾声"的整部作品的叙述结构的缩影。第 2 章的大部分篇幅运用倒叙手法,描述了 100 多年前达尔文到达加拉帕格斯群岛的情景、观察到的动物,以及此后思索并形成其进化论的过程。第 3 章也是运用倒叙手法,简略交代格兰特夫妇的生平,比较详细地描述了 20 世纪 70 年代他们的科研状况,以及 1973 年初次登上达芬·梅杰岛后逗留了 4 个月观测雀鸟的情况。此后的 17 章主要按时间顺序,描述格兰特夫妇的科研团队 20 年间在达芬·梅

① Weiner, Jonathan. 1994. *The Beak of the Finch: A Story of Evolution in Our Time*. New York: Vintage Books: 4.

② Weiner, Jonathan. 1994. *The Beak of the Finch: A Story of Evolution in Our Time*. New York: Vintage Books: 16.

杰岛上观测雀鸟，以及在所工作的普林斯顿大学整理材料、研究雀鸟变异问题的过程。在描述过程中，韦纳时常运用插叙，描述其他进化论学者在其他地方通过观测其他动物研究进化问题的过程，以佐证格兰特夫妇研究思路和相关观点的正确性。许多章的结尾大都从研究进程的“山重水复”角度留下悬念，使读者迫不及待地去读下一章。由于观测过程出现突发情况，甚至有些章的中间就出现了悬念。“尾声”与第1章遥相呼应——第1章开头写1991年1月，在连续大旱4年的情况下，格兰特夫妇在达芬·梅杰岛上观测雀鸟的情景，而尾声写1993年3月[①]该岛连降大雨时这对夫妇在此观测的情景。连续大旱使雀鸟数量大幅减少，使其向分化的方向变异；连续降雨又使雀鸟数量迅速恢复，使其向融合方向变异。从1973年到1993年，达芬·梅杰岛的气候在大旱和大涝之间经历了两轮反复，期间，格兰特夫妇的团队经过持续耐心观测，终于看到了雀鸟的身材和喙由于环境因素而反复变异，从而证明达尔文进化论的大部分观点是正确的，并进一步丰富和完善了进化论。

第二，《雀鸟之喙》丰富的想象首先体现在，它形象地描述了格兰特夫妇科研团队的主要成员以及其他相关进化论学者的具体科研行动、所见所闻和思索过程，仿佛这20年中作者韦纳始终是他们当中的一员，时刻跟着他们，目睹耳闻了所有这一切。韦纳这样描写格兰特夫妇一行1973年初次登上达芬·梅杰岛后看到的景象：

> 营地建好后，加拉帕格斯群岛的景象全都展现在眼前。傍晚，他们坐在峭壁上，看到附近岛屿在落日映照下熠熠生辉，加拉帕格斯鲨在登陆点附近游弋；海面上水波荡漾，粼光闪闪，一群群海豚和跃出水面的鲸鱼依稀可见。熔岩蜥蜴贴着岩石爬行，猫头鹰从岩石间的水湾飞起，蝎子在石缝中钻来钻去。几个雀鸟观察员把靴子挂在竹竿上，以免蝎子钻进去蛰他们的脚趾。[②]

事实上，韦纳只到过达芬·梅杰岛一次，而且不是在1973年去的，他能如此生动地描写格兰特夫妇一行1973年初次登岛的见闻，靠的主要就是异常丰富的想象力。

其次，该部作品中运用比喻、类比、典故等手法的句子俯拾皆是，这表明，韦纳善于驰骋想象，从眼前的事物联想到其他相关事物。他如此描写格兰特夫妇对达芬·梅杰岛上的雀鸟的熟悉程度：“此时此刻，岛上有400只雀鸟。格兰特

---

① 《雀鸟之喙》的创作此时接近尾声，于1994年出版。

② Weiner, Jonathan. 1994. *The Beak of the Finch: A Story of Evolution in Our Time*. New York: Vintage Books: 13-14.

夫妇认识每一只雀鸟，就像牧人认识每一只羊一样。”[①]韦纳从熟悉雀鸟的格兰特夫妇联想到了牧羊人。对于一只雀鸟在大旱季节觅食的艰难和顽强，他是这样描写的：“为了开辟一块寻觅蒺藜的新场地，雀鸟有时会把头撑在一块较大的石头上，用脚滚动另一块石头。他们观察到，一只体重不足 30 克的雀鸟滚动了 400 克的石头；这就像一个人推动了重达一吨的石碾。这是西西弗斯式的繁重劳动……”[②]这里，韦纳用了一个类比——人推动石碾，以及一个暗喻——西西弗斯式的劳动，这一暗喻同时又是来自古希腊神话中的一个典故——主神宙斯为惩罚西西弗斯，每天令其把巨石从山脚推到山顶，但巨石到山顶后立即又滚落到山脚。韦纳从鸟推石头联想到人推石碾，还想到古希腊的神话故事。他还用这样的夸张和比喻描绘加拉帕格斯群岛中的平塔岛：“人们爬到平塔岛的高处就像爬进云层，绿色森林的树冠在头顶渐渐合拢。高地湿润凉爽，森林深处，脚下的陈年落叶又厚又软。最高处的林地宛如精灵的世界，雾霭迷蒙，绿荫互映，树上长满了苔藓，地表上覆盖着一层地衣，到处都是兰花。”[③]“爬进云层”“宛如精灵的世界”等意象足见作者驰骋想象的能力。他连用两个比喻来描述环境因素导致遗传密码 DNA 的变异：“在极端条件下，DNA 很不稳定，细胞在进化过程中，好像给自己加了个盖子——艰难环境像风一样把盖子吹开了。”[④]他用类比和比喻述说达尔文进化论的重大意义：

> 在天文学家的想象中，一只看不见的手操纵着天上的星球，把它们拖来拽去。自从伽利略和牛顿发现天体运行规律后（例如惯性），他们之前的天文学家的图解才失去了说服力。
>
> 达尔文发现的地上万物的运行规律就像物理学家们发现的规律一样简明、通用。对达尔文来说，没有必要假定上帝之手像捏泥人一样捏着每种生物、每一个个体，赋予它们以形式和生命。[⑤]

韦纳把达尔文比作伽利略和牛顿，认为达尔文进化论进一步颠覆了具有浓厚人类中心论色彩的神创论——上帝创造万物，操控万物。

第三，《雀鸟之喙》的语言特色首先是明晰平易。《纽约时报书评》赞誉道：“……（本部作品）用明晰的散文语言，阐明非常复杂的科学和哲学概念，达到了

---

① Weiner, Jonathan. 1994. *The Beak of the Finch: A Story of Evolution in Our Time*. New York: Vintage Books: p 3.

② Weiner, Jonathan. 1994. *The Beak of the Finch: A Story of Evolution in Our Time*. New York: Vintage Books: 71.

③ Weiner, Jonathan. 1994. *The Beak of the Finch: A Story of Evolution in Our Time*. New York: Vintage Books: 149-150.

④ Weiner, Jonathan. 1994. *The Beak of the Finch: A Story of Evolution in Our Time*. New York: Vintage Books: 222.

⑤ Weiner, Jonathan. 1994. *The Beak of the Finch: A Story of Evolution in Our Time*. New York: Vintage Books: 298.

无与伦比的地步……”[①]《达拉斯晨报》(*The Dallas Morning News*)称赞说:“作为科学散文作家,乔纳森·韦纳善于把复杂的科学研究过程写得通俗易懂。他的作品情趣横生,颇具特色……”[②]达尔文主要用家养动物饲养者的育种经历做类比,阐明其进化论,而韦纳用寥寥数语就讲明了其进化论的核心概念“自然选择”的来源和含义:“由于饲养人把人工挑选的技能叫作‘选择’,所以他们把牲畜和家禽因非人工因素出现的变化——所有偶然的、不受人控制的、不可解释的变化,称作‘自然选择’。”[③]他通过实例和具体数字,阐述格兰特夫妇研究团队的贡献,以及“自然选择”和“进化”的区别和联系。他先这样写道:

> 他们不仅目睹了活生生的自然选择,而且记下了大自然中最严酷的自然选择。大旱前后岛上雀鸟的性别比也令人惊异。大旱初临时,大约有600只雄雀鸟和600只雌雀鸟。大旱后,150只雄雀鸟活了下来,幸存下来的雌雀鸟却少得可怜。雄雀鸟的身体比雌雀鸟大5%左右,喙也较大,所以才具有生存优势。
>
> 换句话说,身材大的雄雀鸟活了下来,身材大的雌鸟也活了下来。但活下来的雄鸟远远多于雌鸟。正如达尔文理论预言的那样,生与死往往取决于“微小的差异”,肉眼几乎难以看清雀鸟之喙的差异。[④]

然后他阐述说,由于幸存的雌鸟极少,选择配偶时只垂青幸存的体大雄鸟中更大的雄鸟,因而体大的特征通过这种“性选择”遗传给下一代,使雀鸟向大的方向进化——这就是说,自然选择发生在一代生物身上,进化通过幸存者(适者)的性选择发生在多代生物身上。在此基础上,他从哲理上进一步阐发了进化、逆境和死亡的意义:“进化揭示了死亡的意义,尽管它的意义像达尔文在加拉帕格斯群岛尝过的浆果一样‘又酸又难咽’。麻雀坠地也是上天的选择。旱灾也能结出果实,死亡也是种子。”[⑤]就是说,旱灾自有意义,死亡也并非都是坏事——它们改变了生物的身体结构,导致生物不断进化。

该部作品语言的另一特色是蕴含着丰富的情感。这主要体现在两个方面:一方面,韦纳描述了格兰特夫妇科研团队在达芬·梅杰岛观测雀鸟和在其国内梳理分析相关材料时的种种情感体验。这一团队成员的观测和分析过程有时山重水复,有时柳暗花明。岛上持续干旱,绝大多数雀鸟因不能获得食物而被饿死,只有身

---

① Weiner, Jonathan. 1994. *The Beak of the Finch: A Story of Evolution in Our Time*. New York: Vintage Books: 扉页 1.

② Weiner, Jonathan. 1994. *The Beak of the Finch: A Story of Evolution in Our Time*. New York: Vintage Books: 扉页 2.

③ Weiner, Jonathan. 1994. *The Beak of the Finch: A Story of Evolution in Our Time*. New York: Vintage Books: 31.

④ Weiner, Jonathan. 1994. *The Beak of the Finch: A Story of Evolution in Our Time*. New York: Vintage Books: 78.

⑤ Weiner, Jonathan. 1994. *The Beak of the Finch: A Story of Evolution in Our Time*. New York: Vintage Books: 82.

体和喙均大而强的雀鸟幸存下来，其下一代的身体和喙也变得大而强。亲眼看到达尔文没有看到的自然选择和进化过程之后，这些科考人员异常兴奋。韦纳这样写道："每当达尔文的信徒们证明了他的观点，他们都万分兴奋；每当看到达尔文没有看到的东西，他们都欣喜若狂。"①但他们马上就意识到一个悖论：若是一直按照这样的方式进化下去，各种雀鸟一定是越来越大，但现实并非如此。于是他们又焦急地盼望着持续降雨，以便使雀鸟种群能够恢复，从而能继续观测雀鸟真正的进化过程。韦纳如此描写留在岛上继续观测雀鸟的格兰特的两个博士生："彼得·博格（Peter Boag）上岛观察雀鸟时，就急不可待地期盼着下雨，特雷弗·普赖斯（Trevor Price）同他一样，也心急火燎地盼着下雨。一连几个月，特雷弗在岛上不停地踱来踱去，焦急地等待着雨……他盼雨盼得神魂颠倒，不修边幅，光着脚，穿着一件条纹衬衫，一条花格裤子，络腮胡子从不梳理。"②这里，两个博士生的急切心情弥漫在字里行间。另一方面，韦纳表达了格兰特夫妇研究团队、相关的进化论研究者乃至他自己对当代人破坏自然环境进而改变自然生物的进化过程的忧虑和愤恨，以及对自然环境的关切。本章第一节的第二、三小节所举的许多例子已显示了这一点，下面再看一个例子。作品中有这样几句话："你在自然中不会发现乾坤大乱，但会发现人类带来的灾难。安德森说，人类的到来'为杂交现象的再现提供了一种新奇的小生境。'我们的到来使环境和物种乱套了，使地球乱套了。"③韦纳通过阐释植物学家埃德加·安德森的研究结果，表露了自己对大自然和对人类破坏自然生态的不同情感。

《雀鸟之喙》语言的最后一个特色是生动形象。本章前文所举的例子业已显示了这一特色，这里也再举一例。他这样述说格兰特夫妇研究团队经过长期观测后产生了与达尔文进化论有所不同的进化观：

> 看到达芬·梅杰岛的火山脊上林林总总的景象后，我们不能再把生命描绘成一个缓慢、静止的故事，也不能再认为，进化的主要标志是藏在岩石里的化石。我们必须用运动的生命标志取而代之。对所有物种来说，包括我们自己在内，生命的真正象征是一只暂栖在树上的小鸟，一只雀形目鸟，它身体的每一部分都机敏、紧张，随时准备飞离。生命是随时都在准备着起飞。从远处看，它像一幅映衬在明亮天空中或黑色背景下的侧身像，一动也不动。但从近处看，它总是在来来回回地动，好像时刻都在显示，它一直准备着随时向任何方向飞。④

① Weiner, Jonathan. 1994. *The Beak of the Finch: A Story of Evolution in Our Time*. New York: Vintage Books: 128.

② Weiner, Jonathan. 1994. *The Beak of the Finch: A Story of Evolution in Our Time*. New York: Vintage Books: 97.

③ Weiner, Jonathan. 1994. *The Beak of the Finch: A Story of Evolution in Our Time*. New York: Vintage Books: 242.

④ Weiner, Jonathan. 1994. *The Beak of the Finch: A Story of Evolution in Our Time*. New York: Vintage Books: 112.

达尔文在《物种起源》中以化石为证据、以家养动物的人工选择做类比，阐述了生物形态不是一成不变的，而是在进化的，但他认为，进化是一个缓慢的过程，人们在短暂的一生中无法看到；格兰特夫妇的研究团队经过长期耐心观测，看到了活生生的进化证据，并修正了达尔文的进化观，认为生物随着生存环境的变化时刻都在进化。韦纳通过把生物比作时刻准备飞离暂时歇脚的树枝上的小鸟，形象而又生动地阐明了格兰特夫妇做了些修正的进化观。

小　结

一方面，《雀鸟之喙》展演了进化生态学的基本理念，捍卫了达尔文的进化论，从根基上再次消解了人类中心主义，使公众明白人类的本源以及在地球生物圈中所处的位置。同时，该部作品警示人类，人类的活动，无论是由于对进化生态学知识的无知，还是由于滥用，都会超越人类应有的位置，僭越大自然，从而产生严重后果。此外，该作品彰显了进化生态学者生态意识的"进化"，引导大众要善用进化生态知识，呵护自然环境和进化过程中的伙伴。显然，《雀鸟之喙》蕴含着独特而强烈的生态意识，这些生态意蕴对我国的生态文明建设具有重要启示意义：我们要辩证地认识和发挥科学技术的作用，既要充分肯定科学技术对人类认识自然规律和保护生态环境的积极作用，又要坚决杜绝滥用科技和人类能力的行为。

另一方面，该部作品体现了非凡的艺术成就。有评介者指出："《雀鸟之喙》是一部精美绝伦、扣人心弦的杰作，它通过继承斯蒂芬·杰·古尔德的优良传统，来展演进化理论。"[①]可以说，在叙述结构方面，该作品继承了古尔德科学随笔的传统，通过描述科学家的研究历程来展示相关科学理论、科学知识以及研究方法，不同的是，韦纳大大扩充了科学散文的篇幅，犹如把短篇小说扩展成了长篇小说。这一长篇科学报告文学作品运用了倒叙、插叙手法，悬念迭出，既像探险故事又像侦探小说，读起来令人回肠荡气。该作品显示，其作者具有异常丰富的想象力——他不仅形象地描绘出了格兰特夫妇科研团队的主要成员及其他相关进化论学者的具体科研活动、所见所闻和思索过程，而且善于从眼前的事物联想到其他相关事物，频频运用比喻、类比、典故等手法。该作品语言风格的主要特色是，韦纳与古尔德一样，能用明晰平易、生动形象的英语，讲清复杂的进化理论和相关知识；不同的是，古尔德科学随笔重视语言的趣味性，尽量避免抒情色彩，而韦纳的长篇科学报告文学蕴含着浓郁的情感。

① Weiner, Jonathan. 1994. *The Beak of the Finch: A Story of Evolution in Our Time*. New York: Vintage Books: Back cover.

总之，长篇科学报告文学《雀鸟之喙》既蕴含着丰富的生态意识，又具有很强的文学性，达到了很高的艺术水准，堪称一部优秀的生态散文经典。这样，我们就明白，为何美国著名生态批评家斯洛维克教授高度重视同时蕴含科学知识和生态伦理的文学作品的创作、研究和教学，并指出：要成功地实现这一目标——在读者中培育对大自然的浓厚兴趣，并将可持续的价值观植于其心中，“我们应该继续努力，架起文学与科学之间的桥梁”[①]。

① Slovic, Scott. 2008. *Going Away to Think: Engagement, Retreat, and Ecocritical Responsibility*. Reno & Las Vegas: University of Nevada Press: 163.

第九章
环境科学记者笔下的环境灾难和科学救赎

2014 年，美国普利策奖的非虚构作品奖授给了丹 ·费金的《汤姆斯河》(2013)。丹 · 费金（1963—）是美国著名的环境科学记者，纽约大学教授，1963 年 2 月 1 日生于俄克拉荷马州的俄克拉荷马城。1985 年，他毕业于达特茅斯学院；他在该校时曾任《达特茅斯日报》（*The Dartmouth*）的主编。1991—2005 年，他是《新闻日报》（*Newsday*）环境栏目的主要撰稿人，所在的团队曾获普利策奖的提名。他曾担任美国环境新闻记者学会（Society of Environmental Journalists）的前主席，以及纽约大学亚瑟 · 卡特新闻研究所（Arthur L. Carter Journalism Institute）所长。2003 年，费金有关癌症流行病学的系列故事荣获美国科学促进会的科学新闻奖以及美国科学散文作家协会（National Association of Science Writers）的科普奖（The Science-in-Society Award）。

《汤姆斯河》除荣获普利策奖之外，还获得了三个奖项："海伦 · 伯恩斯坦优秀新闻图书奖"（Helen Bernstein Book Award for Excellence in Journalism）、"国家研究院通讯奖"（National Academies Communication Award）、环境新闻记者学会颁发的"蕾切尔 · 卡森图书奖"（Rachel Carson Book Award）。《纽约时报》论者阿比盖尔 · 朱格（Abigail Zuger）把《汤姆斯河》誉为"新的科学报告文学经典"①。《汤姆斯河》蕴含着明显的生态意识，但国内外尚无人较为系统地从生态批评角度对此加以探讨。因而，本章拟审视该部作品的生态意蕴和艺术特色。

费金为了完整呈现汤姆斯河镇的水污染和癌症集群事件，追踪调查十余年，先后采访了 140 个相关化工企业的高层和普通员工、政府官员、深受污染之害的当地居民、医生、律师等，于 2013 年写就《汤姆斯河》。该作品共包括 4 部分 24 章，主要描述了如下内容。

1952 年，跨国公司瑞士化工企业汽巴公司（Ciba）迫于污染指控，把大部分

① "Dan Fagin". https://en.wikipedia.org/wiki/Dan_Fagin/[2017-5-21].

化工生产业务从美国俄亥俄州的辛辛那提，转移到新泽西州的汤姆斯河镇；此后，该化工厂产生的有毒废水未经处理，一部分直接排入汤姆斯河，另一部分流进废水池，透过疏松的沙质土壤渗入地下，严重污染了当地的地下水；后来，其废水通过地下管道直接泻入大西洋。其固体废弃物只是被简单地装入桶中填埋，一些桶体破裂导致化学废料污染土壤。此外，域外的另一化工企业联合碳化物公司，也把其生产废弃物运往汤姆斯河镇郊外加以填埋。当地的重度环境污染事件直到 20 世纪 80 年代初才逐渐得以披露。几乎与此同时，汤姆斯河镇的儿童癌症发病率逐渐上升，患儿父母认为是这两家化工企业的污染所致，并提起诉讼。在这些家长以及一些富有责任感的医护人员、媒体和环保组织的竭力推动下，联邦政府和地方政府陆续责成相关机构和专家对此展开调查，最终确定汤姆斯河镇的儿童癌症患者为癌症集群。这迫使汽巴–嘉基公司（Ciba-Geigy）1991 年关闭了通向大西洋的排污管道，并于 1996 年结束了汤姆斯河化工厂①生产，且投入巨大人力和物力治理污染。2001 年，汽巴–嘉基公司、联合碳化物公司等化工企业最终同意向受害者提供巨额赔偿。

第一节　丹·费金《汤姆斯河》的生态意蕴

一、揭示人类与环境的通体性及环境非正义问题

美国生态批评学者斯泰西·阿莱莫（Stacy Alaimo）提出了“通体性”（trans-corporality）概念，认为个人身体的界限并非止于自己的皮肤，而是与其他生物的身体乃至所处的物理环境相通。她引用环境健康学者加兰–汤姆森（Rosemarie Garland-Thomson）的观点并阐述说：

> “伤残研究提醒我们，所有身体从受孕那一刻起即受环境影响。我们的形体因应周遭环境不断变化，我们的身体记载着变化史。身体与世界遭遇而发生的变化即我们所说的伤残。”假若果真如加兰–汤姆森所说“所有身体从受孕那一刻起即受环境影响”，在所有时间段，人类与环境都具有通体性。②

阿莱莫强调，关注以下两点，尤其是后者，亦可丰富伤残研究：“建成环境如何造成或加剧伤残；不易察觉的物质，诸如药剂、有害异物、空气污染如何影响人

① 瑞士跨国化工企业汽巴公司 1952 年在汤姆斯河镇建立的化工厂称为“汤姆斯河化工厂”；1970 年该公司与瑞士另一家跨国化工企业嘉基公司合并，该化工厂改名为“汽巴–嘉基汤姆斯河化工厂”。

② Alaimo, Stacy. 2010. *Bodily Natures: Science, Environment, and the Material Self.* Bloomington & Indianapolis: Indiana University Press: 12.

类的健康与能力”[①]。这就是说，如果人们所处的环境遭到了污染和毒害，人们的身体将难以幸免。费金的《汤姆斯河》充分体现了这一点。

《汤姆斯河》的第 1 章即写道，自从英国化学家威廉 ·亨利 ·珀金(William Henry Perkin，1838—1907) 1856 年发明了用煤焦油做原料生产苯胺染料起，生产商就开始不断地污染河流与土壤。染料生产“这个利润惊人的新工艺产生的有毒废物比有用产品要多很多，但没人知道废物里究竟含有什么成分，并如何去除”[②]。1860 年，瑞士嘉基公司品红染料生产商约翰 · 雅各布 · 马勒-帕克（Johann Jakob Muller-Pack），把没有处理、未经识别的废物倾倒在厂区内没有防渗措施的污水池中。由于只有一个无防渗措施的污水池根本不够，马勒-帕克又采用了另一排污法，此法与 100 多年后汤姆斯河化工厂的排污法如出一辙——“把含砷的废水排入附近河道，马勒-帕克则是排往厂子旁边通向莱茵河的运河里”[③]。结果，马勒-帕克不仅受到巴塞尔议会的指控，而且还遇到一个更大的问题：“那些废弃物使工厂周围的居民染上了重病”[④]。起因是，巴塞尔的居民从浅井中汲水，其中一些水井离工厂很近，而马勒-帕克已连续两年向厂区无防渗措施的污水池里倾倒废水。化学家高贝尔斯莱德（Goppelsroder）分析了那里的井水后，向巴塞尔市健康机构报告说，水里的砷浓度过高，水体有毒，附近居民的呕吐等症状明显是由此造成的。高贝尔斯莱德还检测了工厂的排污池、土壤，乃至邻近运河的底泥，发现检测的每个地方都被污染了。到 19 世纪 80 年代，即使是浩荡的莱茵河也不能完全稀释染料公司倾倒的碳氢化合物，结果，河里的鱼类全部消失了。19 世纪 90 年代，嘉基、拜耳（Bayer）、汽巴、巴斯夫（BASF）以及其他化工公司，向莱茵河里排放苯、甲苯、萘、硝基苯和其他煤焦油的有毒馏分，比马勒-帕克有过之而无不及。同时，在位于巴塞尔郊外的汽巴公司的大型染料厂附近，居民们一直在抱怨，工厂排到空气中的刺鼻气体污染了他们的私家花园，但无人能阻止这些工厂排污。当时，人们在快速扩张的工厂中工作极端危险：“偶然的中毒事件是家常便饭，最常见的症状是抽搐、尿血和皮肤褪色。”[⑤]显然，化工染料行业自从创立之日起，就肆无忌惮地向土壤、河流、空气中排污，结果不仅伤及鱼类，而且伤及人类。这表明，包括人类在内的生物与其生存环境是一体的。

此后，瑞士的三大化工公司汽巴、嘉基、山德士（Sandoz）组成的“利益集团”，于 1920 年进入美国这个当时最大的国际市场，在俄亥俄州的辛辛那提建厂。

---

① Alaimo, Stacy. 2010. Bodily Natures: Science, Environment, and the Material Self. Bloomington & Indianapolis: Indiana University Press: 12.

② Fagin, Dan. 2013. Toms River: A *Story of Science and Salvation*. New York: Bantam Books: 14.

③ Fagin, Dan. 2013. *Toms River: A Story of Science and Salvation*. New York: Bantam Books: 14.

④ Fagin, Dan. 2013. *Toms River: A Story of Science and Salvation*. New York: Bantam Books: 15.

⑤ Fagin, Dan. 2013. *Toms River: A Story of Science and Salvation*. New York: Bantam Books: 17.

在此，环境污染带来的灾难再次上演。辛辛那提化工厂的酸性废水抵达俄亥俄河，同其他几十家企业排向河里的废水混合在一起后，毒性有时变得更大。这些废弃物使辛辛那提附近的河段成为一千余英里的俄亥俄河污染最重的地方。化工厂的工人以及附近的居民遭受毒害的悲剧又一次上演，结果使工厂的大部分产能外迁。费金写道："雇员中关于癌症的传闻、邻里对污染的抱怨和随之而来的政府必然的制裁，以汽巴公司为首的辛辛那提化工厂的那些瑞士老板，在巴塞尔和其他地方早已领教过。瑞士人知道接下来会发生什么，他们以传统方式应对：远离城市建厂。"[①]这样，汽巴公司于 1952 年就把其大部分化工生产业务迁到了新泽西州的汤姆斯河镇。

为了遮人耳目，这一次，汽巴公司在汤姆斯河镇的化工厂建在镇郊的松林里，致使它运营了 20 余年后，即到了 20 世纪 70 年代，大部分居民对该厂排污的秘密仍知之甚少。此时，那里有 22 幢建筑、5 个排污池和几十个垃圾场，但过路人只能看到林中的厂门与高墙。尽管公司 1953 年印制的小册子声称，其排入汤姆斯河的污水经过净化，对鱼类无害，但是"汽巴开工刚两天就已污染了给自己的供水。1954 年初夏，员工们抱怨饮水器取来的水难喝、有味"[②]。而且，被污染的地下水已经扩散到厂区之外，向东南方正在迅速发展的橡树岭小区一带蔓延；虽然汤姆斯河镇水务公司正在把供水主管道铺设到那里，但该小区的一些家庭仍从自家后院的浅井里汲取饮用水。此外，几乎从新厂房建成之日起，就有人开始抱怨汤姆斯河化工厂散发的难闻气味，而且有色烟柱一出现，抱怨的人就更多了。然而，工厂管理人员的反应不是真正地控制污染，而是尽可能地掩饰污染："他们没有增设昂贵的污染控制设备，只是调整了全天的生产进度，这样，大部分时间有色烟柱只会在夜里升空。"[③]化工污染事件在汤姆斯河镇又一次出现，不同的是，污染者长期掩饰了其污染罪行，造成了更为严重的后果。

1965 年，欧申县遭遇了百年不遇的大旱，汤姆斯河水位很低，河水中 1/6 的水流是汤姆斯河化工厂排的污水，因而河水臭气冲天，但这已不再是新鲜事，因为过去四个夏天汤姆斯河也都是臭的。不同的是，臭气不再限于河水和汤姆斯河化工厂的污水池，工厂附近橡树岭社区的居民拧开自家厨房水龙头就能闻到，他们的家庭用水是汤姆斯河镇水务公司输送过来的，该公司经营着霍利街附近河边的三口浅水井（包括两口新挖的井），井在工厂下游两英里半的地方。早在 1963 年，当地报纸就报道了汤姆斯河里飘着死鱼。费金写道："汤姆斯河化工厂是否应为下游几英里处的死鱼负责已经无从查起，但毫无疑问，在它未经稀释的排水

① Fagin, Dan. 2013. *Toms River: A Story of Science and Salvation*. New York: Bantam Books: 20.

② Fagin, Dan. 2013. *Toms River: A Story of Science and Salvation*. New York: Bantam Books: 50.

③ Fagin, Dan. 2013. *Toms River: A Story of Science and Salvation*. New York: Bantam Books: 54.

中什么也不能存活——尤其是在盛夏。”[①]不难看出，汤姆斯河遭到了污染，汤姆斯河镇为居民供应日常生活用水的水井也遭了殃，因为霍利街的水井仍旧是镇水务公司一半以上的饮用水的水源——而且已经证明，工厂向河里排的有害物质都能渗到井里去。污染的饮用水影响了孕妇，使一些胎儿在出生前就产生病变。费金这样写道："迈克尔·吉利克（Michael Gillick）的癌症很可能在他母亲孕程的第一周就开始了。一年后，肿瘤已经大到压迫了他的很多重要器官，包括心脏、肺、脊柱、肠、眼睛和大脑。它们也破坏了迈克尔的面貌，把他的面孔从拉斐尔的小天使变成了抽象派的作品。”[②]其原因是，1978 年，迈克尔的母亲琳达·吉利克（Linda Gillick）怀孕的头三个月，汤姆斯河镇水务公司供到她住处周围布鲁克塞德高地的饮用水，有 25%—50%来自花园路的水井，另外 10%—25%的水来自霍利街的水井，汤姆斯河化工厂秘密地污染霍利街的水井已经超过十年了，她还在使用来自那里的水。此外，家住与汤姆斯河化工厂一墙之隔的卡迪纳尔大道的兰迪·林恩沃斯（Randy Lynnworth）因患髓母细胞瘤去世。费金说："住在卡迪纳尔大道，家里有个患癌症的孩子，不联想到汤姆斯河化工厂是不可能的。”[③]一般认为，汤姆斯河化工厂的土地上的老排污点埋着五万桶以上的危险废弃物，其中有些完整，有些已经破损，而且至少还有 15 万立方码[④]以上被严重污染的土壤。后来，相关部门在附近的土壤和地下水中检测出了 95 种化工成分，其中 17 种的浓度超出了法律允许的限值，这其中又有 4 种是已知致癌物。

这一系列的残酷事实表明，无论污染者如何掩饰、狡辩或抵赖，包括人类在内的生物的身体与其生息的环境息息相关，相互连通，形成了一个生态共同体（命运共同体），一旦环境遭到了破坏，人类及其他所有生物都会遭殃。

需要指出的是，《汤姆斯河》同时揭露了环境非正义（environmental injustice）问题。美国生态批评学者乔尼·亚当森等人把环境正义（environmental justice）定义为"所有人平等地分享健康环境带来的益处的权利"[⑤]。这就是说，所有人，无论肤色、民族或社会经济地位，都不应过多地遭受工商业或经济开发带来的不良环境的影响，或遭受相关政府或跨国公司不合理的产业规划而造成的身心伤害；当代人也不应破坏环境，使后代人承受恶劣环境的不良影响。否则的话，就是环境不公正或非正义。由于环境同时具有地域性特征，笼统地谈论人类和环境的关系有失准确：环境污染和破坏的元凶通常获得了较多利益，却远离受污环境，不

---

① Fagin, Dan. 2013. *Toms River: A Story of Science and Salvation*. New York: Bantam Books: 57.

② Fagin, Dan. 2013. *Toms River: A Story of Science and Salvation*. New York: Bantam Books: 103.

③ Fagin, Dan. 2013. *Toms River: A Story of Science and Salvation*. New York: Bantam Books: 123.

④ 1 立方码≈0.76 立方米。

⑤ Adamson, Joni, Mei Mei Evans and Rachel Stein. 2002. *The Environmental Justice Reader: Politics, Poetics, and Pedagogy*. Tucson: University of Arizona Press: 4.

必遭受由此带来的伤害；相反，受损环境的受害者得到的利益往往较少，或根本就没得到任何利益。《汤姆斯河》主要从以下三点揭露了环境非正义问题。

首先，把严重污染转嫁给汤姆斯河镇并造成重大伤害的，是外国企业或域外企业。在汤姆斯河镇的两个有毒废弃物污染源中，其中一个跨国公司属下的汤姆斯河化工厂（1981 年改名为“汽巴-嘉基汤姆斯河化工厂”），为瑞士所有者赚取了高额利润，却污染了美国的汤姆斯河镇及其周边环境，严重危害了当地居民尤其是儿童的身心健康。另一个是赖克农场——位于域外的联合碳化物公司把有毒废弃物运到该农场，通过桶装方式将其埋入地下。两个化工公司犯的都是损人利己的罪行，且是明知故犯。如前所述，汽巴-嘉基公司由于在其本国的巴塞尔受到污染指控，20 世纪 20 年代到美国的辛辛那提建厂，在此地该公司又一次受到指控，遂到汤姆斯河镇镇郊的松林里建厂。联合碳化物公司正是明白其废弃物有毒，才把其运到远离自己所在地的汤姆斯河镇北郊的赖克农场进行掩埋。两个公司为自己赚了大钱，却都损害了异地的环境及其居民的健康。

其次，汤姆斯河化工厂的工人虽然暂时得到了一些利益，但最终却也成为环境非正义的受害者。这些工人因工厂的生产有了工作岗位和收入，起初，他们反对受害儿童家属和环保人士对工厂的污染提起诉讼，但作为污染环境的一部分，他们亦没能幸免于难。费金写道：

> 在那些密切接触危险化学品的工人中，存在着某些癌症集群。例如，在还原染料车间的工人和维修工人中，肺癌的病死率比期望值高 50%。偶氮染料车间工人死于胃癌或膀胱癌的概率，比期望值高四倍。还原染料、偶氮染料和塑料车间中，工人死于中枢神经系统肿瘤的概率比期望值高三倍。①

这表明，该工厂工人的身体无疑受到了极大伤害。而且，在政府要求先对废弃物做无害处理后才能排放的严格要求下，1996 年，汽巴-嘉基汤姆斯河化工厂的瑞士老板考虑到利润空间缩小，就关闭了该镇的工厂，将其迁往监管不严的其他地方，致使该镇的绝大部分工人最终失业。

最后，1966 年之后，汤姆斯河化工厂不顾滨海村镇的反对，用地下管道把有毒污水排入大西洋，危害了海滨地区的环境和当地居民的谋生资源。此后的接近 20 年间，汽巴-嘉基公司都把稍加处理过的污水排到海里。拉瓦莱特和西塞德帕克这些海边小镇的经济和形象，都仰仗清洁的海滩和洁净的海水。那里基本没有人在汤姆斯河工厂工作，海岸经济的支柱是夏日的旅游业，不是化工厂。自从 20 世纪 60 年代阻止建造排海管道的斗争失败后，海岸村镇的负责人不再谈论这些事

① Fagin, Dan. 2013. *Toms River: A Story of Science and Salvation*. New York: Bantam Books: 376.

情，他们惧怕把游客吓跑。“但是，1984年春天，管道泄漏的报道来势汹汹，不可能假装那根管道不存在了。”[①]海边村镇的居民非但没有从该化工厂得到任何利益，他们原有的生计反而因该厂的排污受到严重损害。庆幸的是，1988年12月，在更大规模的抗议下，汽巴-嘉基公司被迫宣布于1991年底关闭排海管道。

不难看出，费金既具有生态整体观，又具有生态正义感。他不仅认识到，环境具有整体性的特征，人与所生存的环境是一个生态整体，一荣俱荣，一损俱损；而且他也认识到，环境具有地域性特征，一些强大的利益集团因此可以把污染企业建在，或把有害废弃物弃置在远离自己居住的地方，这是必须坚决反对的。

二、昭示环境问题的根由是社会问题和观念问题

美国著名社会生态学家默里·布克钦，把生态问题归因于人类社会的等级制和支配思维。他说：“人支配自然这一观念来自于人对人的支配这一现实。”[②]在他看来，人对自然的支配在资本主义制度下达到了危机的程度：“直到有机共同体关系分解为市场关系，地球本身才沦为被利用的资源。这一持续数个世纪的趋势，在现代资本主义制度下发展到了最为严重的地步。”[③]生态学马克思主义思想家约翰·贝拉米·福斯特（John Bellamy Foster）和詹姆斯·奥康纳（James O'Connor）等学者，扬弃了布克钦的观点，把生态危机归因于资本主义的生产目的及其生产方式。在福斯特看来，资本主义经济把追逐利润视作最高目标，不择手段地追求经济增长，招致自然资源高速消耗和生存环境严重恶化：“这种把经济增长和利润放在首要关注位置的目光短浅行为，其后果当然是严重的，因为这将使整个世界的生存都成了问题。”[④]奥康纳则认为，资本为追逐利润，必然造成环境破坏和大众利益受损：

> 资本是拙于对事物的保护的，不论这种事物是指人们的社会福利、土地、社会价值观、城市的舒适度、乡村生活、自然，还是指私人的固定资本——包括这种资本的结构。……对资源加以维护或保护，或者采取别的具体行动，以及耗费一定的财力来阻止那些糟糕的事情发生（如果不加以阻止，这些事情肯定要发生），这些工作是无利可图的。利润

① Fagin, Dan. 2013. *Toms River: A Story of Science and Salvation*. New York: Bantam Books: 144-145.

② Bookchin, Murray. 2005. *The Ecology of Freedom: The Emergence and Dissolution of Hierarchy*. Oakland: AK Press: 65.

③ Bookchin, Murray. 2004. *Post-Scarcity Anarchism*. Oakland: AK Press: 24.

④ 约翰·贝拉米·福斯特. 2006. 生态危机与资本主义. 耿建新等, 译. 上海: 上海译文出版社: 60.

只存在于以较低的成本对新或旧的产品进行扩张、积累以及市场开拓。[①]

这就是说，环境问题的产生不能简单地、笼统地归因于人类征服自然的思维，而是与一定的历史条件和社会制度密切相关；资本主义唯利是图的生产目的和生产方式、为资本服务的行政管理理念，以及对民众科学知识和生态意识缺乏的恶意利用，才是环境问题的根由。这些情况在《汤姆斯河》中得到了生动体现：造成汤姆斯河镇环境严重污染的根由主要有三个——资本家贪婪地追逐最大利润、相关官员和监管者腐败式的包庇和纵容、当地居民科学知识和生态意识的缺乏。

首先，跨国公司汽巴公司的所有者和管理者以自我为中心，贪婪、自私地追逐最大利润，无视化工厂所在地的生态环境和当地居民的健康乃至生命。100 多年前，汽巴公司在其本国瑞士的巴塞尔就污染了当地的莱茵河段及周边环境，遭到当地居民的抗议和当地政府的处罚。1863 年，巴塞尔市政府派专家对嘉基公司和汽巴公司进行了突袭检查，9 个月后，市政厅严令嘉基公司的管理者马勒-帕克停止向通往莱茵河的运河里排污，同时禁止汽巴公司的所有者克拉维尔生产所有的苯胺染料。然而，“克拉维尔起初无视禁令，后来就去城外市政府管不了的地方另建了一个新工厂（汽巴公司 150 年后仍在运行该厂），问题是，这个工厂就在莱茵河边”[②]。此后，汽巴、嘉基和山德士三个化工公司为了拓展国际市场，1920 年到美国俄亥俄州的辛辛那提市收购了旧工厂生产染料。为了不增加成本，这些公司不愿意投资污水处理设备，更不愿为接触致癌化学物的工人改善防护措施。它们把有毒污水直接排入辛辛那提的城市排水管道。和在巴塞尔一样，这些排污管道直接把污水排入小河和运河，而这些小河和运河连着俄亥俄河，俄亥俄河当时则是辛辛那提市 70 万人口和下游 14 个城市饮用水的重要来源。向莱茵河倾倒了半个多世纪有害化学成分后，这些瑞士公司来到了美国，却丝毫不改其经营方式。显然，汽巴公司对其给当地环境和相关人员造成的伤害心知肚明：“在辛辛那提，自 1920 年以来，由汽巴、嘉基、山德士共同经营的两家工厂钱赚得越来越少，部分原因是，城市的新管理者们要求，工厂的污水在进入公共污水系统或俄亥俄河之前必须先经过处理。”[③]这样，他们就把污染严重的生产线搬到了生态意识缺失的汤姆斯河镇——“一个相当偏远的地方，一个沉睡中的小镇”[④]。在该镇，汽巴公司对污染物依旧不加处理，不同的是，它采取了偷偷排放的方式：“有的污染是无形的，另外一些是可以掩盖的，比如在夜间排烟。有密林的掩蔽，汤姆斯河化工厂在污染控制上的钱是能省则省。公司的经理们从 1968 年起就明确了这

① 詹姆斯·奥康纳. 2003. 自然的理由：生态学马克思主义研究. 唐正东等，译. 南京：南京大学出版社：503-504.

② Fagin, Dan. 2013. *Toms River: A Story of Science and Salvation*. New York; Bantam Books: 14.

③ Fagin, Dan. 2013. *Toms River: A Story of Science and Salvation*. New York: Bantam Books: 43.

④ Fagin, Dan. 2013. *Toms River: A Story of Science and Salvation*. New York: Bantam Books: 20.

个方针，这可以从公司的一份内部记录中看出来。”①

在汤姆斯河镇污染了40余年，深受其害的当地居民的生态意识逐渐增强，迫使政府进行严格监管，改了名的汽巴-嘉基汤姆斯河化工厂被迫赔偿受害人，关闭排海通道，并出巨资进行污染源清理。汽巴-嘉基公司意识到生产利润大幅减少，遂故伎重演，1996年关闭汤姆斯河工厂，通过改头换面，把生产线搬到生态意识薄弱、监管松弛的亚拉巴马州，以及第三世界国家：“树脂和其他塑料产品的生产南移至汽巴-嘉基在亚拉巴马州的巨型农药厂，那里的工资低得多，环境监管也松得多。染料原料的生产转移到路易斯安那州和亚洲其他地区，那里的工资和监管力度更低。”②改头换面后的汽巴-嘉基公司的业务分别并入了三个跨国公司：化工生产业务并入了巴斯夫公司，其余业务并入了诺华制药（Novartis）和先正达（Syngenta）。国际资本为了获取利润，无视任何国界，跨国化工企业目前已在污染着我国环境，这需要我们采取严厉的应对措施。总之，一个半世纪以来瑞士化工染料生产商的斑斑劣迹表明，人类中的少数资本家唯利是图、目无大众的环境权乃至生存权的秉性难易，这是引发环境问题的最根本原因。

其次，汤姆斯河镇政府乃至相关的各级政府，在处理环境污染和居民健康方面存在着严重失职，实际上成了污染企业的保护伞。正如乔尔·科威尔（Joel Kovel）和迈克尔·洛伊（Michael Lowy）在《生态社会主义宣言》（Ecosocialist Manifesto）中所指出的：“资本与一个腐败而恭顺的庇护国家网络相互勾结，常常是由地方精英担着政治压制的任务从而使资本免受其辱。”③汤姆斯河化工厂变相贿赂了汤姆斯河镇及其所属的欧申县政府，而且在一定程度上掌控着这两级政府的经济、政治乃至司法。这家工厂给来自当地的员工提供了工作机会，给他们发工资。此外，工厂总经理是在当地兴建医院的幕后推手，1961年，欧申县第一医院在其推动下建成；同年，在汤姆斯河镇花园州大道旁，沿着从工厂出来的37号公路，社区医疗中心在一块精选的地段上成立。1962年，汽巴公司买下了该镇近郊老奶牛场里的一片破旧的九洞公共高尔夫球场，建立了新俱乐部和游泳池。费金披露：

> 汤姆斯河镇乡间俱乐部重新开张，它的六七十英亩土地很快成了镇上商业和政治精英们的私人游乐场。公司总裁们把持着汤姆斯河第一国民银行、欧申县童子军委员会、商会，还有汤姆斯河快艇俱乐部，他们是当地共和党的可靠捐款人（偶尔也捐给民主党）。人人都说，公司的高级总裁们基本上不在镇上，却对镇上的事务参与得很深。④

① Fagin, Dan. 2013. *Toms River: A Story of Science and Salvation*. New York: Bantam Books: 104.

② Fagin, Dan. 2013. *Toms River: A Story of Science and Salvation*. New York: Bantam Books: 223.

③ 参阅：郇庆治. 2010. 重建现代文明的根基——生态社会主义研究. 北京：北京大学出版社: 302.

④ Fagin, Dan. 2013. *Toms River: A Story of Science and Salvation*. New York: Bantam Books: 43.

就是说，当地镇政府和县政府与汤姆斯河化工厂结成了利益共同体，不可能公正、严格地监管该厂的排污行为，保护普通民众的利益。

当地州政府也是如此。1963 年，本地报纸报道称汤姆斯河化工厂污染了汤姆斯河，引起民众抗议，工厂打算承认污染事实，并且正考虑建一个化学修复厂以减少污染，此时，新泽西州政府“不仅没有加强排放许可的限制（众多规定中包括禁止出现‘可检出的恶臭’），反而积极帮助化工厂阻挠民意——鼓励工厂采用‘绝对沉默’策略，因为在州政府看来，释放任何消息‘只会激怒人们，为他们提供信息’”[①]。1964 年，化工厂要修建把“有毒、有色、有味”的工业污水排向大西洋的地下管道，尽管巴尼加半岛（Barnegat Peninsula）上临海村镇的负责人对这一“转移污染”的工程“勃然大怒”，但“永远顺从的新泽西州卫生部对瑞士人向来有求必应，1964 年秋给排海管道开了绿灯”[②]。1965 年 8 月中旬，汤姆斯河化工厂和汤姆斯河镇的公共供水单位汤姆斯河镇水务公司都知悉，化工厂排入汤姆斯河的污水通过渗透污染了水务公司的供水系统，但水务公司不仅向居民隐瞒了污染事实，而且在 1967 年 2 月与化工厂私下达成交易，并签订了使化工厂“免于承担责任”的秘密协议[③]。结果，“在那片有密林守护的城堡中，汽巴公司不仅安然度过了它的第一场风暴，而且为未来 20 余年的化工生产与污染物排放打好了基础……工厂的烟囱只在夜里冒烟，污水从四五十英尺深、离岸半英里的排海口隐秘地一泻入海。汤姆斯河镇的人们对化工厂不再抱怨”[④]。

20 世纪 60 年代末，汤姆斯河化工厂和汤姆斯河镇的共谋关系依旧牢固：“瑞士的经理们仍旧主要在自己的小圈子里出没，但也会投身于社区工作以应对当地相关业务的急速增长。汽巴公司的会计甚至协助开发了一套方法，帮当地学校吸引州政府的资助。厂工会在县政治事务中很活跃，几个雇员的配偶或兄弟是公务员，甚至还当了镇长。”[⑤]此外，1975 年 1 月，汤姆斯河镇花园路的公用水井被另一化工企业联合碳化物公司掩埋在赖克农场的废弃物污染的消息被曝出后，“州环保局和水务公司迅速出面否认这一消息。在后续的报道中，州环保局的一位高级官员的话驱散了人们的担忧：‘我们绝不会给大家喝任何有风险的东西。’当地政府没质疑他这个说法，实际上，他们迫切想要忘掉这件事”[⑥]。

1984 年，汽巴–嘉基汤姆斯河化工厂的地下排海管道破裂，工厂遭到新泽西州检察官的起诉；1985 年，该化工厂与州环保局达成一揽子协议，同意接受环境

① Fagin, Dan. 2013. *Toms River: A Story of Science and Salvation*. New York: Bantam Books: 59.
② Fagin, Dan. 2013. *Toms River: A Story of Science and Salvation*. New York: Bantam Books: 61-62.
③ Fagin, Dan. 2013. *Toms River: A Story of Science and Salvation*. New York: Bantam Books: 72.
④ Fagin, Dan. 2013. *Toms River: A Story of Science and Salvation*. New York: Bantam Books: 72.
⑤ Fagin, Dan. 2013. *Toms River: A Story of Science and Salvation*. New York: Bantam Books: 89-90.
⑥ Fagin, Dan. 2013. *Toms River: A Story of Science and Salvation*. New York: Bantam Books: 113-114.

违法罚款。但在汽巴–嘉基经理们和工会的压力下，“县立法委变回了它传统的趋炎附势的态度，否决了由全县公投确认排海管道是否应该关闭的议案，转而支持一个措辞软弱的替代方案。一年多以来，公司的窘境第一次有所改善。‘绿色和平’组织走了，与州政府的战斗似乎结束了，本地政客回到了统一战线”①。1986年，在欧申县卫生局的会议上，县环保局代表玛利亚·帕夫洛娃（Maria Pavlova），试图就汽巴–嘉基为何不需要完全清理工厂内及工厂附近它所污染的地下水做出解释。她竟然说：“如果对场地进行部分清理之后，污染引发的周围人群患癌症的风险上升不多于每百万人口中增加一例，那么这种部分清理就是‘可接受’的。”②美国环保局和新泽西州环保局都知晓赖克农场和汽巴公司污染地下水已经20多年了，但直到1995年，这些机构的官员们还对每一个问及此事的人保证：“没什么可担心的。如果哪个有魄力的科学家现在在供水系统中确认了可以追溯赖克农场或汽巴公司的致癌污染物，那早就该吵翻天了——还可能会引发诉讼。”③这样一来，汤姆斯河镇民众的怒火不仅烧向排污者，还将向多年来让排污者逃脱制裁的政客和管理人员身上蔓延。

由此可见，从镇政府到县政府、州政府乃至联邦政府，以及这四个层级的相关管理机构，大都为污染汤姆斯河镇环境的企业撑起了保护伞，而无视当地民众的健康乃至生命，结果使20世纪60年代初就该治理的严重污染继续肆虐了30余年。

最后，当地民众缺乏科学知识和生态意识，贪图眼前利益。1950年前后，汤姆斯河镇仍是一个偏远小镇，大部分居民比较穷困，因而，1952年汤姆斯河化工厂开张之日，该镇居民“整体的态度是欢欣鼓舞的”④。20世纪60年代，化工产业在新泽西北部腾飞，该州腹地的森林、农田成了倾倒废物的场地，倾倒“一桶废弃物交20—50美元，到处都是让你把废物倒在他们家田地里的农家”⑤。大多数乡村小镇也在经营小型市政垃圾填埋场，镇政府迫切希望各个农户敞开大门，迎接纽瓦克来的十八轮卡车，垃圾场如果不做填埋就烧掉垃圾，一般周五是焚烧日，翻滚的黑烟绵延几英里。接受域外的工业废弃物符合所有人的短期利益，农民和乡下小镇都得到了渴求的现金，运输工和化工厂则得到了便宜而隔绝的排污场，没人关心在里面倒的是什么东西。“没有迹象表明，有人担心过长期的环境后果”⑥。快乐平原赖克农场的主人萨姆·赖克（Sam Reich），把自己原来养禽

① Fagin, Dan. 2013. *Toms River: A Story of Science and Salvation*. New York: Bantam Books: 195-196.
② Fagin, Dan. 2013. *Toms River: A Story of Science and Salvation*. New York: Bantam Books: 221.
③ Fagin, Dan. 2013. *Toms River: A Story of Science and Salvation*. New York: Bantam Books: 324.
④ Fagin, Dan. 2013. *Toms River: A Story of Science and Salvation*. New York: Bantam Books: 30.
⑤ Fagin, Dan. 2013. *Toms River: A Story of Science and Salvation*. New York: Bantam Books: 75.
⑥ Fagin, Dan. 2013. *Toms River: A Story of Science and Salvation*. New York: Bantam Books: 75-76.

用的农场中的两英亩地租给别人办垃圾填埋场，致使废弃物运输司机尼克·弗尼科拉（Nick Fernicola）1971 年 8—11 月在这里弃置了 5000 个有毒废物桶。

汤姆斯河化工厂在自己厂区的林地里较为隐秘地倾倒废弃物，并且接受域外其他化工厂的液体和固体废弃物。即使 1966 年排海管道开通后，工厂下面的地下水污染仍很严重，要找到足够清洁可用于生产的淡水也变得前所未有般困难。河水的味道淡多了，污水直排也终止了，但有毒的化合物仍旧从沙质土壤中渗入汤姆斯河，工厂的近邻仍旧时不时地抱怨那些从储存池漂来的恶臭——那个 10 英亩的池子是用来存放排海前的废水的。因为担心公众反对，汽巴公司管理层规定，他们的圆顶焚烧炉只在夜晚焚烧冒烟最多的东西。即使如此，汤姆斯河化工厂 1967 年对镇上的居民进行了民意调查，“结果令他们释怀：86%的人说，工厂是本地区的财富，只有 6%的人觉得它是负担（另有 8%说它既是财富又是负担）。34%的人认为，工厂是当地水污染的主因，但如果工厂想扩张，只有 4%的人反对”[①]。需要指出的是，调查对象中只有 10%的人在工厂工作或有近亲在工厂工作，这与 20 世纪 50 年代相比有明显不同，在当时的记录中，1/3 的家庭与工厂有直接联系。1972 年，欧申县最大的私营企业汤姆斯河化工厂受到刑事指控的消息只惊动了一家本地媒体——《欧申县观察家报》（*Ocean County Observer*）写了一篇报道，强调公司官方令人惊讶的反应，但随即又发表了一篇社论，“称汤姆斯河化工厂是‘好邻居’，‘对当地经济帮助极大’”[②]。1968 年，搬到紧邻化工厂的卡迪纳尔大道居住的林恩沃斯一家知道，松林中的那片土地属于汤姆斯河化工厂，但他们不觉得这有什么不好。相反，他们很喜欢这种私密性。他们有时候会闻到难闻的气味——通常是夜晚，因为那是看不到但闻得到的工厂烟囱最繁忙的时段。他们家西边的窗户面向树林掩蔽下的烟囱，摸起来和别的窗户不一样，有点沙沙的感觉，就好像被尘粒细细打磨过，“但这小小的不便很容易被忽略”[③]。直到 1969 年出生的兰迪 13 年后患上了髓母细胞瘤，林恩沃斯一家才开始怀疑其近邻汤姆斯河化工厂，然后在兰迪去世后的 1986 年，他们卖掉了住了 18 年的房子，搬离了危险之地。

1984 年，汤姆斯河化工厂的排海管道破裂后，斯蒂芬妮·伍特斯（Stephanie Wauters）等人成立了“欧申县公民，为了清洁水”的环保组织。8 月初，该组织在市政厅举行了 150 多人的聚会活动，此时，汤姆斯河化工厂的“工会有时会派工人去，试图扰乱会议进程”[④]。上百工人还出现在有关排海管道问题的听证会上，他们穿着公司的工作服，戴着工会的棒球帽；有些人甚至开车去海边村镇，在“绿

---

① Fagin, Dan. 2013. *Toms River: A Story of Science and Salvation*. New York: Bantam Books: 88.

② Fagin, Dan. 2013. *Toms River: A Story of Science and Salvation*. New York: Bantam Books: 109.

③ Fagin, Dan. 2013. *Toms River: A Story of Science and Salvation*. New York: Bantam Books: 120.

④ Fagin, Dan. 2013. *Toms River: A Story of Science and Salvation*. New York: Bantam Books: 170.

色和平”组织的集会地旁边组织反示威游行。在“欧申县公民，为了清洁水”组织刚开始受到关注时，汽巴–嘉基公司的工人们曾试图控制这个组织，他们要求看社团规章，要求选举，并且不请自来地参加会议。当时的工会主席吉姆·麦克马纳斯（Jim McManus）特别好斗，有人抱怨排海管道，他就大喊：“到别地儿游泳去！”[①]1985 年 9 月底，美国国家职业安全与卫生研究所（National Institute for Occupational Safety and Health）的研究者布鲁斯·希尔（Bruce Hills），前往化工厂采集大气数据和工人的尿样，其工会“要求成员不要配合”[②]。结果，希尔没能找到足够的工人进行测试，无法得到可靠结果。1988 年初，汤姆斯河化工厂排海管道的另一处被一施工方的推土机撕开了一个口子，喷出了 20 万加仑[③]的废水。针对汽巴–嘉基公司的非法倾倒的公众听众会举行时，汤姆斯河化工厂的工人仍然出来支持其工厂，与支持关闭排海管道的环保人士对垒：“敌对阵营能分辨开——工会工人戴着自己的棒球帽，环保人士举着标语牌”[④]。

总之，汤姆斯河镇的民众由于缺乏科学知识，没有充分认识到环境污染的严重后果。在汤姆斯河化工厂工作的人为了保住自己的工作，以及听任外来有毒废弃物倾倒在自己土地上的人为了收取一些钱——这两类人成了污染者的帮凶。即使没有直接从中暂时得到好处的人，对环境保护往往也无动于衷。

由此可见，环境遭到破坏不能抽象地归因于人类征服自然或对自然的压迫，而是与一定的社会历史条件密切相关；在汤姆斯河镇，环境严重污染是当代资本主义的社会问题和观念问题的共同产物——作为少数人的跨国公司资本家利用当地民众科学知识和生态意识薄弱的缺陷，与为资本服务的各级政府部门共谋，无视当地的生存环境以及当地居民的健康和生命，只为自己赚取最大利润。资本家只考虑自己的利益，不仅破坏了自身不在其中的地区的环境，也损害了该地区民众的长远利益；而该地区的民众只考虑眼前利益，相关的资本主义政府公权部门只为资本服务，只重视短期的经济增长和民众物质生活水平的暂时改善。这表明，费金认识到，环境问题是社会问题和观念问题相互推波助澜所导致的，要治理环境污染，需要改变大众观念和解决社会问题并行。这一点将在第四小节中展开论述。

三、显示科学的益处和技术的双刃性，倡导生态科技观

《汤姆斯河》的副标题是“科学与救赎的故事”，作者费金在第 1 章中简述了苯胺染料生产技术的发明、汽巴等染料化工厂在瑞士的兴起直至迁入汤姆斯河镇的过程，在第 2 章至第 11 章以及第 14 章和第 15 章里插叙了环境流行病学和癌症

---

① Fagin, Dan. 2013. *Toms River: A Story of Science and Salvation*. New York: Bantam Books: 199.

② Fagin, Dan. 2013. *Toms River: A Story of Science and Salvation*. New York: Bantam Books: 216.

③ 1 加仑(美)=3.785 412 升；1 加仑(英)=4.546 092 升。

④ Fagin, Dan. 2013. *Toms River: A Story of Science and Salvation*. New York: Bantam Books: 241.

病理学的发展历程，其余各章叙述的内容包含了汤姆斯河镇及周边的污染受害者起诉汽巴-嘉基公司和联合碳化物公司所需的癌症集群研究和污染物致癌机制研究的进程。这些内容涉及化学、医学、统计学等诸多领域的专业知识，充分显示了科学的积极作用，以及技术的双刃性——既可造福于人，也可危害于人。

环境流行病学和癌症病理学的发展，使民众破除迷信，正确认识致病原因，从而重视在有害工作环境中对自身的防护，并对自己的生活环境加以保护；使政府机构加强环境保护，维护民众的健康，并能以此为根据，惩治环境污染者，使排污者有所忌惮；使受害者能以此为证据，维护自己的权益。西方传统认为，人类疾病是由四种体液间的失衡造成的，这四种体液指血液、黄疸汁、黑胆汁和黏液，分别对应世上的四种元素——气、火、土、水。在文艺复兴时期，瑞士医生帕拉塞尔苏斯（Paracelsus）提出一个重要理念："疾病的本质是化学作用，因而它的治疗也是化学过程。"[①]当时，矿工中流传的故事说，矿山的"地精用有毒的蒸汽守护那儿的矿藏"[②]，采矿工人中常见的慢性病是因吸入这些毒气所致。帕拉塞尔苏斯著有《斯尼伯格矿山病及其他矿山疾病》（*On the Miners' Sickness and Other Miners' Diseases*）一书，包含了"污染致病"观念。费金这样强调该书的重要意义：它"成功地描绘了砷汞中毒的症状，第一个观察到了污染物可以进入肺部引起慢性疾病。几乎可以肯定，帕拉塞尔苏斯所描述的'萎缩病'就是肺癌，他甚至注意到，不仅仅是这个行业的工人，旁人如果在矿井或熔炉附近待的时间过长，也存在风险"[③]。意大利医生伯纳迪诺·拉马齐尼（Bernardino Ramazzini）亲自检查工人的工作环境，收集职业病患者的详细工作史，在此基础上于 1700 年出版了《工人的疾病》（*Diseases of Workers*）一书，对 52 种与行业相关的疾病做了极其精确的描述，包括制陶工的铅中毒、制镜工的汞中毒，还有伏案苦读者的脊椎弯曲和精神负担；他指出的预防措施包括沐浴、锻炼、通风、戴手套、戴面具、隔离危险材料等，这些最终成为公共健康管理的基础。费金指出，公共健康管理"这门学问令汽巴、嘉基、山德士公司在巴塞尔、辛辛那提，最终在汤姆斯河镇烦恼不已"[④]。

19 世纪中期，霍乱数次袭击伦敦市。当时的人们认为，霍乱与肺结核这些传染疾病，都是由弥漫于城市空中的瘴气所致。英国医生约翰·斯诺（John Snow）不以为然，他认为，霍乱起因于患者饮用了变质的水。为此，他探查了 1854 年 8 月 31 日至 9 月 2 日之间去世的 83 个死者所处的环境，结果发现，除了少数几个人，其他所有死者都是从布罗德街的一口水井中汲的水。为了精确显示受害者是

---

① Fagin, Dan. 2013. *Toms River: A Story of Science and Salvation*. New York: Bantam Books: 28.

② Fagin, Dan. 2013. *Toms River: A Story of Science and Salvation*. New York: Bantam Books: 28.

③ Fagin, Dan. 2013. *Toms River: A Story of Science and Salvation*. New York: Bantam Books: 29.

④ Fagin, Dan. 2013. *Toms River: A Story of Science and Salvation*. New York: Bantam Books: 29.

什么时候在那里感染的疾病，斯诺绘制了地图，标出了他们生活的地点，以及疾病是如何随着时间推移扩展和消退的。费金认为，斯诺绘制的这“两种图——分别涉及空间和时间——后来都成为汤姆斯河镇和其他地方确定流行病集群时使用的标准技术”①。1878 年，德国医生沃尔瑟·赫西（Walther Hesse）写了一篇短文；次年，他与弗里德里克·哈廷（Friedrich Harting）合著了一篇稍长的文章，披露了他们对施内山矿井工人肺癌多发病的研究成果，“第一次得出了经得起怀疑者质疑的结果，确认了癌症的集群性”②。英国病理学家欧内斯特·劳伦斯·肯纳韦（Ernest Laurence Kennaway）及其实验小组，经过十多年研究，于 1932 年发现了十几种致癌的多环芳烃，并指出，只要是有机物燃烧的地方，这些芳烃就会出现。费金评价说：“在很大程度上，多亏肯纳韦和他的同事，20 世纪 40 年代几十种致癌污染物才得以确定，而且使得环境原因——有毒化合物作用于生物体——是人类患上癌症的重要因素这一理念（虽大多仍未得到证实）获得广泛认同。”③德国病理学家威廉·休珀（Wilhelm Hueper）通过对杜邦·钱伯斯化工厂的考察研究，预言了生产有苯胺染料的该厂工人将有膀胱癌集群现象；1942 年，他写就并出版了一部 896 页的巨著《职业肿瘤及相关疾病》(*Occupational Tumors and Allied Diseases*)，此书至今仍是该领域的经典之作。费金特地指出休珀与当代生态思潮的引发者卡森的关系：“应蕾切尔·卡森的邀请，休珀审阅了《寂静的春天》的一部分，该书 1962 年出版，影响深远，卡森在其中提及休珀的研究成果。”④

德国生物学家西奥多·海因里希·博韦里（Theodor Heinrich Boveri）在 1914 年出版的著作《恶性肿瘤的起源问题》（*On the Problem of the Origin of Malignant Tumors*）中指出，对癌症的易感性是可遗传的。美国生物学家赫尔曼·约瑟夫·马勒（Hermann Josepy Muller）终生都在思考儿童癌症问题，他用 X 射线照射果蝇进行实验，证实了致癌物可使基因突变，并于 1946 年因在遗传学领域的研究荣获诺贝尔生理学或医学奖；此后 20 年，他都在研究果蝇的变异，并抵制使用放射性武器、工业和医疗辐射——他将其称为“留给后代的定时炸弹”，并警告说，“下一代人将通过基因变异和癌症看到上一代的罪孽”⑤。美国癌症遗传学家阿尔弗雷德·克努森（Alfred Knudson）经过长期研究，于 20 世纪 60 年代末提出了“双重打击假说”。费金评价说，这一假说成了阐释致癌作用的主要范本和癌症成因的首要假说，它意味着，“大多数癌症都经历复杂进程，始于遗传突变，继以数次对遗传物质的‘打击’。如果随后的这些突变出现在某些关键时期，尤其是在很

① Fagin, Dan. 2013. *Toms River: A Story of Science and Salvation*. New York: Bantam Books: 83.

② Fagin, Dan. 2013. *Toms River: A Story of Science and Salvation*. New York: Bantam Books: 127.

③ Fagin, Dan. 2013. *Toms River: A Story of Science and Salvation*. New York: Bantam Books: 164-165.

④ Fagin, Dan. 2013. *Toms River: A Story of Science and Salvation*. New York: Bantam Books: 208.

⑤ Fagin, Dan. 2013. *Toms River: A Story of Science and Salvation*. New York: Bantam Books: 257.

多细胞都在分裂的胎儿发育期或是童年早期，结果就会非常糟糕”①。克努森的研究激发了汤姆斯河镇癌症患儿家长行动起来，促使新泽西州和联邦政府花几百万美元去调查患儿致病元凶。原因是，大体上说，来自汽巴-嘉基公司或是赖克农场的样品，无论是土样、地下水样品还是空气样品，其中大都含有至少一种癌症诱变化合物。费金这样评价克努森的理论的现实意义：

> 对于一个致癌诱变剂到处弥漫的小镇，克努森的研究意味着什么不言而喻：一种物质能对 DNA 实施“打击”，它就有致癌风险，而人一生中最有可能在短时间内受到一次——或是两三次——打击的时间段，就是快速发育的胎儿或幼儿期。布鲁斯·安德森（Bruce Anderson）和“欧申之爱”的其他家长们听到这个假说后，他们就在想，自己的孩子究竟经受了几次打击，这又是谁造成的。②

克努森的理论假说使汤姆斯河镇癌症患儿家长明白了自己孩子的病因，从而奋起抗争，控告环境污染者。此外，20 世纪 60 年代，珀西·斯托克斯（Percy Stocks）等生物统计学家“已经把癌症的聚类分析发展成了严密完整的科学研究”③。

显然，上述这些科研成果为汤姆斯河镇的癌症集群研究和致病机制探微奠定了较为全面的基础，也为当时生态思潮和环保运动在美国的兴起奠定了必要的基础——《寂静的春天》之所以能在美国乃至全世界引起强烈反响，主要原因就在于，人们认识到，DDT 等化学农药毒化了人们的生存环境，诱发了包括癌症在内的许多严重疾病，从而危及人们的健康，乃至生命。除此之外，汤姆斯河镇及其周边民众奋起抗议化工企业排污，患儿家长勇敢起诉这些企业，联合碳化物公司被迫认罪，汽巴-嘉基汤姆斯河化工厂被迫关闭排海管道，把生产业务迁往异地，科技也起了至关重要的作用。这一点将在下一小节阐述。

需要指出的是，在环境主义者看来，技术和技术进步能够解决当前的生态危机，人类可以一如既往地追求无限的经济增长；而生态中心主义者认为，技术和技术进步是人类征服自然的帮凶，是生态危机产生的根源，人类需要摒弃现代技术，回归到前工业社会，甚至原始社会。生态马克思主义者认为，技术在价值维度上是中性的——它是造福人类，并解决生态危机，还是引发生态危机，危害人类，关键取决于其运用方式；资本主义非理性地运用技术——资本家以自我为中心，肆无忌惮地追逐利润，不断扩大再生产，罔顾劳工的权益和生态规律，才导致包括劳工乃至所有弱势群体在内的多数人遭殃的社会危机，并引发生态危机。美国生态马克思主义学者威廉·莱斯（William Leiss）反对把“控制自然”曲解

---

① Fagin, Dan. 2013. *Toms River: A Story of Science and Salvation*. New York: Bantam Books: 265-266.

② Fagin, Dan. 2013. *Toms River: A Story of Science and Salvation*. New York: Bantam Books: 266.

③ Fagin, Dan. 2013. *Toms River: A Story of Science and Salvation*. New York: Bantam Books: 279.

为所有人控制自然的抽象意识形态说教，他指出："由于对自然的技术控制而加剧的冲突又陷入追求新的技术以进行人与人之间的政治控制"①；控制自然所带来的社会后果已使人们认识到，"控制自然似乎不是人类的伟大事业，而是维护特殊统治集团利益的手段"②。这就是说，是作为少数人的资本家利用技术控制自然为自己谋利，并与相关管理当局共谋，压迫和控制相关民众，以便使为数不多的统治集团成员的利益最大化。可以说，《汤姆斯河》描述的一些情节把这一点表现得淋漓尽致。

1856 年，英国伦敦一间化学实验室的主人威廉·亨利·珀金在做煤焦油分离实验时，无意中发现了生产苯胺染料的化工技术。然而，这一技术在英国之外没有申请专利。1859 年底，瑞士巴塞尔的约翰·鲁道夫（Johann Rudolf）和亚历山大·克拉维尔（Alexander Clavel）等人钻了这一空子，盗用了这一技术，分别在莱茵河的运河边，建立起自己的苯胺染料生产车间，彼此相隔几英里。后来，两家公司跻身世界最大的化工公司行列：前者即嘉基公司，后者即 1873 年转让后于 1884 年改名为"巴塞尔化工公司"的汽巴公司。此外，巴塞尔的第三大染料制造商山德士 1886 年加入了染料产业。后来，煤焦油还被用于生产涂料、溶剂、阿司匹林、甜味剂、泻药、洗涤剂、墨水、麻醉剂、化妆品、黏合剂、显影剂、防水膜、树脂和早期的塑料。19 世纪末，化工生产商的原料已不仅仅是煤焦油，而已拓展到石油等其他原材料上，以此生产出种类更多的非常成功的产品，包括丙酮和 X 射线底片。汽巴公司甚至直接从阿尔卑斯山购来页岩油作为新原料。此后，从巴塞尔起家的三个巨型化工公司（汽巴、嘉基、山德士）在美国建立了一个生产燃料和其他产品的联合体——1920 年先落户俄亥俄州的辛辛那提，1952 年又搬迁至汤姆斯河镇——至此，这个行业证明了自己可以合成现代社会需要的几乎所有物质。"这是稳赚不赔的生意，只要别太在意生产过程会留下什么。"③运用此类化工技术生产的各种化工产品改善了人们的生活，这本无可厚非，关键是跨国公司资本家只顾为自己赚取最大利润，把有毒的液态、气态、固态废弃物不经处理，直接排入河流、空中，或埋入土壤中，先后污染了巴塞尔、辛辛那提、汤姆斯河镇等一个个建厂的地方的环境，严重伤害了周边居民的健康乃至生命。

更有甚者，汤姆斯河化工厂还用科技做挡箭牌，掩饰和抵赖其污染环境的罪行。1952 年，汤姆斯河化工厂开始生产时，汤姆斯河镇乃至欧申县都没有化工方面的专家，当地居民的化工知识缺乏，化工厂正是利用这一缺陷，滥用一些化学知识和术语，欺骗这些居民："1953 年，汽巴的一个小册子里加入了大量新废物处理系统的图片，一个标题写道：'排入汤姆斯河经过净化的污水，清澈，中性，

---

① 威廉·莱斯. 1993. 自然的控制. 岳长龄等, 译. 重庆: 重庆出版社: 141.

② 威廉·莱斯. 1993. 自然的控制. 岳长龄等, 译. 重庆: 重庆出版社: 151.

③ Fagin, Dan. 2013. *Toms River: A Story of Science and Salvation*. New York: Bantam Books: 13.

对鱼类无害’。”[①]多年来，汤姆斯河化工厂的化学专家都在协助镇水务公司分析城市饮用水的水质，因为他们的专业性远胜于水务公司能聘用到的任何员工。1965年8月中旬，“汤姆斯河化工厂告知镇水务公司，其化学专家在镇上的饮用水中发现，染料化合物遍布他们检测过的每一处日常用水。”[②]水务公司经理罗伯特·斯奈德（Robert Snyder）本应关闭被污染的水井，但他没这么做。他首先考虑的是如何维护该镇不断增长的利益，以及自己是否有可能被问责。他想到的是：

> 镇子正在急速增长，而对地方形象和地产价值意味着一切的小镇来说，一个新的潮流是要拥有绿油油的草坪。关闭水井？凭什么用户突然之间只能凑合着用不及日常用水量一半的水？不把这个向他们解释清楚，别想关了霍利街的水井。水务公司和化工厂需要面对的尴尬问题还有，镇上的人们早茶呷着有毒化合物究竟有多久了？为什么他们之前没有任何作为？[③]

因而，水务公司与汤姆斯河化工厂共同努力，掩饰着镇上饮用水已被污染的秘密，结果污染的水井仍然在使用，继续保持满负荷运转，镇上的人们仍旧毫不知情地饮用着污染水。该工厂拥有水质监测技术，知道生活用水质量有问题，却与镇水务公司共谋，只图眼前利益，长期隐瞒事实真相，而无视当地民众的健康乃至生命。

由于当地政府在法律、技术和资金支持等方面，都无法与汽巴、嘉基这些大公司匹敌，因此在第一个“地球日”1970年4月22日之前，“一争论起环境污染，州长、镇长们通常都是被大公司围着，而不是和他们属下的管理机构讨论……新泽西州几十年前的反污染法条文就规定了可采取刑事处罚，即使如此，破坏环境还是经常做民事调解，而不做刑事控告”[④]。就是说，大公司运用自己的财力，通过操控政客和技术专家等方式，为自己污染环境的罪行进行开脱。1979年，新泽西州的立法人员把非法排放有毒废弃物定成重罪，判刑5—10年，但难于证明犯罪意图仍旧是定罪的一个巨大障碍，这尤其困扰着州环保局的职员，原因是：

> 在他们与污染者的艰苦斗争中，要想让对方遵守规定，依赖的就是他们会严格执法，包括刑事惩罚的威慑。这种威慑对汽巴-嘉基这样的大公司来说尤其空洞，这些企业请得起顶级的律师与工程师精英，还与政客亲密无间。早在（20世纪）70年代，该公司就已经证明了其打得赢刑

① Fagin, Dan. 2013. *Toms River: A Story of Science and Salvation*. New York: Bantam Books: 32.

② Fagin, Dan. 2013. *Toms River: A Story of Science and Salvation*. New York: Bantam Books: 68.

③ Fagin, Dan. 2013. *Toms River: A Story of Science and Salvation*. New York: Bantam Books: 69.

④ Fagin, Dan. 2013. *Toms River: A Story of Science and Salvation*. New York: Bantam Books: 106.

事诉讼案。没有谁想和汽巴–嘉基公司纠缠，而且它知道这一点。①

即是说，汽巴–嘉基公司一直用雄厚的财力操控相关专家，因而敢于肆无忌惮地排污。

直到 2000 年以后，在汤姆斯河镇癌症患儿家属起诉汽巴–嘉基公司案件的漫长调查研究过程中，被告仍聘用相关专家为自己开脱："参与汤姆斯河镇调查的很多专家，都有做环境类案件专家证人的丰富经验，要么是专门为原告作证，要么是专门为被告作证。布鲁斯·莫霍尔特（Bruce Molholt）和理查德·克拉普（Richard Clapp）基本上都是为自称受到污染伤害的一方作证，而亚拉巴马大学的菲利普·科尔（Philip Cole）和伊丽莎白·德尔泽尔（Elizabeth Delzell）通常为化工公司辩护。"②

显然，费金在《汤姆斯河》中描述了科学发展和技术运用给人们带来的益处，同时没有掩饰技术运用产生的危害，这表明，在他看来，科学和技术是有区别的：科学是有益的，它可以改变人们的错误观念，造福于人；技术则是中性的，其产生的结果取决于人们如何运用它。可以说，费金在倡导生态科技观——启示人们发展科技，尤其是恰当地使用技术，以便使科技能造福于人，促进人间的正义与和谐，确保经济发展和健康环境并行不悖，实现人与人、人与自然共存共荣。

四、彰显生态恢复的途径：改变观念并诉诸行动

历史唯物主义认为，社会存在决定社会意识，而后者对前者具有反作用。第二次世界大战结束后，美国经济高速增长，其部分地区的环境却遭到严重污染，DDT 等化学农药的使用也使生态平衡遭到破坏。同时，如前一小节所述，截至 20 世纪 60 年代，环境流行病学、病理学和毒理学等学科的发展，使人们认识到环境状况对人类健康的重大影响。这些社会存在因素促使蕾切尔·卡森 1962 年写就并出版了《寂静的春天》一书，使"生态"一词为大众所知，使民众的生态意识逐渐增强，催生了世界范围的当代生态思潮和环境保护运动。环保运动首先使美国加强了环境立法和执法力度，使其环境大大改善。汤姆斯河镇污染事件及其治理只是这一社会现象的一个缩影。《汤姆斯河》表明，促使该镇的环境污染得以治理的主要因素有五个。

第一，到 20 世纪七八十年代，在美国基本形成了注重环境保护的社会氛围，即使在偏远的汤姆斯河镇也不例外。1970 年 4 月 22 日，美国兴起了世界上第一个"地球日"活动，吸引了 2000 万美国人在上百个地方聚集，环境保护迅即从无人问津变成了全美最受关注的话题。"在汤姆斯河镇，这一活动很温和，学校的

① Fagin, Dan. 2013. *Toms River: A Story of Science and Salvation*. New York: Bantam Books: 176.

② Fagin, Dan. 2013. *Toms River: A Story of Science and Salvation*. New York: Bantam Books: 403.

孩子们外出远足，然后捡了捡垃圾。”[①]新泽西州议会则在“地球日”这天成立了新泽西环境保护局，此前，污染控制工作归州卫生局管理，饱受冷遇。另一个更重要的变化是，国会和总统理查德·尼克松（Richard Nixon，1913—1994）顺应民意，突然开始极力强调联邦政府在污染控制中扮演的角色，此前联邦政府在此方面是落后于州政府和各个城市的。联邦政府新成立的环保局，有助于打破州、县政府的地方保护主义，1971 年，它第一次派人视察了汤姆斯河化工厂；1972 年 7 月 13 日，联邦检察官开始对汤姆斯河化工厂向大西洋和汤姆斯河排污提起诉讼；虽然 1974 年起诉被转入中止状态，最终被驳回，没有人认罪或被进行任何处罚，但 1977 年 9 月，汤姆斯河化工厂被迫“出资修建的污水处理厂建成，第二年开始运行，与此同时，公司的第一个有防渗膜垃圾填埋场——1 号室——也开始运行”[②]。显然，汤姆斯河化工厂对排污已开始有所忌惮。1978 年夏天，纽约州尼亚加拉瀑布城拉夫社区的污染与疾病的联系，由于《尼亚加拉公报》（*Niagara Gazette*）记者迈克尔·布朗（Michael Brown）的报道，引发了调查研究，纽约州宣布该社区进入健康紧急状态；5 天后，时任总统吉米·卡特宣布其为联邦政府灾害调查范围，并于 1980 年签署了《超级基金法》（Comprehensive Environmental Response, Compensation and Liability Act，俗称 Superfund），“授权美国环保局把全国最危险的有毒废弃物排放点进行编码并排序，然后监督其清理工作”[③]。在此社会大环境中，1984 年，汽巴–嘉基汤姆斯河化工厂的排海管道第一次泄漏事件发生后，社会各界强烈抗议声不断，最终迫使该工厂 1991 年关闭排海通道，1996 年关闭了工厂。

第二，当地居民的生态意识不断增强。1984 年 4 月 12 日，汤姆斯河工厂排海管道破裂，导致废水泄漏，《欧申县观察家报》的记者唐·贝内特（Don Bennet）迅疾行动，每天“都在写有损汽巴公司形象的文章，内容包括渗漏的垃圾填埋场、与州政府管理人员的争辩，还有从别的工厂收污水”[④]。1984 年夏天，贝内特报道了汤姆斯河化工厂使用的所有化合物。由于该厂在申请新的污水排海许可证时被迫提供相关信息，因此废水的成分不再是商业秘密。当时，欧申县的居民们每天都在阅读这些信息。贝内特还写了一个分两天刊登的连续专题，详述了该工厂污水中的 22 种危险化合物及其所使用的其他 109 种物质。这揭穿了化工公司发言人的谎言：“排往大西洋的污水里‘百分之九十九都是水，还有一点盐’。”[⑤]家住海边的罗丝·多纳托（Rose Donato）太太，看到了贝内特发表在《欧申县观察

① Fagin, Dan. 2013. *Toms River: A Story of Science and Salvation*. New York: Bantam Books: 106.
② Fagin, Dan. 2013. *Toms River: A Story of Science and Salvation*. New York: Bantam Books: 108.
③ Fagin, Dan. 2013. *Toms River: A Story of Science and Salvation*. New York: Bantam Books: 130.
④ Fagin, Dan. 2013. *Toms River: A Story of Science and Salvation*. New York: Bantam Books: 144.
⑤ Fagin, Dan. 2013. *Toms River: A Story of Science and Salvation*. New York: Bantam Books: 145.

家报》上的报道，写信给美国著名激进环保组织“绿色和平”，使其制造了更多不利于化工厂的新闻事件。1984年，汤姆斯河镇的斯蒂芬妮·伍特斯、约翰·伍特斯夫妇以及其他懂科学的朋友，成立了一个名为“欧申县公民，为了清洁水”的环保组织，其任务是“促进更严格的水质监测，并推动汽巴–嘉基全面公开其排放入海、深埋进土的化学废弃物的种类和数量”[①]。

第三，域外环保组织积极支援，使污染者的负面形象广为人知，对其造成强大舆论压力。1984年7月末，著名的“绿色和平”组织的成员戴夫·拉帕波特（Dave Rapaport）等人，为了关闭汤姆斯河工厂的排海管道，潜入海中的管道口旁，试图封堵管道口，而且进入厂区，爬上工厂的标志性建筑——高高在上的水塔，扯出抗议条幅，上面写着白色大标语：“铲除它，不要留它”[②]。当晚，萨姆·斯普朗特（Sam Sprunt）和贝弗莉·贝克（Beverly Baker）爬上水塔的抗议事件，就上了费城和纽约的新闻报道。由于这些环保斗士的努力，汽巴–嘉基汤姆斯河化工厂不再是汤姆斯河镇居民的骄傲。

第四，汽巴–嘉基汤姆斯河化工厂的工会及其工人，乃至力挺化工厂的相关政府部门，因舆论影响和大众立场的变化最终也改变了立场。美国生态马克思主义的另一著名学者奥康纳，从生产条件的破坏角度审视资本主义与生态危机的关系。他认为，生态危机既是资本追逐利润的必然结果，也是资本主义制度的必然结果，但民主可迫使资本主义国家采取措施，应对生态危机。他说：“环境破坏的问题不应该仅仅放在资本的维度上来加以审视，国家和自然界的危机之间存在着非常深刻的内在关系。当然，正是这个国家——如果能处在市民社会的民主化控制之下——将会成为重建自然界，以及重建我们人类与自然界之间的关系的基础。”[③]以前，汤姆斯河化工厂的工会和工人，以及汤姆斯河镇、欧申县直至新泽西州政府及相关部门，都是化工厂的维护者，其行为都是只从自身利益出发——工会和工人为的是自己的饭碗，相关政府部门秉持地方保护主义。但在1985年夏天，由于“过去一年多的时间里，报纸一直在不间断地报道，化工厂排往地下和海洋的废弃物中包含有毒物质，每天接触这些化合物的工人都非常焦虑，乔治·伍利（George Woolley）和工会的其他领导觉得，有必要要求汽巴–嘉基做一个健康研究”[④]。当时，民主党控制着新泽西州参议院，主席是汤姆斯河镇本地人约翰·F.罗素（John F. Russo），他长期以来一直是化工厂的朋友，但“随着公众反对意

① Fagin, Dan. 2013. *Toms River: A Story of Science and Salvation*. New York: Bantam Books: 153.

② Fagin, Dan. 2013. *Toms River: A Story of Science and Salvation*. New York: Bantam Books: 167.

③ 詹姆斯·奥康纳. 2003. 自然的理由：生态学马克思主义研究. 唐正东等，译. 南京：南京大学出版社：247-248.

④ Fagin, Dan. 2013. *Toms River: A Story of Science and Salvation*. New York: Bantam Books: 213.

见的增多，他对工厂的支持有所动摇”[①]。化工厂的工人们也逐渐开始关注自身的身体健康。1988 年，由于汽巴–嘉基公司多年前使用的铅质水管的污染问题，工厂不得不在自己的 62 个水源上标出危险警告。同年，汤姆斯河镇议会“投票决定（奴隶般地顺从了汽巴–嘉基几十年之后，他们终于有了转变）对工厂厂址（以及赖克农场）重新进行土地规划，禁止进行新的建设项目”[②]。1988 年 10 月，“新泽西州环保局否决了汽巴–嘉基申请的建造制药厂车间的许可证……两周后，欧申县 11 个镇投票表决，压倒性地要求关闭排海管道，投票者包括工厂最亲爱的邻居汤姆斯河镇”[③]。虽然投票并没有约束力，但汽巴–嘉基公司终于准备屈服；12 月，化工厂经理西马斯（John Simas）宣布，于 1991 年底关闭排海管道，此后将尽力处理近 40 年化工生产所遗留的污染问题。

第五，科学技术最终起了关键作用。联合碳化物公司被迫认罪，汽巴–嘉基汤姆斯河化工厂被迫关闭排海管道，把生产业务迁往异地，这都是法律判决使然，而判决的根据是，这两家化工企业排放的各种废弃物污染了当地环境，进而危害了当地居民的健康，而要证明这一点，又需要科技。

在费城儿童医院癌症病区护士莉莎·博纳齐安（Lisa Boornazian）的倡议下，在癌症患儿家属琳达·吉利克发起的互助团体“欧申之爱”的推动下，1995 年 3 月 13 日，联邦政府毒物与疾病登记处责令新泽西州卫生局调查汤姆斯河镇儿童癌症的高发情况。1996 年 11 月，新泽西州环保局的化学专家弗洛伊德·加尼科拉（Floyd Genicola）等人，在汤姆斯河镇的调查发现，该镇的公共供水系统中存在可疑致癌物质 SAN 三聚物，这使联合碳化物公司、汤姆斯河镇水务公司和州政府需要面对一些难堪的决定：他们必须关闭过去 20 年里一直拒绝关闭的重要水井。费金写道：“多年来，联合碳化物公司一直否认自己在污染公共用水，而联邦政府和州政府的管理者则是它的后盾——对汽巴公司也是如此。现在这些辩白被驳倒了。”[④]以琳达·吉利克为代表的“欧申之爱”组织，把汽巴–嘉基公司、联合碳化物公司作为汤姆斯河镇儿童癌症集群的元凶，对其提起诉讼，1998 年 1 月，其律师简·谢里曼（Jan Schlichtmann）聘请了流行病学家理查德·克拉普、水力模型专家彼得·墨菲（Peter Murphy）等科学家协助调查取证。另一律师马克·库克（Mark Cuker）聘请了毒理学家布鲁斯·莫霍尔特。同时，政府也给这些患者家庭提供了极大的支持。州卫生局和联邦政府毒物与疾病登记处对赖克农场的健康调查结束了，结论是：“基于其过去的污染，这里有公共卫生风险。”[⑤]几个月

---

① Fagin, Dan. 2013. *Toms River: A Story of Science and Salvation*. New York: Bantam Books: 234.

② Fagin, Dan. 2013. *Toms River: A Story of Science and Salvation*. New York: Bantam Books: 244.

③ Fagin, Dan. 2013. *Toms River: A Story of Science and Salvation*. New York: Bantam Books: 245.

④ Fagin, Dan. 2013. *Toms River: A Story of Science and Salvation*. New York: Bantam Books: 340.

⑤ Fagin, Dan. 2013. *Toms River: A Story of Science and Salvation*. New York: Bantam Books: 390.

后，它们针对汽巴-嘉基公司的报告得出了类似结论。这些机构总结说：“在这两起事件中，排放的污染物从污染点最终到达住户后院的水井和公共水井的‘污染路径完整’，而到达公共水井就意味着殃及汤姆斯河镇的民众，他们同时还直接接触汽巴公司排放的大气污染物。”[①]莫霍尔特花了数月时间，从雪片般的文件里理出了个头绪，他发现的东西鼓舞着他。他认为，“从毒理学的角度看，这些家属很有优势。有翔实的证据证明——尽管是间接证据，汽巴公司和赖克农场的废弃物是致癌的”[②]。在莫霍尔特从汽巴公司或是赖克农场的污染物中识别出的化合物里，有不止一种已经被确认可以导致白血病或是神经系统疾病的物质，而这两种病正是汤姆斯河镇发病率上升最多的癌症。

总之，《汤姆斯河》所描述的相关情节表明，要清除污染源、恢复健康环境，需要普及科学知识，培养全体民众与环境休戚与共的生态意识，唤起民众奋起抗争，通力合作，积极行动，捍卫自己拥有健康环境和健康生存的权利，进而促使相关当局加强立法、监管和执法力度。民可载舟，亦可覆舟——汤姆斯河镇的居民由于缺乏科学知识和生态意识，错误地欢迎化工厂的到来，使其在该镇蓬勃发展了 30 余年，但由于该工厂屡行不义之举，只顾自己赚取高利润，漠视当地环境和当地居民的健康乃至生命，致使这些居民的生态意识觉醒，不断勇敢地抗争，最终才迫使化工厂搬离该镇，并开始清除和治理污染源。

第二节　费金《汤姆斯河》的艺术特色

作为长篇科学报告文学，《汤姆斯河》的艺术特色主要体现在下述三个方面。

首先，在题材方面，《汤姆斯河》继承了卡森《寂静的春天》的传统，描述了化学工业造成的环境灾难，但《汤姆斯河》描述的环境灾难及其产生原因更具有典型性，迄今为止在世界各地频频出现。《寂静的春天》描述的主要是滥用 DDT 等农药对生态平衡造成的破坏，其中虽然也写到了对人造成伤害的例子，但这种现象在世界各地都不是很普遍。相比之下，对于《汤姆斯河》描述的内容，世界各地的民众大都有痛切感受：一些化工企业为了降低成本、获取更多利润，明知排放物有害，却不对其做任何处理，而利用偏远落后地区的民众科学知识贫乏、生态意识淡漠，以及当地政府急于发展经济的弱点，把化工厂建在或迁到该地，偷偷地直接把有毒废气排入空气，把有毒废水渗入土壤、排入河流或大海，严重污染了当地的空气、土壤和水源乃至整个环境，使当地居民各种癌症发病率骤升，健康乃至生命失去了保障；当地政府为了经济收入，秉持地方保护主义，与破坏

① Fagin, Dan. 2013. Toms River: A Story of Science and Salvation. New York: Bantam Books: 390.

② Fagin, Dan. 2013. *Toms River: A Story of Science and Salvation*. New York: Bantam Books: 391.

环境的化工厂共谋，甚至化工厂的员工贪图眼前的小利，也站在污染企业一边，反对对其进行处罚。而且，《汤姆斯河》也详细描述了科技的双刃性：一方面，汽巴-嘉基等化工企业运用化学研究成果的行为严重污染了环境，危及当地人的生存，并利用自己的科技优势，通过狡辩来掩饰甚至抵赖自己破坏环境、危及当地居民生存的罪行；另一方面，一代代医学家、生物学家、化学家不断努力，揭示了环境污染和人类疾病的关联，使民众生态意识不断觉醒，进而奋起抗争，与环境破坏者做坚决斗争，恢复和保护与人类休戚与共的生态环境。

其次，在叙述结构方面，《汤姆斯河》酷似惊险小说，巧妙运用倒叙、插叙、设置悬念等手法，始终紧扣读者心弦。在题为“等待”的序幕部分，费金运用倒叙手法，描写了一幕悲惨景象：在美国新泽西州的汤姆斯河镇，1979 年出生的先天性神经母细胞瘤患者迈克尔·吉利克，身高只有一米四，每天都要服用大量种类繁多的药物，忍受身心痛苦，坚持活下去——他坚韧地活着，主要就是在等待科学调查结果，等着目睹给像他这样的许多癌症患者（其中一些已经去世）造成痛苦的元凶得到惩罚。费金写道：

> 起初，迈克尔和他的母亲吉利克一无所知，如今 30 年过去了，他们变得无所不知。通过和许多人一起努力——其中有些人甚至素昧平生，吉利克一家协助揭开了汤姆斯河镇的秘密历史：漆黑午夜里的偷排、光天化日下的欺骗、企业的贪得无厌和政府的玩忽职守——这是一部黑暗的编年史。①

这就给读者造成一种悬念：给迈克尔等癌症患者造成极大痛苦的元凶到底是谁？迈克尔及其母亲对癌症的病因如何从一无所知变成无所不知？他们的痛苦与企业和政府有何关系？他们为何要等科学调查结果？

带着这样的悬念开始迫不及待地阅读正文后，读者就会发现，整部作品由相互交织的主副两条线索贯穿起来。

主线索是这样的：从第 1 章起，作者按照时间顺序，叙述了世界三大跨国化工企业汽巴、嘉基和山德士 1952 年把化工厂从俄亥俄州的辛辛那提迁入位置偏远、经济落后的汤姆斯河镇，这些工厂的产量越来越大，越来越严重地污染了当地的水源及空气。虽然镇上的供水系统检测出了化学污染物，但镇水务公司与化工厂 1967 年私下达成协议，公开宣布，对供水系统的调查结果是饮用水完全达标。1974 年，相关居民再次发现饮用水有异味，当地报纸开始报道污染和健康问题，县卫生局的调查却没有给出结果，而水务公司又一次次声称，镇上的饮用水没有任何问题。1979 年 5 月，迈克尔·吉利克 3 个月大时就被发现患有先天性神经母

---

① Fagin, Dan. 2013. *Toms River: A Story of Science and Salvation*. New York: Bantam Books: xv.

细胞瘤，1982 年，13 岁的兰迪·林恩沃斯被确诊患上了髓母细胞瘤，此后，被确诊癌症的患儿越来越多。1984 年，汽巴-嘉基公司化工厂的排污管道破裂，秘密泄露，媒体以及“绿色和平”等环保组织介入，与相关居民一起发起声势浩大的抗议活动。1986 年，新泽西州卫生局开始全面调查，1991 年，汽巴-嘉基公司关闭了通往大西洋海滨的排污管道，1996 年，汤姆斯河化工厂停止所有生产，迁往美国南部的亚拉巴马州和路易斯安那州以及其他第三世界国家。同时，为数不少的癌症患者控告汤姆斯河化工厂等污染企业，要求其给予赔偿，法庭则要求患者拿出确凿证据来证明癌症与污染物的因果关系，于是，相关专家亦开始调查研究。

该部作品的副线索是：从第 2 章起直至第 18 章，作者运用插叙手法，在绝大多数章的中间，分别讲述 16 世纪初以来世界流行病学、职业病学和病理学发展史上的一位或数位名家的科研活动和贡献。插叙的这些内容表明，20 世纪 60 年代以来在美国兴起并逐渐壮大的环境保护运动，并非空穴来风，而是具有逐渐累积的科学基础。而且，这些内容也是该作品后半部描述的汤姆斯河镇民众奋起抗争、相关专家介入调查癌症与环境污染的关联的知识基础。此外，从艺术效果上来看，这些插叙的内容犹如我国园林设计中起“隔断”作用的挡墙或假山①一样，暂时阻断了作品按时间先后顺序进行叙述，起到了制造悬念的效果。

不难看出，该部作品叙述上的主副线索基本上对应作品的主副标题：题目“汤姆斯河”对应主线索——汤姆斯河镇的环境和居民遭受伤害；副标题“科学与救赎的故事”对应副线索——流行病学、职业病学、病理学等学科的发展，使人们逐渐认识到人类健康与生存环境的密切关系，从而使汤姆斯河镇的居民逐渐觉醒，开始与环境污染者做斗争，并以科学为武器，迫使化工厂迁出该地，而且为受害者支付一定数额的赔偿金。

除了插叙制造的悬念之外，该作品 24 章各章的结尾部分通常为下文留下悬念。甚至在有些章中间的段落中，作者也简要提及以后有关章节将叙述的内容，提前设置“伏笔”，或留下一些悬念。例如，第 1 章“海盗”（Pirates）先是简要叙述了汤姆斯河镇 1700 年以来的发展史，然后讲述了用煤焦油提炼的苯胺等原料制作染料技术的发明，汽巴、嘉基、山德士等瑞士跨国公司的发迹以及由于污染受罚不断迁移的经历，最后述说汽巴公司的化工厂迁入汤姆斯河镇的过程及其原因：

> ……那里等级森严、权威至上，瑞士人可以大张旗鼓地搞煤焦油化工厂，外界却无法干预；那里的河水由他们支配。那片新的领地深处新泽西森林之中，除了河边的一个破败农场之外一无所有，是一片处女地……

① 这类挡墙或假山暂时阻断游客眺望的视线，避免游客一眼望去就能将整个园林中的所有景观尽收眼底。

250年之后，一些新鲜事物来到了汤姆斯河。[①]

这就又给读者留下一些悬念：汽巴的瑞士高层管理者是如何大张旗鼓地搞化工生产的？外界为何无法干预？汽巴的化工厂给当地带来了什么样的“新鲜”事物？这些悬念让读者急不可耐地往下阅读。第2章“感觉不到”（Insensible Things）描述的内容基本上回答了上述疑问。费金在第1章中间简述汤姆斯河镇的传奇历史时说，该镇的第一位白人居民汤姆・帕姆哈（Tom Pumha）1700年左右建的小屋位于汤姆斯河北岸，这个小屋的位置延伸成当今镇子的主干道，干道的尽头是汤姆斯河镇第一银行，该行破产之前“随意放贷，使小镇迅速扩张，1991年，它在几百万美元不良房地产贷款和储户的疯狂挤兑中破产。它的倒闭蔚为壮观，无可置疑，是新泽西州历史上最大的银行倒闭案，同时也预示了当地即将到来的更大危机”[②]。这些文字涉及该作品后半部分描述的一些内容，给读者留下了另一些悬念：几十年后为何会出现不良房地产贷款和储户疯狂挤兑？当地即将到来的更大危机到底是什么样的？第7章“科迪纳尔大道上”（On Cardinal Drive）结尾写道，兰迪・林恩沃斯因髓母细胞瘤不治身亡，当时，汤姆斯河化工厂及其后继者汽巴-嘉基公司已不再是受人尊敬的名字，“其失势如此之快，有赖于1984年以来发生的一系列令人震惊的事件”；林恩沃斯一家搬离汤姆斯河镇，没有参与以后的抗争活动，“以后如果有一场正义或复仇的战斗，其他人一定会参与的”[③]。这也给读者留下了悬念：1984年发生了什么样令人震惊的大事？以后的正义斗争，其他哪些人会参与？他们如何参与？而这正是随后几章要描述的内容。在第13章“朋友们和邻居们”（Friends and Neighbors）的中间，费金描述了深受癌症折磨的9岁儿童迈克尔・吉利克在公众听证会上震撼人心的发言，然后写道：“迈克尔・吉利克的发言只有30秒，却足以在几百名听众心头烙上深深的印记。神奇的是，8年后，在同一间礼堂一个更加激动人心的集会上，这一幕还将重演。”[④]其中后一句话又给读者留下一些悬念：8年后在同一礼堂发生了什么的集会？为何它更加激动人心呢？迈克尔还会做什么样的发言呢？

在整部作品的结尾部分，费金给读者留下了更大的悬念——这是一个开放性的结尾，一个没有确定结果的结尾：由于癌症集群统计数据库建立的滞后，以及癌症病理的复杂性，虽然众多污染受害者和正义人士翘首以盼，相关专家经过数年的研究却没能确定污染物与相关癌症间存在必然联系。令人略感欣慰的是，在专家组公布研究结果之前，汤姆斯河化工厂自知在30多年间的确偷偷地向当地环

① Fagin, Dan. 2013. *Toms River: A Story of Science and Salvation*. New York: Bantam Books: 20-21.

② Fagin, Dan. 2013. *Toms River: A Story of Science and Salvation*. New York: Bantam Books: 4.

③ Fagin, Dan. 2013. *Toms River: A Story of Science and Salvation*. New York: Bantam Books: 133-134.

④ Fagin, Dan. 2013. *Toms River: A Story of Science and Salvation*. New York: Bantam Books: 243.

境中排放了大量有毒物质，感觉理亏，同意法庭做出的调解建议，向受害者支付一定数额的赔偿。然而，该镇的化工厂被迫关闭后，却迁往经济落后的美国南部以及一些第三世界国家！

最后，在人物描写方面，《汤姆斯河》通过描述特定情境下的人物言行，刻画出了一系列个性鲜明的人物。让我们先看对高傲自负、唯利是图、不择手段、自私虚伪的汤姆斯河化工厂的瑞士籍管理者豪尔赫·温克勒（Jorge Winkler）的描写。这类人及其代表的化工厂的肆意妄为，是汤姆斯河镇出现环境灾难的根由。1984 年，工厂通向海洋的排污管道破裂，时任工厂生产与环境事务主管的温克勒"告诉政客、记者及每一个愿意听的人，管道泄漏是小事，别人谁有其他说法都不要当回事，只有汽巴-嘉基的化学家有资格做风险评估……他还说，公司每天向海里排放 500 万加仑经处理的污水，那是无害的，因为那些水里'百分之九十九都是水，还有一点盐'"①。实际上，在此之前，美国国家环保局和新泽西州卫生局都对该厂处理过的污水做过检测，结论是，它们对海里的糠虾有剧毒，而且能导致人类 DNA 突变，有可能致癌。由此可以看出，温克勒不仅高傲自负，而且极不诚实。此后，"绿色和平"等环保组织在汤姆斯河镇发起声势浩大的抗议活动时，温克勒前往新泽西州首府特伦敦，紧急会见州环保局的领导们，与其讨价还价，结果是，公司不用马上清理已经埋入二号池的 14 000 桶废料，可继续使用垃圾填埋场，用于污水处理后有害污泥的填埋。此外，他还"与当地政客们偷偷会面，敦促他们力挺汽巴-嘉基公司继续作为本地的经济支柱，同时向他们保证，和以往一样，公司将悄无声息地和州环保局达成和解"②。8 月末，他成竹在胸，和往年一样，前往纽约州的上萨拉纳克湖度假。1995 年，他被迫离开工厂，和妻子一起移居蒙大拿州，常常在该地陡峭的比特鲁岭一带滑雪、远足。他说，蒙大拿是"一个隐居的好地方。我到这儿以后做的第一件事就是，确认自己周围没有超级基金会确认的废弃物点位"③。显然，温克勒自私虚伪——他秉持双重标准，为了使化工厂能赚取最大利润，他不顾当地居民的死活，不是让工厂妥善处理废弃物，而是不择手段地四处游说相关政客和官僚，而他自己则非常喜爱好的环境，极其关心居住地附近有无污染源。

给读者留下深刻印象的另一个人物，是对癌症患儿的病因"从一无所知到无所不知"的琳达·吉利克——在费金笔下，她智勇双全，不仅是胸怀大爱的母亲，而且是"政治活动家"。1984 年 4 月，汤姆斯河化工厂的排海污水管道破裂，该工厂掩饰多年的罪行曝光，媒体、环保组织发起了声势浩大的抗议活动，此后，生态意识被唤醒的患儿母亲琳达"由活跃的儿童癌症病因基金筹款人，转变成坚

① Fagin, Dan. 2013. *Toms River: A Story of Science and Salvation*. New York: Bantam Books: 145.

② Fagin, Dan. 2013. *Toms River: A Story of Science and Salvation*. New York: Bantam Books: 179.

③ Fagin, Dan. 2013. *Toms River: A Story of Science and Salvation*. New York: Bantam Books: 197.

定的政治活动家”[①]。同年 10 月，新泽西州环保局召开了化工厂申请排海管道新许可证的公开听证会，工厂工会主管托马斯·杜利（Thomas Dooley）对着麦克风说：“没有什么比人们失去工作破坏性更大。”[②]参会的琳达听到此言非常愤怒，但她强压怒火；一周之后，她在《欧申县观察家报》上发表了一封回应杜利言论的信，显示了她富有激情的说服力。1988 年，她创立了一个互助组织“欧申之爱”，在社区募集资金帮助患癌儿童家庭。尽管自己的儿子迈克尔的癌症也很危险，但她用这些资金给患儿迈克尔·安德森（Michael Anderson）及其他家庭购置了复活节的礼物篮、感恩节的火鸡和圣诞节礼物，组织大家进行夏季野餐，以及去看百老汇歌舞剧；如有需要，她还会提供直接资金支持——包括支付患儿葬礼费用。同年，她参加了针对化工厂三名经理的诉讼听证会，代表患癌儿童家庭发言，详述了 1983 年以来欧申县被确诊的 41 例癌症患儿的年龄、住地、癌症类型。由于新泽西州卫生局相关人员对汤姆斯河镇儿童癌症发病率存在集群现象的研究结论反应冷漠，无所作为，1996 年 3 月 15 日，琳达协助组织了一场有媒体参加的抗议活动。在政治重压之下，该州卫生专员同意于 3 月 21 日举行一次信息通报会。因为许多患儿家属乃至化工厂的患癌工人非常愤怒和激动，千余人的会议几近失控。在此关键时刻，曾当过教师并深得受害者信任的琳达“大步跨上主席台，拿起麦克风，用老师特有的严厉，命令乱哄哄的人群坐下并保持安静”[③]。这样，通报会才得以平稳进行，参会政客答应受害者提出的诉求，开启州与联邦政府主导的全面环境调查，以揭示癌症和污染的关系。县、州领导乃至时任副总统艾伯特·戈尔（Albert Gore）都同意拨款资助调查研究。后来，她使受害者团结一致，聘请律师和专家，对污染者提起诉讼，迫使汽巴、陶氏（Dow）和联合水务公司给予受害者一定的赔偿。2001 年，虽然调查研究组最终给出的结果没有确定癌症和污染物的必然联系，但她郑重保证，她所创立并已主持五年的组织“儿童癌症集群公民行动委员会”将继续努力，去监督已经关闭的化工厂的清理工作，密切关注水务公司，并持续敦促州卫生局保证癌症登记系统更新，持续观测本地儿童的癌症发病率。

再看费金对费城儿童医院癌症病区的年轻护士莉莎·博纳齐安的描写。他用墨不多，仅在第 14 章“两间病房，双重打击”（Two Wards, Two Hits）中断断续续地讲述了她的事迹，但却把这位普通护士无私奉献、关爱患者、高度负责的感人形象深深刻在读者脑海之中。很多护士来到癌症病区后，目睹了许多孩子遭受化疗、骨髓移植等痛苦折磨并最终死去，就无法坚持工作下去，而博纳齐安喜欢在这里工作。儿童家长常会把护士当作泄愤对象，如遇此种境况，莉莎能够不卑

① Fagin, Dan. 2013. *Toms River: A Story of Science and Salvation*. New York: Bantam Books: 190.

② Fagin, Dan. 2013. *Toms River: A Story of Science and Salvation*. New York: Bantam Books: 317.

③ Fagin, Dan. 2013. *Toms River: A Story of Science and Salvation*. New York: Bantam Books: 317.

不亢地应对。患者去世后，她与其家庭成员一样，一同默哀，并到新泽西、宾夕法尼亚、特拉华等州的诸多地方参加病逝者的葬礼。她 1991 年开始在此医院工作，在此期间，她注意到，来自汤姆斯河镇的患儿很多，其他护士乃至相关医生对此无动于衷，莉莎却对相熟的一个医生数次提过这样的问题："你注意到了吗？是否觉得汤姆斯河有问题？"①医生的态度或彬彬有礼或居高临下，但意思都是一样："这纯属巧合，我们不必担心。"一个来自汤姆斯河镇的活泼女高中生嘉莉–安妮·卡特（Carrie-Anne Carter）患了一种罕见的骨癌——尤因肉瘤，在该医院治疗了一年多，最终还是于 1995 年 2 月 6 日去世。博纳齐安从费城开车两个小时，到汤姆斯河镇参加其葬礼。她虽然尊重医院的等级制度，也认为相关医生很优秀，但医生们可能在汤姆斯河镇患癌儿童这件事上出错的想法，在她脑子里挥之不去。莉莎·博纳齐安丈夫的姐姐劳拉·詹森（Laura Janson）在美国国家环保局费城区办公室工作，在嘉莉–安妮葬礼几周之后的一个周五，博纳齐安夫妇与詹森夫妇聚会时，博纳齐安把自己对汤姆斯河镇癌症患儿病因的怀疑告诉劳拉，请求其过问这件事。由此，美国联邦政府和新泽西州政府相关部门开始加大投入，组织专家，对汤姆斯河镇等地的癌症集群及癌症病因展开长期调查研究。

该部作品中能给读者留下深刻印象的人物还有：《欧申县观察家报》的记者唐·贝内特、当地新兴环保组织"欧申县公民，为了清洁水"的发起者斯蒂芬妮·伍特斯、"拯救我们的海洋委员会"的组织者弗兰克·莱弗利（Frank Livelli）、来自域外的著名环保组织"绿色和平"的组织者戴夫·拉帕波特及其成员萨姆·斯普朗特和贝弗莉·贝克、大力支持环保的七旬老妇罗丝·多纳托、来自新泽西州卫生局的专家迈克尔·贝里（Michael Berry）和杰拉德·法格里亚诺（Jerald Fagliano）、来自该州环保局的化学家弗洛伊德·加尼科拉、来自联邦环保局的分子遗传学家布鲁斯·莫霍尔特、来自非官方机构的分子流行病学家巴里·菲内特（Barry Finette）。由于篇幅所限，此处不再一一分析。需要指出的是，该作品以描述环境污染事件为主，对相关人物的描写常常被描述事件的部分所"隔断"——散见于一章的不同部分或数章之中。这一描写人物的方式实际上也起到了制造悬念的效果，使读者自始至终兴趣盎然。

小　结

《汤姆斯河》触目惊心的生态灾难描述表明，该部作品蕴含着明显的生态意识。它体现了费金的生态整体观、生态正义观、生态社会观、生态科技观和生态恢复观：人类与环境本为一体，环境遭到毒化，生存于其中的人的身体将难以幸免，

① Fagin, Dan. 2013. *Toms River: A Story of Science and Salvation*. New York: Bantam Books: 253.

而且，毒化环境的元凶通常获得了最大利益，却远离毒化环境，而受害者往往暂时获得微薄利益，或根本就没有收益。环境问题是一定历史条件下的产物，现当代的环境破坏缘起于社会问题——作为少数人的生产商以自我为中心，以赚取最大利润为最终目的，无视大多数人的生存环境和生命，相关政府部门秉持地方保护主义，贪求短期效益，不仅疏于监管，而且甘当环境破坏者的同谋乃至帮凶，同时，相关民众缺乏科学知识和生态意识，贪图眼前利益。科学是有益的，技术却具有双刃性，是福是祸取决于其运用方式，因而，应使科技发展能增进人与人、人与环境的共存共荣；要防止环境遭到破坏，或恢复遭到破坏的环境，就要大力发展科学，恰当运用技术，尤其要普及科技知识，以培养大众的生态意识，使其积极行动起来，呵护环境，与环境破坏者做坚决斗争；同时，各级公权部门要恪尽职守，既要发展经济，更要保护环境，否则最终将会遭到民众唾弃。该作品显示，美国在环境问题上曾有过血泪史，它当前较好的自然环境是在惨痛的现实中迅速觉醒、积极行动的结果。当前，随着我国经济持续快速发展，许多地区环境污染严重，与《汤姆斯河》描述的境况存在着一定的相似之处。因此，该作品对我国当下的生态文明建设具有直接而重大的警示意义：我们既要弘扬科学，培养大众与环境荣损与共的生态整体意识，使其行动起来，保护生态环境，又要着力解决社会问题，完善环境法规和制度，加强执法力度，严防跨国企业或发达国家向我国输入重污染企业和洋垃圾，避免社会生产屈从于特殊利益集团唯我独尊、贪求最大利润的欲望，确保技术得到合理运用，确保经济效益和环境维护共赢，使经济发展能惠及所有人的身心健康，“使生态文明真正落实为科学的发展观指导我国的现代化实践”[①]。

同时，该部作品体现了较高的艺术造诣。在题材方面，它描述的环境灾难及其产生的原因更具有典型性，迄今为止这些现象在世界各地频频出现；而且，它还充分展现了科学的双刃性。在叙述结构方面，它巧妙运用倒叙、插叙、设置悬念等手法，采用相互交织的主副两条线索，留下“开放式”结尾，始终紧扣读者心弦。在人物描写方面，它在着力描述污染事件的同时，断断续续地插叙相关人物的事迹，通过描述他们在特定情境下的言行，刻画出了一系列个性鲜明、令人难忘的人物形象。显然，《汤姆斯河》无论是在生态蕴含上还是在艺术表达上都取得了非凡的成就，堪称“21 世纪的《寂静的春天》”，是一部优秀的生态散文作品。该部作品对我国方兴未艾的科学散文创作具有启迪意义：科学报告文学可以揭批破坏环境的行为，但更要从多角度揭示破坏行为的深层原因，并要探索解决问题的可行性出路；作者在创作这类散文时，既要保证所述内容的真实性，又要追求美——艺术表达的创新性，简而言之，要力求做到真、善、美的有机融合。

① 王雨辰. 2009. 生态批判与绿色乌托邦——生态学马克思主义理论研究. 北京: 人民出版社: 256.

结　　语

美国科学散文起源于 17 世纪的殖民地时期早期，18 世纪末已产生了一些国际影响，19 世纪取得了较大发展，20 世纪尤其是第二次大战后出现了繁荣局面。它是科学和文学的联姻，主要描述对象是科学知识和科学现象，主要创作群体是有文学才华的科学家和有科学素养的普通作家，其篇幅有长有短，短的如科学随笔，长的如大部头的自然志（博物学）作品和科学报告文学。

19 世纪末，美国已有几位生态学家创作了一些科学散文作品。进入 20 世纪，生态科学取得了很大发展，特别是第二次世界大战以后，美国工业迅速发展，自然环境明显恶化，不少科学散文作家的生态意识有所增强。20 世纪 60 年代，蕾切尔 · 卡森的科学报告文学作品《寂静的春天》引发了美国乃至世界范围的生态思潮，此后，美国科学散文作品的生态意识更为明显。本书采用宽泛意义上的生态批评方法，审视了 8 位美国当代著名科学散文作家的主要作品。在批评视域方面，我们既探讨这些科学散文作品的生态意蕴，又探究其生态美学特征或艺术特色。在生态意蕴方面，我们既审视了这些作品所体现的生态自然观和生态实践观，又审视了它们所体现的生态社会观、生态科技观等，现把主要研究发现概述如下。

本书所探讨的 8 位科学散文名家的 28 部代表性作品，主要从这些作家各自的专业出发，或从其所“报告”的人和事所涉及的专业出发，展现丰富多彩的生态理念。这些生态理念的共性是都包含了比较辩证的生态整体观和生态科技观。也就是说，这些作家殊途同归——以各具特色的专业知识为基础，在阐释着最基本的生态理念：包括人类在内的所有存在物相互联系、相互依存，构成一个生态共同体（整体），人类是这一整体的一部分和普通一员，与整体的命运息息相关，因而应尊重非人类存在物，尤其是要确保生态整体的持续健康存在；同时，人类有不超过生态整体的承载能力的发展权，关键是要确保人类和生态共同体的持续共存共荣。此外，作为各自领域里的顶尖科学家，他们都清醒地认识到科学技术尤其是技术的双刃性，因而，他们一方面不反对发展科技，力倡向大众普及科学，另一方面力主采取措施，杜绝科技的负面作用，使科技既造福人类，又不损害生态整体。

这些作品的生态意蕴的差异性主要有两点。

首先，托马斯、威尔逊、萨根、古尔德、费金 5 位作家的作品还蕴含着生态社会观。他们认识到，生态环境问题与人类的思想观念和社会制度密切相关，因而他们不仅倡导保护生态环境，确保人类与非人类存在物的共存共荣，而且倡导改变等级制、统治思维等观念，改进社会制度和国际关系，确保人和人或国与国之间的和谐共处、共存共荣。

其次，前述 8 位作家的作品的生态意蕴还有各自不同的具体特征。卡森是第二次世界大战之后最早通过文学形式向大众展演生态整体观并产生巨大影响的科学散文作家，她凸显了非人类物质（自然万物）的能动性和不断生成文本（释放信息）的特性，启迪人类要谦逊而敏感地识别非人类自然万物释放的信息，与自然进行良性互动，确保人类与自然万物持续共存共荣。艾斯利力主汲取各民族古今合理的自然观，拓展人的道德境界，用生态伦理指导人与自然的关系，约束科技的运用。托马斯强调生物共生的重大意义，以此为基础来阐发其生态自然观、生态社会观和生态科技观。威尔逊不仅提出了"关注生命天性"命题，建构了生物多样性理论，而且提出了许多保护生物多样性的具体措施。萨根拓展了自然关怀的范围——从关怀地球生物圈直至关怀整个宇宙，他反对一切形式的中心主义，力主人和人、国与国平等和平相处。古尔德批判生物灭绝不可避免的论调，力倡生物多样性；他反对滥用科学或用伪科学宣扬白人中心论、男性中心论、人类中心论等一切形式的中心论，力主建设人人平等共处、人与非人类存在物共存共荣的生态社会。韦纳主要向广大普通读者显示进化生态学的理论意义和实践意义——充分表明人类中心论的荒谬，启迪当代人要合理运用科学。费金主要通过描述严重的环境污染事件的发生和治理过程，从反面演绎生态正义的重要性，比较全面而深刻地昭示环境问题的认识根源和社会根源，揭示环境保护和生态恢复的具体途径。

在审美特征方面，上述 8 位科学散文家的 28 部代表性作品既有一些相似之处，又体现出了些许差异性或个性，可大致归为 4 组。

第一，卡森的 4 部作品介于随笔集与结构比较系统和紧凑的长篇散文之间，而艾斯利的 4 部作品更接近随笔集。二人的作品都更注重人类和自然的关系，卡森的"海洋三部曲"以及艾斯利的《没有尽头的旅程》和《意想不到的宇宙》具有自然散文的一些特征，因而都具有生态审美特征，而且都有融入性和主体间性的特征。但不同的是，卡森的作品还体现了自然性和整体性的生态审美特征，艾斯利的作品则体现了关系之美和诗意栖居之美的生态审美特征。

第二，托马斯的 4 部作品（除了他的有随笔风格的自传《最年轻的科学：一个医学观察者的手记》）和古尔德的 5 部作品属于随笔集。这些科学随笔集都打破了科学论文和文学随笔的界限，通过用平易的语言、亲切的笔调述说相关领域的科学知识，或评说大众关切的社会问题和文化现象，最终形成有启迪意义的看法。这些随笔大都妙趣横生。相比之下，除了二人随笔谈论的话题有所不同之外，托马斯的随笔具有明显的"对话性"和"狂欢性"特色，更接近蒙田随笔，更多地袒露了自己的个性；古尔德的随笔则注重通过简要描述一些具体想象或科学故事，尤其是科学研究者的生平和科研历程，形成有普遍意义的看法，此外，古尔德随笔有时还能表述科学论文所表述的原创性观点。

第三，威尔逊的 3 部作品（除了《关注生命天性》，因为它类似艾斯利的作品，更接近随笔集）和萨根的 3 部作品（除了《魔鬼出没的世界》，因为它属于随笔集）属于结构比较系统和紧凑的长篇散文。不同的是，威尔逊的作品结构更具条理性，更为紧凑，而萨根的作品想象力更为丰富，情感更为奔放。

第四，韦纳的《雀鸟之喙》和费金的《汤姆斯河》都属于长篇科学报告文学，都悬念迭出，扣人心弦。但显而易见，前者主要侧重于描写令人敬慕的杰出科学家的科研历程，后者主要侧重记叙令人愤慨的环境污染事件；此外，前者能用平易、形象的语言讲清比较复杂的进化理论及其最新成果，后者通过简要描述相关人物在特定情境下的具体言行，勾画出形形色色、令人难忘的人物形象，诸如唯利是图的资本家及其豢养的企业管理者，有责任心的家长琳达・吉利克，护士莉莎・博纳齐安，环保人士，媒体记者，冷漠、官僚主义严重乃至与邪恶商人沆瀣一气的政客，以及一丝不苟的科学家等。

总体来看，这 8 位科学散文家的 28 部作品都具有以下审美共性：打通了科学和文学的界限，以格式自由、非虚构的散文形式，以谦逊、平等的态度，用平易、形象、富有情感、颇具感染力的文学语言，向广大普通读者表述了相关领域的科学知识和有启迪性的道理。这些审美特色或艺术风格体现了相互联系与交融、平等、自由自然（根据作者的不同个性自由挥洒）、多样性等特征，而这些特征实际上也是生态哲学的基本理念，所以，大体上说，这些作品的生态（思想或哲学）意蕴与审美特征或艺术风格是相通的。正如我国台湾著名散文理论家郑明娳教授所指出的："散文尤其是'有我'的艺术，我们确实可以相信形式乃是显现理念的感性形象。因此，形式不是消极的、被动的，作为内容的包装器，它实际上可以积极而主动地为表现内容而发挥作用。从研究的角度来看，形与质是两个严密串联的观察层次。"[①]可以说，上述 28 部科学散文作品体现了相关作者的"（自）我"——个性色彩和个人理念，这些作品的艺术形式实际上也在"积极而主动地为表现"其蕴含的生态理念"而发挥作用"，两者是密切相关的。

总而言之，前述科学散文作品都是以相关科学知识为基础，具有"真"的特

① 郑明娳. 2016. 现代散文理论的垫脚石. 广州：广东人民出版社: 183.

点；蕴含着关爱非人类存在物、关爱他人等高深的生态哲学意蕴，具有“善”的特点；具有文学性和审美价值，达到了很高的艺术水准，具有“美”的特点——也就是说，它们兼具了真、善、美，因而堪称优秀的生态散文作品。这些优秀科学散文作品丰富、深刻的生态意蕴对我国当下的生态文明建设无疑具有启迪意义，其审美特色或艺术风格对我国方兴未艾的科学散文创作无疑也具有借鉴意义。首先，我们在处理人类和非人类自然万物的关系以及对待科技的作用的问题上，一定要坚持辩证思想，既要反对人类中心主义，又要反对生态中心主义；既要肯定科技的积极作用，又要严防技术的负面作用。同时，我们应认识到环境问题的思想和社会根源，既要树立平等、共生观念，强调个人自觉，为实现人类与非人类自然万物、人与人、国与国的共存共荣奠定观念基础，又要加强生态环境保护的制度建设，重视社会力量，从法律法规、经济政策、社会组织和公众参与等方面，确保环境保护在全国落到实处。其次，我们认识到，只有具备了生态意识，科学家和新闻工作者才可能以挥洒个性、自由创作的方式，为生态文明建设做出重要贡献：各个领域有文学才华的科学家，以及有科学素养的新闻工作者，都可利用业余时间，创作普通读者容易理解、喜闻乐见的生态科学散文作品，唤醒或培养大众的生态意识和辩证的科技观。具体创作时，创作者既应确保科学散文的科学严谨性和通俗性，又要尽力保证其内涵的深刻性、普适性，以及其境界的宏大性和高远性，同时还要努力提升作品的文学性。最后，我们还认识到，我国高考不分文理科和大学注重通识教育具有重大意义——这既可以使我国未来的科技工作者乃至所有非人文社会科学工作者具有一定的人文价值关怀和文学素养，又可以使我国未来的作家、新闻工作者乃至所有人文社会科学工作者具有科学素养和博大胸怀——臻于关注万物的生态伦理境界，成为既有专业知识和能力又有生态觉悟和完善人格的新一代公民，最终使美丽中国的建设成为现实。

由于时间所限，本书主要用生态批评方法研究了数个科学领域里 8 位首屈一指的美国当代科学散文作家。实际上，美国当代其他一些科学散文作家的作品也很优秀，诸如认知科学家、哲学家道格拉斯·理查德·霍弗施塔特的《哥德尔、埃舍尔、巴赫——集异璧之大成》，进化生物学家、生物地理学家贾里德·戴蒙德的《枪炮、病菌与钢铁：人类社会的命运》，印度裔美国生物学家、内科医生悉达多·穆克吉的《众病之王：癌症大传》，以及科学新闻记者伊丽莎白·科尔伯特的《第六次大灭绝：一部反常的自然志》。这些作品都有待相关学者从生态批评角度加以探讨。此外，随着我国生态美学和生态批评理论研究的进一步完善，本书所涉及的 8 位科学散文作家的作品的生态审美特征或艺术特色，以及其与相关作品的生态意蕴的关系的研究也有望得到深化。

参考文献

阿尔弗雷德·诺思·怀特海. 2014. 自然的概念. 张桂权, 译. 南京: 译林出版社.
爱德华·O. 威尔逊. 2002. 论契合: 知识的统合. 田洺, 译. 北京: 生活·读书·新知三联书店.
爱德华·威尔逊. 2006. 大自然的猎人: 生物学家威尔逊自传. 杨玉龄, 译. 上海: 上海科学技术出版社.
安德鲁·多布森. 2012. 绿色政治思想. 郇庆治, 译. 济南: 山东大学出版社.
保罗·布鲁克斯. 1999. 生命之家: 蕾切尔·卡逊传. 叶凡, 译. 南昌: 江西教育出版社.
保罗·费耶阿本德. 2014. 自然哲学. 张灯, 译. 北京: 人民出版社.
保罗·劳伦斯·法伯. 2017. 探寻自然的秩序: 从林奈到 E. O. 威尔逊的博物学传统. 杨莎, 译. 北京: 商务印书馆.
布鲁诺·拉图尔. 2016. 自然的政治: 如何把科学带入民主. 麦永雄, 译. 开封: 河南大学出版社.
Carol Kaesuk Yoon. 2002. 斯蒂芬·杰伊·古尔德 (1941～2002). 吕吉尔，译. 世界科学, (8): 44-45.
查尔斯·伯奇, 约翰·科布. 2015. 生命的解放. 邹诗鹏等, 译. 北京: 中国科学技术出版社.
陈其荣. 2004. 自然哲学. 上海: 复旦大学出版社.
陈望衡. 2007. 环境美学. 武汉: 武汉大学出版社.
陈新. 2008. 英国散文史. 南京: 南京师范大学出版社.
陈学明. 2008. 生态文明论. 重庆: 重庆出版社.
程虹. 2011. 寻归荒野(增订版). 北京: 生活·读书·新知三联书店.
程相占. 2012. 生生美学论集: 从文艺美学到生态美学. 北京: 人民出版社.
戴维·欧瑞尔. 2015. 科学之美: 从大爆炸到数字时代. 潘志刚, 译. 北京: 电子工业出版社.
戴维·佩珀. 2011. 现代环境主义导论. 宋玉波等, 译. 上海: 格致出版社, 上海人民出版社.
恩格斯. 2015. 自然辩证法. 中共中央马克思恩格斯列宁斯大林著作编译局编译. 北京: 人民出版社.
傅德岷. 1992. 外国散文的品类. 云南师范大学学报(哲学社会科学版), (3): 69-72.
格雷格·迈尔斯. 1999. 书写生物学: 科学知识的社会建构文本. 孙雍君等, 译. 南昌: 江西教育出版社.
马丁·海德格尔. 2000. 荷尔德林诗的阐释. 孙周兴, 译. 北京: 商务印书馆.
何春光, 崔丽娟, 盛连喜. 2015. 生物多样性保育学. 长春: 东北师范大学出版社.
赫尔曼·哈肯. 2013. 协同学: 大自然构成的奥秘. 凌复华, 译. 上海: 上海译文出版社.

胡志红. 2006. 西方生态批评研究. 北京: 中国社会科学出版社.
胡志红. 2015. 西方生态批评史. 北京: 人民出版社.
胡壮麟. 2014. 自然与文化的对立统一: 谈生态符号学研究的理论核心. 外语研究, (4): 1-5.
季芳. 2011. 从生态实践到生态审美: 实践美学的生态维度研究. 北京: 人民出版社.
杰拉尔德・G. 马尔腾. 2012. 人类生态学: 可持续发展的基本概念. 顾朝林等, 译. 北京: 商务印书馆.
卡尔・萨根. 2010. 卡尔・萨根的上帝——上帝探究之个人见解. 张江城, 译. 海口: 海南出版社.
凯伊・戴维森. 2003. 展演科学的艺术家: 萨根传. 暴永宁, 译. 上海: 上海科技教育出版社.
柯林武德. 2006. 自然的观念. 吴国盛, 译. 北京: 北京大学出版社.
劳伦斯・布伊尔. 2010. 环境批评的未来: 环境危机与文学想象. 刘蓓, 译. 北京: 北京大学出版社.
李博. 2000. 生态学. 北京: 高等教育出版社.
林达・利尔. 1999. 自然的见证人: 蕾切尔・卡逊传. 贺天同, 译. 北京: 光明日报出版社.
林恩・马古利斯, 多里昂・萨根. 1999. 倾斜的真理: 论盖娅、共生和进化. 李建会等, 译. 南昌: 江西教育出版社.
林非主编, 李晓虹，王兆胜和古耜编选. 2013. 中国最美的科学散文. 长沙: 湖南人民出版社.
凌建侯. 2007. 巴赫金哲学思想与文本分析法. 北京: 北京大学出版社.
刘颜顺. 2011. 生态美学读本. 北京: 北京大学出版社.
刘易斯・托玛斯. 1997. 细胞生命的礼赞：一个生物学观察者的手记. 李绍明, 译. 长沙: 湖南科学技术出版社.
龙娟. 2005. 环境文学研究. 长沙: 湖南师范大学出版社.
卢风, 等. 2013. 生态文明新论. 北京: 中国科学技术出版社.
鲁枢元. 2011. 文学的跨界研究: 文学与生态学. 上海: 学林出版社.
罗伯特・阿克塞尔罗德. 2007. 合作的进化. 吴坚忠, 译. 上海: 上海人民出版社.
罗伯特・斯科尔斯, 詹姆斯・费伦, 罗伯特・凯洛格. 2015. 叙事的本质. 于雷, 译. 南京: 南京大学出版社.
麦永雄. 2013. 德勒兹哲性诗学: 跨语境理论意义. 桂林: 广西师范大学出版社.
钱俊生, 杨发庭, 余谋倡. 2016. 现代科技的发展与生态文明建设. 北京: 人民出版社.
乔尔・科威尔. 2015. 自然的敌人: 资本主义的终结还是世界的毁灭. 杨燕飞等, 译. 北京: 中国人民大学出版社.
秦晓利. 2006. 生态心理学. 上海: 上海教育出版社.
R. K. 默顿. 2003. 科学社会学. 鲁旭东等, 译. 北京: 商务印书馆.
尚永亮, 张强. 2001. 人与自然的对话. 合肥: 安徽教育出版社.
沈国英, 黄凌风, 郭丰, 等. 2010. 海洋生态学. 北京: 科学出版社.
沈满洪. 2008. 生态经济学. 北京: 中国环境科学出版社.
斯蒂芬・施耐德. 2008. 地球: 我们输不起的实验室. 诸大建等, 译, 上海: 上海科学技术出版社.
隋丽. 2009. 现代性与生态审美. 南京: 学林出版社.
唐建南. 2016. 物质生态批评: 生态批评的物质转向. 当代外国文学, (2): 114-121.
唐纳德・沃斯特. 1999. 自然的经济体系: 生态思想史. 侯文蕙, 译. 北京: 商务印书馆.
王祟云. 2008. 进化生态学. 北京: 高等教育出版社.
王诺. 2002. 雷切尔・卡森的生态文学成就和生态哲学思想. 国外文学, (2): 94-100.

王诺. 2013. 生态批评与生态思想. 北京: 人民出版社.
王茜. 2007. 生态文化的审美之维. 上海: 上海人民出版社.
王茜. 2014. 现象学生态美学与生态批评. 北京: 人民出版社.
王晓华. 2007. 生态批评: 主体间性的黎明. 哈尔滨: 黑龙江人民出版社.
王雨辰. 2009. 生态批判与绿色乌托邦: 生态学马克思主义理论研究. 北京: 人民出版社.
王智翔. 1989. 进化生态学的产生与发展. 生态学杂志, (6): 52-55.
王佐良. 1994. 英国散文的流变. 北京: 商务印书馆.
威廉・莱斯. 1993. 自然的控制. 岳长龄等, 译. 重庆: 重庆出版社.
韦清琦. 2010. 绿袖子舞起来: 对生态批评的阐发研究. 南京: 南京师范大学出版社.
吴国盛. 2002. 科学的历程. 北京: 北京大学出版社.
吴国盛. 2016. 什么是科学. 广州: 广东人民出版社.
吴建平. 2011. 生态自我: 人与环境的心理学探索. 北京: 中央编译出版社.
夏光武. 2009. 美国生态文学. 上海: 学林出版社.
肖显静. 2014. 生态哲学读本. 北京: 金城出版社.
许延浪. 2010. 科学与艺术: 人类心灵的浪漫之旅. 西安: 西北工业大学出版社.
雪莉・艾利斯. 2011. 开始写吧! 非虚构文学创作. 刁克利, 译. 北京: 中国人民大学出版社.
郇庆治. 2010. 重建现代文明的根基: 生态社会主义研究. 北京: 北京大学出版社.
杨文丰. 2008. 科学散文刍论. 海燕, (3): 60-64.
耶范特・特奇安. 2010. 卡尔・萨根的宇宙: 从行星探索到科学教育. 周惠民等, 译. 上海: 上海科技教育出版社.
余传诗. 2002-10-8. 科学散文受到读者青睐. 光明日报.
余谋昌. 2010. 生态文明论. 北京: 中央编译出版社.
约翰・贝拉米・福斯特. 2006. 生态危机与资本主义. 耿建新等, 译. 上海: 上海译文出版社.
约翰・贝拉米・福斯特. 2015. 生态革命: 与地球和平相处. 刘仁胜等, 译. 北京: 人民出版社.
约翰・布罗克曼. 2012. 第三种文化: 洞察世界的新途径. 吕芳, 译. 北京: 中信出版社.
曾繁仁. 2010. 生态美学导论. 北京: 商务印书馆.
曾繁仁. 2015. 生态美学基本问题研究. 北京: 人民出版社.
詹姆斯・奥康纳. 2003. 自然的理由: 生态学马克思主义研究. 唐正东等, 译. 南京: 南京大学出版社.
张冲. 2000. 新编美国文学史(第一卷). 上海: 上海外语教育出版社.
张建国. 2013a. 美国当代科学散文的生态批评: 现状与展望. 前沿, (14): 125-127.
张建国. 2013b. 生态批评的第三次浪潮: 新世纪美英等国生态批评的新动向. 名作欣赏, (3): 132-135.
张建国. 2014a. 刘易斯・托马斯科学散文的生态意蕴. 当代外国文学, (4): 34-42.
张建国. 2014b. 论乔纳森・韦纳《雀鸟之喙》的生态意蕴. 浙江师范大学学报(社会科学版), (3): 57-62.
张建国. 2015. 卡尔・萨根科学散文代表作的生态思想研究. 山东外语教学, 36(6): 92-98.
张建国. 2016. 论洛伦・艾斯利科学散文代表作中的生态意识. 广东外语外贸大学学报, (2): 36-42.
张建国. 2017. 论斯蒂芬・杰・古尔德科学散文代表作的生态意蕴. 浙江师范大学学报(社会科学版), (2): 41-46.

张建国. 2018. 比较视野中的科学散文及美国科学散文概述. 当代外国文学, (4): 160-167.
张进蒙. 2014. 马克思恩格斯生态哲学思想论纲. 北京: 中国社会科学出版社.
张子程. 2012. 自然生态美论. 北京: 中国社会科学出版社.
赵红州. 1991. 论反科学思潮(上). 科学学与科学技术管理, (8): 9-13.
赵之, 赵雪选编. 1999. 中国科学文艺大系・科学散文小品卷. 长沙: 湖南教育出版社.
郑明娳. 2016. 现代散文理论的垫脚石. 广州: 广东人民出版社.
郑昭佩. 2011. 恢复生态学概论. 北京: 科学出版社.
朱立元. 2005. 当代西方文艺理论. 2 版（增补版）. 上海: 华东师范大学出版社.
朱新福. 2006. 美国文学中的生态思想研究. 苏州: 苏州大学出版社.
Adamson, Joni and Scott Slovic. 2009. The shoulder we stand on: An introduction to ethnicity and ecocriticism. *Multi-Ethnic Literature of the U.S.*, 34 (2): 5-24.
Adamson, Joni, Mei Mei Evans and Rachel Stein. 2002. *The Environmental Justice Reader: Politics, Poetics, and Pedagogy.* Tucson: University of Arizona Press.
Alaimo, Stacy and Susan Hekman. 2008. *Material Feminism.* Bloomington & Indianapolis: Indiana University Press.
Alaimo, Stacy. 2010. *Bodily Natures: Science, Environment, and the Material Self.* Bloomington & Indianapolis: Indiana University Press.
Allmon, Warren D., Patricia H. Kelley and Robert M. Ross. 2009. *Stephen Jay Gould: Reflections on His View of Life*. Oxford & New York: Oxford University Press.
Anderson, Chris. 1989. *Literary Nonfiction: Theory, Criticism, Pedagogy*. Carbondale & Edwardsville: Southern Illinois University Press.
Angyal, Andrew J. 1989. *Lewis Thomas*. Boston: Twayne Publishers.
Armbruster, Karla and Kathleen R. Wallace. 2001. *Beyond Nature Writing: Expanding the Boundaries of Ecocriticism*. Charlotesville & London: The University Press of Virginia.
Bookchin, Murray. 1996. *The Philosophy of Social Ecology: Essays on Dialectical Naturalism*. Montreal, New York & London: Black Rose Books.
Bookchin, Murray. 2004. *Post-Scarcity Anarchism*. Oakland: AK Press.
Bookchin, Murray. 2005. *The Ecology of Freedom: The Emergence and Dissolution of Hierarchy*. Oakland: AK Press.
Briggs, Shirley A. 1987. Rachel Carson: Her vision and her legacy. In Gino J. Marco, Robert M. Hollingworth and William Durham (Eds)., *Silent Spring Revisited* (pp. 3-11). Washington, DC: American Chemical Society.
Brooks, Paul. 1980. *Speaking for Nature: How Literary Naturalists from Henry Thoreau to Rachel Carson Have Shaped America*. San Francisco: Sierra Club Books.
Brown, Charles S. and Ted Toadvine. 2003. *Eco-Phenomenology: Back to the Earth Itself.* Albany: State University of New York Press.
Bryson, Michael A. 2002. *Visions of the Land: Science, Literature and the American Environment from the Era of Exploration to the Age of Ecology*. Charlottesville: University of Virginia Press.
Budd, Malcolm. 2002. *The Aesthetic Appreciation of Nature*. Oxford & New York: Oxford University Press.

Buell, Lawrence. 1995. *The Environmental Imagination: Thoreau, Nature Writing, and the Formation of American Culture*. Cambridge & London: The Belknap Press of Harvard University Press.

Buell, Lawrence. 2001. *Writing for an Endangered World: Literature, Culture, and Environment in the U.S. and Beyond*. Cambridge & London: The Belknap Press of Harvard University Press.

Buell, Lawrence. 2005. *The Future of Environmental Criticism: Environmental Crisis and Literary Imagination*. Malden, Oxford & Carlton: Blackwell Publishing.

Carroll, Joseph. 2012. *Literary Darwinism: Evolution, Human Nature, and Literature*. New York & London: Taylor & Francis Group.

Carson, Rachel. 1989. *The Sea Around Us*. New York & Oxford: Oxford University Press.

Carson, Rachel. 1998. *The Edge of the Sea*. Boston & New York: Mariner Books / Houghton Mifflin Company.

Carson, Rachel. 2000. *Silent Spring*. New York: Penguin Books.

Carson, Rachel. 2007. *Under the Sea-Wind*. New York: Penguin Books.

Christianson, Gale E. 1990. *Fox at the Wood's Edge: A Biology of Loren Eiseley*. Lincoln & London: University of Nebraska Press.

Clark, Timothy. 2011. *The Cambridge Introduction to Literature and Environment*. Cambridge: Cambridge University Press.

Clark, Timothy. 2015. *Ecocriticism on the Edge: The Anthropocene as a Threshold Concept*. London, Oxford, New York, New Dehi & Syney: Bloomsbury Publishing PLC.

Clarke, Bruce and Manuela Rossini. 2012. *The Routledge Companion to Literature and Science*. London & New York: Routledge, Taylor & Francis Group.

Cohen, Jeffery Jerome. 2013. *Prismatic Ecology: Ecotheory Beyond Green*. Minneapolis & London: University of Minnesota Press.

Cohen, Jeffery Jerome and Lowell Duckert. 2015. *Elemental Ecocriticism*. Minneapolis & London: University of Minnesota Press.

Curry, Patrick. 2011. *Ecological Ethics: An Introduction*. Cambridge & Malden: Polity Press.

Davidson, Keay. 1999. *Carl Sagan: A Life*. New York: John Wiley & Sons, Inc.

Dawkins, Richard. 2008. *The Oxford Book of Modern Science Writing*. Oxford: Oxford University Press.

Dillard, Annie. 1988. *The Best American Essays 1988*. New York: Ticknor & Fields.

Dusek, Val. 2006. *Philosophy of Technology: An Introduction*. Malden, Oxford & Victoria: Blackwell Publishing.

Easterlin, Nancy. 2012. *A Biocultural Approach to Literary Theory and Interpretation*. Baltimore: The Johns Hopkins University Press.

Eiseley, Loren. 1957. *The Immense Journey*. New York: Vintage Books.

Eiseley, Loren. 1969. *The Unexpected Universe*. New York & London: A Harvest / HBJ Book Harcourt Brace Jovanovich.

Eiseley, Loren. 1971. *The Firmament of Time*. New York: Atheneum Publishers.

Eiseley, Loren. 1978. *The Star Thrower*. Orlando, Austin, New York, San Diego & London: A

Harvest Book Harcourt Inc.

Eiseley, Loren. 1998. *The Invisible Pyramid*. Lincoln: University of Nebraska Press.

Eiseley, Loren. 2000. *All the Strange Hours: The Excavation of a Life*. Lincoln: University of Nebraska Press.

Fagin, Dan. 2013. *Toms River: A Story of Science and Salvation*. New York: Bantam Books.

Finch, Robert and John Elder. 2002. *Nature Writing: The Tradition in English*. New York & London: W. W. Norton & Company, Inc.

Gardner, Martin. 1994. *Great Essays in Science*. New York: Prometheus Books.

Garrard, Greg. 2014. *The Oxford Handbook of Ecocriticism*. Oxford, New York, etc.: Oxford University Press.

Glotfelty, Cheryll and Harold Fromm. 1996. *The Ecocriticism Reader: Landmarks in Literary Ecology*. Athens: The University of Georgia Press.

Gould, Stephen Jay. 1977. *Ever Since Darwin*. New York & London: W. W. Norton & Company.

Gould, Stephen Jay. 1980. *The Panda's Thumb*. New York & London: W. W. Norton & Company.

Gould, Stephen Jay. 1985. *The Flamingo's Smile*. New York & London: W. W. Norton & Company.

Gould, Stephen Jay. 1991. *Bully for Brontosaurus*. New York & London: W. W. Norton & Company.

Gould, Stephen Jay. 1993. *Eight Little Piggies*. New York & London: W. W. Norton & Company.

Gould, Stephen Jay. 2011a. *Dinosaur in a Haystack*. Cambridge & London: The Belknap Press of Harvard University Press.

Gould, Stephen Jay. 2011b. *I Have Landed*. Cambridge & London: The Belknap Press of Harvard University Press.

Gould, Stephen Jay. 2011c. *Leonardo's Mountain of Clams and the Diet of Worms*. Cambridge & London: The Belknap Press of Harvard University Press.

Gould, Stephen Jay. 2011d. *The Lying Stones of Marrakech*. Cambridge & London: The Belknap Press of Harvard University Press.

Hayward, Tim. 1994. *Ecological Thought: An Introduction*. Cambridge & Malden: Polity Press.

Hiltner, Ken. 2015. *Ecocriticism: The Essential Reader*. London & New York: Taylor & Francis Group.

Iovino, Serenella and Serpil Oppermann. 2012. Material ecocriticism: Materiality, agency, and models of narrativity. *Ecozone*, (3.1): 75-91.

Iovino, Serenella and Serpil Oppermann. 2014. *Material Ecocriticism*. Bloomington: Indiana University Press.

Keller, David R. and Frank B. Golley. 2009. *The Philosophy of Ecology: From Science to Synthesis*. Athens and London: The University of Georgia Press.

Krech III, Shepard. 1999. *The Ecological Indian: Myth and History*. New York & London: W. W. Norton & Company.

Love, Glen A. 2003. *Practical Ecocriticism: Literature, Biology, and the Environment*. Charlottesville: University of Virginia Press.

Lovelock, James. 2000. *Gaia: A New Look at the Life on Earth*. Oxford: Oxford University Press.

Lynch, Tom. 2012. "The borders between us": Loren Eiseley's ecopoetics. In Tom Lynch & Susan N.

Maher (Eds.), *Artifacts & Illuminations: Critical Essays on Loren Eiseley* (pp. 123-142). Lincoln & London: University of Nebraska Press.

Lyon, Thomas J. 1989. *This Incomparable Lande: A Book of American Nature Writing*. Boston: Houghton Mifflin Company.

Max, Leo. 2000. *The Machine in the Garden: Technology and the Pastoral Ideal in America*. Oxford & New York: Oxford University Press.

Meeker, Joseph W. 1997. *The Comedy of Survival: Literary Ecology and a Play Ethic*. Tucson: University of Arizona.

Mickey, Sam. 2014. *On the Edge of a Planetary Civilization: A Philosophy of Integral Ecology*. London & New York: Rowman & Littlefield International, Ltd.

Morton, Timothy. 2007. *Ecology Without Nature: Rethinking Environmental Aesthetics*. Cambridge & London: Harvard University Press.

Morton, Timothy. 2012. *The Ecological Thought*. Cambridge & London: Harvard University Press.

Muller, Gilbert H. 1991. *Major Modern Essayists*. Englewood Cliff: Prentic-Hall, Inc.

Muller, Timo and Michael Sauter. 2012. *Literature, Ecology, Ethics: Recent Trends in Ecocriticism*. Heidelberg: Universitatsverlag Winter.

Murphy, Patrick D. 2000. *Farther Afield in the Study of Nature-Oriented Literature*. Charlottesville & London: University Press of Virginia.

Netzley, Patricia D. 1999. *Environmental Literature: An Encyclopedia of Works, Authors, and Themes*. Santa Barbara: ABC-CLIO.

Plumwood, Val. 2015. *Feminism and the Mastery of Nature*. London & New York: Routledge, Taylor & Francis Group.

Resetarits, C. R. 2013. *An Anthology of Nineteenth-Century American Science Writing*. London, New York & Delhi: Anthem Press.

Roszak, Theodore. 2001. *The Voice of the Earth: An Exploration of Ecopsychology*. Grand Rapids: Phanes Press Inc.

Sagan, Carl. 1977. *The Dragons of Eden: Speculations on the Evolution of Human Intelligence*. New York: Ballantine Book.

Sagan, Carl. 1980. *Cosmos*. New York: Ballantine Book.

Sagan, Carl. 1994. *Pale Blue Dot: A Vision of the Human Future in Space*. New York: Ballantine Book.

Sagan, Carl. 1996. *The Demon-Haunted World: Science as a Candle in the Dark*. New York: Ballantine Book.

Shabecoff, Philip. 1993. *A Fierce Green Fire: The American Environmental Movement*. New York: Hill and Wang: 109-110.

Slovic, Scott. 1992. Marginality, midnight optimism, and the natural cipher: An approach to thoreau and eiseley. *Weber Studies*, 9.1(Winter): 72-81.

Slovic, Scott. 2000. Ecocriticism: Containing multiples, practicing doctrine. In Laurence Coupe (Ed.), *The Green Studies Reader: From Romanticism to Ecocriticism* (pp. 160-161). London & New York: Routledge.

Slovic, Scott. 2008a. *Going Away to Think: Engagement, Retreat, and Ecocritical Responsibility*. Reno & Las Vegas: University of Nevada Press.

Slovic, Scott. 2008b. *Introduction. Raz, Hilda. Loren Eiseley: Commentary, Biography, and Remembrance*. Lincoln & London: University of Nebraska Press.

Slovic, Scott. 2010. The third wave of ecocriticism: North American reflections on the current phase of the discipline. *Ecozon@*, 1(1): 4-10.

Slovic, Scott. 2015. *New International Voices in Ecocriticism*. Lanhan: Lexington Books.

Thomas, Lewis. 1975. *The Lives of a Cell: Notes of a Biology Watcher*. Toronto, New York, London & Sydney: Bantam Books.

Thomas, Lewis. 1995a. *Late Night Thoughts on Listening to Mahler's Ninth Symphony*. New York: Penguin Books.

Thomas, Lewis. 1995b. *The Medusa and the Snail: More Notes of a Biology Watcher*. New York: Penguin Books.

Thomas, Lewis. 1995c. *The Youngest Science: Notes of a Medicine Watcher*. New York: Penguin Books.

Thomas, Lewis. 1996. *The Fragile Species*. New York: Touchstone Books.

Vaughan-Lee, Llewellyn. 2013. *Spiritual Ecology: The Cry of the Earth*. Point Reyes: The Golden Sufi Center.

Waddell, Craig. 2000. *And No Birds Sing: Rhetorical Analyses of Rachel Carson's Silent Spring*. Carbondale & Edwardsville: Southern Illinois Press.

Waldron, E. Karen and Rob Friedman. 2013. *Toward a Literary Ecology: Places and Spaces in American Literature*. Lanham &Toronto & Plymouth: The Scarecrow Press, Inc.

Weiner, Jonathan. 1994. *The Beak of the Finch: A Story of Evolution in Our Time*. New York: Vintage Book.

Williams, Raymond. 1973. *The Country and the City*. Oxford & New York: Oxford University Press.

Wilson, David and Zack Bowen. 2001. *Science and Literature: Bridging the Two Cultures*. Gainesville: University of Florida Press.

Wilson, Edward O. 1984. *Biophilia*. Cambridge & London: Harvard University Press.

Wilson, Edward O. 1992. *The Diversity of Life*. London: Penguin Books.

Wilson, Edward O. 2003. *The Future of Life*. New York: Vintage Books.

Wilson, Edward O. 2006a. *Creation: An Appeal to Save the Life on Earth*. New York & London: W. W. Norton & Company.

Wilson, Edward O. 2006b. *Naturalist*. Washington, D. C. & Covelo: Island Press & Shearwater Books.

Worsley, Dale and Bernadette Mayer. 2002. *The Art of Science Writing*. New York: Teachers & Writers Collaborative.

York, Richard and Brett Clark. 2011. *The Science and Humanism of Stephen Jay Gould*. New York: Monthly Review Press.